Lágrimas en la lluvia

Seix Barral Biblioteca furtiva

Rosa Montero
Lágrimas en la lluvia

Obra editada en colaboración con Editorial Seix Barral – España

© 2011, Rosa Montero

Derechos exclusivos de edición en español reservados para todo
el mundo:
© 2011, Editorial Seix Barral, S.A. – Barcelona, España

© 2011, Editorial Planeta Mexicana, S.A. de C.V.
Bajo el sello editorial SEIX BARRAL M.R.
Avenida Presidente Masarik núm. 111, 2o. piso
Colonia Chapultepec Morales
C.P. 11570 México, D.F.
www.editorialplaneta.com.mx

Primera edición impresa en España: marzo de 2011
ISBN: 978-84-322-9698-7

Primera edición impresa en México: abril de 2011
ISBN: 978-607-07-0694-3

También disponible en e-book

Impreso en los talleres de Litográfica Ingramex, S.A. de C.V.
Centeno núm. 162, colonia Granjas Esmeralda, México, D.F.
Impreso en México – *Printed in Mexico*

En memoria de Pablo Lizcano

Non ignoravi me mortalem genuisse.
[Siempre he sabido que soy mortal.]

Marco Tulio Cicerón,
filósofo romano

Agg'ié nagné 'eggins anyg g nein'yié.
[Lo que hago es lo que me enseña lo que estoy buscando.]

Sulagnés,
artista plástico del planeta Gnío

Hay un momento para todo y un tiempo para cada cosa bajo
el sol:
un tiempo para nacer y un tiempo para morir,
un tiempo para plantar y un tiempo para arrancar lo
plantado;
un tiempo para matar y un tiempo para curar,
un tiempo para demoler y un tiempo para edificar;
un tiempo para llorar y un tiempo para reír,
un tiempo para lamentarse y un tiempo para bailar;
un tiempo para arrojar piedras y un tiempo para recogerlas,
un tiempo para abrazarse y un tiempo para separarse;
un tiempo para buscar y un tiempo para perder,
un tiempo para guardar y un tiempo para tirar;
un tiempo para rasgar y un tiempo para coser,
un tiempo para callar y un tiempo para hablar;
un tiempo para amar y un tiempo para odiar,
un tiempo de guerra y un tiempo de paz.

Eclesiastés, 3, 1-8

Bruna despertó sobresaltada y recordó que iba a morir.

Pero no ahora.

Un latigazo de dolor le cruzó las sienes. El apartamento estaba en penumbra y al otro lado del ventanal caía la tarde. Miró aturdida el conocido paisaje urbano, las torres y las azoteas y los centenares de ventanas sobre los que las sombras se iban remansando, mientras sentía retumbar las punzadas en su cabeza. Le costó unos instantes advertir que el redoble no estaba únicamente dentro de su cráneo. Alguien aporreaba la puerta. El reloj marcaba las 19:21. Cogió aire y se incorporó con un gruñido. Sentada en el borde de la cama, con las ropas retorcidas y los pies descalzos sobre el suelo, aguardó unos segundos a que esa masa líquida en la que se había convertido su cerebro terminara de chapotear y se estabilizara en la vertical. Cuatro años, tres meses y veintinueve días, calculó mentalmente con rapidez: ni siquiera la resaca le impedía repetir su maniática rutina. Si había algo que la deprimiera más que emborracharse, era hacerlo de día. Por la noche, el alcohol parecía menos dañino, menos indigno. Pero empezar a beber a las doce de la mañana era patético.

Los golpes continuaban, desordenados, furiosos. Bru-

11

na se crispó: más que una visita inesperada parecía un asalto. *Casa, ver puerta*, susurró, y en la pantalla principal surgió la cara del invasor. De la invasora. Le costó unos instantes reconocer los rasgos desencajados y convulsos, pero ese horrible pelo teñido en un anaranjado chillón era inconfundible. Era una de sus vecinas, una replicante que vivía en el ala Este del edificio. Apenas había intercambiado algún saludo con ella en los últimos meses y ni siquiera conocía su nombre: a Bruna no le gustaba demasiado tratarse con los otros reps. Aunque, a decir verdad, tampoco se trataba mucho con los humanos. *Para de una vez, maldita sea*, gimió para sí, atormentada por el ruido. Fue ese estruendo insoportable lo que hizo que se levantara y fuera a abrir.

—¿Qué pasa? —masculló.

La vecina detuvo su puño en el aire a medio golpe y dio un respingo, sobresaltada por su súbita aparición. Se puso de perfil, como si estuviera a punto de salir corriendo, y clavó en Bruna la mirada recelosa de su ojo izquierdo. Un ojo turbio y amarillento partido por la llamativa pupila vertical de los reps.

—Tú eres Bruna Husky...

No parecía una pregunta, pero de todas formas contestó.

—Sí.

—Tengo que hablar contigo de algo muy importante...

Bruna la miró de arriba abajo. Tenía el pelo enmarañado, las mejillas tiznadas, la ropa sucia y arrugada, como si hubiera estado durmiendo con ella puesta. Algo que, por otra parte, era lo que acababa de hacer la propia Bruna.

—¿Es un asunto profesional?

La cuestión pareció desconcertar por un momento a la mujer, pero enseguida cabeceó, asintiendo, y sonrió. Media sonrisa de perfil.

—Sí. Eso es. Profesional.

Había algo inquietante, algo que no iba bien en esa rep desaliñada y temblorosa. Bruna sopesó la posibilidad de decirle que volviera otro día, pero la resaca la estaba matando e intuyó que rechazar a una persona tan obviamente llena de ansiedad iba a ser mucho más difícil y cansado que escucharla. De modo que se echó para atrás y la dejó entrar.

—Pasa.

La androide obedeció. Caminaba con saltitos nerviosos, como si el suelo quemara. Bruna cerró la puerta y se dirigió hacia la zona de la cocina. Estaba deshidratada y necesitaba urgentemente beber algo.

—Tengo agua purificada. ¿Quieres tomar un...?

No terminó la frase porque de alguna manera presintió lo que iba a pasar. Comenzó a volverse, pero ya era tarde: un cable se ciñó a su cuello y empezó a estrangularla. Se llevó las manos a la garganta, allí donde el cable mordía la piel, e intentó liberarse, pero la mujer apretaba y apretaba con brío inesperado. Fatalmente pegadas la una a la otra, agresora y agredida bailaron por la habitación un frenético baile de violencia, golpeándose contra las paredes y tirando sillas, mientras el lazo se cerraba y el aire se acababa. Hasta que, en uno de sus manoteos desesperados, Bruna consiguió hincar el codo en alguna zona sensible de su enemiga, que aflojó momentáneamente la presa. Un instante después, la mujer estaba en el suelo y Bruna se había dejado caer sobre ella para inmovilizarla. Cosa que le resultó difícil de conseguir, pese a ser una replicante de combate y, por lo tanto, más grande y atlética que la mayoría. La vecina parecía tener una energía inhumana, un vigor desesperado de alimaña.

—¡Quieta! —gritó Bruna, enfurecida.

Y, para su sorpresa, la mujer obedeció y dejó de retorcerse, como si hubiera estado esperando que alguien le ordenara lo que tenía que hacer.

Se miraron la una a la otra durante unos segundos, jadeantes.

—¿Por qué me has hecho esto? —preguntó Bruna.

—¿Por qué me has hecho esto? —balbució la androide.

Sus ojos felinos tenían una expresión alucinada y febril.

—¿Qué has tomado? Estás drogada...

—Vosotros me habéis drogado... Vosotros me habéis envenenado... —gimió la mujer.

Y se echó a llorar con desconsuelo infinito.

—¿Nosotros? ¿Quiénes somos nosotros?

—Vosotros... los tecnohumanos... los reps... Me habéis secuestrado... Me habéis infectado... Me habéis implantado vuestras sucias cosas para convertirme en uno de vosotros. ¿Por qué me habéis hecho esto? ¿Qué mal os había hecho yo?

El diapasón de sus gemidos había ido subiendo y ahora chillaba como una posesa. Seguro que los vecinos vuelven a quejarse, pensó Bruna con fastidio. Frunció el ceño.

—¿A qué vienen esas estupideces? ¿Estás loca, o te lo haces? Tú también eres una replicante... Mírate al espejo... ¡Mírate a los ojos! Eres tan tecnohumana como yo. Y acabas de intentar estrangularme.

La mujer se había puesto a temblar violentamente y parecía estar sufriendo un ataque de pánico.

—¡No me hagas daño! Por favor, ¡no me hagas daño! ¡Socorro! ¡Por favor!

Su evidente terror resultaba insoportable. Bruna aflojó un poco su presa.

—Tranquila... No te voy a hacer nada... ¿Ves? Te estoy soltando... Si te quedas tranquila y quietecita, te suelto.

Liberó a la mujer poco a poco, con la misma cautela con la que liberaría a una serpiente, y luego se echó hacia atrás, fuera del alcance de sus manos. Gimoteante, la androide se arrastró medio metro hasta apoyar la espalda en la pared. Aunque parecía algo más calmada, Bruna lamentó no llevar encima su pequeña pistola de plasma. Pero la tenía escondida detrás del horno y, para sacarla de ahí, necesitaría dejar de vigilar a la mujer durante unos momentos. Verdaderamente era una completa estupidez guardar tan bien un arma que después no había modo de usarla. Miró a la intrusa, que jadeaba anhelosamente en su rincón.

—¿Qué te has tomado? Estás hecha polvo.

—Soy humana... ¡Soy humana y tengo un hijo!

—Ya. Voy a llamar a la policía para que vengan a por ti. Has intentado matarme.

—¡Soy humana!

—Lo que eres es un maldito peligro.

La androide contempló a Bruna con ofuscada fijeza. Una mirada fiera y desafiante.

—No conseguiréis confundirme. No conseguiréis engañarme. Os he descubierto. Esto es lo que hago con vuestros asquerosos implantes.

Dicho lo cual, torció un poco la cabeza, hundió sus dedos veloz y violentamente en la órbita ocular y se arrancó un ojo. Hubo un ruido blando y húmedo, un ahogado jadeo, unos hilos de sangre. Hubo un instante de angustiosa, petrificada locura. Luego Bruna recobró el movimiento y se abalanzó sobre la mujer, que se había colapsado entre convulsiones.

—¡Por el gran Morlay! ¿Qué has hecho, desgraciada? ¡Malditas sean todas las especies! ¡Emergencias! ¡Casa, llama a Emergencias!

Estaba tan alterada que el ordenador no reconoció su voz. Tuvo que respirar hondo, hacer un esfuerzo y probar de nuevo.

—Casa, llama a Emergencias... ¡Llama de una vez, maldita sea!

Era una conexión de alta velocidad, sólo de audio. Se escuchó la voz de un hombre:

—Emergencias.

—Una mujer se acaba de... Una mujer acaba de perder un ojo.

—Número del seguro, por favor.

Bruna levantó las mangas del traje de la vecina y descubrió dos muñecas huesudas y desnudas: no llevaba ordenador móvil. Rebuscó entonces en sus bolsillos en busca de la chapa civil e incluso miró en el cuello, por si llevaba el chip de identificación colgando de una cadena, como muchos hacían. No encontró nada.

—No lo sé, ¿no podemos dejar eso para luego? El ojo está en el suelo, se lo ha vaciado...

—Muy triste, pero si no está asegurada y al corriente de pago no podemos hacer nada.

El hombre cortó la conexión. Bruna sintió que en su interior se disparaba la ira, un espasmo de cólera que ella conocía muy bien y que funcionaba con la precisión de un mecanismo automático; en algún recóndito lugar de su cerebro se abrían las compuertas del odio y las venas se le anegaban de ese veneno espeso. «Estás tan llena de furia que terminas siendo fría como el hielo», le dijo un día el viejo Yiannis. Y era verdad: cuanto más colérica estaba, más controlada parecía, más calmosa e impasible, más vacía de emociones salvo ese odio seco y puro que se le condensaba en el pecho como una pesada piedra negra.

—Casa, llama a Samaritanos —silabeó.

—Samaritanos a tu servicio —respondió al instante una voz robótica convencionalmente melodiosa—. Por favor, disculpa nuestro retraso en atenderte, somos la única asociación civil que ofrece prestaciones sanitarias a la población carente de seguros. Si deseas colaborar económicamente con nuestro proyecto, di *donaciones*. Si es una urgencia médica, por favor, espera.

La mujer se quejaba quedamente entre los brazos de Bruna y el ojo estaba en efecto en el suelo, redondo y mucho más grande de lo que uno podría imaginar, una bola pringosa con un largo penacho de desmayadas hebras, como una medusa muerta o un pólipo marino arrancado de su roca y arrojado por la marea sobre la playa.

—Samaritanos a tu servicio. Por favor, disculpa nuestro retraso en atenderte, somos...

Bruna había visto cosas peores en sus años de milicia. Mucho peores. Sin embargo, el gesto inesperado y feroz de su vecina le había resultado especialmente turbador. El dolor y el desorden irrumpiendo en su casa a media tarde.

—...di *donaciones*. Si es una urgencia médica, por favor, espera.

Y eso hacían todos, esperar y esperar, porque Samaritanos no daba abasto con las peticiones de los asociales y siempre estaba colapsado. Era posible que la mujer dispusiera de un seguro, pero seguía inconsciente o quizá profundamente enajenada; en cualquier caso no respondía a los zarandeos ni las llamadas de Bruna, y en cierto sentido era mejor así, porque su desvanecimiento la protegía del horror del acto cometido. Tal vez fuera por eso por lo que no recuperaba la conciencia: Bruna lo había visto muchas veces en la milicia, piadosos desmayos para no sentir. La noche había caído y el apartamento estaba casi a oscuras, sólo iluminado por el resplandor de la ciudad y los faros fugaces de los tranvías aéreos.

—Casa, luces.

Las lámparas se encendieron obedientemente, borrando el paisaje urbano al otro lado de la ventana y poniendo un brillo viscoso, húmedo y sangriento en el globo ocular pegado al suelo. Bruna desvió la vista del despojo y su mirada cayó sobre la cara de la mujer y la cuenca vacía. Un agujero tenebroso. De modo que, para tener algo que contemplar, miró la pantalla principal. Tenía quitado el sonido, pero estaban pasando las noticias y se veía a Myriam Chi, la líder del MRR. Debía de estar en un mitin y hablaba desde un estrado con su virulencia habitual. A Bruna no le gustaban Myriam ni su Movimiento Radical Replicante; desconfiaba profundamente de todos los grupos políticos y le repugnaba especialmente esa autocomplacencia victimista, esa mitificación histérica de la identidad rep. En cuanto a Myriam, conocía bien a las personas como ella, seres enterrados en sus emociones como los escarabajos en el estiércol, yonquis de la sentimentalidad más exacerbada y mentirosa.

—Samaritanos, dime.

Por fin.

—Ha habido un accidente en el barrio cinco, avenida Dardanelos, apartamento 2334. Una mujer ha perdido un ojo. Quiero decir que lo ha perdido completamente, se lo ha sacado, el globo ocular está en el suelo.

—¿Edad de la víctima?

—Treinta años.

Todos los reps tenían alrededor de treinta años. Para ser exactos, entre veinticinco y treinta y cinco.

—¿Humana o tecnohumana?

Nuevamente la ira, nuevamente la furia.

—Esa pregunta es anticonstitucional y tú lo sabes bien.

Hubo un pequeño silencio al otro lado de la conexión. De todas maneras, pensó Bruna exasperada, con su respuesta ya se había delatado.

—Iremos lo más pronto que nos sea posible —dijo el hombre—. Gracias por llamar a Samaritanos.

Todo el mundo sabía que priorizaban a los humanos, por supuesto. No era una práctica legal, pero se hacía. Y lo peor, se dijo Bruna, es que tenía cierto sentido hacerlo. Cuando un servicio médico estaba desbordado, tal vez fuera sensato dar preferencia a aquellos con una esperanza de vida mucho mayor. A aquellos que no fueran prematuros condenados a muerte, como los reps. ¿Qué era más provechoso, salvar a una humana que aún podría vivir cincuenta años, o a una tecnohumana a la que tal vez sólo le quedaran unos meses? Una amargura de hielo y de hiel le subió a la boca. Miró el rostro grotescamente incompleto de su vecina y experimentó un rencor punzante contra ella. Estúpida, estúpida, ¿por qué has hecho esto? ¿Y por qué has venido a hacerlo a mi casa? Bruna ignoraba los motivos de la mujer, la razón de su extraño comportamiento. Estaría drogada, o tal vez enferma. Pero no cabía duda de que esa pobre chiflada se odiaba a sí misma, eso estaba claro, y el odio era una emoción que Bruna podía entender. Nada mejor que el odio frío para contrarrestar la quemadura de la congoja.

**Archivo Central de los Estados Unidos de la Tierra
Versión Modificable**

ACCESO ESTRICTAMENTE RESTRINGIDO
SÓLO EDITORES AUTORIZADOS

Madrid, 14 enero 2109, 09:43
Buenos días, Yiannis

> SI NO ERES YIANNIS LIBEROPOULOS,
> ARCHIVERO CENTRAL FT711, ABANDONA
> INMEDIATAMENTE ESTAS PÁGINAS

ACCESO ESTRICTAMENTE RESTRINGIDO
SÓLO EDITORES AUTORIZADOS

> LA INTRUSIÓN NO AUTORIZADA ES UN DELITO
> PENAL QUE PUEDE SER CASTIGADO HASTA
> CON VEINTE AÑOS DE CÁRCEL

Tecnohumanos
Etiquetas: historia, conflictos sociales, guerra rep, Pacto de la Luna, discriminación, biotecnología, movimientos civiles, supremacismo.
#376244
Artículo en edición

A mediados del siglo XXI, los proyectos de explotación geológica de **Marte** y de dos de las lunas de **Saturno, Titán y Encelado** impulsaron la creación de un androide que pudiera resistir las duras condiciones ambientales de las colonias mineras. En 2053 la empresa brasileña de bioingeniería **Vitae** desarrolló un organismo a partir de células madre, madurado en laboratorio de manera acelerada y prácticamente idéntico al ser humano. Salió al mercado con el nombre de **Homolab**, pero muy pronto fue conocido como *replicante*, un término sacado de una antigua película futurista muy popular en el siglo XX.

Los replicantes gozaron de un éxito inmediato. Fueron usados no sólo en las explotaciones mineras del espacio exterior, sino también en las de la Tierra y en las granjas marinas abisales. Comenzaron a hacerse versiones especializadas y para 2057 ya había cuatro líneas distintas de androides: minería, cálculo, combate y placer (esta última especialidad fue prohibida años más tarde). Por aquel entonces no se concebía que los homolabs tuvieran ningún control sobre sus propias vidas: en realidad eran trabajadores esclavos carentes de derechos. Esta abusiva situación resultó cada día más inviable y acabó por estallar en 2060, cuando se envió a Encelado un pelotón de replicantes de combate para reprimir una revuelta de los mineros, también androides. Los soldados se unieron a los rebeldes y asesinaron a todos los humanos de la colonia. La insurrección se generalizó rápidamente, dando lugar a la llamada **guerra rep**.

Aunque los androides estaban en clara desventaja numérica, su resistencia, fuerza e inteligencia eran superiores a la media humana. Durante los dieciséis meses que duró la guerra hubo que lamentar muchas bajas, tanto de humanos como de tecnohumanos. Por fortuna, en ~~septiembre~~ octubre de 2061 asumió el liderazgo de los rebeldes **Gabriel Morlay**, el gran filósofo y reformador social androide, que propuso una tregua para negociar la paz con los países productores de replicantes. Las difíciles conversaciones estuvieron a punto de naufragar innumerables veces; entre los humanos había una facción radical que rechazaba toda concesión y abogaba por prolongar la guerra hasta que los replicantes fueran muriendo, dado que en aquella época sólo vivían alrededor de cinco años. Sin embargo, también había humanos que condenaban los usos esclavistas y defendían la justicia de las reivindicaciones de los rebeldes; conocidos despectivamente por sus adversarios como *chuparreps*, estos ciudadanos partidarios de los androides llegaron a ser muy activos en sus campañas en pro de las negociaciones. Esto, unido al hecho de que los rebeldes hubieran tomado el control de varias cadenas de producción y estuvieran fabricando más androides, acabó por cristalizar en la firma del **Pacto de la Luna** de febrero de 2062, un acuerdo de paz a cambio de la concesión de una serie de derechos a los insurrectos. Se da la circunstancia de que el líder androide Gabriel Morlay no pudo firmar el tratado que había sido su gran obra, ya que pocos días antes cumplió su ciclo vital y falleció, ~~acabando así su fugaz existencia de mariposa humana~~.

A partir de entonces los replicantes fueron conquistando progresivamente derechos civiles. Estos avances no estuvieron exentos de problemas; los primeros años tras la **Unificación** fueron especialmente conflictivos y hubo graves disturbios en diversas ciudades de la Tierra (Dublín, Chicago, Nairobi), con violentos enfrentamientos entre los movimientos pro-reps **antisegregacionistas** y los grupos de **supremacistas** humanos. Por último, la **Constitución de 2098**, la primera Carta Magna de los **Estados Unidos de la Tierra**, actualmente en vigor, reconoció a los tecnohumanos los mismos derechos que a los humanos.

Fue también en dicha Constitución en donde se utilizó por primera vez el vocablo *tecnohumano*, puesto que la palabra *replicante* está cargada de connotaciones insultantes y ofensivas. Hoy *tecnohumano* (o, coloquialmente, *tecno*) es el único término oficial y aceptado, aunque en este artículo se haya usado también la voz *replicante* por razones de claridad histórica. Por otra parte, hay grupos de activistas tecnos, como el MRR (**Movimiento Radical Replicante**), que reivindican la denominación antigua como bandera de su propia identidad: «Ser rep es un orgullo, prefiero ser rep a ser humana, ni siquiera tecnohumana» (**Myriam Chi**, líder del MRR).

La existencia e integración de los tecnohumanos ha creado un fuerte debate ético y social que está lejos de haberse solventado Algunos sostienen que, puesto que, en su origen, la creación de replicantes como mano de obra esclava fue un acto erróneo e inmoral, simplemente deberían dejar de fabricarse. Esta posibilidad es rechazada de plano por los tecnos, que la consideran una opción genocida: «Lo que una vez ha existido, no puede regresar al limbo de la inexistencia. Lo que se inventa, no puede desinventarse. Lo que hemos aprendido, no puede dejar de saberse. Somos una nueva especie y, como todos los seres vivos, anhelamos seguir viviendo» (Gabriel Morlay). Actualmente, las cadenas de producción de androides (hoy llamadas *plantas de gestación*) son dirigidas al 50% por tecnos y por humanos. Un androide tarda catorce meses en nacer, pero cuando lo hace tiene una edad física y psíquica de veinticinco años.

Pese a los avances tecnológicos, sólo se ha conseguido que viva una década: más o menos en torno a los treinta y cinco la división celular de sus tejidos se acelera de forma dramática y sufre una especie de proceso cancerígeno masivo (conocido como TTT, **Tumor Total Tecno**) para el que todavía no se ha encontrado cura y que provoca su fallecimiento en pocas semanas.

También resultan conflictivas las regulaciones especiales tecnohumanas, sobre todo las referentes a la memoria y al periodo de trabajo civil. Un comité paritario de humanos y de tecnos decide cuántos androides van a ser creados cada año y con qué especificaciones: cálculo, combate, exploración, minería, administración y construcción. Puesto que la gestación de estos individuos resulta económicamente muy costosa, se ha acordado que todo tecnohumano servirá a la empresa que le fabricó durante un periodo máximo de dos años y en un empleo conforme a la especialidad para la que fue construido. A partir de entonces será licenciado con una moderada cantidad de dinero (la **paga de asentamiento**) para ayudarle a empezar su propia vida. Por último, a todo androide se le implanta un juego completo de memoria con suficiente apoyo documental real (fotos, holografías y grabaciones de su pasado imaginario, viejos juguetes de su supuesta infancia, etcétera), ya que diversas investigaciones científicas han demostrado que la convivencia e integración social entre humanos y tecnohumanos es mucho mejor si estos últimos tienen un pasado, así como que los androides son más estables provistos de recuerdos. La **Ley de Memoria Artificial** de 2101, actualmente en vigor, regula de manera exhaustiva este delicado asunto. Las memorias son únicas y diferentes, pero todas poseen una versión más o menos semejante de la famosa **Escena de la Revelación**, popularmente conocida como *el baile de los fantasmas*; se trata de un recuerdo implantado, supuestamente sucedido en torno a los catorce años del sujeto, durante el cual los padres del androide le comunican que es un tecnohumano ~~y que ellos mismos carecen de realidad y son puras sombras, imágenes vacías, un chisporroteo de neuronas~~. Una vez instalada la memoria en el androide, ésta no puede ser modificada de ningún modo. La Ley prohíbe y persigue cualquier manipulación posterior así como el tráfico ilegal de memorias, lo que no impide que dicho tráfico exista y sea un pingüe negocio subterráneo. La normativa vigente de la vida tecno ha sido contestada desde diversos sectores y tanto el MRR como distintos grupos supremacistas tienen presentados en estos momentos varios recursos contra la Ley. En la última década se han creado numerosas cátedras universitarias de estudios tecnohumanos (como la de la Complutense de Madrid) que intentan responder a los múltiples interrogantes éticos y sociales que plantea esta nueva especie.

Hubo un tiempo en el que las relaciones sexuales entre humanos y reps estuvieron prohibidas. Ahora simplemente estaban mal vistas, salvo que se tratara del antiguo y venerable negocio de la prostitución, por supuesto. Pablo Nopal sonrió con acidez y contempló la espalda desnuda de la chica guerrera. Una línea de elástica carne, una curva perfecta en la breve cadera. Sentándose en la cama, como ahora había hecho, Nopal también podía ver uno de sus pechos diminutos. Que subía y bajaba suavemente al compás de la tranquila respiración. Con todo lo dormida que parecía, y que seguramente estaba, bastaría con que le rozara la cintura con un dedo para que la mujer diera un brinco descomunal e incluso, quién sabe, hasta le propinara un buen golpe. Nopal se había acostado con las suficientes reps de combate como para conocer bien sus costumbres y sus inquietantes reflejos defensivos. Mejor no besarles el cuello en mitad de la noche.

De hecho, lo mejor que podía hacerse en mitad de la noche tras haber copulado con una chica así era marcharse.

El hombre se deslizó fuera de la cama, recogió sus ropas diseminadas por el suelo y empezó a vestirse.

Malhumorado.

Le deprimía esa hora de la madrugada, sucia, desteñida, con la noche muriendo y el nuevo día aún sin despuntar. Esa hora tan desnuda que no había manera de poder disfrazar el sinsentido del mundo.

Pablo Nopal era rico y era desdichado. La desdicha formaba parte de su estructura básica, como los cartílagos son parte de los huesos. La desdicha era el cartílago de su mente. Era algo de lo que no se podía desprender.

Como decía un antiguo escritor al que Pablo admiraba, la felicidad siempre era parecida, pero la infelicidad era distinta en cada persona. La desdicha de Nopal se manifestaba en una clara incapacidad para vivir. Aborrecía la vida. Por eso, entre otras cosas, le gustaban los androides: todos estaban tan ansiosos, tan desesperados por seguir viviendo. En cierto sentido le daban envidia.

Lo que había sostenido a Nopal en los últimos años, lo único que de verdad le entibiaba el corazón, era su búsqueda. Ahora pulsó su ordenador móvil, cargó en la pantalla la lista de androides y tachó a la chica guerrera de espeso pelo rizado con la que acababa de hacer el amor. Evidentemente, ella no era la tecnohumana que estaba buscando. Miró su perfil chato casi con afecto. Le había costado ganarse su confianza, pero ahora esperaba no tener que verla nunca más. Como era habitual en él, volvía a triunfar la misantropía.

La ventaja de tratar con muertos reps, pensó Bruna cuando entraba en el Instituto Anatómico Forense, era que no había que aguantar deudos llorosos: padres destrozados por el dolor, hijos anonadados por la brusca orfandad, cónyuges, hermanos y demás patulea familiar gimoteante. Los androides eran seres solitarios, islas habitadas por un solo náufrago en medio de un abigarrado mar de gentes. O al menos casi todos los reps eran así, aunque había algunos que se empeñaban en creerse plenamente humanos y establecían relaciones sentimentales estables a pesar del merodeo de la muerte, e incluso conseguían adoptar algún niño, siempre criaturas enfermas o con algún problema, porque la temprana fecha de caducidad de los replicantes les impedía reunir los puntos necesarios para acceder a una adopción normal. En cuanto a su propia historia, pensó Bruna, en realidad había sido un error. Ni Merlín ni ella habían querido emparejarse, pero al final quedaron sentimentalmente atrapados. Hasta que llegó la inevitable desolación. Cuatro años, tres meses y veintisiete días.

Eran las tres de la madrugada y el lugar estaba desierto y espectral, sumido en una penumbra azulada. Había venido a esa hora tan tardía con la intención de coincidir con Gándara, el veterano forense, que trabajaba en el turno de noche y era un viejo conocido que le debía un par de favores. Pero cuando entró en el despacho anexo a la sala de disección número 1 se encontró con un hombre joven que contemplaba sin pestañear un holograma pornográfico. Al advertir su llegada, el tipo apagó la escena de un manotazo y se volvió hacia ella.

—¿Qué... haces aquí?

Bruna pudo notar el titubeo, el respingo, el súbito recelo en la mirada. Estaba acostumbrada a que su presencia causara impresión, no sólo por el hecho de ser una tecno alta y atlética, sino, sobre todo, por el cráneo rapado y por el tatuaje, una fina línea negra que recorría verticalmente el cuerpo entero, bajando por su frente y por la mitad de la ceja y los párpados y la mejilla del lado izquierdo, y después por el cuello, el pecho, el estómago y el vientre, la pierna izquierda, un dedo del pie, la planta, el talón y de nuevo, ascendiendo ya a lo largo de la misma pierna pero por detrás, la nalga, la cintura, la espalda y el cogote, para terminar cruzando la monda redondez del cráneo hasta fundirse con la línea descendente y completar el círculo. Como es natural, cuando estaba vestida no se podía ver que el trazo se cerraba sobre sí mismo, pero Bruna había comprobado que la línea que parecía cortarle un tercio de la cabeza y que desaparecía ropa abajo producía un innegable impacto en los humanos. Además delataba su condición de rep combatiente: en la milicia casi todos se hacían elaborados tatuajes.

—¿No está Gándara?

—Está de vacaciones.

El hombre pareció relajarse un poco al ver que Bruna conocía al forense titular. Era un joven bajo y fofo y tenía uno de esos rostros en serie de la cirugía plástica barata, un modelo escogido por catálogo, el típico regalo de graduación de unos padres de economía modesta. De repente se habían puesto de moda los arreglos faciales y había media docena de caras que se repetían hasta la saciedad en miles de personas.

—Bueno. Entonces hablaré contigo. Me interesa uno de los cadáveres. Cata Caín. Es una tecnohumana a la que le falta un ojo. Murió ayer.

—Ah, sí. Le hice la autopsia hace unas horas. ¿Era familiar tuyo?

Bruna le miró durante medio segundo, imperturbable. Un rep familia de otro rep. Este tipo era imbécil.

—No —dijo al fin.

—Pues entonces, si no es familia y no traes orden del juez, no puedes verla.

—No necesito hacerlo. Sólo querría que me dijeras cuál ha sido el resultado de la autopsia.

El hombre dibujó un gesto de exagerado escándalo en su cara de plástico.

—¡Y eso mucho menos! Es información altamente reservada. Y además, si no eres de la familia, ¿cómo has podido entrar hasta aquí?

Bruna inspiró hondo y se esforzó en poner una expresión amigable y tranquilizadora, la expresión más amigable y tranquilizadora posible teniendo en cuenta el cráneo rapado, las pupilas felinas, el tajo de tinta partiéndole la cara. No consideró prudente contar que el viejo Gándara le había proporcionado un pase permanente al Instituto, pero sacó su licencia profesional de detective privado y se la enseñó al tipo.

—Mira, esa mujer era mi vecina... Y mi clienta... Me había contratado para que la protegiera, porque sospechaba que alguien quería matarla... —improvisó sobre la marcha—. No puedo decirte más, ya comprenderás, es un asunto de confidencialidad profesional. Fui yo quien avisó a Samaritanos, estaba conmigo cuando se arrancó el ojo. Si tienes ahí el parte policial, verás mi nombre, Husky... Caín perdió la razón, y temo que se haya intoxicado con algo... Es decir, temo que la hayan envenenado. Necesito saberlo cuanto antes... Verás, no debería estar contándote esto, pero quizá haya más personas intoxicadas... Y quizá estemos todavía a tiempo de salvarlas. Ni siquiera te pido que entres en detalles... Dime la conclusión final y ya está. O me dejas ver el informe un segundo. Nadie se va a enterar.

El médico movió negativamente la cabeza con pomposa lentitud. Se veía que disfrutaba de su pequeño poder para fastidiar.

—No puedo hacerlo. Pide una autorización al juez.

—Tardaría demasiado. ¿Vas a arriesgarte a ser responsable de la posible muerte de otras personas?

—No puedo hacerlo.

Bruna frunció el ceño, pensativa. Luego rebuscó en su mochila y sacó dos billetes de cien gaias.

—Claro que estoy dispuesta a compensar la molestia...

—¿Por quién me has tomado? No necesito tu dinero.

—Cógelo. Te vendrá bien para arreglarte esa nariz rota.

El hombre se tocó el apéndice nasal con gesto reflejo. Palpó con amoroso cuidado las aletas siliconadas, el caballete perfilado con cartílago plástico. Por su cara desfilaron las emociones en clara sucesión, como nubes atravesando un cielo ventoso: primero el alivio al comprobar que su nariz sintética seguía intacta, después la lenta y abrumadora comprensión del significado de la frase. Los ojos se le pusieron redondos de inquietud.

—¿Es... es una amenaza?

Bruna se inclinó hacia delante, apoyó las manos en la mesa, acercó su cara a la del hombre hasta casi rozarle la frente y sonrió.

—Por supuesto que no.

El forense tragó saliva y recapacitó unos instantes. Luego se volvió hacia la pantalla y masculló:

—Abrir informes finales, abrir Caín...

El ordenador obedeció y la pantalla empezó a llenarse de imágenes sucesivas de la rep tuerta, un pobre cuerpo desnudo y destripado en las diversas fases de la disección. Por último, el cuchillo láser cortó el cráneo como quien parte en dos una naranja, y una pinza robótica sondeó delicadamente la masa gris, que estaba demasiado sonrosada. Era el cerebro más rojizo que Bruna había visto jamás, y había visto algunos. La pinza emergió de la grasienta masa neuronal con una pequeña presa agarrada en el pico: era un disco diminuto de color azul. Una memoria artificial, pensó Bruna con un escalofrío, y seguro que no era el implante original. Desde la pantalla, la voz del forense estaba recitando los resultados: «Puesto que el sujeto tecnohumano tenía 3/28 años de edad y estaba aún lejos del TTT, podemos descartar que el deceso sea natural. Por otra parte, el implante de memoria encontrado carece de número de registro y sin duda proviene del mercado negro. Este forense trabaja con la hipótesis de que dicho implante esté adulterado y haya causado los edemas y hemorragias cerebrales, provocando un cuadro de inestabilidad emocional, delirios, convulsiones, pérdida de consciencia, parálisis y, por último, muerte del sujeto por colapso de las funciones neuronales. Se ha enviado el implante al laboratorio de bioingeniería de la Policía Judicial para que pueda ser analizado.»

Pobre Caín. Le pareció que podía volver a ver a su vecina arrancándose el ojo con su blando y horrible sonido como de trapos rasgados. Le pareció que escuchaba otra vez sus palabras alucinadas y que sentía su angustia. Cuando llegaron los de Samaritanos ya estaba rígida, por eso no le extrañó que cuatro horas después llamaran para comunicarle que había muerto. En el entretanto, Bruna fue a la conserjería del edificio y entró en el piso de la mujer junto con uno de los porteros. Así se enteró de que se llamaba Cata Caín, que era administrativa, que esa casa había sido su primer domicilio después de la paga de asentamiento, porque sólo tenía tres años rep, o veintiocho virtuales, demasiado joven para morir. Según el contrato de alquiler llevaba once meses en el apartamento, pero el lugar parecía tan vacío e impersonal como si nadie lo habitara. De hecho, no se veía ninguno de los pequeños recuerdos artificiales siempre tan comunes, la consabida foto de los padres, el holograma de la niñez, la velita sucia de una vieja tarta, el póster electrónico con las dedicatorias de los amigos de la universidad, el anillo que los adolescentes solían regalarse al dejar de ser vírgenes. No había replicante que no guardara esa colección de basurillas; pese a conocer su falsedad, los objetos seguían manteniendo una especie de magia, seguían ofreciendo consuelo y compañía. Así como los parapléjicos soñaban con andar cuando utilizaban las gafas virtuales, los reps soñaban con tener raíces cuando contemplaban las piezas artificialmente envejecidas de su utilería: y en ambos casos, aun sabiendo la verdad, eran felices. O menos desgraciados. La propia Bruna, tan reacia a las efusiones emocionales, no había sido capaz de desprenderse de todos sus recuerdos prefabricados. Sí, había destruido las fotos familiares y el holograma de la fiesta de su abuela (cumplía ciento un años; murió poco después; esto es, murió supuestamente), pero no pudo tirar el collar del perro de su infancia, *Zarco*, grabado con el nombre del animal, ni una foto de su niñez de cuando tenía alrededor de cinco años, perfectamente reconocible ya y con los ojos tan cansados y tan tristes como ahora.

Pero Caín no tenía ni un solo objeto personal en su piso. A qué terrible grado de desesperación y de desolación debía de haber llegado. La imaginó recorriendo la noche con ansiedad de adicta, husmeando en los más oscuros rincones de la ciudad en busca de un alivio, de una memoria en la que poder creer, de unos recuerdos que la permitieran descansar durante cierto tiempo. Bruna pensaba que podía entenderla, porque ella misma se había sentido así bastantes veces, ella también se había ido en ocasiones de su casa como si escapara, había salido para abrasar la noche en busca de algo imposible de encontrar. Y en más de una madrugada había estado tentada de meterse por la nariz un tiro de memoria, un chute de vida artificial. No lo había hecho y se alegraba de ello. Cata Caín se había reventado el cerebro con una dosis de recuerdos ficticios. Tal vez hubiera llegado a la ciudad una partida de implantes adulterados; ya había pasado otras veces, aunque nunca de manera tan letal. Si era así, habría más muertes de reps en los próximos días. Pero ése no era su problema. Ella lo único que quería era saber qué había sucedido con su vecina, y eso ya estaba resuelto.

Se volvió a mirar al joven forense. Se le veía sudoroso y muy sofocado, probablemente a causa del conflicto emocional de tener que obedecer a alguien por miedo, cosa que solía provocar, sobre todo en machos jóvenes, un cortocircuito de ira reprimida y humillación, un revoltijo hormonal de testosterona y adrenalina. Ahora se odiaba a sí mismo por haber sido cobarde, y eso haría que no la denunciara. Además, ¿qué podría denunciar? Ella no le había hecho nada. Bruna empujó los dos billetes de cien sobre la mesa y sonrió.

—Muchas gracias, muy amable. Esto es todo lo que quería saber. Dale recuerdos a Gándara de mi parte.

En el enrojecido rostro del médico, los implantes estéticos de silicona resaltaban en un tono blanquecino. Bruna casi sintió un pellizco de compasión hacia él, un conato de debilidad superado enseguida. Nunca le hubiera roto la nariz, naturalmente, nunca le hubiera tocado ni un pelo de la cabeza, pero eso el pobre tipo no lo sabía. Era una de las pocas ventajas que tenía el hecho de ser distinta: era despreciada por ello, pero también temida.

Tres días más tarde murió otro replicante en parecidas circunstancias, con el agravante de que en esa ocasión asesinó antes a dos tecnos. El asalto tuvo lugar en un tranvía aéreo, de manera que el incidente fue grabado por las cámaras de seguridad de la compañía de transportes. Bruna vio el vídeo en las noticias: era un androide de exploración, de cuerpo pequeño y huesudo, pero dominó con facilidad a dos personas más corpulentas que él. El agresor estaba sentado en la parte de atrás del tram; de pronto se levantaba, se dirigía con paso rápido hacia las primeras filas y, agarrando del pelo a un rep, echaba su cabeza hacia atrás mientras con la otra mano lo degollaba limpiamente. Como el arma utilizada tenía una hoja tan fina y estrecha que casi resultaba invisible, el efecto era desconcertante, más incomprensible que violento: de repente saltaba un chorro de sangre y uno no acababa de entender por qué. El cuerpo de la víctima aún seguía erguido en el asiento y los vecinos todavía no habían terminado de abrir las bocas para gritar, cuando el asesino sujetaba de la misma manera a una mujer que estaba al otro lado del pasillo y también le rebanaba el gaznate. A continuación, el pequeño tecno se clavaba el cuchillo o punzón en un ojo y se desplomaba. Toda la escena duraba menos de un minuto; era una matanza asombrosamente rápida, una carnicería espectacular, con tantísima sangre en tan poco tiempo. Bruna pensó: es muy difícil cortar una garganta con esa velocidad y esa destreza, la carne es inesperadamente dura, los músculos se tensan, el cuerpo se retrae defensivamente, la tráquea es un obstáculo tenaz. Y, sin embargo, los cuellos estaban casi seccionados, las cabezas quedaban grotescamente caídas hacia atrás mostrando la risa obscena del gran tajo, eso no era fácil ni con un bisturí de cirujano, tal vez con un cuchillo láser, pero parecía una hoja normal. Y también pensó: a mí no me podría haber agarrado de los cabellos. Por eso muchos replicantes de combate se rapaban. Para no dar ventajas al enemigo. La diferencia era que, al contrario que otros, ella había continuado afeitándose el cráneo después de licenciarse de la milicia. A fin de cuentas, seguía teniendo un trabajo de riesgo.

Un trabajo, además, en números rojos. Hacía casi dos semanas que Bruna había terminado su anterior encargo y no tenía demasiados ahorros de los que tirar. Los EUT arrastraban una perpetua crisis económica desde la Unificación, pero últimamente parecía que había una crisis dentro de la crisis y todos los negocios estaban muy parados. Le urgía encontrar algún cliente, de modo que decidió salir y hacer lo que ella llamaba «una ronda informativa»: dar un par de vueltas e intentar hablar con sus contactos habituales, a ver qué se cocía por ahí y si había alguien a quien poder ofrecer sus servicios. Miró el reloj: las 23:10. Podía acercarse al garito de Oli Oliar y de paso comer algo. Pese al frenesí de sangre y degüello que acababa de ver, estaba hambrienta. O quizá estaba hambrienta justamente por eso. Nada abría tanto el apetito como el espectáculo de la muerte de los otros. Cuatro años, tres meses y veinticuatro días.

Era el mes de enero, el más fresco del corto y suave invierno, y hacía una noche perfecta para caminar. Utilizando en algunos tramos las cintas rodantes, Bruna tardó veinte minutos en llegar al bar de Oli. Era un local pequeño y rectangular, ocupado casi en su totalidad por una gran barra que, a su vez, estaba casi totalmente ocupada por el enorme corpachón de Oli. Por sus carnes opulentas y su igualmente desmesurada hospitalidad. Oli nunca le hacía ascos a nadie, así fuera un tecno o un *bicho* o un mutante. Por eso su parroquia era instructivamente variada.

—Hola, Husky, ¿qué te trae por aquí?

—El hambre, Oli. Ponme una cerveza y uno de esos bocadillos de algas y piñones que te salen tan buenos.

La mujer sonrió ante el cumplido con placidez de ballena y se puso a preparar la comanda. Sus movimientos siempre eran asombrosamente lentos, pero de alguna manera inexplicable se las arreglaba para atender ella sola de forma eficiente todo el local. Desde luego era un sitio pequeño, diez taburetes a lo largo del mostrador y otros ocho pegados a la pared de enfrente, junto a una pequeña repisa de apoyo que recorría el muro; pero el lugar tenía su éxito, y en los momentos álgidos llegaban a apretujarse allí hasta una treintena de parroquianos. Ahora, sin embargo, estaba medio vacío. Bruna miró alrededor; sólo había una persona a la que ya había visto por allí otras veces. Estaba sentada al otro extremo de la barra y era una mujer-anuncio de Texaco-Repsol. Llevaba un horrible uniforme con los colores corporativos coronado por un ridículo gorrito, y las pantallas del pecho y la espalda reproducían en un bucle infinito los malditos mensajes publicitarios de la empresa. Normalmente no dejaban entrar a los seres anuncio en los bares porque resultaban muy molestos, pero Oliar tenía un corazón tan grande como sus pechos colosales y permitía que se pusieran al fondo, siempre que bajaran el volumen de la publicidad lo más posible. Lo cual tampoco solía ser mucho, por desgracia, porque las pantallas no podían ser silenciadas ni desconectadas. Hacía falta ser un pobre desgraciado y haber tenido muy mala suerte en la vida para acabar cayendo en un empleo así; los seres anuncio sólo se podían quitar la ropa durante nueve horas al día; el resto de la jornada tenían que estar en lugares públicos, lo que significaba que, como no eran admitidos en ningún local, se pasaban los días vagando por las calles como almas en pena, con los lemas publicitarios atronando de manera constante en sus orejas. Por esa tortura apenas les daban unos cientos de gaias, aunque en este caso, con la Texaco-Repsol, la mujer seguramente tendría también el aire gratis. Lo cual era importante, porque cada día había más gente que no podía seguir pagando el coste de un aire respirable y que tenía que mudarse a alguna de las zonas contaminadas del planeta. En realidad, muchos matarían por conseguir esta porquería de trabajo. Bruna recordó su magra cuenta bancaria y se volvió hacia la dueña del bar.

—¿Qué hay de nuevo por aquí?

—Nada. Aparte de las muertes de los reps.

Otra cosa que le gustaba a Bruna de la gorda Oli era que no se andaba con remilgados eufemismos. Siempre llamaba reps a los reps, y era mucho más amigable y respetuosa que los que no paraban de hablar de tecnohumanos.

—¿Y qué se cuenta de eso, Oli? Del tipo del tranvía, digo. ¿Por qué crees que hizo lo que hizo?

—Dicen que se había metido algo. Una droga. Dalamina, quizá. O una memoria artificial.

—La semana pasada hubo un caso parecido, ¿te acuerdas? La tecno que se sacó el ojo. Y sé que llevaba un implante de memoria.

La mujer puso el bocadillo delante de Bruna; luego se inclinó hacia delante, desparramando sus ubérrimos senos sobre el mostrador, y bajó la voz.

—La gente tiene miedo. He oído que puede haber muchos muertos.

—¿Qué pasa, ha entrado una partida de *memas* adulteradas?

—No sé. Pero dicen que esto no ha hecho más que empezar.

Bruna sintió un escalofrío. Era un tema desagradable, un asunto que le inquietaba especialmente. Y no sólo porque todavía no había logrado quitarse de la cabeza el turbador incidente con su vecina, sino también porque siempre le había repugnado todo lo que tuviera que ver con la memoria. Hablar de la memoria con un rep era como mentar algo oscuro y sucio, algo indecible que, cuando salía a la luz, resultaba casi pornográfico.

—¿Sabes quién está pasando el material defectuoso? —preguntó, intrigada a su pesar.

Oli se encogió de hombros.

—Ni idea, Husky... ¿Te interesa el tema? Tal vez pueda preguntar por ahí...

Bruna reflexionó un instante. Ni siquiera tenía un cliente que le pagara las facturas y no podía permitirse perder el tiempo husmeando en un asunto que no le iba a reportar ningún beneficio.

—No, en realidad no me interesa nada.

—Pues cómete el bocadillo. Se te está enfriando.

Era verdad. Estaba bueno, con las algas bien fritas, nada aceitosas y crujientes. A Merlín le encantaban los bocadillos de algas con piñones. El rostro del rep, un rostro deformado por la enfermedad, flotó por un instante en su memoria y Bruna sintió que el estómago se le retorcía. Respiró hondo, intentando deshacer el nudo de sus tripas y empujar de nuevo el recuerdo de Merlín a los abismos. Si por lo menos pudiera rememorarlo sano y feliz, y no siempre atrapado por el dolor. Dio un mordisco furioso al emparedado y regresó a sus problemas de trabajo. Decidió poner las cartas boca arriba.

—Oli, estoy en paro —farfulló con la boca llena—. ¿Has oído de algo que pudiera venirme bien?

—¿Como qué?

—Pues ya sabes... alguien que quiera encontrar algo... o a alguien. O al revés, alguien que no quiera que lo encuentren... O alguien que quiera saber algo... o que quiera que investigue a alguien. O alguien que quiera reunir pruebas contra alguien... o que quiera saber si hay pruebas en su contra...

Oli había interrumpido sus lentas y majestuosas tareas tras la barra y estaba mirando fijamente a Bruna con su oscuro rostro imperturbable.

—Si eso es tu trabajo, es un maldito lío.

Bruna sonrió de medio lado. No sonreía muy a menudo, pero la gorda Oli le hacía gracia.

—Lío o no, si me consigues un cliente te daré una comisión.

—Vaya, Bruna, justamente yo traigo un encargo para ti. Y no tienes que pagarme nada.

La androide se volvió y encaró al recién llegado. Era Yiannis. Como casi siempre le sucedía con él, experimentó una sensación contradictoria. Yiannis era el único amigo que Bruna tenía, y ese peso emocional a veces le resultaba un poco asfixiante.

—Hola, Yiannis, ¿qué tal?

—Viejo y cansado.

Lo decía de verdad y lo parecía. Viejo como antes, viejo como siempre, viejo como los autorretratos del Rembrandt viejo que Yiannis le había enseñado a admirar en las maravillosas holografías del Museo de Arte. Había poca gente que, como Yiannis, prescindiera por completo de los innumerables tratamientos que el mercado ofrecía contra la vejez, desde la cirugía plástica o biónica a los rayos gamma o la terapia celular. Algunos se negaban a tratarse por puro inmovilismo, porque eran unos retrógrados recalcitrantes, nostálgicos de un luminoso pasado que jamás existió, pero la mayoría de los que no usaban estas terapias lo hacían porque no podían costeárselo. Dado que, por lo general, la gente prefería ponerse un tratamiento antes que pagar un aire limpio, tener arrugas se había convertido en un claro indicio de pobreza extrema. El caso de Yiannis, sin embargo, era un poco diferente. No era pobre y tampoco era un reaccionario, aunque estuviera algo chapado a la antigua y fuera un anacrónico caballero del siglo XXI. Si no usaba la terapia rejuvenecedora era sobre todo por una cuestión de estética; no le gustaban los estragos de la vejez, pero le parecían aún más feos los arreglos artificiales, y Bruna le entendía muy bien. Lo que hubiera dado ella por poder envejecer.

—¿Dices que tienes algo para mí?

—Puede ser. Pero no sé si te lo has ganado.

Bruna frunció el ceño y le miró, extrañada.

—No sé de qué hablas.

—¿No tienes algo que contarme?

La rep sintió que se ponían en marcha en su interior las pequeñas ruedecillas del malhumor, el mecanismo dentado de su irritación. Yiannis siempre le hacía lo mismo, la interrogaba y aguijoneaba, quería saberlo todo sobre ella. Se parecía a su padre. A ese padre inexistente que un asesino inexistente mató cuando ella tenía nueve años. Nueve años también inexistentes. Miró a su amigo: poseía un rostro blando de rasgos imprecisos. De joven había sido bastante guapo, Bruna había visto imágenes de él, pero un guapo sin estridencias, de ojos pequeños y nariz pequeña y boca pequeña. El tiempo había caído sobre él como si alguien hubiera derretido su cara, y el pelo blanco, la piel pálida y los ojos grises se fundían en una monocromía descolorida. El pobre viejo, pensó Bruna, advirtiendo que su enfado se desvanecía. Pero de todas maneras no iba a contarle nada, desde luego.

—Nada especial, que yo recuerde.

—Vaya. ¿Ya te has olvidado de Cata Caín?

Bruna se quedó helada.

—¿Cómo lo sabes? No se lo he dicho a nadie.

Y, mientras hablaba, pensó: pero di mis datos en Samaritanos, y hablé con la policía y con el conserje del edificio, y me tuve que identificar para entrar en el Instituto Anatómico Forense, y vivimos en una maldita sociedad de cotillas con la información centralizada e instantánea. Empezó a sudar.

—No me digas que he salido en las noticias o en las pantallas públicas...

Yiannis torció la boca hacia abajo. Era, Bruna lo sabía, su manera de sonreír.

—No, no... Me lo ha contado alguien que ha venido buscando mi ayuda. Una persona que me ha pedido que hablara contigo. Tiene un trabajo que ofrecerte. Te paso su tarjeta.

Yiannis tocó el ordenador móvil que llevaba en la muñeca y el móvil de Bruna pitó recibiendo el mensaje. La androide miró la pequeña pantalla: Myriam Chi, la líder del MRR, la esperaba a las 10:00 horas de la mañana siguiente en su despacho.

El coraje es un hábito del alma, decía Cicerón. Yiannis se había agarrado a esa frase de su autor favorito como quien se sujeta a una rama seca cuando está a punto de precipitarse en un abismo. Llevaba años intentando desarrollar y mantener ese hábito, y de alguna manera la rutina del coraje se había ido endureciendo en su interior, formando una especie de esqueleto alternativo que había logrado mantenerlo en pie.

Habían pasado ya cuarenta y nueve años. Casi medio siglo desde la muerte del pequeño Edú, y aún seguía llevando las cicatrices. El tiempo, claro está, había ido amortiguando o más bien embotando la insoportable intensidad de su dolor. Eso era natural, hubiera sido imposible vivir constantemente dentro de ese paroxismo de sufrimiento, Yiannis lo entendía y se lo perdonaba a sí mismo. Se perdonaba seguir respirando, seguir disfrutando de la comida, de la música, de un buen libro, mientras su niño se convertía en polvo bajo la tierra. Además sentía que, de algún modo, una parte de él seguía de duelo. Era como si la desaparición de Edú le hubiera hecho un agujero en el corazón, de manera que desde entonces sólo vivía las cosas a la mitad. Nunca podía concentrarse del todo en su realidad porque al fondo zumbaba la pena de forma constante, como uno de esos pitidos enloquecedores que escuchan ciertos sordos. Algo se le había quebrado definitivamente, y eso a Yiannis le parecía bien. Le parecía justo y necesario, porque no hubiera podido soportar que su vida siguiera igual tras la muerte de su hijo.

Sin embargo, con los años, había sucedido algo terrible, algo que Yiannis no pudo imaginar que ocurriría. En primer lugar, el rostro del niño se había ido desdibujando dentro de su memoria: de tanto usar ese recuerdo lo había desgastado. Ahora sólo podía visualizar a Edú según las fotos y las películas que conservaba de él; todas las demás imágenes se le habían borrado de la cabeza como quien borra una pizarra. Pero lo peor era que en algún momento de ese medio siglo transcurrido se había roto el hilo interno que le unía con aquel padre que él fue. Cuando el viejo Yiannis recordaba ahora al Yiannis veinteañero jugando y riendo con su crío, era como si rememorara a algún conocido de la época remota de su juventud, a un amigo tal vez muy cercano pero definitivamente distinto y a quien hacía mucho que ya no frecuentaba. De modo que veía todo aquello desde fuera, el goce de la paternidad y el horror de la muerte innecesaria, la lenta agonía del niño de dos años, la enfermedad estúpida que no pudo ser curada a causa de las carencias impuestas por la guerra rep. Una historia muy triste, sí, tan trágica que a veces se le mojaban los ojos al recordarla, pero una historia que ya no podía sentir como propia, sino como un drama del que tal vez un día fue testigo, o como un cuento que alguien le hubiera contado.

Y esa lejanía era lo más devastador, lo más insoportable.

Esa lejanía interior era la segunda y definitiva muerte de su niño. Porque si él no era capaz de mantener a su pequeño Edú vivo en el recuerdo, ¿quién más podría hacerlo?

Qué débil, qué mentirosa e infiel era la memoria de los humanos. Yiannis sabía que, en los cuarenta y nueve años transcurridos, todas y cada una de las células de su cuerpo se habían renovado. Ya no quedaba ni una pizca orgánica original del Yiannis que un día fue, nada salvo ese hálito transcelular y transtemporal que era su memoria, ese hilo incorpóreo que iba tejiendo su identidad. Pero si también ese hilo se rompía, si no era capaz de rememorarse con plena continuidad, ¿qué diferenciaba su pasado de un sueño? Dejar de recordar destruía el mundo.

Por eso, porque siempre sintió esa vertiginosa desconfianza hacia la memoria, decidió convertirse en archivero profesional. Y por eso de cuando en cuando intentaba acordarse de Edú de verdad, desde dentro. Cerraba los ojos y, con esfuerzo ímprobo, procuraba reconstruir alguna escena lejana. Volver a visualizar la vieja habitación, el perfil de los muebles, la exacta densidad de la penumbra; sentir el calor de la tarde, la quietud del aire pegado a su piel; escuchar el silencio apenas roto por un jadeo sosegado y diminuto; oler el aroma tan tibio y tan carnal, ese sabroso tufo a animal pequeño; y entonces, sólo entonces, ver al niño durmiendo en su cuna; y ni siquiera al niño entero, sino quizá reconstruir en toda su pureza y veracidad esa manita aún gruesa, todavía mullida y de bebé, esa mano perfecta de dedos enroscados, abandonada al descanso e ignorante de su absoluta indefensión. Con suerte, alcanzado este punto, el recuerdo llegaba desde el pasado como un rayo y atravesaba a Yiannis, encendiendo de golpe toda la agudeza del sufrimiento y haciendo llorar al viejo. Llorar de dolor, pero también de gratitud, porque de alguna manera, y por un instante, había logrado no ya rememorar a Edú, sino volver a sentir que un día estuvo vivo.

**Archivo Central de los Estados Unidos de la Tierra
Versión Modificable**

ACCESO ESTRICTAMENTE RESTRINGIDO
SÓLO EDITORES AUTORIZADOS

Madrid, 19 enero 2109, 13:10
Buenas tardes, Yiannis

SI NO ERES YIANNIS LIBEROPOULOS,
ARCHIVERO CENTRAL FT711, ABANDONA
INMEDIATAMENTE ESTAS PÁGINAS

ACCESO ESTRICTAMENTE RESTRINGIDO
SÓLO EDITORES AUTORIZADOS

LA INTRUSIÓN NO AUTORIZADA ES UN DELITO
PENAL QUE PUEDE SER CASTIGADO HASTA
CON VEINTE AÑOS DE CÁRCEL

Teleportación
Etiquetas: historia de la ciencia, desorden TP, la Fiebre del Cosmos, Guerras Robóticas, Día Uno, los Otros, Paz Humana, Acuerdos Globales de Casiopea, sintientes.
#422-222
Artículo en edición

La teleportación o teletransporte (TP) es uno de los más viejos sueños del ser humano. Aunque la teleportación cuántica se venía ensayando desde el siglo XX, el primer experimento significativo sucedió en 2006 cuando el profesor **Eugene Polzik**, del Instituto Niels Bohr de la Universidad de Copenhague, consiguió teleportar un objeto diminuto, pero macroscópico, a una distancia de medio metro, utilizando la luz como vehículo transmisor de la información del objeto. Sin embargo sólo fue a partir de 2067, con el descubrimiento de las insospechadas cualidades de potenciación lumínica del **astato**, un elemento extremadamente raro en la Tierra pero relativamente abundante en las minas de Titán, cuando la teleportación dio un salto de gigante. En 2073, con ayuda de la llamada *luz densa*, capaz de acarrear cien mil veces más información y de manera cien mil veces más estable que la **luz láser**, la profesora **Darling Oumou Koité** fue teleportada o tepeada, como también se dice en la actualidad, desde Bamako (Mali) al satélite saturnal Encelado. Fue la primera vez que se tepeó a un humano a través del espacio exterior.

A partir de entonces se desató entre los países de la Tierra un auténtico furor de exploración y conquista del Universo. Puesto que la teleportación anulaba las distancias y daba igual recorrer un kilómetro que un millón de kilómetros, las potencias terrícolas se enzarzaron en una carrera para colonizar planetas remotos y explotar sus recursos. Fue la llamada **Fiebre del Cosmos**, y se convirtió en una de las causas principales del desencadenamiento de las **Guerras Robóticas**, que arrasaron la Tierra desde 2079 hasta 2090. El teletransporte siempre tuvo elevados costes económicos, por lo que en general sólo se tepeaban equipos de exploración de dos o tres personas. Como apenas se disponía de información más o menos fiable de unos pocos centenares de planetas que pudieran resultar colonizables, no era raro que los enviados de varios países coincidieran en un objetivo, bien por casualidad o bien gracias al espionaje, con consecuencias a menudo violentas. Numerosos exploradores cayeron en combate o asesinados, y los repetidos incidentes diplomáticos fueron elevando la tensión mundial. A medida que los destinos más conocidos iban siendo tomados o se convertían en territorios en agria disputa, las potencias empezaron a arriesgar más y a mandar a sus exploradores a lugares más remotos e ignorados, lo que incrementó la ya elevada mortandad de los teleportados. En 2080, último año de la Fiebre del Cosmos, falleció el 98 % de los exploradores de la Tierra (cerca de 8.200 individuos, casi todos ellos tecnohumanos), la mayoría simplemente desaparecidos tras el salto, ~~tal vez desintegrados por error en el oscuro espacio intergaláctico, tal vez volatilizados en el acto al ser tepeados a un planeta inesperadamente abrasador~~.

Para entonces ya se había hecho público algo que los científicos y los Gobiernos supieron desde los comienzos del uso de esta tecnología: que el teletransporte es un proceso atómicamente imperfecto y puede tener gravísimos efectos secundarios. Es una consecuencia del **principio de incertidumbre de Heisenberg**, según el cual una parte de la realidad no se puede medir y está sujeta a cambios infinitesimales pero esenciales. Lo que significa que todo organismo teleportado experimenta alguna alteración microscópica: el sujeto que se reconstruye en el destino no es exactamente el mismo que el sujeto de origen. Por lo general, estas mutaciones son mínimas, subatómicas e inapreciables; pero un significativo número de veces los cambios son importantes y peligrosos: un ojo que se desplaza a la mejilla, un pulmón defectuoso, manos sin dedos o incluso cráneos carentes de cerebro. Este efecto destructivo de la teleportación es denominado **desorden TP**, aunque a los individuos aquejados de deformaciones visibles se les conoce coloquialmente como los *mutantes*. Por otra parte, se comprobó que teletransportarse en repetidas ocasiones acaba produciendo de manera inevitable daños orgánicos. La posibilidad de sufrir un desorden TP grave aumenta vertiginosamente con el uso, hasta llegar al cien por cien a partir del salto número once. En la actualidad nos regimos por los **Acuerdos Globales de Casiopea** (2096), que prohíben que los seres vivos (humanos, tecnohumanos, **Otros** y animales) se teleporten más de seis veces a lo largo de su existencia.

Los riesgos de los saltos, la muerte y desaparición masiva de los exploradores, el elevado coste económico y el comienzo de las Guerras Robóticas acabaron con la Fiebre del Cosmos y con el entusiasmo por la teleportación. A partir de 2081 sólo se usó esta forma de transporte para mantener la explotación del lejano planeta **Potosí**, único cuerpo celeste encontrado durante la Fiebre del Cosmos cuyos recursos resultaron ser lo suficientemente rentables como para desarrollar una industria minera allende el sistema solar. En los primeros años, la propiedad de Potosí se repartió entre la Unión Europea, China y la Federación Americana. Tras la Unificación pertenece a los Estados Unidos de la Tierra, aunque las minas más productivas han sido vendidas al **Reino de Labari** y al **Estado Democrático del Cosmos.**

Fue en Potosí en donde tuvo lugar el primer encuentro documentado entre los seres humanos de la Tierra y los Otros o ETS, seres extraterrestres. El 3 de mayo de 2090, fecha desde entonces llamada **Día Uno**, una nave alienígena aterrizó en el sector chino de la colonia minera. Eran exploradores **gnés**, un pueblo procedente del planeta **Gnío**, cercano a Potosí; ambos orbitan la misma estrella, **Fomalhaut**. Su navío era muy rápido y técnicamente muy avanzado, si bien su método de desplazamiento era convencional y viajaban a velocidades muy inferiores a las de la luz. Desconocían el teletransporte material, pero habían desarrollado una técnica de comunicación ultrasónica con apoyo de haces luminosos que alcanzaba distancias fabulosas en un tiempo récord. Gracias a estos mensajes o **telegnés**, los gnés habían establecido contacto no visual con otras dos remotas civilizaciones extraterrestres: los **omaás** y los **balabíes**. Los humanos habíamos dejado de estar solos en el Universo.

El impacto de tan fenomenal descubrimiento fue absoluto. Tres días más tarde se firmaba la **Paz Humana** que acabó con las Guerras Robóticas. Aunque el acuerdo se vio sin duda impulsado por el temor que infundieron los extraterrestres en los habitantes de nuestro planeta (el mismo nombre de Paz Humana parece querer resaltar la unidad de la especie contra los alienígenas), en pocos años se fue desarrollando un sentimiento positivo de colectividad que desembocó en el proceso de Unificación y en la creación de los Estados Unidos de la Tierra en 2098. Paralelamente se establecieron contactos con las tres civilizaciones ETS, y sin duda la existencia de la teleportación fue el hecho sustancial que permitió un verdadero intercambio político y cultural entre los cuatro mundos: por primera vez, todos pudieron encontrarse físicamente. Hubo estudios, informes, instrucción intensiva de traductores, negociaciones, preacuerdos, envío de emisarios por TP, miríadas de telegnés surcando las galaxias y una frenética actividad diplomática a través del Universo. Pronto quedó claro que las cuatro especies no competían entre sí de modo alguno y que no podían constituir un peligro las unas para las otras: la distancia entre los planetas de origen es demasiado vasta y el teletransporte es igual de dañino para todos. La grandeza del Cosmos pareció fomentar de alguna manera la grandeza humana y las conversaciones avanzaron en rápida armonía hasta culminar en los Acuerdos Globales de Casiopea de 2096, primer tratado interestelar de la Historia. Los Acuerdos regulan el uso y copyright de las tecnologías ~~(por ejemplo, nosotros compramos telegnés y a nosotros nos compran teleportaciones, pero tanto la propiedad intelectual como los derechos de explotación son exclusivos de la civilización que desarrolló el invento)~~, el intercambio mercantil, el tipo de divisa, el uso del teletransporte, las condiciones migratorias, etcétera. Ante la necesidad de acuñar un término que definiera a los nuevos compañeros del Universo y nos identificara con ellos, se aceptó la expresión **seres sintientes**, proveniente de la tradición budista. Los sintientes (**g'naym**, en lengua gnés; **laluala**, en balabí; **amoa**, en omaanés) conforman un nuevo escalón en la taxonomía de los seres vivos. Si el ser humano pertenecía hasta ahora al Reino *Animalia*, al Phylum *Chordata*, a la Clase *Mammalia*, al Orden *Primates*, a la Familia *Hominidae*, al Género *Homo* y a la Especie *Homo sapiens*, a partir de los Acuerdos se ha añadido un nuevo rango, la Línea *Sintiente*, situada entre la Clase y el Orden, porque, curiosamente, todos los extraterrestres parecen ser mamíferos y poseer pelo de una manera u otra.

Aunque la teleportación ha permitido que las cuatro civilizaciones se hayan intercambiado embajadores, en la Tierra no es muy habitual poder ver a un alienígena en persona. Las delegaciones diplomáticas constan de tres mil individuos cada una, repartidos por las ciudades más importantes de los EUT; a esto hay que sumar unos diez mil omaás que se han tepeado a la Tierra huyendo de una guerra religiosa en su mundo. En total, por lo tanto, hay menos de veinte mil alienígenas en nuestro planeta, un número ínfimo frente a los cuatro mil millones de terrícolas. No obstante, sus peculiares apariencias son sobradamente conocidas gracias a las imágenes de los informativos. El nombre oficial de los extraterrestres es **los Otros**, ~~pero comúnmente se les conoce como *bichos*~~.

—Esto lo encontré en mi mesa hace dos días —dijo Myriam Chi.

Se inclinó hacia delante y entregó a Bruna una pequeña bola holográfica. La rep la colocó sobre su palma y pulsó el botón. Inmediatamente se formó en su mano una imagen tridimensional de la líder del MRR. No tenía más de diez centímetros de altura, pero mostraba con nitidez a una Myriam de cuerpo entero, sonriendo y saludando. De pronto apareció de la nada una mano minúscula armada con un cuchillo, y la hoja, enorme por comparación, rajó de arriba abajo el vientre de la rep y sacó hábilmente el paquete intestinal haciendo palanca con la punta del arma. Las tripas se desparramaron y el holograma se apagó. Eso era todo y era bastante.

—Joder —murmuró Bruna, a su pesar.

Había sentido el impacto de la escena en el estómago, pero una milésima de segundo después consiguió recuperar su aplomo. Volvió a apretar el botón y ahora se fijó mejor.

—Tú sonríes durante todo el tiempo. Debe de ser una imagen de los informativos, o de...

—Es el final de un mitin del año pasado. Lo holografiamos entero y se vende en nuestra tienda de recuerdos. Los simpatizantes lo compran. Es una manera de sacar fondos para el movimiento.

—O sea que puede conseguirlo cualquiera...

—Tenemos muchos simpatizantes y ese holograma es una de nuestras piezas más vendidas.

Bruna advirtió un timbre peculiar en las palabras de Myriam, un retintín irónico, y alzó la vista. La mujer le devolvió una mirada impenetrable. La melena castaña larga y ondulada, el traje entallado, el rostro maquillado. Para ser la líder de un movimiento radical tenía un aspecto curiosamente convencional. Volvió a pulsar la bola. La imagen superpuesta del destripamiento parecía real, no virtual. Posiblemente fuera un animal en algún matadero.

—De hecho es un montaje bastante burdo, Chi. Yo diría que es un trabajo doméstico. Pero resulta muy eficaz, porque toda esa carnicería inesperada y tremenda impide que te fijes en los defectos. ¿Me la puedo quedar?

—Por supuesto.

—Te la devolveré cuando la analice.

—Como puedes comprender, no la quiero para nada... Pero sí, supongo que es una prueba que hay que conservar.

Ah, se dijo Bruna, te he pillado. Myriam había acompañado la frase con un pequeño suspiro, y su actitud firme y algo prepotente de líder mundial que está por encima de estas pequeñeces se había resquebrajado un poco, mostrando un destello de miedo. Sí, claro que estaba asustada, y con razón. Husky recordó con vaguedad otros incidentes anteriores, violentos reventadores en sus mítines e incluso unos supremacistas que intentaron pegarle un tiro, ¿o fue ponerle una bomba? Al llegar a la sede del MRR había tenido que pasar por varios controles, incluyendo un escaneo de cuerpo entero.

—Y dices que, aparte de ti, sólo hay otras dos personas autorizadas para entrar en este despacho.

—Eso es. Mi ayudante y la jefa de seguridad. Y ninguno de los dos abrió la puerta. En el registro de actividad de la cerradura no consta que entrara nadie desde que me fui de aquí la noche anterior hasta que regresé a la mañana siguiente. Y para entonces ya estaba la bola holográfica sobre mi mesa.

—Lo que significa que alguien ha manipulado ese registro... Tal vez alguien de dentro. ¿La jefa de seguridad?

—Imposible.

—Te sorprendería saber las infinitas posibilidades de lo imposible.

Myriam carraspeó.

—Es mi pareja. Vivimos juntas desde hace tres años. La conozco. Y nos queremos.

Bruna tuvo una visión fugaz de Myriam como objetivo amoroso. Esa fría seguridad en sí misma punteada por la fragilidad del miedo. Ese activismo gritón e impertinente unido a su aspecto tradicional. ¡Pero si incluso llevaba las uñas pintadas a la moda retro! Tanta contradicción aumentaba su atractivo. Por un instante, Bruna se dijo que podía entender a la jefa de seguridad. Encontrar sexy a Myriam le puso de mal humor.

—¿Y qué me dices de tu ayudante? ¿También le quieres lo suficiente como para exculparlo? —preguntó con innecesaria grosería.

Myriam Chi no se inmutó.

—Él también está fuera de toda sospecha. Llevamos demasiados años trabajando juntos. No te equivoques, Husky. No pierdas el tiempo mirando donde no debes.

Te repito que esto está relacionado con el tráfico de memorias adulteradas, estoy segura. Eso es lo que tienes que investigar y por eso te he llamado precisamente a ti: porque viste a una de las víctimas.

Sí, se lo había dicho nada más llegar con tono imperativo. La líder del MRR le había explicado que antes de Cata Caín ya había habido otros cuatro reps muertos en condiciones similares. Y que, en cuanto ella se interesó en el asunto y fue a hablar con los amigos y compañeros de las víctimas, empezó a recibir extrañas presiones: llamadas anónimas y no rastreables que le aconsejaban olvidarse de todo, mensajes en su ordenador con un creciente tono de amenaza y, por último, la bola holográfica, más intimidatoria por el hecho de haber aparecido en su despacho que por su truculento contenido. Bruna no estaba acostumbrada a que sus clientes le ordenaran lo que tenía que hacer, antes al contrario. La gente contrataba a un detective privado cuando se encontraba perdida. Cuando se sentía amenazada pero no tenía claro cuál era el peligro, o cuando necesitaba demostrar una oscura sospecha, tan oscura que no sabía ni por dónde empezar a buscar. Los clientes de un detective privado siempre estaban sumidos en la confusión, porque de otro modo hubieran acudido a la policía o a los jueces; y por experiencia Bruna sabía que cuanto más confuso estuviera quien le contratara mejor funcionaba la relación laboral, porque más libertad dejaba el cliente a su sabueso y más le agradecía cualquier pequeño dato que encontrara. En realidad un detective privado era un conseguidor de certezas.

—¿Por qué no has ido a la policía?

Chi sonrió burlonamente.

—¿A la policía humana, quieres decir? ¿Quieres que

vaya a preguntarles por qué hay alguien ahí matando reps? ¿Crees que van a tomarse mucho interés?

—También hay agentes tecnohumanos...

—Oh, sí. Cuatro pobres imbéciles haciendo de coartada. Vamos, Husky, tú sabes que estamos totalmente discriminados. Somos una especie subsidiaria y unos ciudadanos de tercera clase.

Sí, Bruna lo sabía. Pero pensaba que la discriminación contra los reps se englobaba en una discriminación mayor, la de los poderosos contra los pringados. Como esa pobre humana del bar de Oli, la mujer-anuncio de la Texaco-Repsol. El mundo era esencialmente injusto. Tal vez los reps tuvieran que soportar condiciones peores, pero por alguna razón a la detective le ponía enferma sentirse perteneciente a un colectivo de víctimas. Prefería pensar que la injusticia era democrática y atizaba sus formidables palos sobre todo el mundo.

—Además no me fío de la policía porque es probable que el enemigo tenga infiltrados dentro... Estoy convencida de que detrás de este asunto de las memorias adulteradas hay algo mucho más grande. Algo político...

Vaya, pensó Bruna con irritación: seguro que ahora dice que hay una conjura. Estaban entrando en la zona paranoica típica de todos estos movimientos radicales.

—Algo que puede ser incluso una conspiración.

—Bueno, Chi, permíteme que lo ponga en duda. Por lo general no soy nada partidaria de las teorías conspiratorias —exclamó Bruna sin poder evitarlo.

—Me parece muy bien, pero las conjuras existen. Mira las recientes revelaciones sobre el asesinato del presidente John Kennedy. Por fin se ha conseguido saber lo que sucedió.

—Y a estas alturas, siglo y medio después del magnicidio, la verdad no le ha interesado a nadie. No digo que no existan conspiraciones; digo que hay muchas menos de las que la gente imagina, y que suelen ser improvisadas chapuzas, no perfectas estructuras maquiavélicas... La gente cree en las conspiraciones porque es una manera de creer que, en el fondo, el horror tiene un orden y un sentido, aunque sea un sentido malvado. No soportamos el caos, pero lo cierto es que la vida es pura sinrazón. Puro ruido y furia.

Myriam la miró con cierta sorpresa.

—Shakespeare... Una cita muy culta para alguien como tú.

—¿Y cómo soy yo?

—Una detective... Una rep de combate... Una mujer con la cabeza rapada y un tatuaje que le parte la cara.

—Ya. Pues a mí también me sorprende que una líder política reconozca las palabras de Shakespeare. Creía que los activistas como tú dedicaban su vida a la causa. No a leer y a pintarse las uñas.

Myriam sonrió esquinadamente y bajó la cabeza un instante, pensativa; cuando la volvió a levantar, su rostro mostraba de nuevo esa inesperada fragilidad que la detective había creído atisbar momentos antes.

—¿Por qué no te gusto, Husky?

La detective se removió incómoda en el asiento. En realidad se arrepentía de haber hablado tanto. No sabía por qué se estaba comportando de esa manera tan inusual. ¿Discutir sobre el caos de la vida con un cliente? Debía de haber perdido el juicio.

—No es eso. Digamos que me fastidia el victimismo.

¡Había vuelto a hacerlo!, se asombró Bruna. Continuaba polemizando con Chi de manera irrefrenable.

—¿Te parece victimismo que denuncie, por ejemplo,

que los laboratorios no estudian la curación del TTT? Tengo datos: sólo se invierte un 0,2 del presupuesto de investigación médica en la búsqueda de un remedio para el Tumor Total Tecno, aunque los reps somos el 15 por ciento de la población y todos morimos de lo mismo...

Cuatro años, tres meses y veintitrés días, pensó Bruna sin poderlo remediar. Como tampoco pudo remediar el impulso fatal de seguir discutiendo.

—Me parece victimismo creer que el universo entero está confabulado en contra tuya. Como si uno fuera el centro de todo. El sentimiento de superioridad es un defecto que suele acompañar al victimismo... Como si uno tuviera algún mérito por ser como el azar le ha hecho ser.

—El azar y la ingeniería genética de los humanos, en nuestro caso... —susurró Myriam.

Las dos mujeres se quedaron calladas y los segundos pasaron con embarazosa lentitud.

—Te conozco, Bruna —dijo al fin la líder del MRR con voz suave.

Tan suave que el repentino uso del nombre propio pareció algo necesario y natural.

—Conozco a la gente como tú. Estás tan llena de rabia y de pena que no puedes poner palabras a lo que sientes. Si admites tu dolor temes terminar siendo tan sólo una víctima; y si admites tu furia temes acabar siendo un verdugo. La cuestión es que detestas ser un rep, pero no lo quieres reconocer.

—No me digas...

—Por eso te inquieto y te intrigo tanto... —prosiguió Myriam inmutable—. Porque represento todo lo que temes. Esa naturaleza rep que odias. Relájate: en realidad se trata de un problema muy común. Mira a los de la Plataforma Trans... Ya sabes, esa asociación que engloba a todos los que quieren ser lo que no son... Mujeres que quieren ser hombres, hombres que quieren ser mujeres, humanos que quieren ser reps, reps que quieren ser humanos, negros que quieren ser blancos, blancos que quieren ser negros... Por ahora parece que no ha habido *bichos* que quieran ser terrícolas y viceversa, pero todo se andará, todavía llevamos poco tiempo de contacto con los alienígenas. Creo que tanto los humanos como los reps somos criaturas enfermas, siempre nos parece que nuestra realidad es insuficiente. Por eso consumimos drogas y nos metemos memorias artificiales: queremos escapar del encierro de nuestras vidas. Pero te aseguro que la única manera de solucionar el conflicto es aprender a aceptarte y encontrar tu propio lugar en el mundo. Y eso es lo que hacemos en el MRR. Por eso nuestro movimiento es importante, porque...

A su pesar, Bruna había seguido con cierta atención las palabras de Chi, pero cuando la mujer citó el MRR, una burbuja de irrefrenable y liberador sarcasmo subió a la boca de la detective.

—Elocuente homilía, Chi. Un mitin estupendo. Deberías holografiarlo y venderlo en vuestra tienda de recuerdos. Pero ¿qué te parece si volvemos a lo nuestro?

Myriam sonrió. Una pequeña mueca apretada y fría.

—Por supuesto, Husky. No sé en qué estaba pensando. Olvidé que te acabo de contratar y que cobras por horas. Mi ayudante te dará la documentación que hemos reunido sobre los casos anteriores y tratará contigo el tema de tus honorarios. Puedes pedirle que añada unas cuantas gaias por el tiempo que has empleado en escuchar el mitin.

Bruna sintió el escozor de la pequeña humillación.

Era como haber sido abofeteada. Y, de alguna manera, con razón.

—Perdona si antes te he parecido grosera, Chi, pero...

Myriam la ignoró olímpicamente y siguió hablando. O más bien ordenando:

—Sólo una cosa más: quiero que vayas a ver a Pablo Nopal.

—¿A quién?

—A Nopal. El memorista. ¿No sabes quién es? Pues deberías. Para su desgracia, es bastante conocido...

El nombre de Pablo Nopal despertó en efecto vagas resonancias dentro de la cabeza de la detective. ¿No era uno que había sido acusado de asesinato?

—Tuvo problemas con la justicia, ¿no?

—Exacto.

—No recuerdo bien. No me gustan los memoristas.

—Peor para ti, porque me parece que en este caso vas a tener que hablar con unos cuantos. Vete a ver a Nopal enseguida. Puede que él sepa quién ha redactado las memorias adulteradas. A ver qué le sacas. Eso, lo primero. Y luego ven a contármelo. Quiero que los informes me los des sólo a mí. Esto es todo por ahora, Bruna Husky. Espero tener noticias pronto.

—Un momento, no hemos hablado de tu seguridad... Creo que deberías cambiar tus costumbres y tomar ciertas medidas suplementarias, tal vez tendríamos que...

—No es la primera vez que me amenazan de muerte y sé muy bien cómo defenderme. Además, dispongo de una excelente jefa de seguridad, como te he dicho. Y ahora, si no te importa, tengo una mañana muy complicada...

Bruna se puso en pie y estrechó la mano de la mujer. Una mano de consistencia dura y áspera, pese a las uñas pintadas en un delicado tono azul pastel. En la pared, detrás de la silla de Myriam, había un retrato enmarcado del inevitable Gabriel Morlay, el mítico reformador rep. Qué joven parecía. Demasiado joven para su fama. Chi, en cambio, mostraba pequeñas arrugas en las comisuras de la boca y cierta falta de frescura general. Debía de estar ya cerca de su TTT, aunque seguía siendo una mujer hermosa. El atractivo de Myriam volvió a llegar a Bruna como una ráfaga de aire. La detective se sintió insatisfecha e incómoda. Sospechaba que se había comportado como una idiota. Expulsó ese molesto pensamiento de su cabeza e intentó concentrarse en su nuevo trabajo. Tendría que hablar con esa jefa de seguridad tan excelente, se dijo. El hecho de que fuera la pareja sentimental de Myriam Chi no sólo no la exculpaba, sino que la convertía en sospechosa. Estadísticamente estaba comprobado que el dinero y el amor eran las causas principales de los delitos violentos.

Tras la entrevista con Chi, la detective regresó a casa en el tranvía aéreo y, antes de subir a su piso, pasó por el supermercado de la esquina y compró provisiones y una nueva tarjeta de agua purificada. En las temporadas en las que no tenía trabajo la androide nunca encontraba el momento de atender las necesidades cotidianas, pese a disponer supuestamente de todo su tiempo. La despensa se vaciaba, las superficies se iban cubriendo de capas de polvo y las sábanas se eternizaban en la cama hasta adquirir un olor casi sólido. Sin embargo, cuando recibía un encargo Bruna necesitaba poner orden en su entorno para poder sentir ordenada la cabeza. Tener la mente a punto era un requisito esencial en su oficio, porque el buen detective no era el que mejor investigaba, sino el que mejor pensaba. De manera que, tras guardar la compra en la cocina e insertar la tarjeta de agua en el contador, Bruna dedicó un par de horas a limpiar y ordenar la casa, lavar la ropa sucia y tirar las botellas vacías que se alineaban como bolos junto a la puerta.

Luego se sirvió una copa de vino blanco, se sentó frente a la pantalla principal y, durante un par de minutos, disfrutó de la pulcra calma de su apartamento. Se puso a pensar en su nuevo caso y sobre la manera de enfocarlo. Los primeros movimientos de una investigación eran importantes; si te equivocabas, a veces podías terminar perdiendo mucho tiempo y añadiendo confusión a lo confuso. Cogió su tablilla electrónica, porque tomar notas manuales parecía ayudarle a reflexionar, y comenzó a apuntar las ideas que le rondaban la cabeza. Aunque no se trataba de una lista de prioridades, un resabio rebelde le hizo dejar para más tarde al memorista, desoyendo las palabras de la líder rep, que le había conminado a empezar por ahí. Pero escribió en la tablilla: «¿Por qué Chi interesada en Nopal?» Debajo fue añadiendo otras frases con el punzón: «Holograma», «Amenazas a Chi», «Registro cerradura: MRR», «Traficantes», «Documentar cuatro casos anteriores», «Las víctimas, ¿azar o elección?». Tras dudar un poco, añadió: «Pablo Nopal.» Se dijo que colocarlo en el octavo lugar ya era desobediencia suficiente al mandato de Myriam.

Abrió la bola holográfica y sacó el chip. Lo metió en el ordenador y comenzó a desmenuzar la imagen con un programa de análisis. Era el mismo programa que usaba la policía, una poderosa herramienta que enseguida rehízo el fragmento inicial de Myriam y mostró las credenciales de la imagen, que por supuesto correspondían al MRR. En cuanto al añadido truculento, el sistema no consiguió encontrar en la Red la secuencia original, de manera que la reconstruyó de manera hipotética. Se trataba del destripamiento de un cerdo y tal vez proviniera de un matadero legal, porque el animal parecía haber sido ejecutado previamente con el método reglamentario de anestesia y electropunción. Las credenciales habían sido cuidadosamente borradas, así como todo rastro electrónico, lo que hacía que el lugar fuera prácticamente imposible de localizar. Aunque había disminuido mucho el número de mataderos, en parte por la creciente sensibilidad animalista y en parte porque, para reducir las emisiones de CO_2, el Gobierno obligaba a sacar una carísima licencia para comer carne, aún quedaban cientos de ellos en funcionamiento en todo el planeta, y además la grabación podría haber sido hecha en cualquier momento durante los tres últimos años, que era, según el programa, la vejez máxima del soporte. En cuanto al chip en sí y la bola holográfica, eran unos productos básicos y totalmente vulgares, los mismos que podría comprar un escolar en la todotienda de la esquina para preparar un holograma para su clase. Iba a ser muy difícil poder extraer algún dato de utilidad de todo ello. No obstante, inició un análisis exhaustivo de la secuencia del cerdo y lo dejó trabajando en segundo plano. Tardaría horas en completarse.

Decidió hacer una pausa para tomar algo. Metió en el chef-express una bandeja individual de croquetas de pescado prensado y en un minuto ya estaba cocinada. Quitó la tapa, se sirvió otra copa de vino y regresó ante la pantalla principal para comer directamente del envase.

—Busca Pablo Nopal —dijo en voz alta.

Aparecieron varias posibilidades y Bruna tocó una, pringando ligeramente la pantalla con la grasa de la comida. De inmediato se vio la imagen del hombre, una foto tridimensional de la cabeza, a tamaño real, en el lado derecho de la pantalla, y varias filmaciones en movimiento en el lado izquierdo. Moreno, delgado, con la nariz estrecha y larga, los labios finos, grandes ojos negros. Un tipo atractivo. Tenía treinta y cinco años. La edad del TTT, si fuera un rep. Pero no lo era. Nopal, decía la ficha, era dramaturgo y novelista, además de memorista. Y en efecto gozaba de cierta celebridad, no sólo por sus libros, bastante apreciados, sino también por el par de escándalos que tenía a sus espaldas. Siete años atrás había sido acusado del asesinato de un anciano tío suyo, un viejo patricio millonario del que casualmente él era el único heredero. Incluso permaneció algunos meses en prisión preventiva, pero al final hubo un oscuro asunto de contaminación de muestras y Nopal salió absuelto por falta de pruebas. Sin embargo su reputación quedó manchada y muchos siguieron creyéndolo culpable; de hecho, el Gobierno dejó de encargarle memorias a raíz de aquello, de modo que el hombre no había vuelto a ejercer ese trabajo. Al menos oficialmente, se dijo Bruna, porque las memorias del mercado negro también necesitaban un memorista que las escribiera. Tres años después de su absolución, Nopal se vio de nuevo implicado en otra muerte violenta, esta vez la de su secretario particular. Él había sido el último en ver a la víctima con vida y estuvo algún tiempo en el punto de mira de la policía, aunque al final ni siquiera llegó a ser procesado. Como es natural, todos estos turbios incidentes aumentaron las ventas de sus libros. No había como tener una reputación fatal para hacerse famoso en este mundo.

Bruna miró con atención el rostro de Nopal. Sí, era atractivo pero inquietante. Una sonrisa fácil pero demasiado burlona, demasiado dura. Unos ojos de expresión indescifrable. Había publicado tres novelas, la primera a los pocos meses de la muerte de su tío. Se titulaba *Los violentos* y su aparición fue celebrada como un pequeño acontecimiento cultural. Bruna marcó su contraseña y su número de crédito, pagó cinco gaias por el libro y descargó el texto en la tablilla electrónica. Pensaba echarle simplemente una ojeada, pero empezó a leer y no pudo parar. Era una novela corta y desasosegante, la historia de un chico que vivía en una zona de Aire Cero. Bruna había estado durante la milicia en uno de esos sectores hipercontaminados y marginales, y tuvo que reconocer que el autor sabía transmitir la desesperada y venenosa atmósfera del maldito agujero. El caso era que el chico se hacía amigo de una adolescente recién llegada, la hija de una jueza. Los magistrados, como los médicos, los policías y otros profesionales socialmente necesarios, eran destinados a los sectores de aire sucio cobrando el doble y durante un máximo de un año, para evitar repercusiones en la salud; y aun así, Bruna lo sabía, muchos se negaban a ir. La novela narraba la relación de los muchachos durante esos doce meses; al cabo, la noche antes de la partida de la jueza y su familia, los dos adolescentes mataban a la madre de la chica a martillazos. La escena era brutal, pero la novela estaba escrita de un modo tan convincente, tan veraz y angustioso, que Bruna experimentó una clara complicidad con los asesinos y deseó que escaparan de la justicia. Cosa que no conseguían: el final de la historia era deprimente.

Bruna apagó la tablilla, entumecida tras haber pasado varias horas en la misma posición y con una rara sensación de desconsuelo. Había algo en esa maldita novela que parecía que estaba escrito sólo para ella. Algo extrañamente cercano, reconocible. Algo que rozaba lo insoportable. Cuatro años, tres meses y veintitrés días.

Se puso en pie de un salto y caminó enfebrecida de un lado a otro. El piso no tenía más que dos ambientes, la sala-cocina y el dormitorio, y ninguna de las dos habitaciones era muy grande, de manera que con dar dos zancadas topaba con algún límite y tenía que volverse. Miró a través del ventanal: la ciudad brillaba y zumbaba en la oscuridad. Se acercó al gran tablero del rompecabezas: llevaba más de dos meses haciendo ese puzle y todavía le quedaba un agujero central de casi un centenar de piezas. Era uno de los más difíciles de cuantos había hecho: se trataba de una imagen del Universo, y había muchísima negrura y pocos cuerpos celestes por los que orientarse. Miró durante un rato los bordes dentados del hueco y manoseó las piezas sueltas, intentando encontrar alguna que encajara. El orden escondido dentro del caos. Por lo general, cuando resolvía rompecabezas se encontraba más cerca de la serenidad que en ningún otro momento de su crispada vida, pero ahora no podía concentrarse y terminó por abandonar sin haber conseguido colocar ni un solo fragmento más. La culpa era de Nopal, se dijo, y de esa asquerosa novela que ella había sentido tan cercana; los jodidos memoristas eran todos igual de perversos, igual de repugnantes. Entonces, y como tantas otras veces en las que el desasosiego le estallaba dentro del cuerpo, Bruna decidió ir a correr: el cansancio físico era el mejor tranquilizante. Se puso unos viejos pantalones de deporte y las zapatillas y abandonó el apartamento. Cuando pisó la calle eran las doce en punto de la noche.

Salió disparada en dirección al parque, primero tan descontrolada y tan deprisa que enseguida se quedó sin aliento. Redujo el paso y procuró tomar un ritmo equilibrado, respirar bien, acomodar el cuerpo. Poco a poco fue entrando en esa cadencia relajante e hipnótica de las buenas carreras, sus pies casi ingrávidos tocando la acera al compás de los latidos del corazón. Por encima de su cabeza, las pantallas públicas derramaban los estúpidos mensajes habituales, gracietas juveniles, clips musicales, imágenes privadas de las últimas vacaciones de alguien o noticias cubiertas por periodistas aficionados. En una pantalla vio cómo estallaba un Ins en Gran Vía, por fortuna no causando más muerte que la suya. Menos mal que por ahora los Terroristas Instantáneos eran tan incompetentes y tan lerdos que casi nunca lograban hacer mucho daño, pensó la androide; pero cuando esos chiflados antisistema aprendieran a organizarse y a fabricar bien sus bombas caseras, los Ins se iban a convertir en una pesadilla: todas las semanas se inmolaba alguno en Madrid por no se sabía muy bien qué razón. Bruna entró en el parque por la puerta de la esquina y cruzó el recinto en diagonal. No era un parque vegetal, sino un pulmón. A la rep le gustaba correr entre las hileras de árboles artificiales porque le era más fácil respirar: absorbían mucho más anhídrido carbónico que los parques auténticos y realmente se notaba la elevada concentración de oxígeno. Yiannis le había contado que, décadas atrás, los árboles artificiales se construían imitando más o menos a los verdaderos, pero ya hacía mucho que se habían abandonado esas formas absurdamente miméticas para buscar un diseño más eficiente. La androide conocía por lo menos media docena de modelos de árboles, pero los de este parque-pulmón, propiedad de la Texaco-Repsol, eran como enormes pendones de una finísima red metálica casi transparente, tiras flotantes de un metro de anchura y tal vez diez de altura que se mecían con el viento y producían pequeños chirridos de cigarra. Cruzar el parque era como atravesar las barbas de una inmensa ballena.

Cuando salió al otro lado, Bruna se sorprendió a sí misma torciendo hacia la derecha, en vez de ir a la izquierda y regresar a casa por la avenida de Reina Victoria, como tenía pensado. Trotó durante un minuto sin saber muy bien adónde iba, hasta que comprendió que se dirigía hacia los Nuevos Ministerios, uno de los agujeros marginales de la ciudad, una zona de prostitución y de venta de droga: tal vez pudiera encontrar allí algún traficante de memoria. No era el sitio más recomendable por el que pasearse de noche y sin armas, pero, por otra parte, un rep de combate haciendo deporte tampoco debía de ser el objetivo más deseable para los malhechores.

Pese a su nombre, los Nuevos Ministerios eran muy viejos. Habían sido construidos dos siglos atrás como centros oficiales; se trataba de un conjunto de edificios unidos entre sí que formaban una gigantesca mole zigzagueante, y debió de ser un mamotreto de cemento feo e inhóspito desde el momento de su inauguración. Durante las Guerras Robóticas los Nuevos Ministerios fueron empleados para realojar a las personas desplazadas, y luego no hubo manera de sacarlas de allí. Los refugiados iniciales realquilaron cuartos de forma ilegal a otros inquilinos y el entorno se degradó rápidamente. Las ventanas estaban rotas, las puertas quemadas y los antiguos jardines eran mugrientas explanadas vacías. Pero también había bares bulliciosos, sórdidos fumaderos de Dalamina, cabarets miserables. Todo un mundo de placeres ilegales regido por las bandas del lugar, que eran quienes pagaban por los derechos del aire.

Bruna llegó al perímetro exterior de los Nuevos Ministerios y pasó frente al *Cometa*, el local más famoso de la zona, un antro fronterizo hasta el que llegaban algunos clientes acomodados deseosos de asomarse al lado oscuro de la vida. La música era atronadora y en las proximidades de la puerta había bastantes personas. La mayoría, cuerpos de alquiler, calculó la detective con una rápida ojeada. Justo en ese momento un chaval de aspecto adolescente se emparejó con ella y se puso a trotar a su lado.

—Hola, chica fuerte... Veo que te gusta el deporte... ¿Te apetece hacer gimnasia conmigo dentro? Hago maravillas...

Bruna le miró: tenía los típicos ojos de pupila vertical, pero se le veía demasiado joven para ser un androide. Claro que podía haberse hecho una operación estética... Aunque lo más probable era que llevara lentillas para parecer un rep. Muchos humanos sentían una morbosa curiosidad sexual por los androides, y los prostitutos se aprovechaban de ello.

—¿Eres humano o tecno?

El muchacho la miró, dubitativo, sopesando qué respuesta le convenía más.

—¿Qué prefieres que sea?

—En realidad me importa un rábano. Era curiosidad, no negocios.

—Venga, anímate. Tengo *caramelos*. De la mejor calidad.

Caramelos. Es decir, oxitocina, la droga del amor. Una sustancia legal que compraban las parejas estables en las farmacias para mejorar y reverdecer su relación. Ahora bien, los *caramelos* eran cócteles explosivos de oxitocina en dosis masivas combinada con otros neuropéptidos sintéticos. Una verdadera bomba, por supuesto prohibida, que Bruna había tomado alguna vez con fulminante efecto. Pero no era ni el momento ni el lugar.

—No pierdas tu tiempo. Te lo digo en serio. No quiero nada de lo que ofreces.

El joven frunció ligeramente el ceño, algo disgustado pero lo suficientemente profesional como para seguir siendo encantador. Como siempre se repetía a sí mismo, un rotundo *no* de hoy podía ser un *sí-clávamela* de mañana.

—Está bien, cara rayada... Otro día será. Y yo que tú, guapa, no seguiría corriendo por ahí... Es una zona mala, incluso para las chicas fuertes.

Habían llegado al primer edificio, allí donde empezaban las oscuras explanadas del interior. El tipo dio la vuelta y comenzó a trotar hacia la ya lejana luz del *Cometa*. Entonces Bruna tuvo una idea.

—¡Espera!

El chico regresó, sonriente y esperanzado.

—No, no es eso —se apresuró a decir la rep—. Es sólo una pregunta: los *caramelos* se los comprarás a alguien, ¿no?

—¿Quieres que te pase alguno?

—No, tampoco es eso. Pero me interesan los que venden drogas. ¿Conoces a los traficantes de por aquí?

Al muchacho se le borró la sonrisa de la boca.

—Oye, no me busques líos. Yo me largo.

Bruna le agarró por el brazo.

—Tranquilo. No soy policía, tampoco *camello*, no tengas miedo. Te daré cien ges si contestas unas preguntas sencillísimas.

El prostituto se quedó pensando.

—Primero dame el dinero y luego te contesto.

—Está bien. No llevo efectivo, así que ponte en modo receptor.

Activaron los móviles y Bruna tecleó en el suyo la cantidad de 100 gaias y envió la orden. Un pitido señaló la transferencia del dinero.

—Vale. Tú dirás.

—Estoy interesada en las memorias artificiales. ¿Sabes de alguien que venda por aquí?

—¿Las *memas*? No sé. No uso. Pero allí al fondo, al otro lado de esa caseta medio derruida, donde está el farol rojo, hay un fumadero. Y tengo oído que más allá del fumadero, entre los arcos, es donde se ponen los traficas.

—¿Tienes oído? No fastidies. ¿Y tú de dónde sacas los *caramelos*?

—Oye, yo soy un profesional... Tengo un proveedor personal que me lo lleva a casa, todo un señor, nada que ver con esto, él sólo vende oxitocina. Aquí son drogas duras, *fresas*, *memas*, *hielo*... Yo de eso no sé nada, no me drogo. Salvo los *caramelos*, que son parte de mi trabajo. Lo siento, pero no te puedo decir más. Vete hasta el farol rojo y mira bajo los arcos que hay a la izquierda.

La androide suspiró.

—Esa información no vale el dinero que te he dado.

—¿Qué quieres? ¡Soy un buen chico! —contestó el otro con una sonrisa encantadora.

Y, dando media vuelta, echó a correr hacia el bar.

Bruna comenzó a atravesar la sórdida explanada. La mitad de las luces estaban rotas y las sombras se remansaban de modo irregular, grumos de tinieblas en la penumbra. Por fortuna ella podía ver bastante bien en la oscuridad, gracias a los ojos mejorados de los reps. Se suponía que las pupilas verticales servían para eso, aunque Myriam Chi y otros extremistas dijeran que los ojos gatunos no eran más que un truco segregacionista para que los reps pudieran ser fácilmente reconocidos. En cualquier caso la visión nocturna permitió a la detective distinguir a varias decenas de personas que, solas o en grupo, deambulaban por el lugar. Se cruzó con tres o cuatro, seres huidizos que se apartaban de su paso. También había algunos tipos durmiendo en el suelo, o quizá estuvieran desmayados, o quién sabe si muertos, yonquis con el cerebro quemado por la droga; no eran más que unos bultos oscuros, apenas distinguibles de los cascotes y demás desperdicios que cubrían la zona. Cerca de la puerta del fumadero vio un par de replicantes de combate, sin duda gorilas contratados. La miraron pasar con gesto furioso, como perros guardianes desesperados por no poder abandonar su puesto para ir a morder al intruso. Bruna se metió bajo los arcos, dejando el fumadero a la espalda. La luz roja del farol teñía la penumbra con un resplandor sanguinolento y fantasmal. Caminó lentamente por la arquería; delante de ella se iba espesando la oscuridad. Algunas pilastras más allá le pareció ver la silueta de una persona; estaba concentrada en distinguir su aspecto cuando alguien se le echó encima bruscamente. Con un reflejo de defensa automático, la rep agarró por los brazos al agresor y ya estaba a punto de machacarle la cabeza contra el muro cuando comprendió que no era un asaltante, sino un pobre idiota que había chocado sin querer contra ella. Peor aún: era un niño. Un verdadero niño. El crío la miraba aterrado. Bruna advirtió que casi lo tenía levantado en vilo y le soltó con suavidad. Por todos los demonios, si no parecía ni alcanzar la edad reglamentaria.

—¿Cuántos años tienes?

—Ca... catorce —farfulló el chico, frotándose los antebrazos con gesto dolorido.

¡Catorce! ¿Qué diantres hacía en la calle, saltándose el toque de queda para adolescentes?

—¿Qué haces aquí?

—He que... quedado con un amigo...

La androide observó el temblor de sus manos, las

manchas de su cara, los dientes grisáceos. Eran los efectos de la *fresa*, de la Dalamina, la droga sintética de moda. Tan joven y ya estaba hecho polvo. La sombra que Bruna había visto unos cuantos arcos más allá se acercaba ahora con paso tranquilo. Llegó junto a ellos y sonrió apaciguadoramente. Era una mujer de unos cincuenta años con una oreja mucho más arriba que la otra: debía de ser una mutante deformada por la teleportación. La oreja fuera de lugar asomaba entre sus ralos cabellos casi en lo alto de la cabeza, como las de los perros.

—Hola... ¿qué buscas por aquí, amiga tecno?

Tenía una voz sorprendentemente hermosa, modulada y suave como un roce de seda.

—Yo quiero *fresa*... Quiero *fresa*... —interrumpió el chaval, agitado por su necesidad.

—Calla, niño... ¿Por quién me tomas?

—Sarabi, dame la pastilla, por favor —gimió él.

La mutante miró de arriba abajo a Bruna, intentando deducir si la rep suponía algún riesgo.

—Dale la maldita droga al chico. A mí me da igual —dijo la detective.

Y era verdad, porque el niño ya era un adicto y necesitaba la dosis para paliar el *mono*, y porque esa criatura de cuerpo esmirriado seguramente había robado y pegado y quizá incluso matado para conseguir el dinero de su dosis. Bandadas de chavales asilvestrados aterrorizaban la ciudad y ni siquiera el toque de queda conseguía contenerlos de manera eficaz. Cuando pensaba en esos adolescentes feroces, a Bruna le apenaba un poco menos saber que no podía tener hijos.

—Pero es que no te conozco —gruñó la mujer.

—Yo a ti tampoco —respondió Bruna.

—¿Puedo usar un cazamentiras?

—¿Ese chisme ridículo? Bueno, ¿por qué no?

La mujer sacó una especie de pequeña lupa y la colocó delante de uno de los ojos de Bruna.

—¿Tienes intención de causarme algún mal? —preguntó con tono enfático.

—Claro que no —contestó la detective.

La mutante guardó la lupa, satisfecha. Se suponía que los cazamentiras captaban ciertos movimientos del iris cuando alguien no decía la verdad. Se vendían por diez gaias por catálogo y eran un verdadero timo.

—Por favor, por favor, Sarabi, dame la *fresa*...

—Tranquilo, chico. Puede que tenga algo para ti, pero antes tú también tienes que darme algo...

—Sí, sí, claro... Toma...

El crío sacó de los bolsillos varios billetes arrugados que la mutante estiró y contó. Luego rebuscó en su mochila de polipiel marrón y extrajo un blíster transparente con un pequeño comprimido de color fucsia. El chico se lo arrebató de la mano y salió corriendo. La mutante se volvió hacia Bruna.

—Todavía no me has dicho qué es lo que quieres...

La bella voz parecía una anomalía más en un personaje tan siniestro.

—Quiero una *mema*. ¿Tú vendes?

La mujer hizo un gesto mohíno.

—Mmm, una memoria artificial... Ésas son palabras mayores. En primer lugar, son muy caras...

—No importa.

—Y además yo no trafico con eso.

—Vaya. ¿Y dónde puedo encontrar a quien lo haga?

La mujer miró alrededor como si estuviera buscando a alguien y Bruna siguió la línea de sus ojos. Aparentemente en la arquería no había nadie, aunque algunos metros más allá el lugar quedaba sepultado entre las sombras incluso para la visión mejorada de la detective.

—La verdad, no sabría decirte. Antes solían venir por aquí un par de vendedores de *memas*, pero hace varias semanas que no los veo. Parece que las cosas se están poniendo feas en el mercado de memorias... Ya sabes, por los muertos rep... Perdón, tecno.

—Sí, esas dos víctimas recientes... —dijo Bruna, lanzando un globo sonda.

—Mmm, más de dos, más de dos. Ya ha habido otras antes.

—¿Cómo lo sabes?

—Bueno, tengo orejas... como sin duda ves —dijo la mutante, con un golpe de risa.

Luego se puso súbitamente seria.

—¿Cuánto estás dispuesta a pagar por la *mema*? Por una de primera calidad, escrita por un verdadero artista memorista.

—¿Cuánto costaría?

—Tres mil gaias.

Bruna se quedó sin aire pero intentó mantener la expresión impasible. En fin, esperaba que en el MRR no le pusieran reparos a la cuenta de gastos.

—De acuerdo.

—Pues mira, entonces has tenido suerte. Porque yo no trafico con esto, pero casualmente tengo aquí una *mema* buenísima que me dio un colega para pagar una deuda. ¿Tienes los tres mil ges?

—No en efectivo. Te transfiero.

La mujer agitó las manos delante de ella como si estuviera borrando el vaho de un espejo.

—No me gusta usar móviles. Dejan rastro.

—Pues es lo que hay. O eso, o nada.

La mutante pensó y refunfuñó durante medio minuto. Después sacó del bolso un tubo metálico largo y estrecho y se lo enseñó a Bruna. Bien podría haberle enseñado un termómetro para gallinas, porque la rep no había visto nunca un aplicador de memorias semejante. La mujer manipuló el ordenador de su muñeca.

—De acuerdo. Estoy lista. Haz la operación.

Cuando sonó el pitido verificó los datos y luego entregó el tubo a la detective. Tenía como medio centímetro de diámetro y unos veinte de longitud y quizá fuera de titanio, porque no pesaba nada. Bruna le dio unas cuantas vueltas entre los dedos.

—Ya sabes, la *mema* está dentro. Aquí. Mírala. Y esto es la pistola de inserción. ¿Sabes cómo funciona?

—Supongo que sí, aunque los aplicadores que yo conozco son distintos. Más grandes y más parecidos a una verdadera pistola.

—Entonces hace tiempo que no ves una *mema*. Tienes que meterte este extremo más delgado en la nariz, métele todo lo que puedas y pulsa a la vez estos dos botones... entonces la pistola hará sus mediciones y colocará la memoria para que tenga la trayectoria adecuada. Y cuando lo haya hecho, dará un pitido de aviso y disparará. Tarda como un minuto. Tienes que quedarte lo más quieta posible durante todo el proceso. Apoya la cabeza en algún lado. Y fíjate bien qué punta te metes en la nariz, o te clavarás la *mema* en la mano... Que lo disfrutes.

Había dado las explicaciones con cierto matiz burlón en su voz sedosa, como si le divirtiera la ignorancia de Bruna. O quizá, sospechó la rep mientras veía desaparecer a la mujer entre los arcos, como si se regocijara de haberle cobrado más de lo debido. Ríe mientras puedas, se dijo la rep vengativamente: si descubría que la mutante estaba implicada de algún modo en las muertes se le iban a acabar las alegrías. La androide respiró hondo, intentando deshacer cierta opresión del pecho, y emprendió el camino de regreso. Hacia la mitad de la explanada echó a correr y no aflojó el ritmo hasta llegar a casa. Cuando entró en su piso apretaba tanto el tubo metálico que tenía las uñas marcadas en la palma.

Estaba empapada de sudor y con el estómago revuelto. Miró la *mema* y pensó: es como tener un cadáver en mi mano. Aún peor: era como tener a alguien vivo encerrado ahí dentro. Una existencia entera que aguardaba con ansiedad su liberación, como el genio de la botella de *Las mil y una noches*. Recordó al par de reps de combate a los que había visto meterse una memoria, bastante tiempo atrás, en la milicia. No parecía demasiado agradable, al menos al principio: los tipos vomitaron. Pero algo bueno tendría cuando tantos lo hacían. Bruna se introdujo el tubo en la nariz. Estaba de pie, en mitad del cuarto, sin apoyarse. No se iba a disparar, sólo era por probar. El metal estaba frío y resultaba un poco asfixiante tener eso ahí dentro. ¿Dolería? Con sólo pulsar dos botones poseería otra vida, sería otra persona. Sintió un conato de náuseas. Sacó el tubo y lo arrojó sobre la mesa. Necesitaba buscar a alguien que analizara la *mema*. Tal vez fuera uno de los implantes adulterados.

Tanto el metro como los trams estaban en huelga, de modo que las cintas rodantes iban tan atiborradas de personas que el excesivo peso ralentizaba la marcha y en algunos casos incluso llegaba a detenerla. No había manera de encontrar un taxi libre y algunos, desesperados, intentaban hacer autoestop con los vehículos privados. Pero ya se sabía que los pocos individuos autorizados a poseer coche propio no solían ser los más solidarios.

Bruna había salido con tiempo de casa previendo la larga caminata y la confusión habitual de los días de huelga, pero aun así le estaba costando abrirse paso entre los centenares de bicicletas y viandantes. Eran las 17:10, una hora punta, y ya estaba llegando diez minutos tarde a su cita con Pablo Nopal. El memorista le había propuesto que se encontraran en el Museo de Arte Moderno, un lugar incómodo e inadecuado para hablar. Pero Bruna no podía imponer sus condiciones: era ella quien había pedido la reunión. Subió de dos en dos el centenar de pequeños escalones que parecían derramarse como una cascada de hormigón en torno al enorme cubo luminoso del museo, arrimó el móvil de su muñeca al ojo cobrador de la entrada y atravesó el vestíbulo como una exhalación, camino de la sala de exposiciones temporales. Allí, en el umbral, vio al memorista. Camisa blanca sin cuello, pantalones negros amplios, un lacio flequillo oscuro sobre la frente. La imagen misma del descuido elegante. Ese pelo tan lustroso ¿era producto de un tratamiento capilar de lujo o de la herencia genética de varias generaciones de antepasados ricos? El escritor estaba recostado con graciosa indolencia contra la pared. Al advertir la llegada de la detective, sonrió de medio lado y se puso derecho. Sólo se habían visto en la pantalla cuando fijaron la cita, pero sin duda la androide era fácilmente reconocible.

—Llegas tarde, Husky.

—La huelga. Lo siento.

Bruna lanzó una ojeada a su alrededor. En el vestíbulo principal que acababa de atravesar había unos cuantos sillones. Y al fondo, una cafetería.

—¿Dónde quieres que hablemos? ¿Nos sentamos allí? ¿O quizá prefieres tomar algo en el café?

—¡Espera! ¿Tienes prisa? Primero podríamos echarle un vistazo a la exposición.

La rep le observó con inquietud. No sabía qué se proponía Nopal, no entendía muy bien cuál era el juego, y eso siempre le causaba desasosiego. El hombre tenía más o menos la misma altura que ella y sus ojos quedaban justo frente a los suyos. Demasiado cercanos, demasiado inquisitivos. Por el gran Morlay, cómo detestaba a los memoristas. La detective apartó la mirada sin poderlo evitar y fingió interesarse en el cartel anunciador de la muestra. Lo leyó tres veces antes de ser consciente de lo que decía.

—«Historia de los Falsos: el fraude como arte revolucionario» —dijo en voz alta.

—Interesante, ¿no? —comentó Nopal.

La androide le miró. ¿A qué venía todo esto? ¿Encerraba un mensaje? ¿Una segunda intención? La detective ya había oído hablar de esta exposición y nunca hubiera venido a verla por sí misma. Le irritaba el fenómeno de los Falsos, que eran la última moda dentro del arte plástico. Críticos pedantes y estetas delirantes habían decretado que la impostura era la manifestación artística más pura y radical de la modernidad, la vanguardia del siglo XXII. Los artistas más cotizados del momento eran todos falsificadores de éxito cuyas obras pasaron por auténticas durante cierto tiempo. Porque, como le había explicado Yiannis, que siempre sabía de todo, para ser un verdadero Falso no sólo había que mimetizar a la perfección el cuadro o la escultura de un artista famoso, sino que había que conseguir que alguien se lo creyera: un comprador, un galerista, un museo, los críticos, los medios de comunicación. Cuanto más grande el engaño, mayor el prestigio de la falsificación una vez desenmascarada la impostura; y si nadie advertía el artificio y era el propio artista quien tenía que desvelarlo al cabo de algún tiempo, entonces el objeto era considerado una obra maestra. Esta moda había cambiado el mundo del arte: ahora en las subastas mucha gente pujaba locamente por un Goya, o un Bacon, o un Gabriela Lambretta, con la secreta esperanza de que, en unos pocos meses, se descubriera que era un Falso y triplicara su valor.

—Pues, a decir verdad, es un tema que no me interesa nada —gruñó Bruna.

—¿No? Qué extraño, pensé que te gustaría.

—¿Por qué? ¿Porque yo también soy una copia, una imitación, una falsificación de ser humano?

Pablo Nopal sonrió de una manera encantadora. Encantadora y nada fiable. Echó a andar por la sala y Bruna se vio obligada a seguirle. Era un hombre delgado y se movía de una manera ligera y como deshuesada dentro de sus amplias ropas flotantes.

—En absoluto. Yo no he dicho eso. Pensé que te gustaría porque dicen que eres una persona inteligente, me he informado un poco sobre ti. Y las personas inteligentes saben que, de algún modo, todos somos un fraude. Por eso los Falsos me parecen la más perfecta representación de nuestro tiempo. No son arte, son sociología. Todos somos unos impostores. En fin, te encuentro extraordinariamente hipersensible, ¿no crees, Husky? Yo, que tú, intentaría analizar el porqué de esa susceptibilidad tan exacerbada.

Porque eres un maldito memorista condescendiente y pedante, le hubiera gustado contestar a Bruna. Rumió sus palabras durante unos segundos, intentando domesticarlas un poco.

—Bueno, yo no creo que sea hipersensibilidad. Más bien es cansancio ante el prejuicio. Es como si a ti te supusieran un interés por la impostura debido a tu pasado. Quiero decir, debes de estar acostumbrado a que la gente te mire y se pregunte quién eres de verdad... ¿Pablo Nopal, el memorista y escritor? ¿O un individuo que asesinó a su tío y salió de la cárcel porque se estropearon las pruebas?

Le atisbó por el rabillo del ojo, un poco asustada por sus propias palabras. Tal vez hubiera ido demasiado lejos y la entrevista se acabara en ese mismo instante. Pero ese aire de aburrida superioridad parecía estar pidiendo el acicate de un aguijón. Bruna conocía a los tipos así: les gustaba ser retados, incluso humillados. Al menos un poco.

—Mal ejemplo, Husky. Yo no he supuesto nada sobre ti. Tú eres quien ha imaginado la ofensa y luego se ha ofendido. Eso es algo que también cuentan sobre ti. Dicen que eres fácilmente inflamable y bastante intratable. Por cierto, mi tío era un mal hombre y yo soy inocente. Mi impostura se refiere a otra cosa.

Contemplaron la exposición en silencio durante unos minutos. *Los Falsos recuperan el legado artístico histórico y lo transmutan en intervención social, reafirmando y negando su sentido al mismo tiempo. No cabe un acto mayor de subversión cultural,* rezaba un texto escrito sobre la pared en letras tridimensionales. Las paparruchas habituales, pensó Bruna. Había obras de diversas épocas, desde un cuadro de Elmyr D'Ory, del siglo xx, hasta dos piezas de la famosa Mary Kings, la artista más consagrada del momento, que creó un heterónimo, un supuesto pintor *bicho* llamado Zapulek, y luego se dedicó a falsificar Zapuleks, esto es, a falsificarse a sí misma.

—Bueno, empecemos de nuevo —dijo Nopal—. ¿Para qué querías verme? Sentémonos allí.

Al otro lado de la sala había un lucernario y debajo dos mullidos sillones. La verdad es que era un buen sitio para hablar, aislado y al mismo tiempo tan visible que parecía convertir el encuentro en algo casual e inocente. Un lugar perfecto para una cita difícil, se dijo Bruna, anotando mentalmente el dato por si alguna vez tenía necesidad de un espacio así. ¿Y por qué lo había escogido Nopal? Era evidente que no habían acabado ahí de forma casual.

—¿Por qué me has hecho venir al museo?

—No me gusta que la gente entre en mi casa. Y este sitio es cómodo. Cuéntame.

Sin duda era un tipo extremadamente reservado. De alguna manera se las había arreglado para escamotear parte de su biografía de la Red. Por más que buscó, la androide no consiguió encontrar un solo dato sobre su infancia. Nopal parecía salir de la nada a los diez años, cuando fue oficialmente adoptado por su tío. Tanto misterio era toda una proeza de desinformación en esta sociedad hiperinformada.

—Mi cliente, antes no te dije su nombre, es Myriam Chi...

Bruna hizo una pausa microscópica para ver si la noticia producía alguna reacción, pero el hombre permaneció imperturbable.

—Ella piensa que tú podrías ayudarnos con la investigación.

—¿Qué investigación?

—La de esos reps que parecen volverse repentinamente locos y que matan a otros androides y se suicidan.

—El caso del tranvía...

—No sólo ése. En realidad, hay por lo menos otros cuatro casos semejantes.

—¿Y qué pinto yo?

—No se ha dicho públicamente, pero pierden la razón porque se meten memorias artificiales adulteradas. Alguien se ha puesto a vender *memas* mortales.

Nopal curvó sus finos labios en una sonrisa ácida, se inclinó hacia delante hasta quedar a dos palmos de la cara de la mujer y repitió con irónica lentitud:

—¿Y-qué-pinto-yo?

Qué fastidio de tipo, pensó Bruna. Éste era uno de esos momentos en los que la detective hubiera deseado que siguiera vigente el uso del *usted*, un tratamiento que al parecer en origen era cortés, pero que al final, antes de quedar obsoleto, servía para alejar desdeñosamente al interlocutor, como ella había visto tantas veces en las películas antiguas. Sí, un helador *usted* le habría venido ahora muy bien. *Usted* es un asqueroso memorista, le habría dicho. *Usted* puede ser el cerdo que ha escrito las *memas* letales. Échese *usted* para atrás en el asiento y deje de intentar impresionarme.

—Bueno, tú eres un memorista...

El escritor se repantingó en el sillón y soltó un suspiro.

—Lo dejé o más bien me echaron hace varios años, como sin duda sabes. Y antes de que cometas el error de volver a soltar una grosería, te diré que no, no me dedico a escribir memorias ilegales. No lo necesito. Mis novelas se venden muy bien, por si no te has enterado. Y tengo el dinero que heredé de mi querido tío.

—Pero quizá sepas de otros memoristas... No hay muchos. ¿Quién podría estar metido en ese negocio?

—Rompí todas mis relaciones con ese mundo cuando me echaron. Digamos que por entonces no me era muy agradable seguir conectado con ellos.

—Pues Myriam Chi cree que puedes saber algo.

Nopal sonrió de nuevo. Esta vez, para sorpresa de Bruna, casi con ternura.

—Myriam siempre me ha creído más poderoso de lo que soy...

Frunció el ceño, pensativo. Bruna aguardó en silencio, intuyendo que el hombre estaba a punto de decir algo. Pero no se esperaba lo que al final soltó.

—¿Qué edad tienes, Husky?

—¿Y eso qué importa?

—Yo diría que debes de tener unos 5/30... Quizá 6/31. Y entonces sería posible.

—¿Qué sería posible?

—Que yo hubiera escrito tu memoria.

Bruna se quedó sin aire en los pulmones. Un golpe de sudor le empapó la nuca.

—Es una idea repugnante —susurró.

Y apretó los dientes para aguantar las náuseas.

—¿Sabes, Husky? Hay otra razón por la que he quedado aquí contigo en vez de citarte en casa... He tenido algunos problemas con algunos reps. Por lo general, los tecnohumanos no apreciáis demasiado a los memoristas, y en cierto modo lo entiendo.

—Está prohibido identificarse como autor de una memoria. Está prohibido. No puedes hacerlo.

—Lo sé, lo sé. Tranquila, Bruna. Perdona mi pregunta de antes. En realidad, nunca te lo diría. Aunque no estuviera prohibido, si lo supiera no te lo diría. Te lo prometo.

El pequeño alivio que la androide experimentó con las palabras de Nopal le hizo darse cuenta de lo aterrorizada que estaba. Y junto con el alivio sintió algo parecido a la gratitud. Era una emoción estúpida, injustificada y demasiado próxima a un síndrome de Estocolmo, pero no podía evitarla. Cuatro años, tres meses y veintidós días.

—Sin embargo, los memoristas no sólo no sentimos antipatía hacia los reps, sino que os tenemos un afecto especial. Al menos yo. Poder construir la memoria de una persona es un privilegio indescriptible. ¿Te imaginas? La memoria es la base de nuestra identidad, así que de alguna manera yo soy el padre de cientos de seres. Más que el padre. Soy su pequeño dios particular.

Bruna se estremeció.

—Yo no soy mi memoria. Que además sé que es falsa. Yo soy mis actos y mis días.

—Bueno, bueno, eso es discutible... Y, en cualquier caso, no cambia lo que te estaba diciendo... Porque yo hablaba de mis sensaciones, de cómo lo veo yo. Y te decía que amo a los reps. Me inspiráis una emoción especial. Una complicidad profunda.

—Ya. Pues perdona que no sienta lo mismo. Perdona que no le agradezca a mi pequeño dios, sea quien sea, toda esa basura arbitraria de recuerdos falsos.

—¿Basura arbitraria? La vida real sí que es arbitraria. Mucho más arbitraria que nosotros. Yo siempre he intentado hacerlo lo mejor posible... Pensaba y escribía con absoluto cuidado cada una de las quinientas escenas...

—¿Quinientas?

—¿No lo sabías? Una vida está compuesta de quinientos recuerdos... Quinientas escenas. Y con eso basta. Yo siempre intenté compensar unas cosas con otras, ofrecer cierto espejismo de sentido, la intuición final de un todo armónico... Mi especialidad eran las escenas de la revelación...

—El maldito baile de fantasmas.

—Mis escenas de revelación eran compasivas, ésa es la palabra. Instructivas, compasivas. Fomentaban la madurez del replicante.

—Mi memorista mató a mi padre cuando yo tenía nueve años. Yo le adoraba, y un delincuente le asesinó estúpidamente una noche en la calle.

—Esas cosas ocurren, por desgracia.

—¡Yo tenía nueve años! Y pasé cinco sufriendo como un perro hasta cumplir catorce y llegar a mi baile de fantasmas. Hasta enterarme de que mi padre no era real y por lo tanto tampoco había sido asesinado.

—No es así, Bruna. Como sabes, esos cinco años de los que hablas no existieron. No es más que una memoria falsa. Todas las escenas fueron insertadas simultáneamente en tu cerebro.

Un nudo de enfurecidas y abrasadoras lágrimas apretó la garganta de la detective. Tuvo que hacer un esfuerzo para hablar y la voz salió ronca.

—¿Y el dolor? ¿Todo ese dolor que tengo dentro? ¿Todo ese sufrimiento en mi memoria?

Nopal la miró con gravedad.

—Es la vida, Bruna. Las cosas son así. La vida duele.

Hubo un pequeño silencio y después el hombre se puso en pie.

—Haré unas cuantas llamadas e intentaré enterarme de cómo están las cosas entre los memoristas. Ya me pondré en contacto contigo si consigo algo.

Nopal se inclinó un poco y rozó la tintada mejilla de Bruna con un dedo. Un gesto tan leve que la rep casi creyó haberlo imaginado. Luego el memorista se atusó el lacio flequillo, recuperó su sonrisa encantadora y poco fiable y, dando media vuelta, se marchó. La androide lo miró mientras se alejaba, aún sentada, aún anonadada, con los pensamientos zumbando en su cabeza como un enjambre de abejas. Quinientas escenas: ¿sólo esa miseria era su vida? Estaba intentando reunir fuerzas para levantarse cuando oyó la señal de una llamada. Miró el móvil de su muñeca: era Myriam Chi.

—Tenemos que hablar —dijo la líder rep sin molestarse en saludar.

—¿Qué pasa?

—Te lo diré en persona. Ven a verme mañana a las nueve horas.

Y cortó la comunicación. Bruna se quedó contemplando la pantalla vacía mientras se detestaba a sí misma. Le amargaba tener que obedecer a una cliente como Myriam Chi, que trompeteaba sus órdenes como si ella fuera su esclava; y le ponía literalmente enferma haber perdido los papeles con el memorista. El sillón en el que la detective estaba sentada se encontraba al fondo de la sala de exposiciones y el lento flujo de los visitantes pasaba por delante de ella, cruzando de una pared a la otra e iniciando el camino de regreso hacia la puerta. Pero, curiosamente, nadie la miraba. Nadie parecía advertir a esa tecnohumana grande y llamativa: demasiada invisibilidad para ser natural. Sí, el malévolo Nopal había acertado al citarla allí: iluminada cenitalmente por la fría luz del lucernario, Bruna se sintió un Falso más. Sin duda el de menor valor de toda la muestra.

—¡Bruna! ¡Bruna! ¡Levántate! ¡Despierta!

La rep abrió un ojo y vio una figura humana que se abalanzaba sobre ella. Dio un salto en la cama, un grito, un manotazo defensivo, y su brazo atravesó limpiamente el aire coloreado sin encontrar resistencia. Enfocó mejor la mirada y reconoció al viejo Yiannis.

—¡Maldita sea, Yiannis, te he dicho mil veces que no me hagas esto! —gruñó con la lengua entumecida y la boca seca.

La figura holografiada del archivero flotaba por la habitación, de cuerpo entero. Era la única persona a la que Bruna había concedido autorización para realizar hololllamadas.

—¡No soporto que te metas así en mi casa! ¡Te voy a poner en la lista de los no admitidos!

—Perdona, no había manera de despertarte y Myriam Chi...

—¡Oh, mierda, Chi!

Antes de que el viejo mencionara a la líder rep, Bruna ya había visto la hora en el techo, las 10:20, y sus neuronas maltratadas por la resaca habían comenzado a encenderse penosamente trayendo el recuerdo de una cita perdida. El día anterior se fue reconstruyendo de manera borrosa en su memoria: el encuentro con Nopal, la llamada de Chi, las demasiadas copas que se tomó en su casa al regresar. Beber sola, mejor dicho, emborracharse sola, era el penúltimo escalón del alcoholismo. Sin duda tenía un problema con la bebida, y ahora también un problema con su única clienta, a la que había dejado plantada. Bruna se levantó de un brinco de la cama, tan deprisa, de hecho, que el gelatinoso cerebro pareció chocar contra su cráneo y tuvo que agarrarse la cabeza con ambas manos y cerrar los ojos durante unos instantes. Se acabó: no iba a volver a tomar una copa en toda su vida.

—¡Ya sé que llego tarde a la cita con Chi! ¡Ya sé que la he jodido! —gruñó, todavía con los párpados apretados.

—No. No es eso, Bruna. No llegas tarde.

La rep alzó la cara y vio que Yiannis se había vuelto de espaldas. Claro, pensó, es que estoy desnuda. Mi pobre y vetusto caballero, se dijo, sintiendo por él una especie de irritada ternura. La bata china estaba tirada en el suelo y Bruna la recogió y se la puso.

—Ya puedes mirar. ¿Qué es eso de que no llego tarde?

Yiannis, o su holografía, se giró. Su rostro estaba tenso y pálido: sin lugar a dudas era portador de malas noticias. Una oleada de adrenalina recorrió la columna vertebral de Bruna y mejoró mágicamente su jaqueca.

—¿Qué ocurre?

—Chi ha muerto.

—¿Qué?

—Esta mañana temprano atacó en el metro a una secretaria del Ministerio de Trabajo. Le sacó los ojos y le rompió la tráquea. Ni que decir tiene que la chica era tecno. Luego, Chi se arrojó a las vías delante de un convoy. Falleció en el acto.

—¿Cómo lo sabes?

—Está en las noticias.

Bruna ordenó a la casa que abriera la pantalla y se encontró cara a cara con la imagen de la líder androide. Myriam en un mitin, Myriam por la calle, Myriam sonriendo, discutiendo, haciendo una entrevista. Hermosa y llena de vida. En las noticias no se decía que llevara una *mema* adulterada, pero eso no significaba nada, porque, que Bruna supiera, el detalle de las memorias ilegales todavía no se había hecho público en ninguna de las muertes. El comportamiento de Myriam ¿se debería también al destrozo causado por un implante letal? Y de ser así, que era lo más probable, ¿quién se la había metido por la nariz? Porque no podía creer que la líder del MRR lo hubiera hecho voluntariamente. Esto era un asesinato. Y también era el mayor fracaso de su carrera. No había conseguido mantener viva a su clienta ni dos días.

—Se lo dije, le dije que tenía que cuidarse, le dije que debíamos...

—Calla, Bruna, calla y escucha...

El holograma de Yiannis parecía estar sentado ahora en el aire y contemplaba fijamente no la pantalla de Husky, sino otro punto más hacia la derecha, probablemente la pantalla de su propia casa. Pero ambos estaban viendo lo mismo. El periodista, un desagradable y célebre individuo de lustroso pelo rubio llamado Enrique Ovejero, comentaba el asunto con ávido énfasis sensacionalista.

—... Y lo que la gente se pregunta es, ¿qué está sucediendo con los tecnos? ¿Acaso están enfermos? ¿Hay una epidemia? ¿Puede ser contagiosa para los humanos? ¿Por qué son tan violentos? Hasta ahora sólo han atacado a otros androides, pero ¿pueden suponer un peligro para la gente normal? Está con nosotros José Hericio, un hombre polémico al que sin duda muchos de vosotros conoceréis, abogado y secretario general del PSH, Partido Supremacista Humano. Buenos días, Hericio, ¿qué tal estás? En primer lugar, no sé si para ti la muerte de uno de tus mayores enemigos, la líder del MRR, puede incluso ser una buena noticia...

—No, Ovejero, por Dios, yo no me regocijo con la muerte de nadie... Además, no sólo no me parece una buena noticia, sino que creo que es muy preocupante. ¿Sabías que hay otros casos de violencia anteriores?

—Sí, claro, está el del tranvía aéreo del jueves pasado y el de la mujer que se vació un ojo... Con Chi, tres muy parecidos en menos de una semana.

—No, no, hablo de antes de eso... Antes ha habido otros cuatro casos semejantes. O sea, en total, siete. Sólo que pasaron desapercibidos porque sucedieron más espaciadamente... En los últimos seis meses. Pero los siete casos están claramente relacionados entre sí... y no sólo por esa obsesión con arrancarse o arrancar los ojos. También comparten otras circunstancias.

—¿Qué otras circunstancias?

—Mi querido Ovejero, me vas a permitir que me reserve esa información.

En efecto, antes hubo cuatro suicidas que no atacaron a nadie, salvo a ellos mismos. Tres de ellos se sacaron los ojos, y los cuatro se habían metido una memoria adulterada. O eso había leído en los documentos que le había dado Chi. Hericio debía de estar refiriéndose a las *memas* cuando hablaba de lo que compartían. ¿De dónde habría sacado todos esos datos? El líder supremacista era un tipo repugnante de mejillas siliconadas, pelo injertado y boca blanda y babosa, una de esas bocas permanentemente húmedas. Bruna siempre había pensado que su extremismo fanático le convertía en una especie de payaso y que nadie podría tomar en serio sus barbaridades, pero en las últimas elecciones regionales el PSH había sacado un asombroso 3 % de los votos.

—Vaya, Hericio, y ¿cómo es que el ciudadano de a pie no sabe nada de esos otros incidentes? —preguntaba con fingido escándalo el untuoso Ovejero.

—Porque, una vez más, nuestro Gobierno, y hablo del Gobierno Regional, pero también del Planetario, nos oculta la información. La oculta o, lo que sería incluso peor, puede que no la sepa, porque estamos en manos de los políticos más incompetentes que ha tenido la Humanidad en toda su historia. Y esto es muy grave, porque en el PSH tenemos informaciones fidedignas que indican que está en marcha una conspiración rep, un plan secreto para tomar el poder contra los humanos...

—Pero espera, espera, ¿qué me estás diciendo? ¿Que los tecnohumanos están preparando un golpe de Estado? Pero si hasta ahora las víctimas han sido sólo tecnos...

—Naturalmente, porque esto son sólo los comienzos... Todo esto forma parte de un plan maquiavélico que ahora mismo no puedo revelar. Pero te aseguro, y escúchame bien lo que te digo, te aseguro que dentro de muy poco las víctimas empezarán a ser humanas.

—Mira, Hericio, ésas son afirmaciones muy arriesgadas y muy extremistas y yo no...

—Por desgracia lo veremos. ¡Lo veremos muy pronto! Porque este Gobierno compuesto de débiles mentales y de *chuparreps* no será capaz de hacer nada para evitarlo.

—Pero, según tú, ¿qué habría que hacer?

—Mira, los reps son un error nuestro. En realidad, hasta me compadezco de ellos, hasta me dan pena, porque son unos monstruos que hemos creado los humanos. Son hijos de nuestra soberbia y de nuestra avaricia, pero eso no impide que sean monstruosos. Hay que acabar cuanto antes con esa aberración y en el programa de nuestro partido se dice claramente cómo hacerlo. En primer lugar, cerrar para siempre todas las plantas de producción; y después, dado que su vida es tan corta, bastará con internar a todos los reps hasta su muerte.

—Ya. Los famosos campos de concentración de los años sesenta. Te recuerdo que la terrible guerra rep se desató por mucho menos que eso.

—Por eso hay que actuar deprisa, por sorpresa y con mano dura. Somos muchos más que ellos. No podemos dejar que ellos ataquen antes.

—Si es que alguna vez atacan, Hericio. En fin, en este programa no siempre estamos de acuerdo con las opiniones de nuestros entrevistados, pero somos firmes partidarios de la libertad de expresión y en cualquier caso aquí quedan las rotundas ideas del líder del Partido Supremacista Humano. Muchas gracias.

Bruna estaba pasmada. Hacía tiempo que no escuchaba algo tan violento. Y aún le parecía más culpable Ovejero por haber invitado a semejante tarado a un programa con audiencia, y por haberle dejado soltar su panfleto paranoico sin contradecirle ni cortarle, apenas simulando una pantomima de disensión. Pero, claro, ¿qué se podía esperar de un tipejo que se refería a los humanos como «la gente normal»?

—Esto es inaudito... Yo creo que habría que ponerles

una denuncia por incitación a la violencia entre especies... —farfulló Yiannis.

Tal vez Hericio hubiera pagado a Ovejero, pensó Bruna. O tal vez el fanatismo antirrep estuviera creciendo mucho más deprisa de lo que ella pensaba. Se estremeció. «Vamos, Husky, tú sabes que estamos totalmente discriminados», había dicho Myriam. Y también ella había hablado de conspiraciones y conjuras... desde el otro lado. No podía ser, estaban todos chiflados. Tenía que tratarse de algo más estúpido y más simple. De una partida de *memas* estropeadas. Notó un pequeño punto de escozor dentro de su cabeza, una pequeña idea pugnando por salir. Decidió no prestarle atención: por lo general, las ideas afloraban a la superficie por sí solas si ella se relajaba.

—Tengo que irme al MRR, Yiannis.

—Sí. Y yo tengo que ponerme a trabajar.

El holograma del viejo desapareció. Bruna se dio una breve ducha de vapor, se vistió con una falda metalizada de color violeta y una camiseta azul y sacó de la nevera un cubilete doble de café para írselo tomando por el camino. Cogió un taxi y no tardó nada en llegar. De hecho, apenas si le había dado tiempo a sacudir el cubilete para que se calentara y a beberse el contenido cuando ya estaban parando frente a la sede del Movimiento Radical Replicante.

—Me has dejado el coche apestando a café —gruñó la taxista.

—Pues es un olor muy agradable. Deberías rebajarme el precio de la carrera —contestó Bruna con tranquilidad.

Pero cuando bajó se le cruzó una idea inquietante: esta mujer ha sido antipática conmigo porque soy una rep. Bruna sacudió la cabeza, irritada consigo misma. Odiaba tener ese tipo de pensamientos persecutorios. Y ya se sabía que los taxistas detestaban en general que la gente comiera o bebiera en sus vehículos. Cuatro años, tres meses y veintiún días.

En la puerta del MRR había dos coches de policía, además de los guardias de seguridad habituales. Bruna tuvo que identificarse varias veces y pasar por el escáner antes de que la dejaran subir. Preguntó por Valo Nabokov, la jefa de seguridad y amante de Chi, y, para su sorpresa, la mujer la recibió enseguida. Cuando entró en su despacho, Valo estaba de espaldas mirando por la ventana. Era tan alta como Bruna y probablemente también una replicante de combate, pero vestía de una manera mucho más femenina y sofisticada: pantalones ajustados, vaporosa sobrefalda de vuelo con lunares tridimensionales representando capullos de rosa, grandes plataformas en los zapatos. El pelo, muy negro y espeso, formaba un complicado moño en la coronilla.

—Siéntate, Husky —ordenó sin volverse.

Había un sillón de polipiel y una silla roja de alacrilato. La detective escogió la silla: no quedaría tan hundida. Pasaron unos segundos interminables sin que nada sucediera y luego Valo se volvió. No era fea, por supuesto. Todos los tecnos tenían rasgos regulares y armónicos (a veces Bruna pensaba que ésta era una de las razones por las que los humanos no les querían), aunque no todos eran igual de atractivos. La jefa de seguridad, por ejemplo, resultaba más bien desagradable. Las replicantes de combate tenían poco pecho porque era más operativo a la hora de luchar; pero Nabokov se había implantado unos enormes senos que llevaba muy levantados y muy desnudos, como una gran bandeja de carne bajo su rostro cuadrangular y pálido.

—Dime algo —barbotó.

—¿Algo de qué?

—Llevas dos días trabajando para nosotros. Dime qué has descubierto. Dime quién le ha hecho esto.

—No sé nada todavía.

La mujer clavó en ella unos ojos llameantes. Grandes ojeras sombreaban su cara.

—La has perdido. Es tu culpa. Era tu responsabilidad y no has hecho nada.

—Chi no me contrató para que la protegiera, sino para investigar la muerte de los reps. En realidad su seguridad dependía de ti.

La tecno cerró los ojos con un casi imperceptible gesto de dolor. Luego volvió a mirar a Bruna con cara de loca. Tenía el moño medio deshecho y parecía uno de esos medallones antiguos de las Furias que Yiannis le había enseñado alguna vez.

—Vete.

—Espera un momento, Nabokov, lamento tu pérdida, pero es importante que hablemos...

—¡Vete!

—Myriam me llamó ayer. Creo que tenía algo que contarme, quizá hubiera descubierto algo. Me dijo que viniera a verla esta mañana a las nueve.

Valo se quedó mirándola de hito en hito y Bruna acabó bajando los ojos. Se fijó en las manos de la androide: grandes, huesudas, temblorosas. Unas manos crispadas que, cosa extraordinaria, parecían cubiertas de unas pecas regulares y oscuras. No, no eran pecas: eran unas pequeñas heridas a medio cicatrizar, tal vez quemaduras.

—Pero no has venido... —susurró Valo.

—¿Qué?

—A la cita de las nueve. No has venido.

Bruna se turbó.

—Cierto. Me... retrasé. Y luego vi las noticias.

Y en ese momento tan absolutamente inapropiado aterrizó en la cabeza de la detective el pequeño pensamiento que antes le había estado eludiendo: no era sólo extraño que Hericio tuviera tantos datos. También era raro que los tuviera Chi. ¿Cómo había llegado la líder rep a saber todo eso? ¿Y cómo demonios conocían tanto uno como otra que todos los implicados tenían insertada una memoria adulterada? ¿Quién les habría proporcionado una información que sólo poseía la policía? Después de todo, tal vez las teorías de la conspiración tuvieran alguna base real... Además, esa obsesión de las víctimas con los ojos no podía ser efecto de un deterioro casual de las *memas*.

Todo esto pensó Bruna en un instante mientras Valo daba la vuelta a la mesa y se dejaba caer cansadamente en el asiento junto a la pantalla. Luego la mujer levantó la cara y la miró con dureza.

—Estás despedida.

—¿Despedida?

—Lárgate. Ahora mismo.

Mierda, me voy a comer los 3.000 ges que me costó la memoria artificial, se preocupó de entrada la detective con un pellizco de angustia financiera. E inmediatamente después se dijo: pero no puede ser, no quiero dejar el tema, tengo que aclarar lo que ha sucedido. Tengo que seguir investigando.

—Está bien, me voy, pero antes contéstame por favor una sola cosa, ¿cómo se enteró Chi de...?

—No hay nada más que hablar. Ya no trabajas para nosotros. Estás fuera del caso. Quédate con el dinero del adelanto. Con eso estamos en paz. Y ahora... ¡fuera de aquí!

No, no estaban en paz porque Bruna había cometido la locura de comprar una *mema* en el mercado negro, pero ése no era el mejor momento para hablar de cuentas de gastos: Valo parecía estar verdaderamente fuera de sí. La detective se levantó y salió del cuarto, más irritada por todas las preguntas que no había conseguido plantear que por la aspereza de su súbito cese. Iba a toda prisa por el corredor hacia la salida, ensimismada y rumiando sus dudas y sus deudas, cuando se topó con Habib, el ayudante personal de la líder rep. Lo había conocido dos días antes: él había sido quien le había proporcionado los datos sobre las primeras muertes y la provisión de fondos. Era un tecno de exploración brillante y encantador. Si no fuera porque Bruna no quería volver a intimar con otros androides, hubiera sido fácil coquetear con él.

—Vaya, Husky, ¿adónde vas tan deprisa? Venía a buscarte.

—Me acaban de despedir. Si era a eso a lo que venías, ya está hecho.

Habib abrió los ojos sorprendido.

—Pero ¿qué dices? ¿Ha sido Valo? No le hagas caso. Está como loca, y lo entiendo. Todos estamos un poco desquiciados. Ha sido un golpe espantoso.

Su voz vibró un poco, tal vez a punto de quebrarse.

—Sí... También a mí me ha impresionado.

—No te vayas, Bruna. Ahora te necesitamos más que nunca. Ven, vamos a mi despacho.

Todos los cuartos del MRR eran iguales, austeras y

monacales celdas militantes, como si los adornos estuvieran prohibidos por la ideología. Pero por lo menos sobre la mesa de Habib había un ramito de mimosas en un vaso.

—¿Son naturales?

El hombre sonrió de medio lado.

—Es una holografía. Hablando de eso, creo que tienes todavía la bola holográfica de Myriam... la de la amenaza...

Bruna recordó que había dejado en marcha un análisis exhaustivo de las imágenes. Ya debía de estar finalizado y no había visto todavía los resultados.

—Sí. Estaba haciendo unas últimas pruebas. Te la devolveré esta misma tarde. Entonces, ¿sigo o no sigo con el caso?

—Claro que sigues. Ya hablaré con Valo. Además, ella no tiene autoridad para echarte.

—¿Y tú?

—Yo sí, aunque no voy a hacerlo. Pero si lo que quieres es saber cómo queda el poder en el MRR tras la muerte de Myriam, te diré que yo soy su sucesor hasta que se celebre la asamblea extraordinaria que acabo de convocar. Será dentro de quince días.

—¿Y entonces qué pasará?

—Lo más probable es que me ratifiquen en el cargo. Pero esto no quiere decir que yo haya asesinado a Myriam para ocupar su lugar —aseveró con una risa seca y carente de toda alegría.

—¿Asesinado?

—Estoy convencido de que ella no se habría metido una *mema*.

—Yo también. Por cierto, y hablando de memorias adulteradas, ¿cómo os enterasteis de los casos antiguos?

—Fue cosa de Myriam. Un día llegó con esos datos. Estaba muy preocupada.

—Pero ¿quién se los proporcionó?

—No lo sé. Sólo me dijo que se los había dado alguien de confianza.

—¿No te extrañó que supiera lo de las *memas*? Es algo que sólo se puede conocer teniendo acceso a los informes oficiales de las autopsias...

—Pues no, no me extrañó nada. Myriam siempre estaba increíblemente bien informada. Tenía confidentes y contactos en todas partes. Incluso tenía algún amigo memorista. Era una mujer extraordinaria.

En realidad, tampoco era tan difícil, reflexionó Bruna; ella misma había accedido al informe de Cata Caín... En cuanto al memorista, no pudo evitar pensar en Pablo Nopal.

—¿Cuándo la viste por última vez, Habib?

—Vino a verme aquí, a mi despacho, ayer por la tarde. Teníamos cosas que decidir del MRR, cosas de trabajo. Pero yo la veía muy nerviosa, muy desconcentrada. Le pregunté que qué le pasaba y estuvimos hablando de las muertes. Luego se levantó y se marchó. Dijo que estaba muy cansada y que pensaba irse pronto a casa a dormir. Pero no se fue, o por lo menos no por la puerta principal. Sus guardaespaldas se quedaron esperando hasta las 00:00 y cuando subieron a buscarla no la pudieron encontrar por ningún lado.

—¿Cómo es que aguardaron tanto?

—Muchas veces se quedaba trabajando sola hasta muy tarde.

—¿Y no se preocuparon al no encontrarla?

—Se preocuparon y me avisaron. Y yo avisé a Nabokov, que tampoco sabía nada porque Chi no había ido a casa. Entonces nos volvimos locos de miedo. Con razón.

Callaron unos segundos, mientras las violentas imágenes de la muerte de Myriam cruzaban chirriantemente las cabezas de ambos y el aire que mediaba entre ellos parecía adquirir un resplandor de sangre.

—¿A qué hora fue tu conversación con Chi?

—Estuvimos juntos entre las 18:00 y las 19:00, más o menos. Y yo fui el último que la vio con vida.

Bruna intentó contener un pequeño sobresalto. La llamada de Myriam había sido a las 18:30.

—¿Estás seguro?

Habib sonrió. Él también tenía grandes ojeras y aspecto macilento.

—Completamente. Y no necesitas disimular tu sorpresa. Yo estaba delante cuando ella te llamó, Husky. Y además sé lo que quería decirte.

Hizo una pausa teatral que Bruna soportó con dificultad.

—Cabe la posibilidad... Tienes que prometer guardar un absoluto secreto sobre todo esto, Husky. Nos jugamos demasiado. En fin, por desgracia cabe la posibilidad de que estén implicados algunos reps en estas matanzas. No es precisamente la mejor noticia para nuestro movimiento, pero me temo que hay bastantes evidencias.

—¿Qué quieres decir? ¿Cómo de implicados? ¿De qué evidencias hablas?

—Siempre ha habido reps violentos, tú lo sabes. Y, si quieres que te diga la verdad, lo comprendo muy bien, porque la marginación y el desprecio a los que nos someten los humanos son difíciles de soportar. Pero en el MRR no somos partidarios de la violencia, ni ética ni estratégicamente. Nuestro movimiento intenta precisamente dar una plataforma democrática a la lucha por la dignidad y la igualdad de nuestra especie.

Bruna reprimió un gesto de impaciencia.

—Sí, sí, ya sé. Pero estábamos hablando de las evidencias...

—La cerradura del despacho de Myriam fue manipulada por un rep de *Complet*, nuestra empresa de mantenimiento. La puerta se alteró para que no registrara la clave de la persona que depositó la bola holográfica sobre la mesa.

—¿Habéis hablado con la empresa?

—Nuestros técnicos descubrieron la manipulación de la cerradura ayer por la mañana, e inmediatamente nos dirigimos a la sede de *Complet*. Llegamos tarde por minutos. Obviamente habían salido huyendo a toda prisa tras borrar sus bases de datos.

—Una huida muy oportuna...

Habib suspiró.

—Sí... Yo también lo pensé. Me resulta muy difícil de creer, pero es posible que alguien del MRR les avisara de nuestra visita... El problema es que podría ser casi cualquiera porque lo sabía mucha gente: los técnicos, algunos miembros del consejo, los chicos de Valo...

—¿Los chicos de Valo?

—Los reps de combate que forman nuestro equipo de seguridad. Ya sabes que hemos sufrido numerosas agresiones. Ayer fuimos a la sede con diez de los nuestros. Por si acaso.

—¿Desde cuándo trabajabais con *Complet*?

—Cuatro o cinco meses. Te buscaré el dato exacto. Pero, en cualquier caso, la implicación de la empresa parece indicar que no se trata de un acto aislado de violencia individual, sino de un asunto mucho más complejo, más sofisticado y meticulosamente organizado... Y hay algo más. ¿Has visto a ese fanático de Hericio en las noticias?

—Sí.

—¿No es curioso que salga justo ahora contando todo eso? ¿Y no te parece raro que esté tan informado? Sabemos que Hericio se ha visto con un rep.

—¿Cómo lo sabéis?

Habib torció las comisuras de la boca hacia abajo en un gesto vago y agitó blandamente su mano en el aire.

—Bueno... Digamos que intentamos estar al tanto de lo que hace el enemigo. Y uno de los nuestros vio a Hericio entrevistándose con un rep en un lugar público pero discreto.

Los sillones bajo el lucernario del Museo de Arte Moderno se encendieron en la memoria de Bruna.

—¿En qué lugar se vieron?

—En la parada de un tram. ¿Importa mucho eso?

La detective negó con la cabeza sintiéndose algo estúpida.

—El caso es que creemos que pudo ser uno de los empleados de *Complet*. Es una compañía íntegramente formada por androides. Siempre intentamos trabajar con los nuestros. En fin, Myriam pensaba que el PSH había conseguido comprar de alguna manera a esos miserables. Y que todo es un plan para desprestigiar a nuestro movimiento y para crear un clima de opinión antitecno que pudiera favorecer a su partido.

Bruna reflexionó unos instantes.

—Resulta plausible. Lo malo, Habib, es que no podemos descartar que no se trate de un grupo nuevo de terroristas reps.

—Pero ¿por qué iban a atacar a otros tecnohumanos?

—Para asustar a los androides, para hacerles creer que se trata de un complot de los supremacistas, como tú mismo has dicho... Para radicalizar a los reps y desatar la violencia entre las especies.

—Mmmm... sí... Quizá. En cualquier caso, urge que aclaremos lo que sucede cuanto antes. Porque es cierto que la tensión social está aumentando por momentos. Myriam era consciente de esa urgencia y por eso te llamó ayer. Sé lo que quería pedirte: que investigaras al PSH, en especial a Hericio. Y, por cierto, creo que verlo aparecer esta mañana en los informativos refuerza la teoría de Chi.

Bruna asintió lentamente.

—Está bien. Veré lo que hago.

Se pusieron de pie y Habib la escoltó hasta la puerta del despacho. Apenas dos pasos en un cuarto tan pequeño. Antes de salir, Bruna se volvió hacia él.

—Sólo una pregunta más: ¿qué le ha pasado a Nabokov en las manos?

El hombre arrugó el ceño y se quedó mirándola, como sopesando qué respuesta darle.

—Valo no está bien —dijo al fin—. Se le ha... se le ha manifestado ya el TTT. O eso creemos, porque no ha querido ir al médico. En cambio está acudiendo a una sanadora... Esas marcas son mordeduras de víbora. De una víbora africana cuyo veneno dicen que cura el cáncer rep. Bueno, ya sabes cómo son esas cosas.

Sí, Bruna lo sabía. La inevitabilidad y ferocidad del TTT hacía que muchos androides buscaran curaciones milagrosas, y en torno a los tecnos florecía un confuso y abigarrado mercado de tratamientos alternativos y terapeutas marrulleros. Como todos los androides, ella también recibía en su casa la indeseada publicidad de una horda de charlatanes que prometían acabar con los tumores por medio del magnetismo, de los rayos gamma, de terapias cromáticas o de ponzoñas animales, como en el caso de Nabokov. Pero, que ella supiera, nadie había podido salvarse aún de la temprana muerte.

La detective regresó a su casa abrumada por un profundo desaliento. Había días que parecían torcerse desde por la mañana y en los que la vida empezaba a pesar sobre los hombros como una manta mojada. El timo de las mordeduras de víbora le había recordado que llevaba varios días sin mirar el correo, de modo que abrió su buzón y se topó con una algarabía de anuncios publicitarios tridimensionales y holográficos. Estaban programados para ponerse en funcionamiento al primer rayo de luz, y ahora, recién activados, abarrotaban la pequeña caja con un agitado barullo de formas y colores, de vocecitas y músicas chirriantes. Por eso detestaba recoger las cartas, se dijo con irritación; y empezó a sacar los anuncios a manotazos y a arrojarlos al contenedor amarillo dispuesto al pie de los buzones: anuncios de vacaciones en la playa, de bicicletas solares Torres, de gimnasios, de tratamientos estéticos de lipoláser y de las consabidas y malditas curas milagrosas para el cáncer tecno. La publicidad caía chillando en el contenedor y allí, una vez recuperada la oscuridad, volvía a callarse. Qué alivio, pensó Bruna; y en su furia limpiadora estuvo a punto de tirar también un pequeño estuche de mensajería. Por fortuna lo vio a tiempo y lo abrió: era la *mema* que compró a la traficante; había mandado la memoria a analizar en un laboratorio y ahora le llegaban los resultados. Estaba impaciente por saber qué ponía y se puso a leer el informe allí mismo, de pie junto a los buzones. Decía que era una *mema* ilegal pero que no estaba adulterada, y desde luego no incitaba a la violencia ni resultaba letal. Tras el dicta-men venía la descripción detallada de las escenas conte-nidas en la memoria: quinientas, en efecto, como había dicho Nopal. Las ojeó por encima con la misma repug-nancia con la que miraría las tripas aplastadas de una cucaracha. Al final el laboratorio adjuntaba la factura por su trabajo: trescientas gaias. Lo que le faltaba. La única ventaja del asunto era que no tendría que volver a ver a la desagradable mutante de la oreja perruna: era una pista que ya no llevaba a ningún lado.

Lo primero que hizo al entrar en el apartamento fue ir a la nevera, servirse una copa de vino blanco y bebér-sela de un golpe. Ordenó a la casa que levantara las per-sianas y que abriera las ventanas de par en par. Necesita-ba aire y luz. Le obsesionaba el recuerdo de Myriam: imaginar su rapto de locura, la violencia del ataque a esa mujer, las ruedas del metro destrozando su cuerpo. Y luego le parecía volver a ver las manos de Nabokov, con sus pequeñas heridas regulares y violáceas. Se sirvió otra copa, calentó un par de hamburguesas de soja con algas y se las tomó masticando con premeditación, lenta y rít-micamente. Concentrándose en el hecho de comer para vaciar la cabeza de las imágenes persecutorias y opresi-vas. Cuando acabó el plato se había serenado lo suficien-te como para ponerse a trabajar. Llenó otra copa de vino, se sentó ante la pantalla y comprobó que Habib ya le había mandado los documentos de la empresa de man-tenimiento. Empleó un buen rato en rastrear sus datos comerciales en los diversos departamentos de la admi-nistración regional. Al final resultó que *Complet* había surgido de la nada una semana antes de que el MRR la contratara; que sólo tenía dos empleados fijos, los dos androides, y que el Movimiento Radical Replicante había sido su único cliente. Todo bastante peculiar.

Pensativa, Bruna buscó en el ordenador el análisis de la película del destripamiento. Hacía horas que la exploración había acabado y allí estaban los resultados, en efecto. El programa no había podido identificar el lugar, ni reconstruir las credenciales borradas, ni aportar otros indicios sobre la grabación, aunque el análisis de los fondos daba una probabilidad del 51% a favor de que la evisceración del animal se hubiera realizado de manera privada y no en un matadero. No había nada nuevo, salvo una imagen: en un momento determinado, la hoja del cuchillo reflejaba fugazmente parte del rostro de la persona que estaba grabando el holograma: media ceja, un fragmento de pómulo, medio ojo... y una pupila vertical, de rep. La detective se ensombreció: la culpabilidad o al menos la colaboración de los tecnohumanos iba resultando cada vez más evidente. Hizo una copia de las imágenes, sacó el chip del ordenador y lo restituyó a la bola holográfica, llamó a un servicio de mensajería instantánea y, cuando el pequeño robot pitó ante su puerta veinte minutos más tarde, introdujo la esfera, la *mema* y la astronómica factura de sus gastos en la caja del mensajero automático y se lo envió todo a Habib.

Hecho lo cual, dedicó el resto de la tarde a perder el tiempo.

Intentó repasar la documentación que le había dado Habib sobre las cuatro primeras muertes, pero estaba demasiado fatigada y las copas de vino le provocaron una modorra pastosa e insuperable. Probó a echarse en la cama y dormir un poco, pero se encontraba demasiado tensa para poder descansar. Pensó en hacer un poco de gimnasia, pero nada más imaginar el esfuerzo ya se sintió agotada. Se arrellanó casi catatónica en el sofá con otra copa de vino en la mano, pero minutos después una comezón interior hizo que se pusiera en pie y deambulara erráticamente por el cuarto. Consiguió colocar una pieza del rompezabezas, pero le costó tanto que después lo dejó. Leyó unas cuantas páginas de la última novela de Malencia Piñeiro sin conseguir enterarse de nada. Se puso las gafas tridimensionales y empezó a jugar a juegos virtuales, el concurso de tiro al arco, la carrera de cohetes y el eslalon gigante, entretenimientos vertiginosos y obsesivos que por lo general le vaciaban la cabeza y lograban embrutecerla plácidamente, pero en esta ocasión los repetitivos juegos le rompieron los nervios.

Entonces miró la hora, las 21:50, y comprendió que en realidad había estado haciendo tiempo hasta alcanzar ese momento, hasta la llegada de la noche y el comienzo del probable turno de Gándara, hasta poder ir al Instituto Anatómico Forense para ver el cadáver de Myriam Chi.

Había refrescado bastante, así que Bruna se puso una chaqueta térmica sobre la camiseta y la breve falda metalizada y salió a la calle. Iba un poco mareada: demasiadas copas para sólo dos hamburguesas de soja en el estómago. Pero media hora más tarde, cuando se adentraba por los lúgubres pasillos del Instituto, con sus pasos resonando sobre la desgastada piedra del suelo, temió estar todavía demasiado sobria y lamentó no haberse tomado un par de copas más.

Por fortuna, esa noche sí estaba el viejo Gándara. Le vio a través del ventanal que comunicaba el despacho con la sala 1 de autopsias, hurgando en persona en el

cadáver de alguien. Aunque con los robots y la teleciru-
gía no era necesario tocar los cuerpos, Gándara seguía
metiendo las manos en casi todos sus muertos: decía
que ninguna tecnología podía sustituir la complejidad y
la sutileza del estudio en directo. Ahí estaba ahora, inclinado sobre algo que alguna vez fue alguien, con su aspecto, tan pertinente, de buitre leonado, el rostro relativamente sin arrugas propio de un tratamiento estético
rutinario, pero la nariz afilada y prominente, las cejas
plumosas, la cabellera hirsuta, el cuello largo y flaco y
unos ojos muy negros redondos e intensos. Levantó la
cabeza Gándara y vio a la detective, y le hizo señas con
la mano para que pasara. Una mano enguantada y llena
de sangre. Bruna dudó unos instantes y el forense volvió
a agitar su pringoso brazo, los coágulos brillando como
laca china bajo el potente foco. Entonces la rep entrevió
un rostro moreno y mofletudo en el destripado cadáver
de la mesa: era el cuerpo de un hombre desconocido.
Suspiró y empujó la puerta de la sala de autopsias. No
sabía si hubiera podido soportar que Gándara estuviera
manipulando los restos de Chi.

—Hola, Husky, ¿cómo va la vida? Creo que viniste
por aquí el otro día...

—Sí.

—Asustaste a mi ayudante.

—Se asusta fácilmente.

—Es un cretino. ¿Vienes por lo de Chi?

—En efecto. Siempre tan perspicaz.

—Era obvio. El cretino de Kurt me dijo que estabas
interesada en el caso de Caín.

—Ya.

Gándara hablaba sin dejar de manipular el cuerpo
despiezado. Un cuerpo que Bruna se forzó a mirar, por-

que ya no era nada. Esa carne exangüe, esa sangre tan oscura, esos kilos de materia orgánica ya no eran nada. Había sido un humano, pero la muerte lo igualaba todo.

—Y lo de Chi, en efecto, es lo mismo. También tenía dentro una memoria letal, igual que Caín. ¿Quieres verla?

—¿La memoria?

—No. A Chi. La *mema* la he mandado al laboratorio de Bioingeniería.

No, pensó Bruna. Voy a decirle que no, que no quiero que me enseñe a la líder rep. Pero no pudo formular palabra.

—Depósito, saca a Myriam Chi —ordenó el forense al sistema central—. Espera un segundo a que me limpie un poco.

Gándara se lavó las manos enguantadas en un chorro de vapor mientras se abría la cámara frigorífica y un carro-robot traía el cuerpo de la mujer. No quiero verla, volvió a decirse Bruna. Pero se acercó a la cápsula con pasos de autómata.

—Está algo estropeada. Se arrojó al metro, ya sabes. Pero, por otra parte, para haber sido arrollada salió bastante entera, aparte de la amputación de una pierna. El golpe la reventó por dentro. Abrir cápsula.

El cilindro metálico transparente descorrió la tapa con un siseo neumático. En su interior, rodeado por la sutil humareda del nitrógeno líquido, estaba el cadáver de Myriam Chi. Azulosa, desnuda, rapada, con las cicatrices de la autopsia en el cráneo y el tórax. Pero con el rostro sin deformar. Y sin pintar. Aniñada e indefensa. Más abajo, el grotesco revoltijo de las piernas. El miembro amputado y en pedazos, cuidadosamente recolocado como las piezas de un puzle. Por la mente de Bruna cruzó, como un espasmo, la imagen amenazante de la bola holográfica: ese cuerpo de Chi tajado y ultrajado. Entonces, cuando lo vio por primera vez, aún era mentira. Cerró los ojos y expulsó el recuerdo de su cabeza. No siento nada, pensó. Esto no es más que un pedazo de carne congelada.

—Está bastante guapa pese a todo, ¿no? Mañana les devolveré el cadáver a los del MRR y podrán montar un bonito espectáculo reivindicativo con el entierro.

—Gándara, necesito que me pases los análisis del laboratorio sobre las *memas*... Tengo que saber qué contienen esos malditos implantes.

—Y a mí también me gustaría saberlo, pero los de Bioingeniería no me han dado nada... Ni de ésta, ni de Caín, ni de los del tram. Curiosamente, la Policía Judicial ha decidido que todos esos informes son secretos...

—Una decisión acertada, me parece —dijo una voz a sus espaldas.

Bruna y el forense se volvieron. Era un hombretón enorme, más alto que Husky y dos veces más ancho. Su masivo corpachón tapaba la puerta.

—Porque me temo que, de tener esos informes, tú, que supongo que eres el forense Gándara, se los habrías dado a esta androide. Que no sé quién es —siguió diciendo el tipo.

Hablaba lentamente, arrastrando las palabras, como si estuviera medio dormido. Había algo letárgico en él, en sus ojos verdes medio velados por los pesados párpados, que no parecían ser capaces de abrirse del todo, y en la manera en que su sólido cuerpo se asentaba a plomo sobre el suelo, como si quisiera atornillarse a la piedra.

—Nosotros tampoco sabemos quién mierda eres tú —dijo Bruna con estudiada grosería.

Pero mentía, porque el barato y convencional traje de tres piezas, pantalón y camisa gris y chaqueta térmica algo más oscura le delataba como un funcionario. Seguro que era un policía.

—Inspector Paul Lizard, de la Judicial —dijo el hombretón enseñando su identificación—. Y tú eres...

—Yo soy la hermana de la víctima —dijo Bruna, sarcástica.

—Tú debes de ser la detective que han contratado los del MRR, ¿no? Bruna... Bruna Husky —dijo Lizard, imperturbable, consultando las notas de su móvil.

—Clarividente.

—Pues me alegro de verte. Precisamente quería hablar contigo.

—¿De qué? ¿De por qué ocultáis a todo el mundo el asunto de las memorias adulteradas?

—Tal vez. ¿Puedes pasarte mañana por la Judicial? Supongo que sabes dónde estamos. ¿A las 13:00?

—¿Y por qué debo hacerlo?

—Porque te conviene. Porque podemos ayudarnos. Porque eres una mujer curiosa. Porque si no vienes haré que te detengan y te traigan.

Mientras hablaba, el hombre se había ido acercando a ellos. Ahora estaba de pie junto al cilindro y contemplaba el cuerpo de Chi con ojos inesperadamente atentos bajo los somnolientos párpados. Es una mirada que esconde y disimula su fiereza, pensó Bruna.

—Si nadie explica que hay unas *memas* adulteradas que están enloqueciendo a los reps, entonces simplemente parece que los tecnos somos unos asesinos peligrosos. Es burdo, pero funciona.

Las palabras habían salido de la boca de Husky por sí solas, como si se las hubiera dictado otra persona. Y nada más decirlas comprendió que era cierto, que Myriam Chi tenía razón, que había una conspiración, que quizá este inspector granítico y taimado formase también parte de la trama. Ya lo decía la líder del MRR: no puedes fiarte de la policía.

—¿Y por qué funciona? Pues porque en el fondo todos los humanos nos tenéis miedo... Nos despreciáis y al mismo tiempo nos teméis. ¿Tú también, inspector? ¿Te asusto? ¿Te repugno?

—Husky, qué cosas dices... —gruñó Gándara con claro desagrado.

Ah, se dijo Bruna, también tú. También el viejo forense se alineaba enseguida con el recién llegado. La especie era un lazo demasiado poderoso. Pero no, ¡no era eso!, volvió a pensar la rep, haciendo un esfuerzo de racionalidad; no era de extrañar que a Gándara le incomodasen sus palabras, porque ella nunca soltaba semejantes soflamas. Era como si se sintiera en la obligación de hablar por Myriam Chi. Como si tuviera que decir lo que ella hubiera dicho.

—Lo único que me asusta es la estupidez —dijo Lizard.

—¿Cuántos inspectores reps hay en la Policía Judicial?

El hombre resopló con gesto de cansancio.

—¡Contesta! ¿Cuántos inspectores tecnohumanos hay? —repitió Bruna, casi gritando.

Lizard la miró con cachazuda calma.

—Ninguno —respondió.

Husky se quedó pasmada. No se esperaba esa respuesta. A decir verdad, con anterioridad a ese momento ni siquiera se le hubiera ocurrido plantear semejante pregunta. Algo dolió dentro de su cabeza. Un pensamiento que quemaba como un sentimiento. Un reconocimiento racional de la marginación. Notó que se disparaba dentro de ella el mecanismo ciego de la cólera. Dio media vuelta y, sin despedirse, abandonó la sala. Aún escuchó la gruesa voz de Paul a sus espaldas:

—Recuerda, mañana a las 13:00 en la Judicial.

Bruna atravesó los oscuros pasillos a paso de carga, cruzó el vestíbulo sin saludar a los vigilantes y salió del Instituto como quien huye. Pero nada más abandonar el edificio su carrera perdió impulso. Se detuvo a pocos metros de la puerta, en mitad de la noche y de la calle vacía, sin saber qué hacer ni adónde ir. Se encontraba demasiado agitada para volver a casa. Demasiado furiosa para acudir a un local habitual, como el bar de Oli, y soportar la cháchara banal de algún conocido. Demasiado angustiada para pensar. Demasiado llena de muerte para quedarse sola. Cuatro años, tres meses y veintiún días.

El aire frío era un alivio para sus mejillas ardientes. Estaba plantada sobre la acera, con los pies un poco separados, sintiendo todo el peso de su cuerpo. El cuello sudoroso, los brazos relajados, el vientre liso y tenso, las ágiles piernas. Carne alerta, ansiosa. Un cuerpo rabioso por vivir. Una aguda inquietud comenzó a formarse dentro de ella, como una nube de tormenta en un cielo de agosto. De pronto recordó algo y se puso a rebuscar por los bolsillos. Al fin, dentro de un papel arrugado metido en un estuche de analgésicos en el interior de la mochila, encontró lo que buscaba: un *caramelo*. Un cóctel de oxitocina. El pequeño comprimido debía de llevar meses olvidado en su escondite y estaba un poco pringoso. Bruna lo limpió someramente frotándolo entre dos dedos y se lo colocó debajo de la lengua para potenciar la rapidez de la droga. Y durante un par de minutos se dedicó a respirar y esperar. A gozar del frío aliento de la noche. A vaciar la cabeza y hacerse toda carne.

Delante de la puerta del Anatómico Forense estaba aparcado un coche. No era un vehículo policial reglamentario, pero las placas grises indicaban que se trataba de un transporte oficial. Sin duda era el coche del inspector Paul Lizard, del Lagarto, del Caimán, de ese gigantón poco fiable. Bruna inspiró profundamente. La piel le ardía, pero ahora desde dentro. En unos momentos la rep iba a hacer algo con eso. Con toda esa energía y ese fuego. En unos instantes Bruna empezaría a cruzar la ciudad, navegaría a través de la noche en busca de sexo; de una explosión carnal capaz de vencer a la muerte. La única eternidad posible estaba entre sus piernas. Como la mayoría de los humanos y los tecnohumanos, Bruna era más o menos bisexual: sólo unos pocos individuos eran exclusivamente heterosexuales u homosexuales. Pero, por lo general, a la rep le gustaban más los hombres; y esta noche, en cualquier caso, le apetecía un varón. Tal vez un tipo tan grande como el lagarto Lizard, un humano gigante al que haría implorar por su sexo de androide. Bruna soltó una pequeña carcajada. Su ritmo cardiaco se había acelerado, su cuerpo parecía hervir, el aire estaba cargado de feromonas. Ah, la embriaguez de la noche. Ella era una estrella a punto de estallar, un quásar pulsante. Caminó un par de pasos, gozando de su vigor y su agilidad, de su hambre y su salud. De una alegría feroz. Metió una mano por debajo de la pequeña falda metalizada y, apoyándose en el vehículo aparcado, se quitó las bragas. Esa noche quería deambular por la ciudad sin ropa interior. No era la primera vez que lo hacía y no sería la última. Qué placer sentirse toda abierta, desembarazada de trabas, disponible. Antes de irse, dejó el tanga sobre el parabrisas del coche del policía. El mundo zumbaba alrededor y un latido de vida estremecía sus venas, su corazón y, sobre todo, el centro de su desnuda flor, justo ahí abajo.

Tierras Flotantes
Etiquetas: Historia de la Ciencia, Culto Labárico, aristopopulismo, Plagas, Guerras Robóticas, acuerdos bilaterales, Segunda Guerra Fría.
#63-025
Artículo en edición

Las Tierras Flotantes actualmente existentes son el **Estado Democrático del Cosmos** y el **Reino de Labari.** Estas dos gigantescas estructuras artificiales mantienen órbitas fijas con respecto a la Tierra y son verdaderos mundos dotados de una plena autonomía. Aunque por razones estratégicas tanto Cosmos como Labari cultivan una críptica política de ocultación de datos, se supone que en cada una de las Tierras Flotantes hay entre quinientos y setecientos millones de habitantes. Todos ellos humanos, porque en ambos lugares se prohíbe la residencia a tecnos y a alienígenas, ~~lo que convierte estas Tierras en zonas indudablemente más seguras para nuestra especie.~~

Las primeras menciones a la eventual necesidad de construir un mundo artificial en la estratosfera que, en caso de catástrofe, pudiera albergar al menos a una parte de la Humanidad se remontan a la llamada **Era Atómica**, que son las décadas posteriores a la explosión, a mediados del siglo xx, de las primeras bombas de fisión nuclear sobre poblaciones civiles (**Hiroshima** y **Nagasaki**). Pero fue a lo largo del siglo xxi, con los estragos del **Calentamiento Global**, que elevó dos metros el nivel de los océanos e inundó un 18% de la superficie terrestre, y, sobre todo, con la alta mortandad, la desesperanza y la inseguridad causadas por las **Plagas**, la **guerra rep** y las **Guerras Robóticas**, cuando la idea de construir mundos alternativos en el espacio se convirtió en una necesidad social y una posibilidad real.

El Reino de Labari recibe su nombre del fundador de la **Iglesia del Único Credo**, el argentino **Heriberto Labari** (2001-2071). Podólogo de profesión, Labari nació el 11 de septiembre de 2001, fecha en que se produjo el famoso atentado de las Torres Gemelas de Nueva York, coincidencia que más tarde consideraría como prueba de su predestinación. Cuando cumplió treinta años, Labari dijo haber recibido un mensaje divino. Abandonó su empleo, fundó la Iglesia del Único Credo y se dedicó a predicar el **Culto Labárico**, que, según él, era la religión original y primigenia, traída a la Tierra por los extraterrestres en tiempos remotos y luego deformada y fragmentada, por ignorancia y codicia, en las diversas creencias del planeta. El Culto ofrece una mezcla sincrética de las religiones más conocidas, especialmente del cristianismo y el islamismo, así como ingredientes de los juegos de rol y de fantasía, con la evocación de un mundo medievalizante, jerárquico, sexista, esclavista y muy ritualizado. Para divulgar sus enseñanzas, Heriberto Labari escribió una veintena de novelas de ciencia ficción que pronto se hicieron muy populares: «Mis relatos fantásticos son las parábolas cristianas del siglo XXI.» Hay que tener en cuenta que la fundación de la Iglesia del Único Credo coincidió con los terribles años de las Plagas, una de las épocas más violentas y trágicas de la historia de la Humanidad, y el mensaje de Labari parecía ofrecer seguridad y una posibilidad de salvación. Cuando el profeta murió en 2071, asesinado por un fanático chií, los **únicos** ya sumaban cientos de millones en toda la Tierra y entre ellos había grandes fortunas, desde jeques árabes del Golfo a importantes empresarios occidentales.

Pocos años antes de su muerte, Labari había empezado a hablar de la construcción de un mundo estratosférico, no sólo para huir de una Tierra cada vez más convulsa, sino también para crear allí la sociedad perfecta, según los rígidos parámetros del Culto Labárico. Su novela póstuma, *El Reino de los Puros*, especificaba detalladamente cómo sería ese lugar. Labari tiene la forma de un grueso anillo o más bien de un enorme neumático. Según todos los indicios fue generado por unas bacterias semiartificiales capaces de autorreproducirse en el espacio a velocidad vertiginosa, formando una materia semiorgánica porosa, ligera, indeformable y prácticamente indestructible. Las claves de esta técnica sumamente innovadora siguen siendo un secreto. Resulta llamativo que una sociedad oficialmente antitecnológica haya sido capaz de un hallazgo científico de tal calibre, si bien es cierto que todos los procesos empleados son naturales o parecen mimetizar a la naturaleza de algún modo. Los habitantes del Reino viven dentro de las paredes del anillo; en el hueco interior, un inmenso reservorio de agua y algas liberadoras de hidrógeno proporciona la energía necesaria.

Si Labari es el resultado de una nueva religión, Cosmos es el producto de una ideología. ~~Aunque tal vez ambas cosas vengan a ser lo mismo~~. Cuando se firmó en 2062 el Pacto de la Luna que puso fin a la guerra rep, sólo hubo un Estado que no lo suscribió: Rusia. Por entonces el antiguo imperio ruso estaba atravesando el peor momento de su historia. Era un país en bancarrota, asolado por las bandas y drásticamente reducido en su superficie, porque varias guerras sucesivas y enconados conflictos vecinales habían ido empequeñeciendo sus fronteras. Como eran tan pobres y estaban tan atrasados que ni siquiera disponían de centros de producción de tecnohumanos, el hecho de que no firmaran el Pacto de la Luna no alteró en absoluto la efectividad del acuerdo. Pero la negativa hizo famosa de la noche a la mañana a **Amaia Elescanova**, que acababa de ser elegida presidenta de esa nación en ruinas.

Elescanova (2013-2104) era la líder y fundadora del partido Перенерация, **Regeneración**. Sostenía que todos los males del mundo eran el resultado del abandono de las utopías y de haberse rendido a los abusos del capitalismo. Aunque aseguraba que tanto el marxismo como el modelo soviético estaban obsoletos, reivindicaba la creación de un frente común revolucionario para acabar con las desigualdades del mundo. En su ensayo *Minorías responsables y masas felices*, piedra angular de su ideología, Elescanova proponía una sociedad gobernada por los más aptos y los más sabios, semejante a la República platónica pero reforzada por los adelantos científicos: «Incluso se podrán potenciar las cualidades óptimas de los nuevos dirigentes desde el mismo zigoto por medio de técnicas eugenésicas (...) La Ciencia y la Conciencia Social Unidas para Crear los Superhombres y las Supermujeres del Futuro ~~(mayúsculas en el texto original)~~.»

El regeneracionismo o **aristopopulismo**, como enseguida fue denominado, prendió como la paja seca en todo el mundo, sobre todo cuando, a partir de mediados de los sesenta, diversos países empezaron a implantar el cobro del aire y los ciudadanos con menos recursos se vieron obligados a emigrar en masa a las zonas más contaminadas. Pero no fueron sólo los sectores económicamente débiles quienes adoptaron las doctrinas de Elescanova; poderosos partidos procedentes de diversos países e ideologías distintas, desde la extrema izquierda a la extrema derecha, se unieron a la líder rusa formando en 2077 el **Movimiento Internacional Aristopopular (MIA)**, antiburgués, antirreligioso y anticapitalista, aunque, paradójicamente, el MIA dispusiera de un considerable capital.

Un movimiento así aspira naturalmente a dominar el mundo, pero tal vez la Tierra no les pareciera un lugar con demasiado futuro. Ya fuera por esto o por la noticia de que los labáricos iban a construir un reino flotante, lo cierto es que la primera decisión del MIA fue la de crear su propia plataforma extraterrestre. De hecho, se planteó una especie de feroz competición entre los únicos y los aristopopulares para ver quién finalizaba antes su proyecto, como si el ingente logro de un mundo artificial pudiera servir de reclamo publicitario para sus respectivas y antitéticas visiones de la vida. Pese a haber comenzado más tarde la carrera, fue el MIA quien ganó: el Estado Democrático del Cosmos se inauguró en 2087, mientras que los primeros súbditos del Reino de Labari no llegaron hasta 2088.

También en este caso se desconocen los detalles y los planos, pero no cabe duda de que Cosmos es una construcción técnicamente deslumbrante. Una multitud de pirámides hechas con nanofibras de carbono se unen unas a otras hasta conformar una estructura megapiramidal. El resultado es una especie de red tubular, un andamiaje del que cuelgan los edificios o núcleos de habitabilidad, comunicados por *calles* que discurren por el interior de los tubos. En cuanto a las fuentes de energía, parece ser que utilizan una tecnología secreta que permite sacar un alto rendimiento al viento solar.

Aunque desde la Tierra se siguió la construcción de estos mundos artificiales con creciente desconfianza y aprensión, el hecho de que ambos proyectos estuvieran impulsados por movimientos sociales multinacionales y, sobre todo, el caos y la mortandad provocados por las **Guerras Robóticas** (2079-2090) impidieron que se pudiera articular ninguna oposición efectiva contra la creación de estas naciones flotantes. Y, cuando por fin fueron inauguradas, millones de terrícolas desesperados intentaron ser admitidos en alguno de los dos mundos para poder huir de la tremenda desolación de la guerra. Cosmos y Labari estuvieron ausentes de los **Acuerdos Globales de Casiopea**, porque se niegan a otorgar a los tecnohumanos y a los alienígenas los mismos derechos que a los humanos. Sin embargo con posterioridad tanto los únicos como los aristopopulares firmaron **acuerdos bilaterales** con los Estados Unidos de la Tierra, aunque las relaciones nunca han sido fáciles. Esta coexistencia llena de suspicacias, secretos y tensiones ha sido bautizada por los analistas como la **Segunda Guerra Fría**. Por otra parte, dado que ambos mundos siguen siendo entre sí enemigos encarnizados y carecen de relaciones diplomáticas, los EUT se han visto obligados a actuar en ocasiones como una especie de intermediario extraoficial.

Por último, algunas fuentes hablan de la existencia de un tercer mundo flotante, una estructura mucho más pequeña, quizá incluso autopropulsada, más una meganave que una plataforma orbital, en donde una sociedad democrática, tolerante y libre viviría una vida razonablemente justa y feliz. Esta colectividad habría comenzado su andadura clandestina durante los años confusos de las Guerras Robóticas y desde entonces se las habría arreglado para ocultarse en el espacio. Su nombre sería *Ávalon*, pero todo parece indicar que se trata de una leyenda urbana.

Lo primero de lo que fue consciente, como siempre, fue del punzante latido de las sienes. La resaca barrenando su cabeza con un tornillo de fuego.

Luego percibió una claridad rojiza a través de la membrana de sus párpados. Unos párpados que todavía pesaban demasiado para animarse a levantarlos. Pero esa claridad parecía indicar que había mucha luz. Tal vez fuera de día.

Latigazos de dolor le cruzaban la frente. Pensar era un martirio.

Sin embargo, Bruna se esforzó en pensar. Y en recordar. Un agujero negro parecía tragarse su más reciente pasado, pero al otro lado de ese gran vacío la rep empezó a recuperar entrecortadas imágenes de la noche anterior, paisajes entrevistos a través de una niebla. Locales ruidosos y llenos de gente. Pistas de baile abarrotadas. Previamente a eso, el Anatómico Forense. El cadáver de Chi. La calle, la luna. Y ella metiéndose bajo la lengua un *caramelo*. De nuevo entrevió un barullo de bares. Un tipo sin rostro que la invitaba a una copa. Las pantallas públicas parloteando contra el cielo negro. Un grupo de músicos tocando. Una mano que subía por su espalda. Se estremeció, y eso hizo que tomara conciencia del resto de su cuerpo, además de la omnipresente y retumbante cabeza. Estaba boca abajo en lo que parecía una cama. Los brazos doblados a ambos lados del tronco. La cara apoyada en la mejilla izquierda.

Bruna suspiró despacio para no soliviantar al monstruo de su jaqueca. No recordaba cómo había terminado la noche y no tenía ni idea de dónde podía estar. Detestaba despertar en casa ajena. Odiaba amanecer en un barrio desconocido y tener que mirar sus coordenadas espaciales en el móvil para saber dónde se encontraba. Palpó la sábana con su mano derecha. Le fue imposible reconocer sólo por el tacto si era su cama o no. No iba a tener más remedio que abrir los ojos. Cuatro años, tres meses y veintiún días. No: cuatro años, tres meses y veinte días.

Levantó los párpados muy lentamente, temerosa de ver. En efecto, había mucha luz. Una despiadada claridad diurna que hirió su retina. Tardó unos instantes en superar el deslumbramiento; luego reconoció la pequeña butaca de polipiel medio tapada con el gurruño de sus ropas: la falda metalizada, la chaqueta térmica. Y la camiseta tirada sobre el conocido suelo de madera sintética. Se encontraba en su propia casa. Menos mal.

La buena noticia le dio ánimos y, apoyándose en las manos, consiguió levantar el tronco. Al hacerlo, advirtió con el rabillo del ojo que, a su lado, el cobertor se abultaba sobre lo que parecía ser otra persona. No estaba sola. No todo iba a ser tan fácil, naturalmente.

La desnudez total no era la mejor manera de presentarse ante un desconocido, de manera que agarró la chaqueta de la cercana butaca y se la puso con torpeza, aún sentada en la cama. Luego respiró hondo, hizo acopio de energías y se levantó. De pie junto al lecho, las sienes retumbando, miró al visitante. Que, a juzgar por el bulto, era muy grande. Un corpachón tumbado de lado, de espaldas hacia ella, completamente tapado por la sábana. Bueno, completamente no. Arriba se veían unos pelos... ásperos... y un cogote... verde.

Bruna se quedó sin respiración.

No podía ser.

No podía ser.

Se puso una mano en la cabeza para aliviar la jaqueca y sujetar el tumulto de ideas espantadas, y dio la vuelta a la cama con sigilo hasta acercarse al rostro del durmiente: la nariz ancha y plana, las cejas disparadas, la verdosa piel.

Se había acostado con un *bicho*.

Sintió ganas de vomitar.

Pero ¿de verdad se había acostado con un *bicho*? Es decir, ¿había...? El solo merodeo mental a esa idea impensable hizo que se le aflojaran las piernas. Tuvo que sentarse en la cama para no caer. Y ese movimiento despertó al alienígena.

El *bicho* abrió los ojos y la miró. Unos ojos color miel de expresión melancólica. Era un omaá. Frenética, Bruna intentó recordar los datos que sabía sobre los omaás. Que eran los Otros que más abundaban en la Tierra, porque además de la representación diplomática había miles de refugiados que llegaron huyendo de las guerras religiosas de su mundo. Que esos refugiados eran los alienígenas más pobres, justamente por su condición de apátridas, y eso hacía que fueran los más despreciados de entre todos los *bichos*. Que eran... ¿hermafroditas? ¿O ésos eran los balabíes? Maldición de maldiciones. Terror le daba a Bruna tener que ver a su compañero de cama de cuerpo entero.

Con cuidada lentitud e infinita calma, de la misma

manera que un humano se movería ante un animalillo del campo para no asustarlo, el *bicho* se sentó en el lecho, desnudo de cintura para arriba y el resto tapado por la sábana. Ah, sí, y además éstos eran los traslúcidos, pensó Bruna con desmayada grima. Lo más inquietante de los extraterrestres era su aspecto al mismo tiempo tan humano y tan alienígena. La imposible semejanza de su biología. El omaá era grande y musculoso, una versión robusta del cuerpo de un varón, con sus brazos y sus manos y sus uñas al final de los... Bruna se detuvo a contar... de los seis dedos. Pero la cabeza, con el pelo hirsuto y las cejas tiesas, con esa nariz ancha que parecía un hocico y los ojos tristones, recordaba demasiado a la de un perro. Y luego estaba lo peor que era la piel, medio azulada, verdosa en las arrugas y, sobre todo, semitransparente, de manera que, dependiendo de los movimientos y de la luz, dejaba entrever retazos de los órganos internos, rosados atisbos de palpitantes vísceras. Por todos los demonios, ¿qué tacto tendría esa maldita cosa? No guardaba ninguna memoria de haber tocado esa piel, y, a decir verdad, tampoco quería recordarlo. ¿Y ahora qué iban a hacer? ¿Preguntarse los nombres?

El *bicho* sonrió tímidamente.

—Hola. Me llamo Maio.

Su voz tenía un ronco fragor de mar batiendo contra las rocas, pero se le entendía bien y su acento era más que aceptable.

—Yo... soy Bruna.

—Encantado.

Un silencio erizado de preguntas no hechas se instaló entre ellos. ¿Y ahora qué?, se dijo la rep.

—¿Te acuerdas... te acuerdas de cuando llegamos a casa anoche? —preguntó al fin.

—Sí.

—O sea que tú... Ejem, quiero decir, ¿tú te acuerdas de todo?

—Sí.

Por todos los demonios, pensó Bruna, prefiero no seguir indagando.

—Bueno, Maio, tengo que irme, lo siento. Es decir, tenemos que irnos. Ya mismo.

—Bueno —dijo el *bicho* con una amabilidad rayana en la dulzura.

Pero no se movía.

—Venga, que nos vamos.

—Sí, pero tengo que levantarme y vestirme. Y estoy desnudo.

Ah, sí. ¡Por supuesto! ¿Eran así de pudorosos los omaás? Aunque desde luego ella tampoco se encontraba preparada para verlo.

—Yo también me voy a vestir. Al cuarto de baño. Y mientras tanto, tú...

Bruna dejó la frase en el aire, agarró la misma ropa de la noche anterior para no entretenerse en buscar más y se encerró en el baño. Aturdida, con la cabeza todavía partida en dos por el dolor, se dio una breve ducha de vapor y luego volvió a ponerse la falda metalizada y la camiseta. Gruñó con desagrado al advertir que no tenía ropa interior a mano y al recordar lo que había hecho con el tanga la noche antes. Ahora carecer de esa prenda le molestaba muchísimo. Se mojó la cara con un pequeño chorro de su carísima agua para intentar despejarse y luego abrió la puerta sigilosamente. Frente a ella, de pie junto a la cama, modoso como un perro ansioso de complacer, aguardaba el alienígena. Debía de medir más de dos metros. Llevaba puesta una especie de falda tubular que le llegaba desde la cintura hasta la mitad de la pantorrilla. Entonces Bruna recordó que ésa era la forma de vestirse de los omaás, con esas faldas de un tejido semejante a la lana esponjosa y con colores terrosos y cálidos, ocre, vino, mostaza. Un atavío elegante, aunque la falda que usaba Maio estaba bastante raída. Pero lo peor era que, por arriba, llevaba una camiseta terrícola espantosa, de esas que se regalaban como propaganda, con un chillón dibujo en el pecho que mostraba una cerveza espumeante. Era como dos tallas más pequeña de lo necesario y le quedaba a reventar sobre el robusto tórax.

—Es para cubrirme. La camiseta. He notado que a los terrícolas no os gusta ver las transparencias de la piel en el cuerpo —dijo el alien con su voz oceánica.

Sí, claro, pensó Bruna, los omaás iban normalmente con el pecho desnudo, cruzado tan sólo por algunos correajes cuya utilidad la rep ignoraba. Tal vez se tratara de un simple adorno. En cualquier caso, con la camiseta estaba espantoso. Era como un mendigo sideral.

—Bueno. Bien. Vale. Entonces nos vamos —farfulló la detective.

Salieron del apartamento y en el camino de bajada se cruzaron con un par de vecinos. Bruna pudo ver la estupefacción de sus ojos, el miedo, la repugnancia, la curiosidad. Lo que me faltaba, pensó: además de ser rep, ahora voy con un *bicho*, y por añadidura un *bicho* con un roñoso aspecto de vagabundo. Al llegar a la calle se quedaron parados el uno frente al otro. ¿Tendría que haberle ofrecido pasar al cuarto de baño?, pensó Bruna sintiendo un arañazo de culpabilidad. ¿Y no debería haberle dado algo de desayuno? Si era un refugiado, como seguro que era, tal vez tuviera hambre. ¿Y qué comían estas criaturas? El problema era ese aire tristemente perruno del alien, esos ojos tan humanos como sólo se encuentran en los chuchos, ese maldito aspecto de animalillo abandonado, pese a la envergadura de su corpachón. Por todos los demonios, pensó Bruna, ella se había acostado con alguna gente impresentable en sus noches más locas, pero amanecer con un *bicho* era ya demasiado.

—Bueno. Pues adiós —dijo la rep.

Y echó a caminar sin esperar respuesta, subiéndose a la primera cinta rodante que encontró. Unos metros más allá, poco antes de que la cinta hiciera una amplia curva para doblar la esquina, no pudo resistir la tentación y miró hacia atrás. El alien seguía de pie junto al portal, contemplándola con gesto desamparado. Anda y que te zurzan, pensó Bruna. Y se dejó llevar por la cinta hasta perder al *bicho* de vista. Se acabó. Nunca más.

¿Y ahora adónde voy?, se preguntó. Y en ese justo momento entró una llamada en su móvil. Era el inspector Paul Lizard. Curiosamente, se dijo Bruna, todavía se acordaba del nombre del Caimán.

—Tenemos una cita dentro de veinte minutos, Husky.

—Ajá. No se me ha olvidado —mintió—. Estoy yendo para allá.

—Y entonces, ¿por qué vas en una cinta en dirección contraria?

La rep se irritó.

—Está prohibido localizar a nadie por satélite si no cuentas con su permiso para hacerlo.

—En efecto, Husky, tienes toda la razón, salvo si eres inspector de la Judicial, como yo. Yo puedo localizar a quien me dé la gana. Por cierto, vas a llegar tarde. Y si sigues avanzando en dirección contraria, tardarás aún más.

Bruna cortó el móvil con un manotazo. Tendría que ir a ver a Lizard aunque no le hiciera ninguna gracia: su licencia de detective siempre dependía de lo bien que se llevara con la policía. Saltó a la acera por encima de la barandilla de la cinta rodante y se puso a buscar un taxi. Era sábado, hacía un día precioso y la avenida de Reina Victoria, con su arbolado parquecillo central, estaba llena de niños. Eran niños ricos que paseaban a sus robots de peluche con formas animales: tigres, lobos, pequeños dinosaurios. Una nena incluso revoloteaba a dos palmos del suelo con un reactor de juguete atado a la espalda, pese al precio prohibitivo con que se penaba ese derroche de combustible y el consiguiente exceso de contaminación. Con lo que costaba una hora de vuelo de esa cría, un humano adulto podría pagarse dos años de aire limpio. Bruna estaba acostumbrada a sobrellevar las injusticias de la vida, sobre todo cuando no las sufría en carne propia, pero ese día se sentía especialmente irascible y la visión de la niña aumentó su malhumor. Se recostó en el taxi y cerró los ojos, intentando relajarse. Le seguía doliendo la cabeza y no había desayunado. Cuando llegó a la sede de la Policía Judicial, media hora más tarde, empezaba a sentirse verdaderamente hambrienta.

—Hola, Husky. Veinte minutos de retraso.

Paul Lizard llevaba una sudadera rosa. ¡Una sudadera rosa! Debía de ser su idea de la ropa informal del fin de semana.

—Tengo hambre —dijo la rep como saludo.

—¿Sí? Pues yo también. Espera.

Conectó con la cantina del edificio y pidió pizzas, salchichas con sabor a pollo, huevos fritos, panecillos calientes, fruta, queso con pipas tostadas y mucho café.

—Nos lo traerán a la sala de pruebas. Ven conmigo.

Entraron en la sala, que estaba vacía, y se sentaron en torno a la gran mesa holográfica. Paul ordenó a las luces que se atenuaran. Al otro lado del tablero, iluminado tan sólo por un lechoso resplandor que provenía de la mesa, el rostro del hombre parecía de piedra.

—Escucha, Husky... vamos a jugar a un juego. El juego de la colaboración y el intercambio. Tú me cuentas algo y yo te cuento algo. Por turnos. Y sin engañar.

Eso no te lo crees ni tú, pensó Bruna; y luego también pensó que ella tenía pocas cosas que contar. Pocas fichas que jugar.

—¿Ah, sí, Lizard? Pues yo quiero que me expliques por qué nadie habla de las memorias adulteradas. Y qué es lo que contienen esas memorias.

El hombre sonrió. Una bonita sonrisa. Un gesto inesperadamente encantador que, por un instante, pareció convertirle en otra persona. Más joven. Menos peligrosa.

—Te toca empezar a ti, naturalmente. Dime, ¿cómo crees que ha muerto tu clienta?

Bruna frunció el ceño.

—Obviamente la asesinaron. Es decir, le implantaron la memoria adulterada contra su voluntad.

—¿Cómo estás tan segura de que no lo hizo de modo voluntario?

—No me parecía una mujer que se drogara. Y además conocía lo de las *memas* letales, no se habría arriesgado. Sobre todo después de haber sido amenazada.

—Ah, sí. Lo de la famosa bola que apareció en su despacho. ¿Y qué había en esa bola?

—¿No lo sabes? —se sorprendió Bruna—. ¿No te la han proporcionado en el MRR?

—Habib dice que no la tiene. Que la tienes tú.

—Se la devolví ayer con un mensajero.

—Pues acabo de hablar con él y no le ha llegado. El robot ha debido de desaparecer misteriosamente por el camino. Pero tú analizaste el mensaje...

Bruna reflexionó un instante. ¿La bola se había perdido? Todo era bastante extraño.

—Eh, un momento, Lizard. Para un poco. Ahora te toca a ti darme información.

Paul asintió.

—Muy bien. Mira a estas personas...

Sobre el tablero empezaron a formarse las imágenes holográficas de tres individuos. Para ser exactos, de tres cadáveres. Un hombre con un agujero en la frente perfectamente redondo y limpio, seguramente un disparo de láser. Otro varón con el cuello cortado y lleno de sangre. Y una mujer con media cara volada, tal vez por una bala explosiva convencional o por un disparo de plasma. Bruna dio un pequeño respingo: el medio rostro que le quedaba a la víctima le era vagamente familiar. Sí, esa oreja fuera de lugar era inconfundible.

—¿Los conoces? —preguntó el policía.

—Sólo a la última. Creo que es una traficante de drogas de los Nuevos Ministerios. Le compré una *mema* hace tres días.

—¿Y qué hiciste con ella? ¿La has usado?

—¿Quiénes son los otros?

—Todos traficantes ilegales. *Camellos* conocidos. Alguien se ha puesto a asesinarlos. ¿Será para vengarse por las memorias letales?

—¿O para quitarse la competencia de en medio y poder vender la mercancía adulterada? Mandé la *mema* a analizar. Era normal. Pirata, pero inocua.

Paul volvió a asentir. En ese momento llegó el robot de la cantina con el almuerzo. Probablemente la calidad de los platos no fuera muy buena, pero estaban calientes y resultaban lo suficientemente apetitosos. Pusieron las bandejas sobre la mesa y durante unos minutos se dedicaron a comer con silenciosa fruición, mientras las imágenes de los tres cadáveres seguían dando vueltas en el aire. Parecía muchísima comida, pero a los pocos minutos Bruna constató con cierto asombro que entre los dos habían conseguido acabar con todo. La rep se sirvió otro café y miró a Lizard con la benevolencia que produce el estómago lleno. Comer junto a alguien cuando se tiene hambre predispone a la complicidad y la convivencia.

—Bueno. Creo que me ibas a hablar del contenido de la bola holográfica que recibió Chi... —dijo el hombre apartando los platos.

Bruna suspiró. Se encontraba mucho mejor de la resaca.

—No, no. Te toca a ti. Yo te he contado lo de la *mema* ilegal.

Lizard sonrió y volvió a manipular la mesa. Aparecieron dos nuevos muertos flotando espectralmente delante de ellos. Dos reps. Desconocidos.

—No sé quiénes son —dijo Bruna.

—Pues verás, son dos cadáveres curiosos. Trabajaban para el MRR. Bueno, trabajaban para una empresa externa de mantenimiento cuyo único cliente era el MRR. ¿Te suena esto de algo?

La detective mantuvo una expresión impasible.

—¿Cómo han muerto? —preguntó para ganar tiempo.

—Dos tiros en la nuca. Ejecutados.

¿Debía contarle o no? Pero no quería revelar detalles que Habib le había dado sin contar con el permiso del androide. Al fin y al cabo él era su cliente. Decidió darle a Lizard otra pieza de información en lugar de eso.

—Pues ni idea, de esto no sé nada. En cuanto a la bola holográfica, se veía a Chi en un discurso de...

—No, ahórrate esa parte, sé cómo era el mensaje. Habib me informó. Lo que quiero saber es el resultado de tu análisis.

—Las imágenes del destripamiento son de un cerdo y hay un 51 % de probabilidades de que no provengan de ningún matadero legal, sino que sea algo doméstico. Y no conseguí encontrar ningún rastro, ningún dato, ningún indicio, ninguna credencial. Sólo...

—¿Sólo?

—¿Puedo usar tu mesa holográfica?

—Claro.

Bruna pidió la conexión desde su ordenador móvil y Lizard se la concedió. Segundos después se formó delante de ellos el mensaje amenazante. La mesa tenía una resolución magnífica y la imagen era a tamaño natural: resultaba bastante desagradable. Cuando la película acabó, la detective tocó la pantalla de su muñeca e hizo pasar el vídeo original del cerdo, limpio y reconstruido. Enfocó sobre el cuchillo y agrandó y perfiló la imagen hasta que se vio el ojo del rep.

—Mmmm... De modo que la secuencia fue grabada por un tecnohumano —murmuró Lizard, pensativo—. Interesante.

—Puedes quedarte con una copia del análisis.

—Gracias. Entonces, ¿no te suenan de nada los dos androides que trabajaban para el MRR?

—No los había visto en mi vida —dijo Bruna con el

perfecto aplomo de quien dice la verdad—. Pero se me ocurre que podrías hacerlos pasar por un programa de reconocimiento anatómico para comprobar si el ojo que se ve en el cuchillo corresponde a alguno de ellos. Por cierto, ¿dónde habéis encontrado los cadáveres?

Lizard rebañó con el dedo el último grumo de queso blando que quedaba en el plato y se lo comió con delectación. Hizo una mueca de preocupación antes de hablar.

—Eso es lo más curioso... Hemos encontrado a todos los muertos en el mismo sitio... En Biocompost C.

Es decir, en uno de los cuatro grandes centros de reciclaje de basuras de Madrid.

—¿En el vertedero?

—Los dos tecnos estaban tumbados sobre la montaña de detritus más reciente... Como si los hubieran colocado cuidadosamente allí. Los robots basureros están programados para detectar residuos sintientes y avisar, de modo que detuvieron los trabajos y lanzaron la alarma. Y en esa misma montaña, un poco enterrados, estaban los otros cadáveres, más antiguos y en diversos estados de descomposición. En los hologramas que has visto los cuerpos estaban reconstruidos, pero los dos hombres debían de llevar muertos por lo menos un mes.

—Es decir que estaban en otra parte y los llevaron a Biocompost C.

—Exacto, era como si alguien hubiera querido que los descubriéramos a todos juntos y que por lo tanto uniéramos los casos. Pistas criminales obvias para detectives imbéciles.

Bruna sonrió. Este hombrón de voz perezosa tenía cierta gracia. Aunque convenía no confiarse.

—Lizard, sé que ha habido antes otros casos de muertes de reps parecidas. Antes de las que han salido a la luz esta semana... Cuatro más. El fascista de Hericio lo dijo en las noticias... Y Chi las estaba investigando.

Lizard enarcó las cejas, por primera vez verdaderamente sorprendido.

—¿También lo sabía Chi? Vaya... Era el secreto más conocido de la Región... ¿Y qué es lo que sabía, exactamente?

—Que eran tres hombres y una mujer, todos tecnohumanos, todos suicidas, ninguno asesinó a nadie antes de matarse. Se quitaron la vida por diversos métodos, todos bastante habituales: cortarse las venas, sobredosis de droga, arrojarse al vacío... Los tres últimos, quiero decir los últimos en el tiempo, los más recientes, se sacaron un ojo. Y todos llevaban una *mema* adulterada.

—¿Y nada más? ¿No conocía ningún otro detalle que relacionara a los muertos?

—Chi no había encontrado nada que les uniera. Parecen víctimas elegidas al azar.

—Puede ser, Bruna. Pero además... todos tenían tatuada en el cuerpo la palabra «venganza».

—¿Todos?

—Los siete.

—¿También Chi?

—También.

—No lo vi.

—Estaba en su espalda.

—Gándara no me lo dijo.

—Anoche te fuiste muy deprisa. Mira.

En el aire flotó el primer plano de una espalda. Larga, ondulante, blanca. Pero manchada por los trazos violetas de unos cardenales. Cerca del suave comienzo de las nalgas estaba escrita la palabra «venganza» con una letra muy distintiva, apretada, entintada y redonda. El vocablo mediría unos cuatro centímetros de ancho por uno de alto. Tenía ese amoratado color de uva de los tatuajes realizados con pistola de láser frío, como el de Bruna. Se curaban en el mismo instante en que se hacían.

—Es Chi —explicó el hombre—. Pero todos los tatuajes son iguales y están en el mismo lugar.

Lizard apagó la mesa y miró a Bruna con una pequeña sonrisa.

—Me parece que te estoy contando demasiadas cosas, Husky.

Y era verdad. Le estaba contando demasiadas cosas.

—Dime sólo algo más, Lizard... ¿qué contienen las *memas* mortales?

—Más que *memas,* son programas de comportamiento inducido... Unas piezas de bioingeniería muy notables. Y los implantes evolucionaron de una víctima a otra... Es decir, sus programas se fueron haciendo más complejos...

—Como si los primeros muertos fueran prototipos...

—O ensayos prácticos, sí. Los implantes disponen de una dotación de memoria muy corta... Treinta o cuarenta escenas, en vez de los miles de escenas habituales.

—Lo normal son quinientas.

—¿Tan pocas? Bueno, en estas *memas* sólo hay unas cuantas escenas que hacen creer a la víctima que es humana y que ha sido objeto de persecución por parte de los reps... de los tecnos. Y luego hay otras escenas que son como premoniciones... Actos compulsivos que la víctima se ve obligada a cumplir. Algo semejante a los delirios psicóticos. Los implantes inducen una especie de psicosis programada y extremadamente violenta. El impacto es tan fuerte que les destroza el cerebro en pocas horas, aunque no sabemos si esa degeneración orgánica subsiguiente es algo buscado o un efecto secundario e indeseado del implante.

—¿Y la obsesión con los ojos?

—Lo de cegarse o cegar a alguien aparece a partir de la segunda víctima. Es una de las escenas delirantes. Algo voluntariamente inducido, sin duda.

—Una firma del criminal. Como el tatuaje.

—Tal vez. O un mensaje.

Detrás de todo esto tenía que haber alguien muy enfermo, pensó Bruna. Una mente perversa capaz de disfrutar con la enucleación de un globo ocular. De un ojo rep. Venganza y odio, sadismo y muerte. La detective sintió un vago malestar rodando por su estómago. Seguramente había comido demasiado.

—¿Y por qué no se ha dicho nada de esto públicamente? ¿Por qué se oculta lo de los implantes?

Lizard miró fijamente a Bruna.

—Siempre es útil reservarse algún dato que sólo puede saber el criminal —dijo al fin con su voz letárgica tras un silencio un poco excesivo.

—Para eso ya teníais los tatuajes. ¿Por qué callar algo que demuestra que los reps también son víctimas y no sólo furiosos asesinos?

Nuevo silencio.

—Tienes razón. Hay órdenes de arriba de no decir nada. Órdenes que me incomodan. En este caso están sucediendo cosas que no entiendo. Por eso me he puesto en contacto contigo. Creo que podemos ayudarnos mutuamente.

Bruna se tocó el estómago con disimulo. La sensación de náusea había aumentado. Algo marchaba mal. Algo marchaba muy mal. ¿Por qué le contaba Lizard todo esto? ¿Por qué había sido tan generoso en sus confidencias? ¿Y cómo se le ocurría decir tan abiertamente que desconfiaba de sus superiores? ¿Allí? ¿En la sede de la Policía Judicial? ¿En un lugar en donde probablemente todas las conversaciones se registraban? Notó que se le erizaba la pelusa rubia que crecía a lo largo de su columna vertebral. Era como una tenue oleada eléctrica que ascendía por su espalda y siempre le sucedía antes de entrar en combate. O cuando se encontraba en situación de peligro. Y ahora estaba en peligro. Esto era una trampa. Miró el rostro pesado y carnoso de Lizard y lo encontró repulsivo.

—Me tengo que ir —dijo abruptamente mientras se ponía en pie.

El hombre enarcó las cejas.

—¿Y estas prisas?

Bruna se contuvo y fingió una calma casi amable.

—Ya nos hemos dicho todo, ¿no? Yo no sé más. Y tú no me dirás más. Tengo una cita y llego tarde. Estaremos en contacto.

Todavía sentado, Lizard la agarró por la muñeca.

—Espera...

La androide sintió la mano caliente y áspera del hombre sobre su piel y tuvo que hacer uso de todo su control para no darle un rodillazo en la cara y liberarse. Le miró con ojos interrogantes y fieros, aún medio de perfil, sin abandonar su impulso de largarse.

—Sí que tienes algo que contarme... Tú fuiste atacada por Cata Caín...

Bruna resopló y se volvió de frente hacia él. Lizard la soltó.

—Sí. Consta en el informe policial. ¿Y?

—Estabas en una de las escenas inducidas de la *mema* de Caín. Según el programa, tu vecina tenía que espiarte, ir a tu piso, estrangularte con el cable hasta dejarte inconsciente, atarte, sacarte los ojos y después rematarte.

A su pesar, Bruna quedó impresionada con la noticia. Abrió la boca, pero no supo qué decir.

—¿No es interesante? Ahí está tu nombre, Bruna Husky, en la escena de la *mema*. Tu nombre y tu imagen y tu dirección. ¿Por qué crees que estás incluida en un implante asesino?

—Entonces, ¿me has traído para interrogarme?

—No te estoy interrogando. Oficialmente, digo. Sólo te estoy preguntando.

—Pues yo te contesto que no tengo ni idea.

—Es curioso. Deberías haber sido una víctima, pero no lo fuiste. ¿Cuestión de suerte? ¿O de conocimiento previo?

—¿Qué insinúas?

—Tal vez conocías el contenido de la *mema*. Tal vez incluso colaboraste en la fabricación del implante.

—¿Para qué iba a poner yo la escena inducida de mi asesinato?

Lizard sonrió encantador.

—Para tener una magnífica coartada.

Bruna se sintió aliviada. Ah, le prefería así, actuando al descubierto contra ella, claramente hostil. Devolvió la sonrisa.

—Me temo que, al final, no vamos a terminar siendo tan amigos... —dijo.

Y dio media vuelta y se marchó. Estaba cruzando el

umbral de la puerta cuando escuchó a sus espaldas la respuesta del policía:

—Es una pena...

El maldito Lizard parecía ser de esos hombres que siempre se empeñaban en soltar la última palabra.

En realidad Bruna sí tenía una cita, aunque casi se le había olvidado. Desde hacía tres meses, todos los sábados, a las 18:00 en punto, iba a un psicoguía. El problema había empezado medio año atrás. Una tarde Bruna estaba en su casa viendo una película y, de repente, la realidad se marchó. O más bien fue ella quien salió de escena. La pantalla, la habitación, el mundo entero pareció alejarse al otro lado de un largo tubo negro, como si Bruna estuviera mirando las cosas desde el extremo de un túnel. Al mismo tiempo, rompió a sudar y a tiritar, le castañetearon los dientes, las piernas le temblaron. Se sintió súbitamente aplastada por un terror pánico como nunca jamás antes había experimentado. Y lo peor era que no sabía qué la aterrorizaba tanto. Era un miedo ciego, indescifrable. Loco. Un súbito apagón de la cordura. La crisis duró apenas un par de minutos, pero la dejó agotada. Y rehén permanente del miedo al miedo. Del temor a que el ataque se repitiera. Que desde luego se repitió unas cuantas veces, siempre en los momentos más inesperados: corriendo por el parque, comiendo en un restaurante, viajando en tram o en metro.

De entrada acudió a una psicomáquina, como otras veces había hecho durante sus años de milicia. Los combatientes solían usar las *cajas bobas* tras algún combate especialmente duro o en épocas de extremada tensión bélica. Entrabas en el pequeño cubículo de la psicomáquina; te sentabas en el sillón, te ponías el casco con los electrodos, colocabas las yemas de los dedos en los sensores y contabas a la caja lo que te pasaba; y se suponía que la psicomáquina te aconsejaba verbalmente, estimulaba suavemente tu cerebro con ondas magnéticas y, si eso no era suficiente, te expendía alguna píldora adecuada. Los androides iban en busca de eso, de las píldoras. Ansiolíticos, relajantes, estimulantes, estabilizantes, euforizantes, antidepresivos. Sabían cómo hablar con la caja para conseguir lo que deseaban y las sesiones costaban tan sólo quince ges, drogas aparte.

Pero en esta ocasión la detective no sabía qué necesitaba, qué buscaba.

—Has tenido un ataque de angustia —había dictaminado la caja con vibrante tono de barítono (Bruna había seleccionado voz de hombre en la opción de sonido).

—Pero ¿por qué?

—Los ataques de angustia son una consecuencia del miedo a la muerte —dijo la psicomáquina.

Como si eso aclarara algo. La androide llevaba toda su corta vida abrumada por la conciencia de la muerte, y desde luego había estado en peligro mortal bastantes veces sin que eso le provocara ninguna crisis, antes al contrario, el riesgo bombeaba en su organismo una especie de lucidísima y fría calma. Era uno de los aportes de la ingeniería genética, una de las mejoras hormonales con las que venían dotados los reps de combate. Pero, de golpe, una tarde, viendo una estúpida película en su casa, se había desmoronado. ¿Por qué?

Dado que la *caja boba* no había calmado su inquietud, se planteó la posibilidad de visitar a un psicoguía. Desde que la psicóloga peruana Rosalind Villodre había desarrollado en los años ochenta su teoría posfreudiana del Maestro, sus seguidores se habían puesto muy de moda. Cerca de casa de Bruna había un Mercado de Salud, una de esas galerías comerciales especializadas en terapias más o menos alternativas, y en la planta baja estaba la consulta de un psicoguía llamado Virginio Nissen. Una tarde la detective entró allí con la vaga intención de informarse y salió con el compromiso de volver todos los sábados; de una manera un tanto inexplicable, el hombre se las había arreglado para imponerle esa obligación. La rep llevaba dos meses sin sufrir crisis de angustia, pero dudaba mucho que fuera gracias a Nissen. En todo caso quizá se debiera a las ochenta gaias que le costaba la media hora de tratamiento: no tenía más remedio que sanar para poder ahorrárselas.

Y ahora Bruna se encontraba tumbada en una cama de privación sensorial, sobre un colchón de tenues aerobolas y con unas gafas virtuales que le hacían sentir en mitad del cosmos. Flotaba plácidamente en la negrura estelar, ingrávida e incorpórea. A ese lugar remoto de confort llegó la voz ligeramente melosa de Virginio Nissen.

—Dime tres palabras que te duelan.

Había que responder deprisa, sin pensar.

—Herida. Familia. Daño.

—Descartemos la primera: demasiado contaminada semánticamente. Piensa en familia y dime otras tres palabras que te duelan.

—Nada. Nadie. Sola.

—¿Qué significa nada?

—Que es mentira.

—¿Qué es mentira?

—Ya lo hemos hablado muchas veces.

—Una vez más, Husky.

—Todo es mentira... Los afectos... La memoria de esos afectos. El amor de mis padres. Mis propios padres. Mi infancia. Todo se lo tragó la nada. No existe, ni existió.

—Existe el amor que sientes por tu madre, por tu padre.

—Mentira.

—No, ese amor es real. Tu desesperación es real porque tu afecto es real.

—Mi desesperación es real porque mi afecto es un espejismo.

—Mis padres murieron hace treinta años, Husky.

—Te acompaño en el sentimiento, Nissen.

—Quiero decir que mis padres tampoco existen. Sólo guardo el recuerdo de ellos. Igual que tú.

—No es lo mismo.

—¿Por qué?

—Porque mi recuerdo es una mentira.

—El mío también. Todas las memorias son mentirosas. Todos nos inventamos el pasado. ¿Tú crees que mis padres fueron de verdad como yo los recuerdo hoy?

—Me da igual porque no es lo mismo.

—Está bien, dejémoslo ahí. ¿Y la segunda palabra, nadie? ¿Qué significa?

—Soledad.

—¿Por qué?

—Mira... No puedes entenderlo. ¡Un humano no puede entenderlo! Quizá debería buscar un psicoguía tecno. ¿Hay tecnohumanos haciendo esto? Hasta las ratas... hasta el mamífero más miserable tiene su nido, su manada, su rebaño, su camada. Los reps carecemos de esa unión esencial... Nunca hemos sido verdaderamente únicos, verdaderamente necesarios para nadie... Me refiero a esa manera en que los niños son necesarios para sus padres, o los padres son necesarios para sus niños. Además no podemos tener hijos... y sólo vivimos diez años, lo que hace que formar pareja estable sea muy difícil, o una agonía.

La garganta se le cerró súbitamente y la detective calló por miedo a que la voz se le rompiera en lágrimas. Cada vez que rozaba el recuerdo de la muerte de Merlín la pena la anegaba con una furia intacta, como si no hubieran transcurrido ya casi dos años. Respiró hondo y tragó el nudo de dolor hasta que consiguió recuperar un control aceptable.

—Quiero decir que no eres verdaderamente importante para nadie... Puedes tener amigos, incluso buenos amigos, pero ni con el mejor de los amigos llegarías a ocupar ese lugar básico de pertenencia al otro. ¿Quién se va a preocupar por lo que me pase?

Era estupendo, se dijo Bruna con sarcasmo; era realmente estupendo pagar ochenta ges al psicoguía para conseguir amargarse la tarde y pasar un mal rato. El espacio sideral en el que flotaba, antes tan relajante, empezaba a parecerle un lugar angustioso.

—En realidad no es exactamente como dices, Husky. Ni siquiera el símil que has usado es correcto. No todos los mamíferos viven en compañía. Por ejemplo, los osos salvajes eran unos animales absolutamente solitarios durante toda su vida. Sólo se juntaban fugazmente para aparearse. De manera que...

Al demonio con los osos salvajes, pensó Bruna. Que además eran otros seres que tampoco existían: sólo quedaban osos en los parques zoológicos. La rep se arrancó las gafas virtuales y se sentó en la cama. Parpadeó varias veces, un poco mareada, mientras regresaba al mundo real. Delante de ella, repantigado en un sillón, estaba Virginio Nissen, con sus grandes mostachos trenzados, su pendiente de oro y su cráneo rasurado y encerado.

—Estoy harta. Dejémoslo por hoy.

—Perfectamente, Husky. En realidad, ya es la hora del final de la sesión.

Por supuesto: Nissen siempre tenía que mantener la última palabra. Otro controlador como Lizard, se dijo con sorna la androide mientras transfería ochenta gaias de móvil a móvil. El ordenador del hombre pitó recibiendo el dinero, el psicoguía amplió su sonrisa un par de milímetros y Bruna salió al centro comercial ansiosa de calentarse el ánimo con una copa.

Pero no. Estaba bebiendo demasiado.

En vez de meterse en el bar de enfrente de la consulta de Nissen, como a veces había hecho al terminar la terapia, se encaminó por la galería principal hacia la salida del Mercado de Salud. Le estaba costando un poco irse, le estaba apeteciendo demasiado esa copa extemporánea y solitaria, y la avidez de su sed empezó a asustarla. Verdaderamente tenía que bajar su consumo de alcohol. Muchos androides acababan alcoholizados o colgados de cualquier otra droga, sin duda espoleados por esa misma amargura que Bruna no conseguía explicar del todo a Nissen. Y también era por eso por lo que tantos reps se metían en el peligroso juego de las *memas* ilegales: ya que no podían vivir una verdadera vida a lo largo, en su normal duración humana, al menos podían intentar vivir varias vidas a lo ancho. Existencias superpuestas y simultáneas. Cata Caín estaba programada para arrancarle los ojos y después matarla. Volvió a senir un escalofrío y notó que en su memoria se agolpaban antiguas escenas de violencia y de sangre, febriles retazos de su servicio bélico que normalmente conseguía bloquear. Cuatro años, tres meses y veinte días.

El centro comercial estaba atiborrado: últimamente no había nada que obsesionara tanto a la gente como la salud. Y no sólo a los tecnos, sino también a los humanos. Pese a los optimistas pronósticos científicos del siglo xxi, lo cierto es que no se había conseguido prolongar la vida media humana más allá de los noventa y cinco o noventa y seis años, y además no se podía decir que las condiciones de los nonagenarios fueran especialmente buenas. Los trasplantes, los miembros biónicos y la ingeniería celular habían mejorado la calidad de vida de los más jóvenes, pero no habían logrado suavizar el implacable deterioro de la vejez. Sí, los ancianos morían sin arrugas, convertidos en sus propias y desencajadas máscaras mortuorias gracias a la cirugía estética, pero la decrepitud del tiempo les roía igual por dentro. Por lo menos de eso se salvaban los reps, pensó Bruna: de la lenta y penosa senectud. «Los héroes mueren jóvenes, como Aquiles», solía decir Yiannis para animarla, cuando se cruzaban por la calle con alguno de esos ancianos atrapados en la cárcel de su deterioro: mentes laminadas por los años, bocas babeantes, cuerpos rotos transportados en sillas de ruedas de acá para allá como carne muerta. Y aun así, resopló la androide, se hubiera cambiado por un humano en ese mismo instante.

El Mercado de Salud no era muy grande, pero tenía un poco de todo: campanas hiperbáricas, centros de terapia antioxidante, tiendas biónicas de segunda mano, sanadores espirituales que decían seguir el rito labárico... Y la legión habitual de curanderos e iluminados contra el Tumor Total Tecno. Por lo visto, incluso había un médico gnés en la planta de arriba. Era uno de los pocos lugares en donde se podía contemplar a un alien de cerca... aparte de en su propia cama, desde luego, se dijo Bruna. Y sacudió la cabeza para sacarse de la memoria el corpachón traslúcido de Maio, cuyo enojoso recuerdo acababa de cruzarle la mente como un moscardón.

Cerca de la salida había un pequeño local de tatuajes en el que la rep no se había fijado con anterioridad. Se acercó a mirar: eran tatuajes esenciales. Si no recordaba mal, la secta de los esencialistas había nacido a finales del siglo xx o principios del xxi en Nueva Zelanda. Bruna no sabía mucho sobre sus creencias, aunque tenía idea de que se basaban en antiguos ritos maoríes. Sus tatuajes, sin embargo, eran famosos. Los esencialistas los consideraban sagrados, una representación externa del espíritu. Cada persona tenía que buscar cuál era su tatuaje, su diseño primordial, la traducción visual de su ser íntimo y secreto, y, una vez descubierto el dibujo exacto, debía grabárselo en la piel, como quien escribe los signos de su alma. Según ellos, tatuarse una imagen equivocada suponía un desorden atroz y atraía un sinfín de desgracias; aplicar la figura precisa, por el contrario, serenaba y protegía al individuo e incluso curaba múltiples dolencias. No era de extrañar que se hubieran puesto de moda.

Bruna atisbó a través del estrecho escaparate, adornado por un dibujo en papel de un hombre desnudo cuya piel estaba totalmente cubierta de extraños signos. El pequeño local, una oscura habitación con un banco de madera y algunos cojines por el suelo, parecía vacío. La rep empujó la puerta. Estaba abierta y entró. Inmediatamente la envolvió un olor a naranjas, una penumbra ambarina. Era un sitio agradable. El banco, visto de cerca, parecía antiguo y estaba hermosamente tallado. Otro mueble de madera ocupaba la pared de la derecha. Al fondo, una cortina de cuentas transparentes se agitó con un susurro como de agua en movimiento cuando el tatuador salió de la trastienda. ¿O la tatuadora? Bruna se esforzó en deducir el sexo de esa figura diminuta y compacta que parecía tan alta como ancha y tan dura de carnes como una bola de caucho sintético. Llevaba el negrísimo cabello largo y suelto sobre los hombros y vestía un apretado blusón unisex de color amoratado sobre pantalones elásticos. Pero se diría que tenía pechos... o sea que tatuadora. La mujer se acercó a Bruna y, desde abajo, porque apenas si llegaba al ombligo de la rep, la escrutó atentamente. Tenía el rostro más redondo que la androide había visto jamás, una cara carnosa y cobriza, fuerte y en cierto modo hermosa. Por alguna extraña razón su intensa curiosidad no resultaba ofensiva, y Bruna se dejó mirar sin decir nada. Al cabo, la mujer torció el gesto y dijo:

—Te está partiendo.

Vaya, qué vozarrón. ¿Entonces era un tatuador?

—¿Qué me está partiendo?

El hombre, si era un hombre, señaló con su rechoncho dedo el tatuaje de Bruna.

—Esa línea. ¿Cómo quieres sentirte bien, si estás partida en dos? Y los pedazos ni siquiera son iguales. Y además está hecho con pistola láser. Puag.

Su gesto de asco fue tan espontáneo que Bruna casi se echó a reír. Sí, ahora se acordaba de que los esencialistas tatuaban según métodos milenarios, con una caña afilada y tinta vegetal. Un procedimiento al parecer dolorosísimo.

—No sé si podré ayudarte. No sé si podré encontrar tu forma. Esa línea que llevas hace mucho ruido.

Lo dijo con dulzura, y de nuevo predominó su aspecto femenino.

—No importa. Yo... no he venido a buscar el tatuaje que representa mi espíritu...

—Espíritu no. Nada de espíritus. Es tu aliento vital lo que hay que encontrar.

—Bueno, pues como se diga. Me llamo Bruna Husky y soy detective.

El tatuador o tatuadora hizo un gesto cortés con la cabeza.

—Yo me llamo Natvel y soy tohunga. Soy quien busca las formas. Quien las atrapa. Y quien las reproduce.

Su declaración, ligeramente enfática, sonó como un poema o como una oración, y la rep se sintió un poco incómoda. Nunca le gustaron demasiado las religiones.

—Natvel, estoy investigando un caso de asesinato... Y la víctima tenía un tatuaje. Era una palabra y estaba escrita con una letra muy especial... Muy entintada, muy apretada, las letras casi montadas unas sobre las otras. Como si formaran un rompecabezas y encajaran entre sí a la perfección.

—¿Qué palabra era?

Bruna dudó un instante.

—No puedo decírtelo. Lo siento. Pero pensé que a lo mejor podrías saber de qué tipo de letra hablo...

Natvel se pellizcó pensativamente el grueso labio inferior.

—¿Era hermoso el dibujo de los signos?

—Era... asfixiante.

El tipo asintió y se dirigió hacia el mueble de madera con una cadencia de caderas de matrona. Abrió un cajón hondo y sacó una brazada de papeles.

—Siéntate —ordenó a Bruna, señalando el banco.

Se sentaron en ambos extremos del mueble y la esencialista depositó los papeles sobre el asiento, en el espacio que había entre ellas. Eran un montón de dibujos hechos a mano, con lápiz o sanguina. Antiguos diseños de tatuajes, sin lugar a dudas. Natvel pasó las láminas con rapidez como buscando algo, y al fin sacó una y se la enseñó a la rep. Una especie de águila, un hermoso bicho de alas geométricas y abiertas, sujetaba entre sus garras una palabra como si ésta fuera una serpiente a la que el ave estuviera matando. La palabra estaba medio tapada por las patas, pero aún se leía con claridad el final: athan. Y era la misma letra usada para escribir «venganza» sobre el cuerpo de las víctimas.

—Ésta es. Exacto.

Natvel engurruñó su gran rostro solar con gesto preocupado.

—Es la escritura de poder labárica. Signos sucios y malos. Esto es de un muchacho que se llamaba Jonathan. Era un esclavo del Reino de Labari. Como a los demás esclavos, le habían tatuado su nombre con la escritura de poder para someterlo y humillarlo. Pero él tenía algo dentro. Una fuerza especial. Gracias a eso consiguió huir del mundo flotante y llegar a la Tierra. Yo pude ver su fuerza interior y era como un águila. Se la tatué devorando su nombre de esclavo y Jonathan sanó.

¡Una grafía labárica! Esto sí que resultaba sorprendente. Bruna había estado una vez en Labari siguiendo la pista de un antiguo caso; tuvo que disfrazarse de humana para poder entrar y guardaba un pésimo recuerdo de ese feroz mundo de fanáticos.

—Vaya, muchas gracias, Natvel, has sido de gran ayuda. Dime cuánto te debo.

—Nada. Es bueno en sí mismo luchar contra las sombras —dijo la pequeña criatura con solemnidad.

Verdaderamente era imposible deducir su género sexual. Y no se trataba de que Natvel fuera un ser andrógino e indefinido, sino que más bien parecía ofrecer sucesivas imágenes cambiantes. De pronto resultaba evidente que era una mujer, y al instante siguiente no cabía la menor duda de que era un hombre. Bruna se preguntó si en realidad sería un mutante. Si ese deslizamiento de su identidad sexual habría sido causado por el desorden atómico de la teleportación.

—Te lo agradezco mucho, pero eres...

La rep dudó, porque no sabía si decir «un experto» o «una experta», y rehízo sus palabras sobre la marcha.

—... eres una voz autorizada en la materia, y el trabajo de los expertos debe ser pagado. Además, si me cobras podré volver a pedir tu ayuda si la necesito...

Natvel levantó en el aire su regordete dedo índice y dijo:

—Calla.

Y Bruna se calló.

Entonces el tatuador se subió encima del banco y puso ambas manos en las sienes de la rep, que dio un respingo pero no se retiró. Eran unas manos suaves e hirvientes, acolchadas, manos de madre universal. Natvel inclinó la cabeza entre sus brazos extendidos y permaneció así, concentrada y con los ojos cerrados, durante un buen rato. Rígida e incómoda, Bruna se preguntó si no debería estar notando algo especial: cierta energía brotando de las manos, un temblor interior, un atisbo de trance, en fin, alguna de esas sensaciones esotéricas de las que siempre hablaban los aficionados a este tipo de rituales. Pero simplemente se sentía ridícula. Al cabo, Natvel soltó a la androide y se enderezó.

—Sé quién eres, sé cómo eres. Te he visto.

—¿Ah, sí? —masculló la rep.

—He visto tu dibujo esencial.

Bruna se puso en pie.

—Pues prefiero no saber cuál es. Muchas gracias de nuevo por tu ayuda, Natvel. Dime qué te debo.

—Ya te he dicho que nada. Estamos en paz. Pero vuelve cuando quieras conocerte mejor.

La detective asintió con la cabeza y salió de la tienda con cierta precipitación. Una vez en el exterior suspiró aliviada: habían sido demasiados sanadores, demasiados terapeutas para una sola tarde. Demasiada gente que parecía saber lo que ella necesitaba o lo que ella era. En ese momento decidió dejar al psicoguía. Dejar al psicoguía, dejar la bebida, dejar la vida desordenada, dejar la furia, dejar la angustia, dejar de ser rep. Soltó una carcajada corta y amarga que sonó como un estornudo. Por lo menos Natvel había sido útil. Escritura labárica.

Unos gritos sacaron a Bruna de su ensimismamiento. A poca distancia, en la entrada del Mercado de Salud, se estaba produciendo un pequeño alboroto. La detective se acercó para ver qué ocurría: dos jóvenes humanos grandes, fuertes y desagradables, uno blanco y otro negro, con los cráneos rapados a rayas típicos de los matones supremacistas, estaban dando empujones y manotazos a una persona-anuncio. Se la lanzaban el uno al otro y la insultaban, jugando con ella y con su humillación.

—¡Cállate de una vez, loro! ¡Nos tienes hartos con tu publicidad!

—No puedo apagarlo —gimoteaba la víctima.

—No puedo apagarlo, no puedo apagarlo... ¿No sabes decir otra cosa, vieja sucia? La vieja asquerosa, la mendiga esta... ¡pues métete en un agujero para que no te oiga!

La persona-anuncio era la mujer de Texaco-Repsol que paraba a veces en el bar de Oli, pero aun antes de reconocerla Bruna ya estaba galvanizada por un torrente de hormonas, ya estaba tensa y vibrante desde la cabeza hasta los pies, ya estaba preparada para el enfrentamiento e investida de esa maravillosa y clara calma de diseño, de esa ardiente frialdad que la poseía en situaciones de tensión. En dos firmes zancadas se interpuso entre los gamberros, de modo que recibió en sus brazos el cuerpo desmadejado de la mujer cuando uno de los matones se la arrojaba al otro.

—Se acabó el juego —dijo suavemente.

Y, con delicadeza, alzó a la temblorosa víctima, la apartó un par de metros y la sentó en el suelo, junto a la pared. «Energía limpia para todos, poder renovable para un futuro feliz...», gorjeaba la pantalla del pecho de la mujer. Bruna se volvió para encarar a los agresores, que no habían atinado a reaccionar ante la rapidez de movimientos de la detective.

—¡Vaya! Esto se está poniendo cada vez más divertido... ¡Un rep! ¿De qué probeta te has perdido, monstruo de laboratorio? —siseó el negro con los rasgos retorcidos por la furia.

Los dos tipos se balanceaban nerviosamente sobre los pies, con los brazos rígidos separados del cuerpo. Era la típica danza animal, el baileteo primordial de ataque y defensa. Bruna, en cambio, permanecía quieta y aparentemente relajada.

—¡Para qué te metes, monstruo! ¿Eh? ¡Quién te ha dicho que un monstruo genético tiene permiso para hablarnos! —siguió escupiendo el hombre de color, que parecía ser el que tenía el mando.

—Jardo, espera... Me parece que es un rep de combate —susurró el otro.

—¡Por mí como si es una puta hormonada! —desafió el líder.

Y, sacando una noqueadora eléctrica del bolsillo, se abalanzó sobre Bruna dispuesto a freírla. Fue rápido, pero no lo suficiente. Y además, pensó tranquilamente la androide mientras se echaba a un lado y desarmaba al matón golpeándole el brazo con el canto de la mano, había perdido unas milésimas de segundo importantísimas por entretenerse en sacar la noqueadora justo cuando hubiera tenido que estar totalmente concentrado en el ataque. Había sido una decisión muy torpe, dictaminó mientras giraba sobre sí misma y, lanzando la pierna hacia atrás, clavaba su talón en los genitales del tipo. Que se derrumbó boqueando sin aire. El otro, como Bruna había previsto, ya había salido huyendo.

La detective se acercó a la mujer de Texaco-Repsol, que todavía seguía acurrucada contra la pared y tiritando.

—Tranquila. Ya pasó todo.

—Gracias... Muchas gracias... Yo te... te conozco —balbució la mujer-anuncio.

—Sí. Nos conocemos. Del bar de Oli.

Bruna le ayudó a ponerse en pie. Estaban rodeados por un pequeño círculo de curiosos, todos humanos. Y algunos parecían mirarla con temor. A ella. Por todos los demonios, deberían estarle agradecidos. A quien tendrían que temer era a ese matón de mierda que seguía lloriqueando encogido en el suelo, pero no, quien les amedrentaba era el rep, el diferente, el maldito monstruo de laboratorio.

—Se acabó el espectáculo —gruñó.

El grupo se disolvió dócilmente.

—¿Estás bien? —preguntó a la mujer-anuncio.

—Sí... sólo un poco... nerviosa.

—¡Gracias, querido consumidor! Entre todos hemos conseguido la felicidad de las familias —dijo la pantalla publicitaria.

—Me llamo RoyRoy...

—Y yo Bruna Husky.

La mujer-anuncio debía de tener poco más de sesenta años, pero se la veía marchita y avejentada. Y además no mostraba ningún rastro de cirugía estética, o sea que sin duda era muy pobre. Su rostro seguía lívido y la boca le temblaba. Era la imagen misma de la indefensión.

—RoyRoy, ¿qué te parece si nos vamos al bar de Oli? A tomar algo, a tranquilizarnos y a reponernos... Por lo menos sabemos que allí las dos somos bienvenidas...

Tomaron un taxi hasta el bar porque la mujer estaba aún demasiado turbada para caminar. Cuando entraron en el local, la gorda Oliar enseguida detectó problemas: poseía una intuición empática endiablada.

—¿Qué ha pasado, Husky? Venid, poneros en ese rincón, que estaréis tranquilas... Ahí, junto a tu amigo Yiannis.

El viejo archivero estaba al fondo de la barra, en efecto, y se alegró de ver a Bruna; no sabía nada de ella desde el día anterior, cuando la había despertado para comunicarle la muerte de Chi. La rep le explicó lo sucedido. Oli, que les había servido dos cervezas y un plato de patatas fritas y luego se había quedado desparramada por encima del mostrador escuchando la historia, torció su luminosa cara de color café con leche y dictaminó:

—Ese negro de mierda... Debería acordarse de que hace siglo y medio nosotros éramos los linchados y los perseguidos. Pero los renegados son siempre los peores.

—Empieza a preocuparme lo del supremacismo —rumió Yiannis—. En el archivo también estoy encontrando últimamente unas frases terribles...

—Que corregirás, supongo...

—Para eso me pagan.

—¡Texaco-Repsol, siempre a la vanguardia del bienestar social!

Bruna y Yiannis intercambiaron una mirada. Era difícil mantener una conversación tranquila teniendo entre medias el parloteo constante de los mensajes publicitarios. RoyRoy percibió el gesto y se levantó del taburete sofocada.

—Lo siento. Sé que es una tortura. No quiero daros más la lata... Demasiado habéis hecho...

—Pero qué dices, mujer, siéntate...

—No, no, de verdad. No me sentiría cómoda quedándome... Muchas gracias, Bruna. Muchísimas gracias. No lo olvidaré. Creo que me voy a dormir... cogeré ahora mis nueve horas. Necesito descansar. Dejadme... dejadme que os invite...

—Hoy invita la casa —gruñó Oli.

—Ah... Pues de nuevo gracias. Hoy tengo que agradeceros a todos demasiadas cosas, me parece...

Y sonrió desteñidamente.

Yiannis y Bruna la siguieron con la mirada mientras se marchaba. Un pajarito emparedado entre las pantallas.

—Tiene una de las miradas más tristes que he visto en mi vida —murmuró el archivero.

Cierto. La tenía. La rep bostezó. Se sentía súbitamente agotada. Siempre le sucedía, después de meterse un *caramelo*. El cóctel de neuropéptidos y alcohol debía de ser un mazazo para el cuerpo. Además, sólo se había tomado una cerveza en todo el día, la que acababa de servirle Oliar. Y eso estaba bien. Quería seguir así, y para ello lo mejor era retirarse.

—Me parece que yo también me voy a casa, Yiannis. Estoy muerta.

Se encontraba tan cansada que volvió a coger un taxi, aunque temía malacostumbrarse a ese derroche. Llegó en cinco minutos, pagó y se bajó. La calle estaba llena de gente: era sábado y la noche acababa de empezar. Pero Bruna sólo podía pensar en su cama. En tomarse un vaso de leche con cacao y dormir. Abrió su portal con la huella del dedo y estaba empujando la puerta para entrar cuando un extraño impulso le hizo echar un vistazo hacia la derecha. Y ahí estaba él, a unos cinco metros, arrimado a la pared, con los hombros caídos. El alien, el omaá, el *bicho* verdoso. Ahí estaba esperándola como un perro abandonado y anhelante, un perro enorme con una camiseta demasiado pequeña. Bruna cerró los ojos y tomó aire. No es mi problema, se dijo. Y entró en el edificio sin volver a mirarle.

La puerta de Cata Caín estaba todavía sellada por un cordón policial, aunque Bruna supuso que simplemente se habían olvidado de quitarlo. Habían pasado ya nueve días desde la muerte de la rep y los precintos nunca duraban tanto. Lo único que indicaba su permanencia era la extrema soledad de Caín: nadie había querido entrar en la casa después de su muerte, nadie se había interesado por sus cosas, seguramente no había nadie que la recordara. Ni siquiera lo habían hecho los policías que hubieran debido levantar el sello. Una vida breve y miserable.

Bruna interrumpió fácilmente el cordón electrónico con una pinza de espejo y abrió la puerta con un descodificador de claves. La detective poseía una buena colección de pequeños aparatos fraudulentos que servían para anular alarmas, borrar rastros y descifrar códigos, siempre y cuando no se tratara de unos sistemas de seguridad muy sofisticados. En este caso la cerradura era la más convencional y barata del mercado y no tardó nada. Miró a ambos lados del pasillo antes de entrar: eran las 16:00 horas del domingo y reinaba la tranquilidad en el edificio. La rep ya había estado en casa de Caín el mismo día que se sacó el ojo, acompañada por uno de los conserjes. Pero estonces sólo exploró el lugar superficialmente en busca de los datos básicos de la víctima. Ahora, en cambio, quería hacer un examen mucho más minucioso: necesitaba saber por qué en la *mema* de Cata estaba programado su propio asesinato. No sabía bien qué buscaba, pero sí sabía la manera de mirar. A la detective se le daban bien los registros: de alguna manera era como si los indicios saltaran por sí mismos ante sus ojos.

El apartamento de Caín era idéntico al suyo, sólo que invertido y además en la primera planta en vez de la séptima. Bruna lo recordaba impersonal, vacío y polvoriento, y su primera impresión al volver a entrar ahora, nueve días después, confirmó su recuerdo: seguía siendo un lugar tristísimo. El ventanal tenía la persiana bajada casi por completo y la habitación estaba sumida en una penumbra sucia y quieta que parecía tener algo mortuorio.

—Casa, levantar persiana —pidió Bruna a la pantalla, que destellaba débilmente en la oscuridad.

Pero el ordenador no respondió: obviamente no la reconoció como voz autorizada. De modo que la rep cruzó la sala para utilizar el mando manual, y enseguida percibió algo anormal. Alzó apresuradamente la celosía y se volvió a contemplar el cuarto: estaba todo revuelto. Era imposible que la policía lo hubiera dejado así; desde que, un par de años atrás, el Estado había sido condenado a pagar dos millones de gaias por el famoso escándalo del caso John Gonzo, los agentes seguían férreas instrucciones de pulcritud. De modo que alguien había estado rebuscando por allí antes que ella. Quieta en medio de la sala, Bruna miró a su alrededor con atención. Era un desorden muy extraño. Por todas partes se veían restos de ropa, probablemente sacada del armario de

Caín y luego desgarrada y convertida en harapos. Un pico de la alfombra había sido arrancado y no estaba a la vista, de manera que tal vez se lo hubieran llevado. ¿Para qué se podían necesitar dos palmos de una alfombra barata? ¿Para metérselos en la boca a alguien y asfixiarlo? Sobre la mesa, un cojín destripado y sin el relleno. ¿Se lo habrían llevado junto con la alfombra? Dos cajones estaban sacados de sus guías y los contenidos esparcidos por el suelo y hechos trizas, pero había otros tres cajones cerrados. Se acercó y los miró: el interior estaba bien ordenado, de modo que probablemente no habían sido abiertos. Quienquiera que fuese el que había venido, había debido de encontrar lo que buscaba.

La rep husmeó un poco en los cajones intactos. Fotos de familia, lazos de colores, collares baratos, diarios adolescentes de papel. Toda la parafernalia de los recuerdos falsos. Caín los tenía guardados fuera de la vista... pero no se había deshecho de ellos.

Un inconfundible estrépito de vidrios rotos se escuchó muy cerca. Bruna se volvió de un brinco y apoyó la espalda contra la pared para estar protegida por detrás. Luego se quedó muy quieta. Había sido en el dormitorio. O quizá en el cuarto de baño. Pasaron los segundos lentamente mientras el silencio se estiraba como un chicle. La rep estaba a punto de decidir que había sido una falsa alarma cuando su aguzado oído volvió a percibir algo: un rumor furtivo, un pequeño tintineo cristalino. Algo se movía en el dormitorio. Había alguien ahí. Entonces comprendió que, si quedaban cajones sin abrir, era porque había sorprendido al intruso en plena faena.

Bruna se acercó sigilosamente a la puerta del dormitorio, echando de menos su pistola de plasma. Al pasar junto a la zona de la cocina agarró un cuchillo que había en la encimera: no era más que un pequeño cubierto de mesa, pero ella era capaz de hacer mucho con eso. Oteó desde el umbral: la cama deshecha, los armarios medio abiertos. La hoja de la ventana estaba entornada: por ahí debía de haber entrado el fisgón. Y era probable que también acabara de irse por ahí. La detective aguantó la respiración un instante para concentrarse por completo en los sonidos... y volvió a percibir un roce levísimo al otro lado de la cama, junto a los armarios. No, no se había marchado. Seguía ahí.

En décimas de segundo, con extraordinaria y calmosa lucidez, Bruna sopesó todos sus posibles movimientos. Podía ir despacio, podía ir deprisa, podía dar la vuelta a la habitación, o saltar por encima del colchón, o rodar por el suelo. Incluso podía dar media vuelta e intentar irse del piso de Caín sin presentar batalla. Pero el hecho de que el intruso no la hubiera atacado hasta entonces permitía suponer que no se sentía muy seguro; era probable que no estuviera armado ni fuera muy peligroso, y por otra parte podía ser una buena fuente de información. Además, tenía que estar por fuerza tumbado en el suelo entre la cama y la pared y, sin armas, ésa era una posición muy desventajosa.

—Sé que estás ahí. Tengo una pistola —mintió Bruna—. Levántate con las manos en alto. Voy a contar hasta tres: uno...

Y, nada más decir el primer número, Bruna brincó sobre la cama y se lanzó hacia el escondite del intruso. Cayó de pie al otro lado, pero no sobre un cuerpo, como ella se pensaba, sino sobre el suelo.

—¡Por el gran Morlay!

Delante de ella, entre los restos de un espejo roto, acurrucada contra el armario, una cosa peluda la contemplaba con expresión de susto. Era un animalillo de quizá medio metro de altura, con un cuerpo parecido al de un pequeño mono, pero sin cola, barrigón y cubierto de hirsutos rizos rojos por todas partes; luego venía un cuello demasiado largo y una cabeza demasiado pequeña, triangular, de grandes ojos negros, que recordaba vagamente a la de los avestruces, sólo que velluda y con una nariz aplastada en lugar de pico. En lo alto del achatado cráneo, una cresta de pelo tieso. Tenía un aspecto desvalido y chistoso. Bruna reconoció a la criatura: era un... ¿cómo lo llamaban? Un tragón. Era un animal doméstico alienígena, ahora no recordaba de qué planeta, que se había puesto de moda como mascota. El bichejo la miraba temblando.

—¿Y tú de dónde sales? —se preguntó en voz alta.

—Cata —farfulló el animal borrosa pero reconociblemente—. Cata, Cata.

Bruna soltó el cuchillo y se dejó caer sentada sobre la cama, anonadada. Un mono que hablaba. O un avestruz que hablaba. Una cosa peluda que hablaba, en cualquier caso.

—¿Me entiendes? —preguntó al bicho desmayadamente.

—¡Cata! —repitió la cosa con su voz nasal y algo chillona.

La rep wikeó en su móvil el término *tragón* y en la pantalla apareció la imagen de un ser muy parecido al que tenía delante y un artículo:

BUBI (pl. bubes, colloq. Tr. tragón)

Criatura de origen omaá, el bubi es un pequeño mamífero doméstico que en los últimos años ha sido introducido en la Tierra con gran éxito, porque su adaptativa y resistente constitución permite que sea criado fácilmente en nuestro planeta y porque resulta ideal como mascota. Es una especie heterosexual y carece de dimorfismo: macho y hembra son idénticos en todo salvo en el aparato genital, y aun éste es difícil de distinguir externamente. El bubi adulto pesa unos diez kilos y puede vivir hasta veinte años. Es un animal limpio, fácil de educar, pacífico, afectuoso con su dueño y capaz de articular palabras gracias a un rudimentario aparato fonador. La mayoría de los científicos consideran que el habla del bubi no es más que un reflejo imitativo semejante al de los loros terrícolas. Algunos zoólogos, sin embargo, aseguran que estas criaturas poseen una elevada inteligencia, casi comparable a la de los chimpancés, y que en sus manifestaciones verbales hay una intencionalidad expresiva. El bubi es omnívoro y muy voraz. Se alimenta fundamentalmente de insectos, vegetales y cereales ricos en fibra, pero si tiene hambre puede comer casi de todo, en especial trapos y cartones. Ese roer constante le ha ganado en la Tierra el apodo coloquial de tragón. Diversas asociaciones animalistas han presentado recursos legales, tanto regionales como planetarios, pidiendo que los bubes tengan la misma consideración taxonómica que nuestros grandes simios, y que, por lo tanto, sean reconocidos como sintientes.

Luego venían varios artículos más con detalles anatómicos y etológicos, pero Bruna se los saltó. Volvió a mirar al animal. Seguía temblando.

—Tranquilo... no te voy a hacer daño... —dijo la detective con suavidad.

El bicho tenía sangre en el brazo: tal vez una lesión producida por los cristales del espejo roto. Era una sangre roja y brillante, como la de los humanos y los reps. Bruna alargó la mano muy despacio y el bubi se aplastó aún más contra el armario y soltó un pequeño gemido.

—-Sssssss... Calla... tranquilo... Sólo quiero ver tu herida...

El pelo del animal era grueso y fuerte, pero mucho menos áspero de lo que la rep esperaba. Apartó un poco los rizos pegoteados de sangre y miró la herida con cuidado. No parecía gran cosa. Un pequeño corte superficial y ya no sangraba. Debajo de la pelambre rojiza, la piel era gris.

—Bueno... No pasa nada. ¿Ves? Tranquilo...

Le acarició un poco el cogote y la espalda. Comprendía que los tragones tuvieran ese éxito, era un bicho gracioso que provocaba ternura. El animal fue dejando de temblar bajo su mano, aunque seguía mirándola con fijeza y con la expresión alerta. Bruna se puso en pie.

—¿Y ahora qué hago contigo?

—Bartolo. Cata. Bartolo bonito, Bartolo bonito —dijo el bubi.

Dicho lo cual, sacó de detrás de su cuerpo la esquina rota de la alfombra y, agarrándola delicadamente con sus dos manitas de dedos grisáceos, se puso a roerla.

Cata, pensó Bruna. ¿O sea que Caín tenía un bubi de mascota? Y Bartolo debía de ser el nombre del animal. Tendría que avisar a alguna sociedad protectora de animales.

—¿Bartolo? ¿Tú eres Bartolo?

—Bartolo bonito —repitió el tragón sin dejar de masticar.

A juzgar por el destrozo circundante, Bartolo había estado solo y sin comida en estos nueve últimos días. Probablemente se había escapado al patio, asustado, durante el registro policial, y por eso no lo descubrieron... Aunque cuando ella llegó con el conserje tampoco le vio. ¿Habría huido antes? Imaginemos que Caín fue asaltada y que le metieron a la fuerza la *mema* asesina, se dijo Bruna. Imaginemos que el bubi fue testigo del ataque y salió corriendo por la ventana. ¿Sería capaz de reconocer de algún modo al agresor? ¿No decían que era un animal tan inteligente? Le observó con ojo crítico mientras roía aplicadamente la alfombra y no quedó muy impresionada con lo que veía.

Decidió desentenderse por el momento de la mascota y se puso a registrar la casa con rápida eficiencia. El dormitorio, el cuarto de baño y, por último, la sala. No encontró nada que mereciera la pena. El bubi la había seguido tímidamente a todas las habitaciones, pero se instalaba en un rincón y no daba la lata. Cuando terminó de revisar la zona de la cocina, que estaba bastante desprovista de todo, Bruna se volvió hacia el animal.

—¡Pero qué...!

En dos zancadas se acercó al bubi y le arrancó de las manos su chaqueta de lana. Es decir, los restos medio comidos de su estupenda chaqueta de lana auténtica. La había dejado en la sala cuando entró y no se había dado cuenta de que el tragón se la estaba comiendo. Lo miró indignada.

—Bartolo hambre —dijo el bubi con expresión contrita.

Voy a llamar ahora mismo a una protectora para que se lo lleven, pensó enrabietada. Pero luego decidió que sería mejor verificar primero la procedencia de la mascota. Se agachó y cogió al animal. El bubi se abrazó a su cuello con confianza. Tenía un olor áspero y caliente, no desagradable. Olor a musgo y cuero. La rep salió de casa de Caín, cerró la puerta y quitó la pinza de espejo para que volviera a funcionar el cordón policial. Luego fue en busca de alguno de los dos conserjes que residían en el enorme edificio de apartamentos. Consiguió encontrar a uno, el mismo que la había acompañado a casa de Cata el día de autos. Obviamente le había levantado de la siesta y estaba de bastante mal humor.

—Es domingo, Husky. Vosotros los inquilinos os creéis que porque vivimos aquí somos vuestros esclavos —gruñó en medio de una nube de halitosis.

—Lo siento. Sólo una pregunta: ¿sabes si este animal era de Cata Caín?

El hombre lo miró con ojos adormilados y rencorosos.

—No sé si era éste, pero Caín tenía uno igual, sí.

—¿Y por qué no lo dijiste cuando fuimos a su casa?

—¿Tenía alguna importancia? Además, mejor que hubiera desaparecido. Yo por mí prohibiría todas las malditas mascotas. Ni perros ni gatos ni pájaros ni nada. No hacen más que ensuciar. ¿Y luego quién limpia? El esclavo, claro.

—Está bien, está bien. Gracias y perdona la molestia —dijo la rep, dándole un billete de diez gaias.

De modo que Bartolo era, en efecto, el animal de compañía de Cata, se dijo Bruna. La detective estaba en mitad del descansillo con el tragón en los brazos, sin saber bien qué hacer. Entonces escuchó su respiración, diminuta y regular. Un pequeño ronquido. El bubi se había quedado dormido sobre su hombro. Qué demonios, se dijo la rep: me lo llevaré por el momento a casa y luego ya veremos.

Bruna se despertó con un pie helado y el otro hirviendo, y cuando se incorporó adormilada en la cama para ver qué pasaba, descubrió con extrañeza que una de sus extremidades estaba al aire y la otra cubierta por una especie de cojín peludo y rojo. Le costó unos instantes reconocer que ese cojín era en realidad un animal y recordar al bubi que había rescatado de casa de Caín la tarde anterior. El tragón estaba enroscado sobre su pie derecho y masticaba plácidamente la manta térmica, a la que ya había practicado un agujero considerable por el que asomaba el pie izquierdo. Con el agravante, constató ahora la rep con repugnancia, de que lo tenía empapado por las babas de la criatura, de ahí lo frío que se le había quedado. La androide rugió y lanzó al bubi al suelo de un puntapié. La criatura soltó un gañido.

—Bartolo bonito... Bartolo bonito... —balbució.

—Te voy a dar yo a ti Bartolo bonito... Ahora mismo voy a llamar a una protectora —rezongó la androide mientras se ponía la bata china y se inclinaba a verificar el roto.

En ese momento entró una llamada de Nopal. Inconscientemente, Bruna se estiró, aclaró la voz, intentó poner una expresión vivaz. El escritor fue brevísimo:

dijo que tenía información interesante para ella y le pidió una cita. La rep celebró la noticia y aceptó, pero no pudo evitar un pinchazo de inquietud, una turbación que no conseguía entender muy bien. El memorista la ponía nerviosa. Muy nerviosa. ¿Por el simple hecho de ser memorista? ¿O por ser él? Opaco y ambiguo, arrogante y al mismo tiempo demasiado amable. Había algo en ese hombre que la hipnotizaba y al mismo tiempo la escalofriaba. La fascinación de la serpiente.

Habían quedado a las 13:00 en el Oso y la rep, que se acostó pronto la noche anterior, se había levantado sintiéndose muy bien a pesar del incidente del tragón. Era la segunda mañana consecutiva que despertaba sin sombra de resaca, una proeza que hacía bastante tiempo que no lograba. Ahora estaba de pie en medio de la sala, razonablemente contenta de la vida. Cosa que le sucedía pocas veces. Miró al amedrentado bubi y volvió a darle pena: en realidad el día anterior la criatura apenas si había cenado porque la rep no tenía casi nada para comer en casa. No era extraño que se hubiera puesto a mordisquear. Por no hablar de la ansiedad que debía de experimentar a causa de la pérdida violenta de su dueña, de la soledad posterior y de tantos cambios. Eso, la ansiedad, era algo que Bruna podía entender. También ella se sentía a menudo con ganas de roer y morder, sólo que se aguantaba.

—Está bien. Por ahora te quedarás aquí... A lo mejor todavía puedes ayudarme. Pero tienes que portarte mejor...

—Bartolo bueno. Bueno Bartolo.

Bruna se admiró: el animalejo ese verdaderamente parecía entender lo que le decía. Llamó a un Súper Express y pidió cereales con fibra, manzanas y ciruelas pasas para el bubi, y una compra mediana con un poco de todo para ella. Los servicios express eran carísimos, pero no tenía ganas de bajar a la calle. Mientras esperaba que llegara el robot mensajero, habló un rato por holollamada con Yiannis y le presentó a Bartolo, y aún tuvo tiempo de colocar cuatro piezas en el puzle. Luego aparecieron las viandas y ambos desayunaron copiosamente. El bubi se quedó sentado en el suelo, la espalda contra la pared, espatarrado, la viva imagen de la satisfacción. Bruna se agachó junto a él.

—Bartolo, ¿sabes qué pasó con Cata? ¿Viste algo? ¿Alguien le hizo daño?

—Rico, rico —dijo el tragón con ojos golositos.

—Atiende, Bartolo: ¿Cata? ¿Daño? ¿Ay? ¿Dolor? ¿Cata Caín? ¿Ataque? ¿Malos?

Bruna no sabía bien cómo hablarle ni de qué manera llegar a su pequeño cerebro. Escenificó una agresión con gestos, se agarró el cuello y se zarandeó a sí misma, puso los ojos en blanco. El bubi la miraba fascinado.

—Maldita sea, ¿sabes qué le pasó a Cata o no?

—Cata buena. Cata no está.

—Ya, ya sé que no está. Pero ¿sabes qué pasó? ¿Viste a alguien? ¿Alguien le hizo daño?

—Bartolo solo.

Bruna suspiró, rascó el copete de pelos tiesos de la cabeza del bubi y se puso en pie.

—¡Hambre! —gritó Bartolo.

—¿Otra vez? Pero si acabas de comer muchísimo.

—¡Hambre, hambre, hambre! —repitió el tragón.

Bruna agarró un cuenco, lo llenó de cereales y se lo dio.

—Toma y calla.

—¡No, Bartolo no! ¡Hambre, hambre, hambre! —repitió el animal, mientras rechazaba el cuenco a empujones.

La rep lo miró desconcertada. Volvió a ofrecerle la comida y él volvió a rehusarla.

—¡Hambre!

—No te entiendo.

El bubi bajó la cabeza, como desalentado por la falta de comunicación. Pero enseguida se puso a rascarse felizmente la barriga.

—Bartolo bueno.

Es un cabeza de chorlito, se dijo Bruna; sería muy raro poder sacarle nada provechoso. Cuando regresara a casa avisaría a una protectora para que se hicieran cargo de él.

La cita con el memorista era a las 13:00, quedaban todavía un par de horas y la rep se encontraba pletórica de energía, así que ordenó un poco el apartamento e hizo una tabla de ejercicios con pesas pequeñas: no quería que la masa muscular entorpeciera su ligereza. Después, mientras el bubi dormitaba (por lo visto se pasaban los días durmiendo y comiendo), la rep dedicó un tiempo insólitamente largo a arreglarse. Incluso se probó varios atuendos. Al final escogió un mono color óxido de pantalones anchos con el cuerpo muy ceñido. Ya iba a marcharse cuando, en un súbito impulso, se puso una de las dos únicas joyas que tenía: un gran pectoral geométrico hecho con una lámina de oro tan fina y volátil como un papel de seda. Se trataba del famoso oro de las minas de Potosí, donde era sometido a un proceso químico secreto que evitaba que las tenues hojas de metal se rompieran. Había sido el regalo de una humana a quien Bruna salvó la vida en unos disturbios, cuando la rep todavía estaba cumpliendo su milicia y se encontraba destacada en el remoto planeta minero. Bruna había hecho esos dos saltos de teleportación, de la Tierra a Potosí y de allí otra vez a la Tierra, y, por fortuna, no parecía sufrir secuelas del desorden TP. Aunque nunca se podía estar del todo seguro.

—Cuidadito con hacer algo malo, ¿eh, Bartolo? Sobre todo, ¡no se te ocurra tocar el rompecabezas! Como te comas algo, te echo a la calle. ¿Has oído?

—Bartolo bonito, Bartolo bueno.

Salió Bruna de casa, pues, arreglada como para acudir a una fiesta y un poco perpleja ante tanto exceso de cuidado. Pero iba animada, iba casi contenta, sintiéndose sana y vigorosa, todavía lejos de su TTT. En pleno dominio de la perfecta maquinaria de su cuerpo. Una sensación de bienestar que se empañó bastante cuando, nada más salir de su portal, pudo ver en la esquina, en el mismo lugar que la noche anterior, al maldito extraterrestre azuladoverdoso. Al omaá de paciencia perruna. Por todos los demonios, Bruna se había olvidado de él, es decir, había conseguido olvidarlo. Pero ahí estaba Maio, rodeado de un pequeño círculo de curiosos y dispuesto a eternizarse ante su puerta. ¿Sería una costumbre de su pueblo? ¿Un malentendido cultural? ¿Debería haber cumplido ella algún determinado ritual de despedida, como regalarle una flor o rascarle la cabeza o quién sabe qué? La rep se mordió los labios con desasosiego, lamentando no haber prestado más atención a los reportajes de divulgación de las culturas alienígenas. De repente, toda la fauna omaá parecía decidida a incorporarse a su vida. Era como una maldición. Sin pararse a pensarlo, se acercó a Maio con paso resuelto.

—Hola. Mira, no sé cómo será en tu tierra, en tu

planeta, pero aquí, cuando nos decimos adiós, nos vamos. No es que quiera ser maleducada, pero...

—Tranquila, lo sé. No has hecho nada mal. No necesitas decirme nada más. Sé lo que significa la palabra adiós.

La frase sonó como el siseo de una ola que rompe en la orilla.

—Pero, entonces, ¿por qué sigues aquí?

—Es un sitio bueno. No se me ocurre otro. Nadie me espera en ningún lugar. No es fácil encontrar terrícolas amables.

El sentido de la frase del *bicho* se abrió camino en la cabeza de la rep. Pero, entonces, pensó, ¿es que me considera amable a mí? ¿A mí, que le he echado groseramente y ahora le vuelvo a echar? Pero, entonces, ¿qué malditas experiencias habrá tenido? El panorama que dibujaban las palabras de Maio era excesivo para Bruna, era algo que no se sentía capaz de manejar. De manera que dio media vuelta y se marchó sin añadir palabra.

Caminaba deprisa y ya se habría alejado unos doscientos metros cuando alguien agarró su brazo desde atrás. Se revolvió irritada creyendo que era el *bicho*, pero se encontró cara a cara con un personaje fantasmal y lívido que le costó unos instantes reconocer.

—¡Nabokov!

Era la amante de Chi, la jefa de seguridad del MRR. La espesa madeja de su moño se había soltado y ahora el cabello le caía por los hombros enmarañado y sucio. Parecía haber adelgazado a velocidad imposible en los tres días que no se habían visto, o por lo menos el rostro se le había afilado y la piel se atirantaba, grisácea y marchita, sobre el bastidor de unos huesos prominentes. Sus ojos febriles se hundían en dos pozos de ojeras y el cuerpo le temblaba con violencia. Era el Tumor Total Tecno en plena eclosión. Bruna ya lo había visto demasiadas veces como para no reconocerlo.

—Nabokov...

Valo seguía agarrada al antebrazo de Bruna y ésta no se apartó, porque temía que la rep se viniera abajo si perdía el punto de apoyo. Estaba escorada hacia la derecha y no parecía capaz de mantener bien el equilibrio. Los grandes pechos artificiales resultaban ahora un añadido grotesco en su cuerpo roto.

—Habib me lo ha dicho... Habib me lo ha dicho... —farfulló.

—¿Qué? ¿Qué te ha dicho?

—Tú también lo sabes, ¡dímelo!

—¿Qué sé?

—Son como alacranes, peor que alacranes, el alacrán avisa.

Tenía la mirada extraviada y su mano ardía sobre el brazo de Bruna.

—Nabokov, no te entiendo, cálmate, vamos a mi casa, está aquí cerca...

—Nooooo... Quiero que me lo confirmes.

—Vamos a casa y hablaremos...

—Los supremacistas. Son como alacranes.

—Sí, son unos miserables, pero...

—Todos los humanos son supremacistas.

—Necesitas descansar, Valo, escúchame...

—Habib me lo dijo.

—Pues vamos a hablar con él...

Bruna intentó mover un poco el brazo que Nabokov seguía aferrando convulsamente para liberar el ordenador móvil y poder llamar al MRR a pedir ayuda.

—¡Venganza! —gimió la mujer.

La detective se alarmó.

—¿Eso te dijo Habib? ¿Te mencionó la palabra venganza?

Valo miró a Bruna durante unos instantes con ojos alucinados. Luego hizo una mueca horrible que tal vez pretendía ser una sonrisa. Sus encías sangraban.

—Nooooo... —susurró.

Soltó a Husky y, haciendo un esfuerzo extraordinario, enderezó su cuerpo maltratado y consiguió reunir energía suficiente como para salir andando con paso relativamente firme y rápido. La detective fue detrás y puso una mano en su hombro.

—Espera... Valo, déjame que...

—¡Suelta!

La mujer se liberó de un tirón y siguió su camino. Bruna la vio marchar con inquietud, pero ya iba a llegar tarde a su cita con Nopal, y tampoco creía ser la persona más adecuada para hacerse cargo de la enferma. Llamó al número personal de Habib, que contestó enseguida. Su rostro se veía tenso y preocupado.

—Acabo de encontrarme con Nabokov y parece muy enferma.

—¡Por el gran Morlay, menos mal! —exclamó con alivio—. ¿Dónde está? Llevamos horas buscándola.

—Te estoy mandando una señal de localización de mi posición... ¿La tienes? Nabokov acaba de irse a pie en dirección sur... Todavía la veo.

—Vamos ahora mismo para allá, ¡gracias! —dijo Habib con urgencia.

Y cortó.

Bruna tenía más cosas de las que hablar con el líder en funciones del MRR, pero decidió que podían esperar. Urgida por la hora volvió a tomar un taxi, algo que se estaba convirtiendo en una funesta y carísima costumbre. A pesar del dispendio, cuando cruzó las puertas del Pabellón del Oso ya llevaba quince minutos de retraso. Nopal la esperaba sentado en uno de los bancos del jardín de entrada, con los codos apoyados en las rodillas, el lacio flequillo cayendo sobre sus ojos y desdeñoso gesto de fastidio.

—De nuevo con retraso, Bruna. Te diré que es un hábito muy feo. ¿Tu memorista no trabajó bien tus recuerdos didácticos? ¿Tus padres no te dijeron nunca que llegar tarde era de mala educación?

La rep advirtió que el tipo la había llamado por su nombre de pila, y eso la turbó más que su sarcasmo.

—Lo siento, Nopal. Por lo general soy puntual. Ha sido una coincidencia, una complicación de última hora.

—Está bien. Disculpas aceptadas. ¿Habías estado antes aquí?

Pablo Nopal parecía tener una rara predisposición para citarla en sitios peculiares. El Pabellón del Oso había sido construido cinco años atrás, cuando la Exposición Universal de Madrid. La ciudad siempre había tenido como símbolo a un oso comiendo los frutos de un árbol, y a la varias veces reelegida y casi eterna presidenta de la Región, Inmaculada Cruz, se le había ocurrido celebrar la Expo modernizando el antiguo emblema. Hacía ya medio siglo que se habían extinguido los osos polares tras morir ahogados a medida que se deshizo el hielo del Ártico. Unas muertes lentas y angustiosas para unos animales capaces de nadar desesperadamente durante cuatrocientos o quinientos kilómetros antes de sucumbir al agotamiento. El último en ahogarse, o al menos el último del que se tuvo constancia, fue seguido por un helicóptero de la organización Osos En Peligro. La

OEP había intentado rescatarlo, pero la agónica zambullida final coincidió con el estallido de la guerra rep, de modo que los animalistas no lograron ni el apoyo ni la financiación necesarios para llevar adelante el plan de salvamento. Sólo pudieron filmar la tragedia. También congelaron y guardaron en un banco genético la sangre de ese último oso, que en realidad era una osa, y de una treintena de ejemplares más, porque durante algunos años habían estado poniendo marcadores de rastreo y haciendo chequeos veterinarios a los animales que quedaban. Gracias a esa sangre, la presidenta Cruz pudo obtener su nuevo símbolo para Madrid. Utilizando un sistema muy parecido al de la producción de tecnohumanos, los bioingenieros crearon una osa que era genéticamente idéntica al último animal. Se llamaba Melba.

—Pues sí, ya conocía este sitio —contestó Bruna.

Siempre le había llamado la atención lo de la plantígrada replicante, que además tenía más o menos su misma edad. El Pabellón del Oso le parecía un lugar conmovedor y lo había visitado unas cuantas ocasiones. Sobre todo en los atormentados meses después de la muerte de Merlín, cuando le parecía estar derivando por el dolor del duelo al igual que Melba derivó en su solitario y cada vez más reducido témpano antes de ahogarse.

—Yo hace mucho que no vengo. ¿Nos damos una vuelta? —dijo Nopal poniéndose en pie.

Bruna se encogió de hombros. No entendía las ansias turísticas y peripatéticas que siempre mostraba el memorista, pero no quería llevarle la contraria en algo tan nimio. Atravesaron el pequeño jardín y entraron en el pabellón propiamente dicho, una gigantesca cúpula transparente posada sobre el suelo. Inmediatamente sin-

tieron un golpe de aire frío. Alrededor, todo parecía de
hielo o de cristal, aunque en realidad se trataba de thermoglass, ese material sintético e irrompible capaz de
crear ambientes térmicos. Caminaron a través de una
reproducción de lo que debió de ser el Ártico, con grandes rocas glaciales e icebergs relucientes flotando en ma-
res de vidrio, hasta llegar a la larga grieta irregular que
separaba a los visitantes de un lago azulísimo y unas plataformas de hielo que eran el hogar de Melba. Desde el
borde del foso se podía contemplar al animal, si estaba
fuera del agua y si no se había escondido entre las rocas;
pero lo mejor era bajar a la grieta. Eso hicieron ahora
Nopal y Husky: se montaron en la cinta rodante como
aplicados turistas y descendieron entre las paredes res-
baladizas y cristalinas. La cinta iba muy despacio y en los
muros de la grieta se proyectaba, en cinco pantallas sucesivas que se fundían unas con otras, la filmación de los
últimos momentos de la Melba original. Realmente parecía que uno estaba allí, viendo cómo se partía el último pedacito de hielo al que la osa pretendía aferrarse;
cómo el animal nadaba cada vez más despacio, cómo
resoplaba al hundirse bajo la superficie, cómo sacaba
con un esfuerzo agónico su oscuro morro del agua y
lanzaba un gemido escalofriante, un gruñido entre furioso y aterrado. Y cómo desaparecía al fin debajo de un
mar gelatinoso y negro. Las imágenes, a tamaño natural,
dejaban mudos a los espectadores. Y en ese silencio so-
brecogido llegabas al fondo de la grieta y la cinta te dejaba en la penumbra frente a una resplandeciente pared
de agua. Era el lago artificial de Melba, contemplado
desde el fondo del tanque a través de un muro de thermoglass. Y ahí, con suerte, podías ver a la osa bucear, y
jugar con una pelota, y retozar feliz soltando un hilo de

burbujas por el hocico. Y de cuando en cuando se acercaba al cristal, porque ella también podía intuir a los visitantes y sin duda era curiosa.

Hoy, sin embargo, el animal no estaba. Bruna y el memorista esperaron un rato, con las narices heladas y el resplandor azulísimo del agua bailando sobre sus rostros. Pero Melba no venía. Así que se subieron a la cinta de salida, que era mucho más corta y más rápida, y emergieron de la grieta al paisaje polar. Con su excelente visión, Bruna consiguió localizar a Melba en el exterior. O más bien el culo de Melba, su redondo, lanudo y opulento trasero tumbado al amparo de unas rocas con cuya blancura se confundía.

—Mira. Está allí.

—¿Dónde?

De todas las veces que Husky había venido al pabellón, ésta era la única que no había podido ver al animal. Mala suerte, Nopal, pensó con cierta alegría maliciosa: ya ves que a los reps no nos gustan nada los memoristas.

—Bueno. Vámonos fuera —dijo el hombre—. Estoy muerto de frío.

Entraron en la cafetería, deliciosamente tibia y luminosa bajo la cúpula transparente. Estaba medio vacía y se instalaron en una mesa junto a la curvada pared de thermoglass. Por encima de los hombros rectos y huesudos del memorista, Bruna podía ver un desfile de nubes atravesando rápidamente el cielo. Ahí afuera debía de hacer viento.

Era un establecimiento automatizado, así que le pidieron a la mesa dos cafés y al poco vino un pequeño robot con la comanda y con la cuenta, que ascendía a la exorbitante cantidad de 24 gaias. El Pabellón del Oso era de entrada libre, pero la cafetería era un atraco. Con razón no había nadie.

—¡¿Cómo pueden cobrar esto por dos cafés?! ¡Y además en un local robotizado! —gruñó la detective.

—Es verdad. Pero gracias a eso estamos más tranquilos. Deja, yo te invito.

Nopal pagó y durante un rato se dedicaron a tomarse sus consumiciones en silencio. Uno podía entretenerse mucho con un café. Había que abrir el azúcar, echarlo en la taza, revolverlo. También podías soplar sobre el líquido, haciendo suaves ondas, para enfriarlo. Y jugar con la cucharilla repartiendo la espuma. Bruna desenvolvió la pequeña galleta que venía en el platillo y le dio un mordisco. La hora de comer estaba próxima, pero no tenía hambre: había desayunado demasiado. El lugar era bonito y no se estaba mal así, sin decir palabra, tomando café plácidamente. Casi como una familia de humanos. O como uno de esos matrimonios que llevaban décadas juntos. El rostro desencajado y espectral de la agonizante Valo inundó de pronto su memoria. Bruna se estremeció. Melba, la osa replicante, ¿tendría su TTT cuando cumpliera una década?

—¿Tú crees que la osa también se morirá? —preguntó.

—Todos nos vamos a morir.

—Sabes a lo que me refiero.

Nopal se frotó los ojos con gesto cansado.

—Si preguntas por el TTT, parece ser que sí. Por lo que se ve la vida media de los animales replicantes es un poco más breve que la tuya, sólo ocho años. Pero cuando muera esta Melba, producirán otra. Una infinita cadena de Melbas en el tiempo. Todo esto lo he leído mientras te esperaba. Toma.

Nopal se sacó del bolsillo un folleto del pabellón y lo arrojó sobre la mesa. Bruna lo miró sin tocarlo: había una foto tridimensional de la osa. Una mala impresión, un folleto barato. Cuatro años y tres meses y dieciocho días. La detective apretó las mandíbulas, agobiada. Muy a menudo, varias veces al día y, desde luego, cada vez que se sentía nerviosa, se ponía a hacer cálculos mentales del tiempo que le quedaba hasta la fatídica frontera de los diez años. Era un tic, una manía que la desesperaba, pero no podía evitar que la cabeza se le disparara con la cuenta atrás. Cuatro años y tres meses y dieciocho días. Eso era todo lo que le quedaba por vivir. Quería parar, quería dejar de contar, pero no podía.

—Estás muy guapa, Bruna. Muy elegante —dijo el memorista.

La rep se sobresaltó. Por alguna razón, las palabras del hombre cayeron sobre ella como una reprimenda. De golpe se sintió demasiado vestida. Ridícula con su mono brillante y su collar de oro. Enrojeció.

—Tengo... tengo una cita luego, por eso voy así.

—¿Una cita amorosa?

Se miraron a los ojos, Nopal impávido, Husky desconcertada. Pero su desconcierto dio rápidamente paso a un hervor de ira.

—No creo que te interese con quién me cito, Nopal. Y nosotros hemos venido aquí para algo más que para hablar de tonterías. Dijiste que tenías noticias para mí.

El hombre sonrió. Una pequeña mueca fría y suficiente. Bruna le odió.

—Pues sí. No me preguntes cómo, pero he dado con uno de los memoristas piratas que escriben los implantes ilegales. Y resulta que este tipo me debe algún favor. Tampoco preguntes. El caso es que está dispuesto a hablar contigo cuando regrese a la ciudad. Está de viaje. Pero te recibirá dentro de cuatro días... el viernes a las 13:15. Te paso la dirección... Espero que seas buena interrogando, porque es un individuo bastante correoso.

Bruna verificó que los datos habían llegado a su móvil.

—Gracias.

En la gran pantalla que había sobre la barra se veía una escena tumultuosa, sangre, llamas, carreras, policías. El sonido general estaba quitado, así que no pudo saber dónde era. Tampoco importaba mucho, la verdad. Era una más de las habituales escenas de violencia de los informativos.

—Y hay otra cosa... Algo que recordé después de nuestra cita en el museo...

Nopal calló con aire dubitativo y Bruna aguardó expectante a que siguiera hablando.

—No sé si tendrá algo que ver, y ni siquiera estoy seguro de que sea verdad, pero lo cierto es que, cuando yo estaba en el oficio, entre los memoristas corría el rumor de que, hará unos veinticinco años, poco antes de la Paz Humana y de que se iniciara el proceso de unificación de la Tierra, la Unión Europea estaba desarrollando un arma secreta e ilegal que consistía en unas memorias artificiales... para humanos.

—¡Para humanos!

—Y también para tecnos, pero sobre todo para humanos. De ahí que fuera un proyecto clandestino. El caso es que supuestamente los implantes captaban la voluntad del sujeto y le obligaban a hacer cosas...

—Un programa de comportamiento inducido.

—Eso es. Y, a las pocas horas, la memoria mataba al portador. Este detalle es lo que me hizo pensar en su posible relación con los casos actuales... Pero esa vieja historia también puede ser una leyenda urbana. Si te fijas, tiene todos los ingredientes: un implante de memoria que en vez de ser para tecnos es para humanos y que secuestra tu voluntad y luego acaba contigo... Responde muy bien a los miedos inconscientes, ¿no?

La pantalla del local seguía abarrotada de imágenes convulsas. Ahora aparecían unos tipos con túnicas color ceniza, rostros pintados de gris y una pancarta que decía: «3-F-2109. El fin del mundo se acerca. ¿Estás preparado?» Eran esos chiflados de los apocalípticos. Últimamente andaban muy activos porque su profeta, una fisioterapeuta ciega llamada la Nueva Casandra, había pronosticado en su lecho de muerte, medio siglo atrás, que el fin del mundo llegaría el 3 de febrero de 2109, es decir, en menos de dos semanas. Bruna frunció el ceño: a juzgar por las imágenes, los apocalípticos estaban soltando sus soflamas justo enfrente de la sede del MRR.

—Perdona un momento —dijo a Nopal.

Pasó el móvil por el ojo cobrador de la mesa, pagó veinte céntimos, sacó uno de los minúsculos altavoces del dispensador y se lo metió en el oído. Oyó los cánticos de los apocalípticos y, por encima, la voz del periodista que decía: «... impresión de esta tragedia que vuelve a sacudir al Movimiento Radical Replicante. Desde Madrid, Carlos Dupont.» E inmediatamente comenzó el bloque de publicidad. Bruna se quitó el audífono, desalentada y algo inquieta. ¿Estarían hablando todavía de la muerte de Chi? ¿O se trataba de otra cosa? Miraría las noticias en el móvil en cuanto dejara al escritor.

—¿Por qué te sigue? —preguntó el memorista.

—¿Qué?

—Ése.

Bruna se volvió en la dirección marcada por el dedo de Nopal. Sintió una sacudida en el estómago. Paul Lizard estaba sentado en una de las mesas del fondo. Sus miradas se cruzaron y el inspector hizo un pequeño movimiento con la cabeza en señal de saludo. La rep se enderezó en el asiento. La sangre le hervía en las mejillas. Todavía le parecía notar sobre la nuca los ojos del tipo.

—¿Por qué dices que me sigue? —preguntó, intentando en vano que su voz sonara normal.

—Le conozco. Lizard. Un maldito y perseverante perro de presa. Estuvo dándome la lata cuando... cuando lo mío.

—Entonces a lo mejor eres tú su objetivo.

—Entró en el pabellón detrás de ti.

Bruna se ruborizó un poco más. ¿Cómo era posible que no se hubiera dado cuenta de que llevaba una *sombra*? Estaba perdiendo facultades. O tal vez el encuentro con la moribunda Valo le hubiera removido demasiadas cosas. Valo. Una piedra negra le pesó en el pecho. Un oscuro barrunto de desgracia. La rep se puso en pie.

—Gracias por todo, Nopal. Te tendré informado.

Caminó con decisión hacia la salida y, al pasar junto a la mesa del inspector, se agachó brevemente y susurró a su oído:

—Voy a la sede del MRR. Por si me pierdes.

—Muchas gracias, Bruna —contestó el hombretón.

Y sonrió, granítico.

Nopal se quedó mirando a Bruna mientras se alejaba. Vio cómo se detenía un instante junto a Lizard, cómo le decía algo al oído y luego proseguía hacia la salida con su paso ligero y seguro. Era una criatura hermosa, una máquina rápida y perfecta. Medio minuto después, el inspector se levantó y salió detrás de la rep, grande y recio, con sus andares algo bamboleantes de marino en tierra. Era justo la antítesis del cuerpo de látigo de Bruna, pensó Nopal.

El suave tamborileo sobre su cabeza le hizo advertir que había empezado a llover. Las gotas caían sobre la cúpula transparente y luego trazaban rápidos caminos de agua en la cubierta. Un pálido resplandor se colaba por una grieta entre las nubes, y el cielo era un enredo de brumas en todos los tonos posibles del gris. Era un cielo perfecto para sentirse triste.

La tristeza era un verdadero lujo emocional, se dijo el memorista. Durante muchos años él no se había podido permitir ese sentimiento tranquilo y pausado. Cuando el dolor que se experimenta es tan agudo que uno teme no poder soportarlo, no hay tristeza, sino desesperación, locura, furia. Algo de esa desesperación adivinaba en Bruna, algo de esa pena pura que abrasaba como un ácido. Claro que él jugaba con ventaja a la hora de intuir sus sentimientos. Él la conocía. O, más bien, la reconocía.

En sus años de memorista, Nopal siempre había actuado del modo que explicó a la rep en el Museo de Arte Moderno: intentaba construir existencias sólidas, compensadas, con cierta apariencia de destino. Vidas de algún modo consoladoras. Sólo una vez se había saltado esa norma personal no escrita, y fue en el último trabajo que hizo, cuando ya sabía que le expulsaban de la profesión. Y esa memoria la llevaba Bruna. La Ley de la Memoria Artificial de 2101 prohibía taxativamente que los escritores supieran a qué tecnohumanos concretos iban a parar sus implantes y viceversa; se suponía que era un conocimiento que podía generar numerosos abusos y problemas. Pero el trabajo de Bruna había sido excepcional en todos los sentidos; era una memoria mucho más amplia, más profunda, más libre, más apasionada, más creativa. Era la obra maestra de la vida de Nopal, porque, además, *era precisamente su propia vida*. En una versión literariamente recreada, desde luego... Pero las emociones básicas, los acontecimientos esenciales, todo eso estaba ahí. Y, como uno es lo que recuerda, de alguna manera Bruna era su otro yo.

Desde el mismo momento en que entregó el implante, Pablo Nopal intentó descubrir al tecnohumano que lo llevaba. Sólo sabía que era un modelo femenino de combate y su edad aproximada, con una variabilidad de unos seis meses. Él hubiera preferido que hubiera sido varón y un modelo de cálculo o de exploración, que eran los que permitían más creatividad y refinamiento, pero las especificaciones las fijaban las plantas de gestación y Nopal se amoldó. De todas formas había sido libérrimo al crearla: se había saltado todas las reglas del oficio. Pobre Husky: al ser su última obra, había recibido el regalo envenenado de su dolor.

Durante los seis años que Nopal llevaba buscándola, había investigado a decenas de tecnohumanas. La única manera de poder encontrar a la receptora de su memoria era hablar con ellas e intentar sonsacarles su trasfondo, de modo que se convirtió en un merodeador de reps de combate. Descubrió que a algunas tecnos les producían morbo los memoristas y terminó cogiéndole el gusto a esas mujeres atléticas y rápidas de cuerpos perfectos. Se acostó con unas cuantas androides, pero sólo intimó de verdad con una: Myriam Chi. Que además no era una rep de combate, sino de exploración: la conoció mientras él estaba frecuentando a una militante del MRR. De manera que su relación con Chi estuvo libre de consideraciones utilitarias. Era una mujer muy especial: su memorista, fuera el que fuese, había hecho una verdadera obra de arte. Terminaron siendo amigos y le habló de su búsqueda. Ella le hizo prometer que no diría nada a la androide cuando la encontrase, pero le ayudó. Gracias a Chi había llegado a confeccionar una lista de las reps que le quedaban por explorar: eran 27, y Husky estaba entre ellas. Cuando la detective le había hablado de Myriam en el museo, Nopal no había sabido discernir si Chi se la había mandado para ayudarle a él, o para que él ayudara a Bruna en su investigación. Tenía pensado llamar a la líder del MRR y preguntárselo, pero la mataron antes de poder hacerlo.

La mataron, se repitió el hombre, sintiendo que el hiriente filo de la palabra le cortaba la lengua.

También el padre de Nopal había sido asesinado una noche por un delincuente cuando el memorista tenía nueve años. Ése era uno de los núcleos de dolor que le había implantado a la detective. Pero en la vida del escritor las cosas habían sido todavía más duras, porque un par de meses más tarde su madre se suicidó. Después llegó el año que pasó en el orfanato, y cuando ya creía haber descendido a lo más hondo del infierno, apareció su tío y lo adoptó; y ahí aprendió que siempre puede haber algo peor.

Nopal se removió en el asiento, sintiéndose demasiado próximo al abismo. Cada vez que pensaba en su infancia, recordaba a aquel niño, Pablo, como si no fuera él, sino una pobre criatura de la que le hubieran hablado tiempo atrás. Sabía que habían pegado a aquel niño, y que le metían durante días en un sótano a oscuras, y que el crío estaba aterrorizado. Pero no guardaba ninguna memoria del interior de aquellas vivencias, de las tinieblas interminables del mugriento sótano, de la humedad al orinarse encima, del dolor de las quemaduras. Dentro de la cabeza de Nopal, ese niño que no era del todo él todavía seguía encerrado y maltratado. Con sólo acercarse a ese pensamiento, la pena le llenaba los ojos de lágrimas y la angustia se le agarraba a la garganta como un perro de presa, impidiéndole respirar con normalidad. Por eso Nopal intentaba no pensar y no recordar.

El escritor no sabía muy bien por qué había suavizado sus experiencias a la hora de verterlas en la memoria de Bruna. Quizá por compasión a la replicante, que venía a ser como una edición a tamaño natural de ese pequeño Pablo que llevaba dentro. O quizá un prurito profesional le hizo temer que, de ponerlo todo, el relato parecería exagerado y poco verosímil. O tal vez calló cosas porque el verdadero dolor es inefable. Aun así, dotar a la rep de sus propios recuerdos le había servido a Nopal para aligerar el peso de su pena. No sólo porque, en cierto modo, había traspasado parte de sus desgracias a otro, sino, sobre todo, porque existía ese otro, porque había alguien que era como él. Porque ya no estaba solo.

La soledad era peor que el encierro, peor que el sadismo de los compañeros del orfanato, peor que los golpes y las heridas, incluso peor que el miedo. Nopal se había quedado completamente solo a los nueve años, y la soledad absoluta era una experiencia inhumana y aterradora. Desde el asesinato de su padre, el memorista no había vuelto a ser necesario ni importante para nadie. Nadie le echaba de menos. Nadie le recordaba. Ni siquiera su madre había pensado en él cuando se suicidó. Era lo más parecido a no existir. Pero esa replicante era en gran medida como él, tenía parte de sus memorias e incluso poseía objetos reales que provenían de la infancia de Nopal. Esa criatura, en fin, era más que una hija, más que una hermana, más que una amante. Nunca habría nadie que estuviera tan cerca de él como esa androide.

La tarde del museo, cuando por fin había obtenido la confirmación de la identidad de Bruna y del término de su búsqueda, se le había puesto la piel de gallina. Había sido un momento hondamente conmovedor, pero por fortuna había conseguido disimularlo: llevaba toda la vida aprendiendo a ocultar sus emociones. Nopal se había sentido instantáneamente atraído por la rep. Era hermosa, era fiera, era dura y doliente y ardía en su interior igual que ardía él. Le pareció fascinante desde el primer momento, quizá porque intuyó la semejanza, y cuando al fin confirmó que ella era ella, aún le gustó más. Pero no podía ceder a esa pulsión narcisista, se dijo el memorista. No podía hacerle el amor a la replicante.

Sería un acto contra natura, algo incestuoso y enfermizo. Y el memorista, contra lo que muchos pudieran pensar, se consideraba un hombre altamente moral, casi un puritano. Sólo que sus valores morales solían ser distintos de los de los demás.

No, era mejor seguir así, se dijo Nopal: cuidaría de ella desde lejos como cuidaría de su criatura un dios benévolo. E intentaría disfrutar de ella, del alivio del dolor que le procuraba la existencia de Bruna, durante los pocos años que le quedaban de vida. El memorista suspiró, envuelto en una pena delicada. La cafetería estaba vacía y sólo se escuchaba el blando golpeteo de la lluvia. Era un día perfecto para experimentar la melancolía de lo imposible. Nunca podría decirle a Bruna quién era él. Nunca podría tenerla entre sus brazos y amarla como sólo él sabría hacerlo. Ah, qué refinado lujo era la tristeza.

Bruna acababa de salir del Pabellón del Oso cuando recibió una llamada de Habib.

—Precisamente estoy yendo para allá. ¿Podemos vernos?

El bien proporcionado rostro del androide estaba deformado por la angustia.

—¡Ni se te ocurra aparecer! Es peligroso.

—¿Peligroso?

—Por los manifestantes. Ha llegado ya la policía, pero no me fío. Parece que hay agresiones a los reps en toda la ciudad.

—¿Agresiones?

Habib la miró con expresión desorbitada.

—Pero ¿no sabes nada?

—¿Nada? —dijo Bruna sin poderlo evitar.

Y se sintió profundamente imbécil repitiendo como un loro todo lo que el hombre decía.

—Husky, ha pasado algo terrible, ha, ha...

Estaba tan trastornado que parecía atragantarse con las palabras.

—Valo se ha... Ha hecho estallar una bomba en una cinta rodante. Hay muchos muertos. Muertos humanos. Y niños.

Bruna sintió que se le helaba el espinazo. Y de pronto se dio cuenta de que, a su alrededor, todas las pantallas públicas emitían imágenes parecidas de sangre y degollina.

—Pero ¿cómo...? ¿Y ella? ¿Llevaba el explosivo encima?

—Sí, claro. Se ha inmolado. ¿Recuerdas lo que hablamos, Husky? Esto es horrible... Necesitamos descubrir lo que sucede... ¡Investiga a Hericio! Nos han dicho que ha pedido un Permiso de Financiación y que está intentando conseguir fondos para el partido... ¡Prepara algo! Por el gran Morlay, Husky, tenemos que hacer algo o acabarán con todos nosotros... Escucha, tengo que dejarte. Parece que los supremacistas están intentando asaltar la sede. Ten cuidado. Los humanos están furiosos.

El rostro de Habib desapareció. Bruna conectó con las noticias en su móvil. De nuevo las llamas, la confusión, los gritos, los cuerpos deshechos que los servicios sanitarios transportaban. Pero ahora la detective sabía lo que estaba viendo. El destrozo provocado por Valo Nabokov. Venganza, había dicho.

Los informativos hablaban de la ola de violencia antirrep que se había desatado en toda la Región. Los supremacistas, armados con palos y cuchillos, rodeaban amenazadoramente el MRR. A Bruna le pareció que el movimiento de repulsa de los humanos estaba demasiado bien organizado para ser espontáneo. Por todas las malditas especies, ¡si los supremacistas hasta llevaban pancartas tridimensionales! De nuevo le desasosegó la aborrecible sospecha de una conspiración en la sombra.

Sintió el peso de una mirada sobre ella y alzó la cabeza. Un niño pequeño la contemplaba con cara de susto. Cuando sus ojos se cruzaron, el crío se abrazó a las piernas de su madre y se puso a llorar. La mujer intentó apaciguarlo, pero se notaba que tenía tanto miedo como su hijo. Bruna echó una ojeada en torno suyo: los humanos la evitaban. Se cambiaban de acera.

Consternación. No es que Bruna fuera una idealista partidaria de la convivencia feliz entre las especies; de hecho, no creía en la felicidad y menos aún en la convivencia. Pero detestaba la violencia: en los años de servicio militar había tenido suficiente para toda su vida. Ahora sólo quería tranquilidad. Quería que la dejaran en paz. Y una sociedad al borde de los disturbios civiles no era el entorno más indicado para eso.

Cuatro años, tres meses y dieciocho días.

No conseguía quitarse de la cabeza el rostro marchito y alucinado de Valo Nabokov. Moribunda y mortífera. Lo peor era que hubieran fallecido niños. Los humanos se volvían locos si les tocaban a sus niños. A esos hijos que los replicantes jamás podrían tener.

Cuatro años, tres meses y dieciocho días.

La detective se sentía en el lomo de una avalancha. Sentía que cabalgaba sobre una masa deslizante que se precipitaba a los abismos, agrandándose exponencialmente a cada minuto y engullendo cuanto hallaba a su paso. Apenas había transcurrido semana y media desde que Caín intentó estrangularla, y desde entonces las cosas habían adquirido una desmesura y una velocidad aterradoras.

Cuatro años, tres meses y dieciocho días.

¡Basta, Bruna!, se imprecó mentalmente. Basta de esta letanía mecánica, de este nerviosismo y esta angustia. La detective continuaba parada en medio de la calle, y los viandantes se abrían a su paso como un mar partido por una roca. Todos eran humanos: los tecnos debían de estar escondidos bajo las camas. Los humanos la miraban y temblaban. La miraban y susurraban. La miraban y la odiaban. Había un monstruo reflejado en los ojos de esos hombres y esas mujeres, y el monstruo era ella. Echó de menos a Merlín con aguda añoranza: si él viviera aún, ella tendría adónde ir.

Cuatro años, tres...

Ah, calla ya, replicante estúpida, se dijo sacudiendo la cabeza. De pronto advirtió que tenía hambre. El estómago del monstruo estaba vacío.

Tomó el tram para ir al bar de Oli y en cuanto se instaló en la parte de atrás, el resto de los pasajeros empezaron a emigrar hacia la mitad delantera del vehículo, algunos con descaro y a toda prisa, otros con tonto disimulo, moviéndose un pasito cada vez, como en aquel viejísimo juego humano del escondite inglés. Dos paradas más tarde, la androide estaba totalmente sola en su mitad del tranvía y los demás viajeros se apiñaban delante. Podría ponerse lentillas, pensó Bruna. Desde luego podría disfrazarse, usar una peluca y cubrir sus pupilas verticales para evitar el temor y el furor de los humanos. No era difícil hacerlo, y sin duda debía de haber tecnos enmascarados. Tal vez alguno de los tipos que se habían apresurado a emigrar al otro lado del tram fuera un rep camuflado y obligado a comportarse como los demás para no delatarse. Qué humillación. No, ella no se disfrazaría jamás por miedo, decidió. Ella no fingiría ser quien no era.

En ese momento el tranvía aéreo se detuvo abruptamente junto a una de las escaleras de emergencia. Las puertas se abrieron y una voz robotizada ordenó la evacuación inmediata. Era una grabación de Riesgo/1: sobre un melodioso fondo de arpas que había sido supuestamente diseñado para tranquilizar, la suave voz repetía

203

Desalojad el tram, calma y rapidez, peligro inminente con el mismo tono banal con que leería los resultados de la Lotería Planetaria. A Bruna las grabaciones de Riesgo siempre le parecieron contraproducentes y ridículas: cada vez que la gente escuchaba la musiquilla de arpas entraba en pánico. El tropel de viajeros saltó desordenadamente a la plataforma de emergencia y empezó a bajar por las escaleras atropellándose los unos a los otros en sus ansias por poner distancia con la androide. De pronto se escuchó un estallido algo más abajo, chillidos, golpes. Luego llegó el humo, un olor apestoso y las noticias que se iban pasando a gritos los viajeros: «¡No son reps, tranquilos, sólo es un Ins, un Ins que se ha matado!» Prefieren a esos malditos tarados terroristas antes que a nosotros, pensó Bruna. Jodido mundo de mierda.

Cuando la gruesa mulata la recibió con su sonrisa de siempre, Bruna comprendió que no había sido sólo el hambre física lo que le había llevado hasta el bar de Oli, sino también la necesidad de encontrar un rincón intacto, un pequeño refugio de normalidad.

—Hola, Husky. Sólo faltabas tú.

Oli señaló con la barbilla hacia el fondo de la barra y Bruna vio a Yiannis y a RoyRoy, la mujer-anuncio. Y, de alguna manera, no se sorprendió de verlos juntos. Se acercó hasta ellos. Del cuerpo de la mujer salía una especie de murmullo apagado, un susurro en sordina:

—Texaco-Repsol, siempre a su servicio...

—¿Te has fijado? Se me ha ocurrido a mí. Así molesta mucho menos —dijo Yiannis.

Las pantallas publicitarias estaban tapadas con varias láminas de poliplast aislante autoadhesivo.

—Es que era un martirio —remachó el viejo.

—Lo siento —dijo la mujer.

Pero lo dijo sonriendo.

Sin preguntar, Oli sirvió cervezas para todos y colocó encima del mostrador una fuente de bocaditos variados.

—Los acabo de sacar del horno. No dejéis que se enfríen. Y dime, Husky, ¿cómo están las cosas?

—Parece que mal.

RoyRoy ensombreció el gesto.

—Han atacado a un hombre-anuncio, a un compañero tecno. Le han prendido fuego y no se sabe si vivirá. La empresa ha mandado a casa a todos los tecnos-anuncio. Dicen que es por su seguridad, pero en realidad es un despido.

—¿Conocías a esa Nabokov? —preguntó Yiannis.

—Sí. Y la vi poco antes del atentado. Se le había disparado el TTT y estaba muriéndose y totalmente enloquecida. Debía de tener un tumor cerebral.

—Es una tragedia —rumió Yiannis con pesadumbre.

En la pantalla del bar se veía una carga policial contra los manifestantes que rodeaban el MRR. A la derecha de la imagen estaba Hericio, el líder del Partido Supremacista Humano, que estaba siendo nuevamente entrevistado.

—Y lo que es inadmisible es que nuestra policía proteja a esos engendros y ataque a nuestros chicos, en vez de defender a los humanos de estos asesinos que por ahora, porque seguro que morirá alguno de los heridos, han matado a siete personas, entre ellos tres niños...

¡Siete víctimas! Y tres menores. Bruna se estremeció ante la enormidad. Ay, Valo, Valo. Qué acto tan terrible. Y, mientras tanto, ahí estaba otra vez José Hericio apareciendo oportunamente en escena y aprovechándose del drama. Pensó en las palabras de Habib y en la intuición de Myriam sobre la implicación del líder del PSH. No parecía una sospecha disparatada.

—Habría que investigar un poco a estos supremacistas... Tengo que encontrar la manera de acercarme a ellos... —dijo con la boca llena de un sabroso pastelito de sucedáneo de perdiz.

—Hay... hay un bar en la plaza de Colón en el que sé que paran —dijo RoyRoy, titubeante—. Bueno, ya sabes que con esto de los anuncios me paso el día en la calle. Una vez tuve un problema delante de ese bar y luego me enteré de que era un local de supremacistas. Con mi trabajo tienes que saber muy bien dónde te metes, así que me hago una lista de sitios buenos y de sitios que debo evitar. Y ése es de los de evitar. Toma, te paso la dirección. Se llama *Saturno*. Pero ten cuidado. Si se te ocurre aparecer ahora por ahí, no sé qué puede pasar. A mí me dieron mucho miedo.

—Y es justamente por este desamparo que la gente siente por lo que el pueblo se está armando y asumiendo su propia defensa. Una actitud legítima y absolutamente necesaria, dado el absentismo de las autoridades... —clamaba enfáticamente Hericio desde la pantalla.

—Oli, por favor, quita eso, te lo ruego... —pidió Bruna.

La mujer bisbiseó algo a la pantalla y la imagen cambió inmediatamente a una plácida panorámica de delfines nadando en el océano.

—¿Qué pasa? ¿Te molesta escuchar las verdades? —graznó una voz nerviosa y pituda.

El silencio se extendió por el bar como un cubo de aceite derramado. Bruna siguió masticando. Sin moverse, de refilón, mirando a través de las pestañas, estudió al tipo que acababa de hablar. Un humano pequeño y bastante esmirriado. Posiblemente algo borracho. Estaba junto a ella, a cosa de un metro de distancia.

—¿Te molesta saber que estamos hartos de aguantaros? ¿Que no vamos a dejar que sigáis abusando de nosotros? Y, además, ¿qué haces tú aquí? ¿No te has dado cuenta de que eres el único monstruo?

Cierto: ella era el único rep que había en el bar. Le pegó un mordisco a otro canapé. El hombre vestía pobremente y tenía pinta de obrero manual. Cuando hablaba tensaba todo el cuerpo y se ponía de puntillas, como si quisiera parecer más grande, más amenazador. Casi sintió pena: podía tirarle al suelo de un sopapo. Pero los cementerios estaban llenos de personas demasiado confiadas en sus propias fuerzas, así que la rep analizó con cautela profesional todas las circunstancias. Primero, la salida. El tipo le bloqueaba el camino hacia la puerta, pero en el peor de los casos ella podría saltar sin problemas al otro lado del mostrador, que además le ofrecería un refugio perfecto. Lo más preocupante, por lo insensato, era que un hombrecillo así se atreviera a encararse con una rep de combate. ¿Estaría armado? ¿Tal vez una pistola de plasma? No tenía el aspecto de llevar un cacharro semejante y no le veía el arma por ningún lado. ¿O quizá no estaba solo? ¿Habría otros secuaces suyos en el bar? Hizo un rápido barrido por el local y desechó también esta posibilidad: conocía a casi todos de vista. No, era simplemente un pobre imbécil algo borracho.

—Lárgate, monstruo asqueroso. Márchate y no vuelvas. Os vamos a exterminar a todos como ratas.

Sí, desde luego lo más inquietante era que un tipejo así se sintiera lo suficientemente seguro y respaldado como para insultar a alguien como ella. Bruna no quería enfrentarse con él, no quería hacerle daño, no quería humillarlo, porque todo eso no haría sino potenciar su delirio paranoico, su furia antitecno. Prefería esperar a que se aburriera y se callara. Pero el hombrecito se iba poniendo cada vez más colorado, más furioso. Su propia rabia le iba enardeciendo. De repente dio un paso adelante y lanzó a Bruna un desmañado puñetazo que la rep no tuvo problema en esquivar. Vaya, pensó fastidiada, no voy a tener más remedio que darle ese sopapo.

No hubo necesidad. Súbitamente se materializó junto a ellos una muralla de carne. Era Oli, que había salido del mostrador y ahora abrazaba al tipo por detrás y lo levantaba en vilo como quien alza un muñeco.

—La única rata que hay aquí eres tú.

La gorda Oliar llevó al pataleante hombrecito hasta la puerta y lo arrojó a la calle.

—Como vuelva a ver tu sucio hocico por aquí, te lo parto —ladró, alzando un amenazador y rechoncho índice.

Y luego se volvió y miró a su parroquia con gesto de desafío, como quien aguarda alguna protesta. Pero nadie dijo nada y la gente incluso parecía bastante de acuerdo. Oli se relajó y una sonrisa iluminó su cara de luna mientras regresaba con paso bamboleante al mostrador. Bruna nunca la había visto fuera de la barra: era verdaderamente inmensa, colosal, aún mucho más enorme en sus extremidades inferiores que en la majestuosa opulencia que asomaba por arriba. Una diosa primitiva, una ballena humana. Tan gigantesca, de hecho, que la androide se preguntó por primera vez si no sería una mutante, si ese desaforado cúmulo de carne no sería un producto del desorden atómico.

Apenas se habían calmado dentro del local las erizadas ondas de inquietud que provoca todo incidente cuando se escuchó cierto barullo fuera. De primeras, la rep pensó que era alguna maniobra del hombrecillo recién expulsado, de modo que se acercó a la puerta del bar a ver qué pasaba. A pocos metros, una mujer pelirroja chillaba y se retorcía intentando soltarse de las garras de un par de policías fiscales, los temidos *azules*. Una niña pequeña de no más de seis años lo miraba todo con ojos enormes y aterrados, abrazada a un sucio conejo de peluche. Una tercera *azul* se acercó y la cogió de la mano. Fue un movimiento imperioso: literalmente arrancó del muñeco la manita de la niña. La cría se puso a llorar y la mujer pelirroja también, blandamente, desistiendo de golpe de su impulso de lucha, como si las lágrimas de la pequeña, sin duda su hija, hubieran sido la señal de la rendición. Los policías se las llevaron a las dos calle arriba mientras los peatones miraban de refilón, como si se tratara de una escena un poco bochornosa, algo que avergonzara contemplar directamente.

—*Polillas*. Pobre gente —dijo Yiannis a su lado.

Bruna cabeceó, asintiendo. Casi todos los *polillas* tenían hijos pequeños; si se arriesgaban a vivir de modo clandestino en zonas de aire limpio que no podían pagar, era por el miedo a los daños innegables que la contaminación producía en los críos. Como las polillas, abandonaban ilegalmente sus ciudades apestosas de cielo siempre gris y venían atraídos por la luz del sol y por el oxígeno, la inmensa mayoría para quemarse, porque la policía fiscal era de una enorme eficacia. En la pobreza de sus ropas, la mujer y la niña se parecían al hombrecillo que la había insultado dentro del bar. De ese estrato de desposeídos y desesperados se nutrían el fanatismo y el especismo.

—En la primera detención, deportación y multa; si reinciden, hasta seis años de cárcel —dijo Yiannis.

—Es repugnante. Da vergüenza pertenecer a la Tierra —gruñó Bruna.

—*Cuncta fessa* —murmuró el archivero.

—¿Cómo?

—Octavio Augusto se convirtió en el primer emperador romano porque la República le otorgó inmensos poderes. ¿Y por qué hizo eso la República, por qué se suicidó para dar paso al Imperio? Tácito lo explicaba así: *Cuncta fessa*. Que quiere decir: Todo el mundo está cansado. El cansancio ante la inseguridad política y social es lo que llevó a Roma a perder sus derechos y sus libertades. El miedo provoca hambre de autoritarismo en las personas. Es un pésimo consejero el miedo. Y ahora mira alrededor, Bruna: todo el mundo está asustado. Vivimos momentos críticos. Tal vez nuestro sistema democrático esté también a punto de suicidarse. A veces los pueblos deciden arrojarse al abismo.

—Un estupendo sistema democrático que envenena a los niños que no tienen dinero.

—Un asqueroso sistema democrático, sí, pero el único que existe en el Universo. Al menos, en el Universo conocido. Los omaás, los gnés y los balabíes poseen gobiernos aristocráticos o dictatoriales. En cuanto a Cosmos y Labari, son dos estados totalitarios y terribles. Nuestra democracia, con todos sus fallos, es un logro inmenso de la Humanidad, Bruna. El resultado de muchos siglos de esfuerzo y sufrimiento. Escucha, el mundo se mueve, la sociedad se mueve, y cuanto más democrática, más movilidad y más capacidad para cambiarla. En la Tierra hemos pasado un siglo atroz; la Unificación sólo fue hace catorce años; nuestro Estado es joven y complejo, el primer Estado planetario, nos estamos inventando sobre la marcha... Podemos mejorar. Pero para eso tenemos que creer en las posibilidades de la democracia, y defenderla, y trabajar para perfeccionarla. Ten confianza.

Cuatro años, tres meses y dieciocho días.

—No creo que esa niña pueda ver los cambios antes de que el aire la enferme irreversiblemente —dijo Bruna con un nudo de congoja apretándole el pecho.

Y, tras unos segundos de pesado silencio, repitió, furiosa:

—No, ella no los verá. Y yo tampoco.

Una hora después, la detective salió del bar y se detuvo unos instantes para otear el panorama. Había dejado de llover y el sol intentaba asomar la cabeza entre las nubes. Eran las seis de la tarde de un lunes, pero las calles estaban inusualmente vacías y las pocas personas visibles, todas humanas, caminaban demasiado deprisa. No era un día para pasear. Sobre la ciudad parecía cernirse un vago presentimiento de peligro.

La rep llamó a Habib. El atribulado rostro del hombre apareció enseguida.

—¿Cómo están las cosas por el MRR?

—Mejor, supongo. La policía cargó y ya no hay supremacistas delante de la puerta. Pero todo es un asco.

—Una pregunta, Habib: vuestros espías, ¿conocen un bar que se llama *Saturno*?

—Ya lo creo. Es un nido de víboras. La sede del PSH está cerca y todos los extremistas humanos se reúnen ahí. ¿Por qué?

—Por nada. Estaba pensando en cómo acercarme a Hericio, tal y como decías.

—Sí, estaría bien. Pero ten mucho cuidado. No creo que sea el mejor día para ir por allí.

—Lo sé. Ah, sí, sólo una cosa más... ¿qué le dijiste a Nabokov?

—¿Cómo?

—Cuando me la encontré, Nabokov repetía que tú le habías contado algo... «Habib me lo dijo, Habib me lo dijo...» Algo que obviamente la desazonó mucho...

El hombre alzó las cejas con gesto de desconcierto.

—No tengo ni idea de qué me hablas. No le dije nada. Creo que ni siquiera hablé con ella después de la muerte de Myriam. ¡Últimamente todo ha sido tan caótico! Estaría delirando... Al final estaba totalmente fuera de sí.

—¿Se sabe algo de su autopsia?

—Aún es pronto. Pero lo raro es que no la han llevado al Anatómico Forense. No sabemos qué ha hecho la policía con el cuerpo de Valo. Nuestros abogados van a presentar una queja formal.

—Qué extraño...

—Sí, todo es demasiado extraño en este asunto —dijo Habib con voz ahogada.

Bruna cortó la comunicación desasosegada. ¿Le habrían metido también a la moribunda Valo una memoria adulterada? ¿Un programa de comportamiento inducido que incluyera las alucinaciones, una supuesta conversación con Habib, la idea criminal de poner una bomba? ¿Fue por eso por lo que mencionó la palabra *venganza*? ¿Y por qué estaba ocultando su cuerpo la policía?

—¡Lárgate de Madrid, rep de mierda!

El grito insultante provenía de un coche particular que había pasado a su lado. Lo vio alejarse velozmente calle abajo y saltarse las luces de un cruce para no tener que detenerse. El conductor chillaba mucho, pero sin duda era un cobarde. O tal vez debería decirlo de otro modo: sin duda chillaba porque estaba asustado.

Bruna suspiró. Miró alrededor una vez más, buscando rastros de Lizard. No se le veía por ningún lado, pero la detective no se confió: todavía le escocía no haber advertido esa mañana que el inspector la estaba siguiendo. Claro que para él era muy fácil: en realidad bastaba con rastrear el ordenador móvil de la rep. Algo totalmente prohibido para todo el mundo, desde luego, pero por lo visto no para los inspectores de la Judicial. Menudencias legales que se saltaban alegremente. Por si acaso, la detective apagó el móvil y sacó la fuente de alimentación, que era la única manera de impedir que lo detectaran: quitar el chip de localización era un delito, y además estaba instalado de tal modo que era muy difícil llevar a cabo la operación sin destrozar el ordenador. Luego se dio una vuelta a la manzana para ver si alguien la seguía y, en efecto, creyó distinguir a una mujer joven y robusta que apestaba a policía y que debía de ser un perro de Lizard. La androide tenía varios métodos para intentar perder a una *sombra* y decidió usar el del metro. Como tuvo que pagar con dinero porque llevaba el móvil desconectado, la muy torpe de su perseguidora pasó por los controles de entrada mucho antes que ella y tuvo que quedarse al otro lado merodeando y disimulando malamente hasta que Bruna sacó su billete en las máquinas. Haciendo como si no se hubiera dado cuenta de su presencia, la rep se dirigió a uno de los andenes. Estaban en la estación Tres de Mayo, uno de los más complejos nudos de comunicación de la red subterránea, con cinco líneas de metro que se entrecruzaban. La androide esperó pacientemente la llegada del tren, mientras la chica robusta fingía ostentosos bostezos a unos cuantos metros de distancia (era una de las primeras cosas que te enseñaban en el Curso Elemental de Simulación: bostezar produce una instantánea sensación de ausencia de peligro en el perseguido, decía el instructor). Cuando el tren entró con un bramido de hierro en la estación, la rep subió y se instaló al final del convoy, apoyándose negligentemente contra la pequeña puerta de comunicación que había entre los vagones y que en este caso, al estar situada en el último coche, permanecía bloqueada. La de los bostezos estaba cuatro puertas más adelante. En el mismo instante que el metro se puso en marcha, Bruna sacó el descodificador de claves y en medio segundo desbloqueó el simplísimo mecanismo de la cerradura. Estaba saliendo la cola del tren de la estación cuando la rep abrió la puertecita y saltó a las vías. Procuró tirar de la hoja para que se cerrara detrás de ella, pero de todas maneras, aunque no hubiera conseguido hacerlo, para cuando la mujer policía llegara hasta el final del convoy no se atrevería a saltar desde un tren en franca aceleración. Por no hablar de la habilidad y del entrenamiento necesarios para caer bien y para no freírse con la línea de alta tensión. La androide dudaba de que un humano tuviera las aptitudes suficientes para hacerlo, salvo que fuera un humano con unas habilidades tan extraordinarias como un artista de circo.

Mientras el metro se alejaba en la oscuridad con un rebufo de aire caliente, Bruna regresó hacia la estación y subió por una escala al andén de la estación de Tres de Mayo. Una pareja de humanos de mediana edad dieron un respingo al verla emerger del túnel y emprendieron un patético trotecillo hacia la salida. La androide resopló con disgusto y se planteó la posibilidad de decirles algo: no se preocupen, no tienen por qué irse, no soy un peligro. Pero ya estaban demasiado lejos, y si se ponía a llamarles en voz alta y los seguía, lo mismo les provocaba un ataque de nervios. Tanto miedo por todas partes no podía llevar a nada bueno.

Cambió de línea, subió a otro vagón y salió del metro dos estaciones más allá. Frente a ella estaban las cúpulas de plástico multicolor del circo. No quería encender el móvil, de manera que tuvo que volver a pagar la entrada con dinero en efectivo, dando mentalmente gracias una vez más a la corrupción habitual de los gobernantes de la Tierra, que había hecho que el antediluviano papel moneda aún siguiera siendo legal y utilizado en todo el mundo, justamente por sus magníficas condiciones de anonimato e impunidad: era un dinero silencioso que no dejaba rastro de su paso, al contrario de las transacciones electrónicas.

La función estaba mediada y apenas había un cuarto de aforo. Bruna caminó de puntillas y se instaló en un lateral, lo más cerca posible de la zona de la orquesta. Era un lugar malísimo con una pésima visibilidad y todas las localidades de alrededor estaban vacías, de manera que su llegada no pasó inadvertida. En cuanto bajó el arco en una pausa de lo que estaba tocando, la violinista, que era la única mujer del grupo de seis músicos, miró a la rep con atención y luego saludó con un apenas perceptible cabeceo. Bruna respondió con un movimiento semejante y se acomodó con paciencia en el asiento. Tendría que esperar a que acabara el espectáculo. Los números se sucedían con la aburrida rutina de su falsa alegría. Era un circo mediocre, ni muy malo ni desde luego bueno, convencional y totalmente olvidable. Había un domador humano de perrifantes gnés, esos pobres animales alienígenas que tenían apariencia de galgo sin orejas, tamaño de caballo y cerebro de mosquito, pero que, ayudados por la diferencia de gravedad de la Tierra, eran capaces de dar asombrosas volteretas. Había una troupe de reps con diversos implantes biológicos; sus vientres eran pantallas de plasma y podían dibujar hologramas en el aire con las manos, esto es, con las microcámaras insertadas quirúrgicamente en la yema de los dedos. Y había el típico espectáculo sangriento de los kalinianos, una secta de chalados sadomasoquistas que copiaban rutinas de los magos del circo clásico, sólo que sin truco, porque amaban el dolor y el exhibicionismo; y así, se cortaban de verdad el cuerpo con cuchillos y atravesaban sus mejillas con largas agujas. A Bruna le parecían repugnantes, pero estaban de moda.

Los kalinianos cerraron la función. Mientras la pequeña orquesta se lanzaba a la chundarata final, a Bruna le pareció que Mirari estaba teniendo problemas para interpretar la pieza. El brazo izquierdo de la violinista era biónico y lo llevaba sin recubrir de carne sintética; era un brazo metálico y articulado como los de los robots de las ensoñaciones futuristas del siglo xx, y algo debía de estar sucediendo con ese implante, porque, cada vez que podía dejar de tocar por un instante, la mujer intentaba ajustarse la prótesis. Al fin acabó el espectáculo y se apagaron los deslavazados aplausos, y los músicos, Mirari incluida, desaparecieron rápidamente tras el escenario, para cierta sorpresa de la detective, que pensaba que al terminar la función la violinista se acercaría a hablar con ella.

Bruna saltó a la pista intentando no pisar las manchas de sangre de los kalinianos, cruzó las cortinas doradas y entró en la zona de camerinos. Encontró a Mirari en el tercer cubículo al que se asomó. Estaba golpeando furiosamente su brazo biónico con un pequeño martillo de goma.

—Mirari...

—¡Es-ta-mier-da-de-pró-te-sis...! —silabeó la mujer fuera de sí sin dejar de atizarse martillazos.

Pero enseguida, agotada y con el rostro enrojecido, tiró el martillo al suelo y se dejó caer en una silla.

—Me está bien empleado por comprarlo de segunda mano. Pero un buen brazo biónico es carísimo. Sobre todo si es de calidad profesional, como en mi caso... ¿Qué andas buscando por aquí, Husky?

—Veo que te acuerdas de mí.

—Me temo que eres bastante inolvidable.

Bruna suspiró.

—Sí, supongo que sí.

A su manera, Mirari también lo era. No sólo por la prótesis retrofuturista, sino también por su pálida piel, sus ojos negrísimos, su redonda cabeza nimbada por un pelo corto de blancura deslumbrante y tan tieso como si fuera alambre. La violinista era una especialista, una conseguidora, una experta en los mundos subterráneos. Podía falsificar todo tipo de documentos, localizar planos secretos o suministrar los aparatos más sofisticados e ilegales. Bruna había oído que sólo había dos cosas que jamás vendía: armas y drogas. Todo lo demás era negociable. Podría pensarse que su trabajo en el circo no era más que una tapadera, pero lo cierto es que la música parecía apasionarle y tocaba bien el violín, siempre que no se le enganchara el brazo biónico.

—¿Y venías por...? —volvió a decir Mirari, que poseía una de esas personalidades escuetas que detestan la menor pérdida de tiempo.

—Necesito una nueva identidad... Papeles y un pasado que resista ser investigado.

—¿Una buena investigación o algo rutinario?

—Digamos que bastante buena.

—Estamos hablando de una vigencia temporal, naturalmente...

—Naturalmente. Me bastaría con una semana.

—Clase A, entonces.

—Tiene que ser una identidad humana... Y vivir a unos cientos de kilómetros de Madrid. De mi edad. Buena posición social. Con dinero en el banco. Y si a su biografía le das un toque de supremacismo, genial. Nada muy serio, sólo una simpatía ideológica, no militante. Pero que se note que le apasionan las ideas especistas, aunque de alguna manera las haya guardado hasta ahora para su vida privada.

—Hecho. ¿Para cuándo lo quieres?

—Cuanto antes.

—Creo que podrá estar mañana. Dos mil gaias.

—También quiero un móvil no rastreable.

—Serán mil ges más.

—De acuerdo. No tengo todo ese dinero en efectivo...

—Pásamelo electrónicamente. Uso un programa que borra la huella. Aunque la salida del dinero quedará registrada en tu móvil.

—Eso no me importa. Pero llevo el ordenador apagado porque sospecho que la policía me está rastreando. No quiero encenderlo aquí. Te haré la transferencia dentro de un rato, desde la calle, si te parece bien. Y si te fías de mí.

—No necesito fiarme. Basta con no poner en marcha los encargos hasta que no reciba el dinero.

Bruna sonrió ácidamente: por supuesto, por supuesto. Había sido un comentario asombrosamente estúpido.

—Pero, por si te sirve de algo, te diré que sí, que me fío de ti —añadió la mujer.

La sonrisa de Bruna se ensanchó: la pequeña amabilidad de esa humana resultaba especialmente grata en un día marcado por el rencor entre las especies. Mirari se había agachado a recoger el martillo del suelo. Llevaba un rato abriendo y cerrando la mano biónica. Los dedos no se movían sincronizados y el anular y el medio no cerraban del todo. La violinista les dio unos golpecitos tentativos con la herramienta de goma.

—¿Cuánto cuesta una prótesis nueva como la que necesitas? —preguntó Bruna.

Mirari levantó la cabeza.

—Medio millón de ges... Más que mi violín. Y eso que es un Steiner.

—¿Un qué?

—Uno de los mejores violines del mundo... del lutier austriaco Steiner, del siglo XVII. Tengo un violín maravilloso y no tengo brazo para tocarlo —dijo con inesperada y genuina congoja.

—Pero el dinero se puede reunir...

—Sí. O robar —contestó Mirari con sequedad y una expresión de nuevo cerrada e impenetrable—. Te llamaré cuando lo tenga todo.

Bruna salió del circo y decidió regresar andando: llevaba días sin hacer ejercicio y sentía el cuerpo entumecido y los músculos ansiosos de movimiento. Había anochecido ya y chispeaba. Las aceras mojadas relucían bajo los focos y los tranvías aéreos pasaban iluminados como verbenas, atronadores y vacíos. Cuando llegó a la plaza de Tres de Mayo, que era el lugar en donde había desconectado el móvil, volvió a insertar la célula energética y encendió el aparato. Envió el dinero a Mirari y luego, tras descartar la posibilidad de acercarse al bar de Oli a cenar algo, siguió rumbo a su piso. Iba tan concentrada repasando los datos del caso que no vio venir el ataque hasta el último momento, hasta que escuchó el zumbido y adivinó un movimiento a sus espaldas. Dio un salto lateral y giró en el aire, pero no logró evitar del todo el impacto: la cadena golpeó su antebrazo derecho, que ella había levantado automáticamente como protección. Dolió, aunque eso no le impidió agarrar la cadena y tirar. El tipo que se encontraba en el otro extremo cayó al suelo. Pero no estaba solo. Con una rápida ojeada, Bruna evaluó su situación. Siete atacantes, contando al que acababa de tumbar, que ahora se estaba levantando. Cinco hombres y dos mujeres. Grandes, fuertes, en buena forma. Armados con cadenas y barras de hierro. Y lo peor: desplegados en estrella en torno a ella, tres más cercanos, cuatro un paso más atrás, cuidadosamente colocados para no dejar hueco. Una formación de ataque profesional. No iban a ser contrincantes fáciles. Decidió que intentaría romper el cerco cargando contra el rubio de los pendientes de aro: sudaba y parecía el más nervioso. Y que llevara aros para pelearse era un síntoma de bisoñez: lo primero que haría la detective sería arrancárselos de las orejas de un tirón. Bruna disponía de la cadena como arma y pensó que tenía posibilidades de escapar; pero, aun así, sin duda iba a recibir unos cuantos golpes. Era un encuentro de lo más desagradable.

Todo este análisis apenas le había llevado a la rep unos pocos segundos. El grupo entero seguía sin moverse, en esa perfecta y tensa quietud que precede a una vorágine de violencia. Y entonces una voz cortó el erizado ambiente como un cuchillo caliente corta la mantequilla.

—Policía. Tirad las armas al suelo.

Era Paul Lizard y su voz gruesa y tranquila salía de detrás de un pistolón de plasma.

—No lo voy a repetir. Soltad ahora mismo todos esos hierros.

Los sorprendidos asaltantes dejaron caer las barras y las cadenas produciendo un estruendo formidable.

—Tú también, Husky.

Bruna bufó y abrió la mano.

—¿Y ahora qué vas a hacer, tipo duro? ¿Pegarnos un tiro por la espalda? —dijo una de las mujeres, tal vez la líder del grupo.

Y, como si eso hubiera sido una señal, todos salieron corriendo, cada uno en una dirección distinta.

Lizard los vio alejarse y guardó la pistola. Miró a Bruna con sus ojos de expresión adormilada.

—Te has salvado por poco.

—Hubiera podido con ellos.

—¿De veras?

El tono de Lizard hizo que la rep se sintiera jactanciosa y ridícula.

—Sí que hubiera podido... Es decir, hubiera podido escapar... Aunque seguramente me habría llevado algunos golpes.

—Seguramente.

—Mmmm... Está bien... Gracias —dijo Bruna, y la palabra salió de su boca con explosiva dificultad, como un eructo.

Lizard sonrió. Tenía cara de niño cuando sonreía.

—De nada. ¿Los conocías?

—No. Pero eran profesionales.

—Sí... Tal vez mercenarios pagados por alguien para azuzar los disturbios.

Bruna le miró interesada.

—¿Por qué piensas eso?

El policía se encogió de hombros.

—No sé, estoy viendo demasiadas cosas raras en este repentino furor antitecno.

La detective le observó con atención. Por debajo de los pesados párpados los ojos verdes destellaban vivísimos.

—Hoy han muerto siete personas con la bomba de Nabokov... —empezó a decir Bruna.

—Ocho. Uno de los heridos graves ha fallecido.

—Ocho víctimas, entonces... ¿Tú no odias a los reps, Lizard? Sé sincero. ¿Ni siquiera un poco?

—No.

—¿Y no nos tienes miedo?

—No.

Y Bruna le creyó.

—Vete a casa, Husky. No es la mejor noche para andar paseando.

—Pensé que había despistado a tu chica gordita... No se puede ser una buena *sombra* con tanta carne.

—A ella sí la despistaste. Pero su visibilidad era mi camuflaje. Has caído en un truco de principiante, Husky.

La rep se mordió los labios, mortificada.

—¿Por qué no habéis llevado el cuerpo de Nabokov al Anatómico Forense?

—Ha sido considerado un acto terrorista y las investigaciones antiterroristas están clasificadas como alto secreto. Y el Anatómico Forense, como tú sabes mejor que nadie, tiene demasiadas filtraciones.

Bruna sonrió.

—¿Quieres decir que habéis escondido el cadáver para que yo no pueda enterarme de nada?

El inspector también sonrió.

—Qué vanidosa eres, Husky. Tú no eres la única persona capaz de robar datos. Y además, ¡cuánta desconfianza! No la merezco. Te hice una oferta de colaboración y no me creíste.

—Dime los resultados de la autopsia de Nabokov y te creeré.

Lizard se quedó mirándola. Esos ojos somnolientos y burlones.

—Muy bien. Tendré los resultados mañana. Si quieres, hablamos. Y ahora vete de una vez, Husky.

—¿Vas a volver a seguirme?

—Ha sido muy provechoso para ti que lo hiciera.

—En serio: ¿vas a volver a hacerlo?

—No.

Y Bruna no le creyó.

**Archivo Central de los Estados Unidos de la Tierra
Versión Modificable**

ACCESO ESTRICTAMENTE RESTRINGIDO
SÓLO EDITORES AUTORIZADOS

Madrid, 25 enero 2109, 11:05
Buenos días, Yiannis

> SI NO ERES YIANNIS LIBEROPOULOS,
> ARCHIVERO CENTRAL FT711, ABANDONA
> INMEDIATAMENTE ESTAS PÁGINAS

ACCESO ESTRICTAMENTE RESTRINGIDO
SÓLO EDITORES AUTORIZADOS

> LA INTRUSIÓN NO AUTORIZADA ES UN DELITO
> PENAL QUE PUEDE SER CASTIGADO HASTA
> CON VEINTE AÑOS DE CÁRCEL

Tierras Sumergidas
Etiquetas: calentamiento global, Guerras Robóticas, Plagas, ultradarwinismo, Leyes Demográficas, turismo húmedo.
#002-327
Artículo en edición

Aunque el **calentamiento global** comenzó a deshacer los casquetes polares ya en el siglo xx y el nivel del mar había ido subiendo de forma progresiva durante varias décadas, lo cierto es que sus devastadores efectos sociales parecieron estallar súbitamente en torno a 2040. «Al igual que una rana a la que le vas calentando gradualmente el agua no advierte el problema hasta que se abrasa, la Humanidad no se ha dado cuenta de la catástrofe hasta que no han llegado las muertes masivas», dijo en 2046 el premio Nobel de Medicina Gorka Marlaska.

En realidad ya se habían producido graves disturbios mucho antes, pero fueron considerados hechos aislados y pasaron más o menos inadvertidos porque, por lo general, sucedieron en zonas superpobladas, económicamente deprimidas y tradicionalmente inestables como el desaparecido Bangladesh, país cuyo territorio quedó totalmente cubierto por las aguas, salvo una estrecha franja de montañas en el Este que, tras la época de las **Plagas**, fue absorbida por la India. A finales de 2039, sin embargo, cuando ya se había sumergido entre un 13 y un 14 % de la superficie terrestre, en la zona del delta del Irrawaddy (antigua Birmania) se originó una especie de estampida que, al contrario de lo que había sucedido en otras ocasiones, no quedó confinada en la región, sino que fue prendiendo en otras zonas geográficas y multiplicándose velozmente a lo largo de 2040 hasta convertirse en un fenómeno planetario. Hay que tener en cuenta que las franjas costeras albergaban grandes núcleos urbanos y estaban por lo general densamente pobladas. A medida que el mar fue avanzando, hubo ciudades que desaparecieron por completo, como Venecia, Amsterdam o la isla de Manhattan, mientras que otras quedaron anegadas en parte, como Lisboa, Barcelona o Bombay. Aún más dañina fue la inundación de los deltas más fértiles y de franjas litorales agrícolas densamente pobladas. Cientos de millones de individuos desesperados y hambrientos que lo habían perdido todo fueron ascendiendo, perseguidos por las aguas, hacia tierras más altas. Pero esas tierras altas ya estaban habitadas y a menudo también acosadas por el hambre, dada la pérdida fatal de las mejores tierras cultivables. Los enfrentamientos entre unos y otros arrasaron el globo. Una violencia ciega prendió en todo el mundo y las masacres se sucedieron durante varios años. Se puede decir que fue la primera guerra civil planetaria y ~~debió de ser tan traumática que, curiosamente~~, carece de nombre propiamente dicho. Los historiadores se refieren a ese periodo como las Plagas, porque las feroces y colosales hordas de desplazados fueron comparadas a las plagas de langosta de la maldición bíblica.

Fue un tiempo de caos y no se dispone de datos fiables, pero se calcula que en 2050, al cabo de una década de conflictos, habían muerto dos mil millones de personas a causa de las hambrunas, las enfermedades y la violencia directa. Además hubo otros factores letales a tener en cuenta, como la aparición de los ultradarwinistas. El **ultradarwinismo** fue un movimiento racista y terrorista supuestamente basado en las teorías de Charles Darwin, ~~aunque la inmensa mayoría de la comunidad científica siempre ha rechazado que los ultras tuvieran nada que ver con el evolucionismo~~. Consideraban que la Tierra no podía albergar una población humana tan elevada, cosa que, por otra parte, era una verdad evidente, y sostenían que las Tierras Sumergidas y las subsiguientes Plagas eran un proceso de selección natural provechoso para la Tierra, dado que la mayor mortandad se producía en zonas superpobladas, económicamente depauperadas y, por lo general, habitadas por individuos de origen racial no caucásico, a quienes estos ultras consideraban material humano defectuoso y prescindible. Para agilizar ese supuesto proceso de «limpieza étnica», los ultradarwinistas cometieron innumerables atentados con explosivos convencionales, misiles e incluso cabezas nucleares de corto alcance, hasta que la organización pudo ser finalmente desmantelada en 2052. ~~Por otra parte, está demostrado que los replicantes aprovecharon las Plagas para asesinar humanos impunemente.~~

*****¡Escandalosamente inexacto! Los tecnohumanos ni siquiera habían sido inventados durante el periodo de las Plagas. Quiero dejar constancia de mi preocupación y mi repulsa ante ciertas inclusiones peligrosamente erróneas que estoy encontrando últimamente en los archivos. Recomiendo una investigación interna. Yiannis Liberopoulos, archivero central FT711*****

Aunque lo peor de las Plagas había acabado ya para mediados del siglo XXI, el paisaje político y geográfico quedó tan afectado que el planeta se sumió en un explosivo desequilibrio durante décadas. La **guerra rep** (2060-2063) empeoró la situación ~~demostrando una vez más el pernicioso efecto de los tecnos~~ y la falta de legitimidad de las nuevas fronteras se convirtió en una de las causas desencadenantes de las **Guerras Robóticas** (2079-2090). Este largo periodo de inestabilidad y violencia generalizadas hicieron que la población mundial cayera por debajo de los cuatro mil millones de personas. En el último cuarto del siglo XXI algunos países ya habían comenzado a limitar el número de hijos a sus ciudadanos, pero fue a partir de la **Unificación** (2096) cuando los Estados Unidos de la Tierra decretaron las **Leyes Demográficas** (2101) que regulan los embarazos con el fin de evitar una nueva superpoblación. El objetivo es mantener estable el número de habitantes del planeta en cuatro mil millones, a los que hay que añadir unos mil millones más repartidos entre las dos Tierras Flotantes, Labari y Cosmos. ~~Dado que el 15% de los terrícolas son reps (seiscientos millones de individuos), una ventaja añadida de su exterminio sería poder aumentar sensiblemente la cuota de niños humanos.~~

*****Recomiendo que la investigación interna se realice por la vía de urgencia. Yiannis Liberopoulos, archivero central FT711*****

Fue también a partir de la Unificación cuando el Gobierno Planetario decidió rentabilizar las Tierras Sumergidas. Se crearon diversos lotes con las zonas anegadas más emblemáticas y su gestión fue subastada entre diversas megaempresas de ocio y turismo. Hasta ahora se han abierto una docena de parques temáticos y otros veinte están en construcción. Los consorcios consolidaron las ruinas de las Tierras Sumergidas y crearon islas artificiales para albergar hoteles, restaurantes y demás servicios. Las zonas inundadas pueden visitarse en batiscafo, en burbuja individual subacuática o con equipo de buceo. Hay parques temáticos urbanos, como el famoso Manhattan, o históricos, como el delta del Nilo. Estos populares destinos vacacionales forman el llamado **turismo húmedo**.

Merlín jugaba muy bien al ajedrez. Era un replicante de cálculo y tenía una mente formidable, matemática, musical, un laberinto exacto de centelleantes pensamientos.

—A veces pienso en el animalillo medio salvaje que serías sin mí y me estremezco de horror —le decía en ocasiones, agarrándola por el cogote como quien sujeta a un potro demasiado nervioso.

Merlín hablaba en broma, pero en realidad estaba bastante cerca de la verdad. Bruna pensaba que los dos años que había vivido con él, junto con las posteriores enseñanzas de su amigo Yiannis, la habían convertido en lo que era, una tecno de combate distinta a todos los demás. La vida era una cosa indescifrable y misteriosa, incluso la pequeña y pautada vida de los reps. En realidad esos ingenieros genéticos que se creían dioses no sabían lo que estaban haciendo. Sí, podían potenciar ciertas aptitudes en los tecnohumanos dependiendo de la función para la que eran construidos, pero luego cada rep era diferente y desarrollaba capacidades o defectos que ningún ingeniero había sabido prever en el laboratorio mientras troceaba y mezclaba hélices clonadas de ADN. También Merlín era especial: creativo, imaginativo, con un temperamento juguetón que le predisponía a la felicidad.

Se conocieron cuando ella acababa de licenciarse de la milicia y aún tenía caliente en el bolsillo la paga de asentamiento. De modo que Bruna todavía era joven, mientras que Merlín tenía ya 8/33. Pero vivía sin miedo a la muerte, como si fuera eterno. O como si fuera humano, porque los humanos eran capaces de olvidar que son mortales. Eso fue algo que Bruna no consiguió aprender de su amante.

—¡Husky! ¿Estás aquí? No me estás escuchando en absoluto.

Habib tenía la cara retorcida en un gesto de hastío e impaciencia.

—Perdona. Me distraje un momento pensando...

—Pues piensa en tus ratos libres. Con las cuentas de gastos que estás pasando, por lo menos podrías intentar no hacerme perder el tiempo.

Habib llevaba toda la mañana así, extremadamente nervioso, inflamable, con una agresividad que Bruna nunca le había visto antes.

—Me diste carta blanca con el dinero.

—Y si ofrecieras algún resultado, consideraría la inversión bien empleada. Pero hasta ahora... —gruñó él.

Y lo peor era que no le faltaba razón.

Se encontraban en el piso que habían compartido Myriam Chi y Valo Nabokov. Un apartamento amplio y cómodo pero fríamente funcional, como si la ideología radical no alentara demasiados refinamientos decorativos. O como si no quisieran tener demasiado arraigo con las cosas. Sólo había un detalle personal: una foto de Myriam y Valo, abrazadas, amorosas y sonrientes. Estaba tallada tridimensionalmente a láser dentro de un bloque de cristal. Era el típico recuerdo que se confeccionaba al instante en muchos de los lugares de vacaciones. Merlín y ella también se habían hecho un retrato así en Venecia Park, en un fin de semana de *turismo húmedo* que se regalaron al poco de empezar su relación. Cuando su amante murió, Bruna tiró el vidrio: no podía soportar esa imagen de dicha. Pero ahora, al encontrarse con el retrato de Nabokov y Chi, la cabeza se le había disparado y se había puesto a pensar en Merlín. Cosa que, por lo general, prefería evitar.

Fuera de ese convencional souvenir cristalino, la estancia podría ser el anodino salón de cualquier apartotel. Comparada con ese entorno, la casa de Bruna incluso parecía acogedora. La rep recordó con cierto orgullo las dos copias pictóricas que tenía: *El Hombre de Vitrubio*, de Leonardo da Vinci, y la *Señora escribiendo una carta con su criada*, de Vermeer. Eran unas reproducciones muy buenas, no holográficas sino suprarrealistas, que le habían costado bastante caras.

—Aquí no hay nada. Ya te lo dije —gruñó Habib cerrando los cajones de la cocina.

La policía acababa de desprecintar el piso después de haberlo escudriñado a fondo. Bruna imaginó al enorme Lizard husmeando por allí y la idea le resultó desagradable, más bien abusiva, incluso un poco obscena. A Myriam y a Valo no les hubiera gustado que un humano anduviera revolviendo entre sus cosas. Claro que probablemente tampoco les hubiera gustado que estuvieran ellos dos. Cuando Habib se enteró de que Bruna quería venir a inspeccionar el piso, insistió en acompañarla; y ahora estaba desplegando una actividad frenética y totalmente inútil, porque él no podía saber lo que la rep estaba buscando. De hecho, ni ella lo sabía; pero la experiencia le había enseñado que su inconsciente era más sabio que su conciencia; y que, simplemente mirando, a menudo veía cosas que los demás no veían. Indicios que le saltaban a los ojos como si la estuvieran llamando. De manera que Bruna iba detrás de Habib y volvía a abrir y a revisar todos los cajones y todos los armarios que el hombre acababa de cerrar desdeñosamente. Aunque era verdad que hasta el momento no habían encontrado nada revelador.

Entonces entraron en el dormitorio y Bruna se sintió turbada y conmovida. Éste sí era un cuarto personal, un nido, una guarida, el sanctasanctórum en el que los mortales se refugiaban, creyendo poder protegerse de la desolación del mundo. La cama, enorme, estaba cubierta de primorosos cojines de seda de brillantes colores; y en la pared de enfrente, de parte a parte, se alineaban al menos quince orquídeas blancas plantadas en barrocos tiestos dorados. Gasas color lila flotaban colgando del techo como pendones; y el suelo estaba cubierto por una esponjosa y maravillosa alfombra omaá de un rojo profundo.

—Ah. Vaya. Impresionante —dijo Habib.

Bruna se preguntó cuál de las dos, Myriam o Valo, sería la responsable de esa decoración tan femenina y opulenta. Chi, con sus uñas pintadas... O Nabokov, con sus enormes pechos y sus moños imposibles. Aunque probablemente fuera cosa de ambas... Un mundo íntimo recargado y secreto en el que coincidían. Eso era el amor, en realidad: tener a alguien con quien poder compartir tus rarezas.

—Yo había estado antes en esta casa, claro, pero... no en este cuarto. Uno nunca acaba de conocer a las personas —murmuró Habib.

Sobre la mesa de luz, la huella del infierno vivido: una infinidad de frascos, inyectores subcutáneos, parches dispensadores, pastillas, desinfectantes, apósitos, pomadas. Toda la parafernalia médica, esa sucia marea de remedios inútiles que deja tras de sí la enfermedad. También cuando Merlín murió el cuarto quedó lleno de esta triste basura. Duplomórficos contra el dolor. Antipsicóticos contra los delirios, el desasosiego y la violencia causados por el TTT. Relajantes centrales contra la angustia. Cuando él ya se había ido, todavía quedaban jirones de su sufrimiento pegados a los fármacos. Del mismo modo que ahora se podía seguir el rastro de la agonía de Nabokov en ese batiburrillo de grageas. Bruna sintió un pellizco de horror. Del viejo y conocido horror de siempre, que se desperezaba como un dragón en sus entrañas. Cuatro años, tres meses y diecisiete días. Diecisiete días. Diecisiete días.

Habib estaba a cuatro patas, en el suelo, pasando el dedo por el borde de la gruesa alfombra, a lo largo del exiguo canal entre el tapiz y el muro. Se lo estaba tomando muy en serio, se dijo la rep con cierta burla. A decir verdad, se lo estaba tomando demasiado en serio, pensó después, un poco extrañada. El androide no parecía estar registrando la casa sin más, sino buscando específicamente algo. Esa minuciosidad en la inspección, ese nerviosismo...

—Venganza —exclamó.

—¿Cómo? —preguntó Habib, volviéndose hacia ella.

La detective había hablado en un impulso, en un ciego golpe de intuición, a modo de globo sonda. Miró a los ojos a Habib.

—Venganza. ¿Te dice algo esta palabra?

El hombre frunció el ceño.

—Pues... no mucho. ¿Qué tendría que decirme, Bruna?

Tenía un aspecto absurdo, todavía a cuatro patas, con la cabeza vuelta sobre su hombro para mirarla. Le pareció que de repente estaba demasiado simpático. El androide había utilizado su nombre de pila y además ahora su tono era amistoso, después de haberse comportado toda la mañana de modo insoportable. Bruna desconfió. Le sucedía a menudo, de repente era atravesada por el viento frío de la sospecha. Decidió no contarle lo de los tatuajes. Ése era un secreto entre Lizard y ella.

—No. Nada. Fue algo que dijo Nabokov, aquella última vez que la vi. Venganza. Y luego se marchó a matar y a morir.

Habib se puso en pie y sacudió la cabeza.

—Deliraba. Escucha, Bruna, no sé qué estamos buscando aquí. Yo creo que a Valo no le metieron ninguna memoria. Simplemente estaba muy enferma y loca de dolor por la muerte de Myriam.

La detective asintió. Probablemente el hombre estaba en lo cierto.

—Y otra cosa, Bruna... Discúlpame si estoy un poco... tenso. Dentro de dos días se celebra la asamblea del MRR para elegir al nuevo líder del movimiento. Yo creía que lo tenía fácil, pero han aparecido otros dos androides que optan por el puesto, y están desplegando contra mí la más sucia de las campañas. Me acusan de no intentar esclarecer la muerte de Myriam con suficiente ahínco, me acusan incluso de haberme alegrado de su desaparición para poder ocupar su puesto. Por eso necesito resultados cuanto antes, ¿lo entiendes? ¡Cuanto antes!

—Ya veo. Sobre todo resultados electorales —dijo la rep con cierta sorna.

Habib la miró airado.

—Pues sí, eso también. ¿Te sorprende? Estamos en un momento crítico en la historia de los replicantes y yo sé que puedo ayudar a que la situación mejore, que puedo dirigir al MRR con mano firme en este paso crucial. Yo no me alegré de la muerte de Myriam como dicen esos miserables, desde luego que no, pero quizá fuera en cierto sentido providencial. Porque yo sé lo que hay que hacer. Y creo que lo sé incluso mejor que ella. ¿Acaso es un delito aspirar al liderazgo cuando sabes que eso te va a permitir influir para bien en la sociedad?

Había terminado perorando en tono altisonante. De modo que eso era lo que estaba haciendo a cuatro patas y metiendo el hocico por los rincones: buscar votos. Aunque fuera a costa de la locura de Nabokov, de la sangre de Chi, del horror y el fuego y la violencia. Decepcionante. Miró al enojado Habib con desapego. Como solía decir Yiannis, cuánto lucía la miseria de la gente en cuanto las cosas empezaban a ir mal.

Bruna bajó de la cinta rodante, torció cautelosamente por la avenida y oteó a lo lejos los alrededores de su edificio, mientras se aferraba a una pequeñísima esperanza. Pero no: ahí estaba el omaá, con su corpachón traslúcido y su camiseta ridícula. El paciente cerco del *bicho* estaba convirtiendo las salidas y entradas en un martirio. La noche anterior, al llegar todavía alta de adrenalina tras el encontronazo con los matones de las cadenas, tomó su enorme sombra por la de un asaltante y casi le encajó una patada en los genitales. O en el lugar en donde los terrícolas los tienen. Pero el omaá la esquivó tan fácilmente como si hubiera adivinado su movimiento.

—Soy Maio, soy Maio. Perdona si te he sobresaltado —dijo con su voz rumorosa.

Y la rep casi había lamentado que no fuera un anónimo agresor. El alienígena la sacaba de quicio, la inundaba de una absurda culpabilidad, la obsesionaba, hasta el punto de hacerle pensar dos veces la incomodidad de volver a casa. Ahora mismo, tras acabar el registro del apartamento de Chi, hubiera preferido no regresar. Pero le pareció vergonzoso no atreverse a encarar al alienígena y además estaba Bartolo, a quien no quería dejar demasiado tiempo a solas. De modo que no tuvo más remedio que echar a correr y entrar como una exhalación en el portal, para eludir en lo posible al maldito y perseverante Maio. El alienígena se estaba convirtiendo en un problema.

Superado con éxito el primer omaá, ahora le quedaba enfrentarse al segundo. La androide abrió la puerta de su piso temerosa de lo que podría encontrar. ¿Cómo demonios había sido capaz de complicarse la vida de ese modo? Una vez más, decidió avisar inmediatamente a una protectora de animales y librarse del bubi. Asomó la cabeza con cuidado: el lugar parecía estar en orden. Nada de trajes medio masticados por el suelo. Tranquilizada, entró y cerró la puerta, y entonces vio al tragón, que estaba pegado a la pared del fondo, nerviosísimo y con la cabeza gacha, la perfecta imagen de la culpabilidad. A la rep se le cayó el ánimo a los pies.

—¿Qué has hecho? Has hecho algo malo, ¿verdad?

Bartolo se frotaba con desesperada contrición sus pequeñas manos grises. De pronto Bruna tuvo una intuición horrible y corrió hacia la mesa del rompecabezas. Dio un suspiro de alivio: todo parecía estar bien. Pero un momento... Un momento: faltaba una pieza que había sido extraída de la zona ya resuelta. El hueco era una herida en medio del dibujo.

—¡Te dije que no tocaras el puzle!

El bubi gimoteó.

—¿Qué has hecho con la pieza? ¿Te la has comido, animal idiota?

—Bartolo bueno... —lloriqueó la criatura.

Y echó a correr hacia el dormitorio. Bruna lo siguió y, para su pasmo, encontró el pequeño cartón troquelado encima de la almohada de su cama, justo en medio, meticulosamente colocado. La rep lo cogió: estaba intac-

to, ni siquiera parecía chupado. Sin duda era un mensaje, un aviso, incluso una amenaza, pensó Bruna. Venía a
decir: no me gusta que me abandones y en venganza podría haberte destrozado todo el rompecabezas, pero he
sido magnánimo y no lo he hecho. Era una protesta muy
sofisticada... Algo no demasiado diferente de las cabezas
de perro recién degolladas que solía dejar la mafia china.
La androide intentó disimular la sonrisa que le bailaba
en los labios y se volvió hacia el bubi con un gesto esfor-
zadamente adusto.

—Bartolo solo... —bisbiseó el tragón retorciéndose
los dedos.

—Ya sé, ya sé que te has quedado solo y no te gusta...
Bueno. Vale. Por esta vez te perdono. Pero no vuelvas a
hacerlo.

El animal dio un brinco y se le subió a los brazos:
Bruna sintió su aliento cálido en el cuello. Turbada y
enojada, se arrancó al bubi de encima y lo dejó en el
suelo. Sólo le faltaba encariñarse con una criatura de la
que se iba a desprender inmediatamente.

—¡Y esto tampoco vuelvas a hacerlo nunca más!
¡Nada de subirse y abrazarse!

Y, viendo la compungida cara del tragón, añadió enseguida:

—Venga, que voy a darte algo de comer.

Fue una información que levantó de manera instantánea los ánimos del bubi.

En ese momento entró una llamada de Mirari. El
rostro peculiar de la violinista apareció en pantalla con
los pelos blancos erizados como una corona de espinas.

—Ya está. Te mando un robot. Veinte minutos —dijo,
y cortó.

Siempre tan escueta.

La rep llenó una copa de vino blanco y se dejó caer cansinamente en el sofá frente al ventanal, mientras Bartolo masticaba con sonoro entusiasmo su tazón de cereales. Cuatro años, tres meses y diecisiete días. Tomó un sorbo del vino. El brazo que sostenía la copa mostraba el enroscado verdugón producido por el cadenazo del camorrista y la detective pensó que era una marca simbólica. Los acontecimientos la estaban dejando contusionada, herida. De alguna manera, este caso le había removido más que ningún otro. Se había convertido en algo muy personal.

Empezó a llover. El cielo era un cambiante remolino de ennegrecidas nubes y las gotas golpeaban el cristal de la ventana, sesgadas por el viento. Un día Yiannis le había mostrado a Bruna la vieja y mítica película del siglo xx en donde se hablaba por primera vez de los replicantes. Se titulaba *Blade Runner*. Era una obra extraña y bienintencionada hacia los reps, aunque le resultó algo irritante: los androides tenían poco que ver con la realidad y, por lo general, eran más bien estúpidos, esquemáticos, aniñados y violentos. Por no mencionar a una tecno rubia que daba volteretas como una muñeca articulada. Aun así, en la película había algo profundamente conmovedor. Bruna se había aprendido de memoria el parlamento que decía el rep protagonista antes de fallecer, en la lluviosa azotea: «Yo he visto cosas que vosotros no creeríais. Atacar naves en llamas más allá de Orión. He visto Rayos-C brillar en la oscuridad cerca de la Puerta de Tannhauser. Todos esos momentos se perderán en el tiempo como lágrimas en la lluvia. Es hora de morir.» Y entonces inclinaba la cabeza y moría tan fácilmente. Tan fácilmente. Como un aparato eléctrico que alguien desenchufaba. Sin sufrir el tormento del TTT. Pero sus poderosas palabras reflejaban maravillosamente la inconsistencia de la vida... De esa sutil y hermosa nimiedad que el tiempo deshacía sin dejar huella. Inclinaba la cabeza el rep de *Blade Runner* y moría, mientras la lluvia resbalaba por sus mejillas ocultando quizá sus últimas lágrimas.

Cuando ya estaba cerca de cumplir los 10/35 años, Merlín desapareció. Se marchó. Se mudó a un hotel. Y cuando Bruna por fin consiguió localizarlo y fue a pedirle que regresara, el androide intentó ser lo más desagradable posible para apartarla de él. Pero la detective, que nunca había brillado por su elocuencia, consiguió sin embargo hacerle entender que verle morir en la distancia iba a ser todavía más doloroso. De modo que Merlín volvió, y aún disfrutaron de un par de meses de serenidad antes de que se manifestara el TTT.

Tras la aparición de la enfermedad se fueron a las Highlands, en Escocia. Tierras desnudas quemadas por el viento, riachuelos como hilos de mercurio sobre cauces negros. A los dos les gustaban los lugares remotos, fríos e inhóspitos: una de esas rarezas compartidas que formaban la base del amor. Por eso, cuando Merlín decidió retirarse a la oscuridad como un perro herido, escogió ese rincón lejano. Se instalaron en un pequeño y vetusto *cottage* alquilado que enseguida llenaron con su patético cargamento de instrumental sanitario y medicinas. Olor a enfermedad y tiempo envenenado. El lento y opresivo tiempo de la agonía. La muerte les rondaba como un depredador ensuciándolo todo de sufrimiento, pero Bruna aún recordaba una noche de lluvia con las gotas tamborileando en el cristal igual que ahora. Merlín dormitaba a su lado en la cama, por un momento a salvo de sus padecimientos; y ella, tumbada sobre el cobertor, leía una novela a la luz amarillenta de una pequeña lámpara. De cuando en cuando miraba a su amante: su conocida espalda ahora tan huesuda, sus facciones emaciadas, la barba crecida. Porque las uñas y el pelo seguían creciendo en los moribundos; mientras todo lo demás se colapsaba, esas pequeñas células continuaban tejiendo su sustancia con ciega y desesperada tenacidad vital. Un esfuerzo orgánico inútil que había sombreado las mejillas de Merlín y que hacía que su hermoso rostro pareciera cada vez más demacrado. Poco antes del final, Bruna lo sabía, el perfil de los enfermos se aguzaba, como para poder hender la merodeante oscuridad, para adentrarse como una proa en las tinieblas. Y la cara de su amante ya había empezado a afilarse. Pero estaban juntos y aún estaban vivos; y afuera el viento silbaba y la lluvia susurraba su canto desolado, convirtiendo aquel dormitorio en un refugio. Aquella noche se detuvo el tiempo y hubo una extraña paz en el dolor.

A veces Bruna sentía una pena tan aguda que pensaba que no podría soportarla.

Pero después siempre podía.

Lágrimas en la lluvia. Todo pasaría y todo se olvidaría rápidamente. Incluso el sufrimiento.

Tomó otro sorbo de vino y miró su reproducción de *Señora escribiendo una carta con su criada*. La criada estaba esperando con los brazos cruzados a que su ama acabara de escribir, sin duda para llevarse después la carta. No tenía prisa; mientras aguardaba no estaba obligada a trabajar, era un pequeño descanso en sus labores. Se trataba de una chica joven, de rostro rollizo; permanecía de pie al fondo del cuadro y miraba con tranquilo placer por la ventana, por la que entraba una luz limpia y matinal. Fuera debía de hacer un día hermoso. La muchacha disfrutaba con naturalidad de la alegría del sol, de su juventud y su salud, de la perfecta serenidad de ese momento. La plenitud de la vida en un instante. A Bruna le conmovía ese cuadro porque era como ver un pedazo de tiempo fuera del tiempo. Le hacía sentirse como se sintió aquella noche de lluvia junto a Merlín. Aquella noche, mientras su amante moría, ella fue inmortal. Casi como un humano.

En ese instante el robot mensajero pitó a su puerta y Bruna dio un respingo exagerado: estaba con los nervios a flor de piel. Era un envío de alta seguridad, de manera que tuvo que dejar que el robot le hiciera un reconocimiento de ADN antes de poder recoger el estuche sellado e impermeable. ¿Cómo demonios habría conseguido Mirari su perfil de ADN?, se preguntó la rep, algo molesta: la violinista era una mujer peligrosa. Rompió los precintos y sacó un ordenador de muñeca, una lenteja de datos y una chapa civil tan perfectamente confeccionada que incluso estaba un poco abollada, como si hubiera sido sometida a un largo uso. Introdujo la chapa en el ordenador central y constató que era de una mujer de treinta años llamada Annie Heart, natural de Tavistock, Devon, antigua Gran Bretaña, profesora de robótica aplicada en la Universidad Técnica Asimov de Nueva Barcelona. Después venían los archivos encriptados habituales en donde aparecerían los demás datos de Heart: historial médico, perfil genético, expediente estudiantil, currículo laboral, ficha dental, informes financieros y bancarios, informes de seguridad, incidencias policiales o penales, listado de actividades e intereses y así hasta cerca de cien referencias distintas, que sólo podían ser abiertas si se disponía de las diversas claves de autorización. Ella, naturalmente, como propietaria de la identidad, podría sin duda consultarlas todas. Tendría que estudiarlas con atención para saber quién era esa tal Annie Heart en la que se iba a convertir por unos días, pero antes de hacerlo metió la lenteja en la ranura del ordenador. En la pantalla apareció el rostro de Mirari.

—Sólo aseguro cobertura plena de investigación durante seis días. Mejor cinco, para quedarnos en la zona segura. En cuanto al móvil, te he comprado un mes de uso con un satélite clandestino, así que sólo será no rastreable durante ese tiempo. Mírate el archivo FF3. Creo que he hecho un buen trabajo —dijo.

Y sonrió, una pequeña y pícara sonrisa inesperada en la siempre adusta violinista. La lenteja de datos se apagó. El archivo FF3 era un informe policial. Annie Heart había sido detenida en una manifestación supremacista en Nueva Barcelona tres días antes acusada de haber participado en la paliza sufrida por un tecnohumano. Pero a las pocas horas había sido puesta en libertad porque, aparte del confuso testimonio de la víctima, no se encontraron testigos contra ella, y porque Heart no militaba ni había militado nunca en ningún grupo radical humano y sostuvo que simplemente pasaba por allí. Bruna sonrió: era un detalle perfecto, justo lo que necesitaba. Impecable Mirari.

La rep confirmó en el ordenador que, como le había dicho Habib, el PSH había pedido un PeEfe. Los partidos no recibían ninguna ayuda del Estado; se mantenían por las cuotas de los afiliados y por las donaciones, pero estas últimas estaban estrictamente reguladas y, para recibirlas, había que sacar un Permiso de Financiación. Los PeEfes podían ser de dos, cuatro o seis meses, y durante ese periodo el partido podía solicitar y recibir fondos de particulares o empresas, previo abono de cierta cantidad de dinero a Hacienda. Se suponía que esa suma era para pagar a los inspectores que controlaban las operaciones, pero en realidad era una especie de impuesto indirecto cuya aplicación levantaba muchos resquemores. Que un partido tan reacio a reconocer la legalidad del Estado como el PSH hubiera transigido en pedir un PeEfe indicaba mucha necesidad financiera, o planes inminentes, o ambas cosas. El Permiso de Financiación de los supremacistas era de dos meses y ya sólo les quedaban dos semanas. Probablemente estuvieran ansiosos de rebañar lo más posible antes de que su tiempo se agotara, pensó Bruna. Y eso podía ser muy bueno para ella.

La rep se pasó la hora y media siguiente estudiando los detalles de la identidad falsa y devorando una inmensa ración precocinada de arroz con tofu. Bartolo roncaba. A continuación, Bruna ordenó la casa, hizo la cama, colocó tres piezas del puzle, escuchó un concierto de Brahms. El tragón seguía durmiendo a pierna suelta. Entonces la rep tuvo una súbita intuición: se sentó ante la pantalla principal e introdujo la palabra «Hambre». El archivo que ocupaba el séptimo lugar del listado de respuestas decía así:

HAMBRE
El mejor centro multiocio de Madrid.
Un local polivalente para saciar todo tipo de voracidades.
Avenida Iris, 12. Abierto 24 horas, 365 días al año.

De modo que *Hambre* era el nombre de un garito... De hecho, ahora le parecía que le sonaba vagamente de haberlo visto en los anuncios o en las noticias. Era un *multi-ó*, como se les conocía coloquialmente; un megacentro de entretenimiento que cultivaba diversos registros: restaurantes, bares, discotecas, juegos virtuales, todo con las últimas tecnologías, con el énfasis puesto en lo espectacular y con zonas dedicadas a los gustos de los reps y de los alienígenas. La rep había estado en un *multi-ó* en París. Y fue bastante divertido. Quizá fuera eso lo que quería decir Bartolo; quizá Cata Caín frecuentaba el lugar. No estaría de más darse una vuelta por allí.

Cuatro horas más tarde, Bruna salió de su casa vistiendo el traje lila, uno de sus preferidos, y con el etéreo y luminoso pectoral de oro colgando de su cuello. Iba muy elegante, quizá demasiado, pensó al llegar a la avenida Iris: se trataba de una zona industrial de las afueras de Madrid. El número 12 era una torre circular de seis pisos. Carecía de ventanas salvo la última planta, que estaba ocupada por el restaurante principal, y los muros tenían un revestimiento luminoso y opalino que iba cambiando lentamente de tonalidades. En la azotea, un enorme cartel decía *Hambre* con letras que parecían estar ardiendo: debía de tratarse de algún truco holográfico. Ya era de noche, la hora de la cena, y el enorme vestíbulo del *multi-ó* estaba bastante concurrido por un público variopinto, desde chicos jóvenes que apenas si parecían haber superado la edad del toque de queda a kalinianos con imperdibles hincados en sus mejillas o parejas maduras de aspecto opulento y convencional. Bruna se detuvo ante los paneles de información interactivos y repasó las diversas posibilidades del lugar. Por encima de su cabeza, en una pantalla pública, Inmaculada Cruz, la presidenta regional, discutía furiosamente en el hemiciclo: por lo visto la oposición había presentado una moción de censura contra ella. La situación continuaba cumpliendo su inexorable escalada de crispación.

La detective miró a su alrededor y no consiguió ver a ningún otro tecnohumano. Estaba sola, con su traje elegante y su collar de oro.

Se acercó al hombre joven de cejas afeitadas que ocupaba la mesa de información situada en el centro del vestíbulo y le enseñó una foto de Cata Caín.

—¿Te suena de algo?

—Ah, sí, la pobre Caín... nos quedamos todos horrorizados —contestó el tipo con naturalidad.

—¿Ah, sí? ¿Tan conocida era por aquí? ¿Venía mucho?

—¿Cómo que si venía mucho? Caín trabajaba aquí... en la discoteca lunar.

Bruna frunció el ceño.

—¿De veras? ¿Desde cuándo? ¿Y cómo no ha contado nadie esto? Que yo sepa, Cata tenía un empleo administrativo en una empresa hotelera.

—Bueno, lo de aquí era sólo un trabajo parcial... Echaba una mano en la gestión de la disco... Mantenimiento, intendencia, contabilidad... Llevaba como cuatro meses viniendo algunas horas por las tardes. Hasta que un día dejó de venir. Y dos días después estaba muerta. Pero pregunta en la primera planta, ahí la trataban más...

Siguiendo el consejo del chico, Bruna subió a la disco lunar del primer piso. Arrimó el móvil al ojo cobrador y le cargaron treinta ges: era un local carísimo. Las puertas metálicas se abrieron con un soplido neumático y la rep entró a una especie de balconcillo que dominaba una vasta sala circular. En un extremo estaba la pista de baile; junto a ella, un poco elevada, como suspendida en el aire, la barra fulgurante y opalina, y el resto del lugar estaba cubierto por cómodos sofás flotantes en los que la gente se sentaba o se tumbaba a beber y charlar.

Reinaba una especie de oscura luminosidad, un fulgor contenido, y el decorado imitaba el vacío exterior, con estrellas y planetas girando lentamente en la distancia. Realmente estaba muy bien conseguido: uno se sentía flotando en la negrura del cosmos, y este efecto estaba potenciado por el hecho de que la discoteca poseía una gravedad inferior a la terrestre. Bruna comenzó a descender por una de las dos escalinatas hacia la disco y experimentó la borrachera de la relativa ingravidez, la maravillosa y engañosa ligereza. Pese al nombre del local, sin duda no estaban a una gravedad tan baja como la lunar, que apenas era un sexto de la de la Tierra. Pero sí podían estar a dos tercios. Bruna tuvo que hacer un esfuerzo de control para no salir volando y rodar escaleras abajo.

Se acercó a la barra con mullidas y elásticas zancadas y tuvo que agarrarse al mostrador para pararse. Era divertido. Era muy divertido. Producía una sensación de mareo burbujeante y de impunidad. Como si nada malo pudiera sucederte mientras tu cuerpo pesara tan poco.

La primera copa de vino blanco se la vertió entera encima de la cara porque la levantó con demasiada fuerza, y el ataque de risa le duró unos minutos. El barman acompañó sus risas amablemente, aunque se veía que estaba acostumbrado a esos desastres. Todavía con lágrimas en los ojos, la rep preguntó al empleado por Cata Caín. Parecía una buena persona, contestó el hombre. Tímida, reservada, trabajadora. No tenía amigos. No hacía confidencias. No salía con nadie. No había nada especial que contar sobre ella.

O quizá sí, añadió de repente el barman, echando una disimulada ojeada al extremo de la barra: en un par de ocasiones se tomó una copa con aquella tipa.

Bruna miró. Era una mujer larguirucha, quizá tan alta como ella pero muy delgada, envuelta en una especie de hábito morado y con el pelo lacio partido a la mitad y cayendo a ambos lados de su rostro huesudo. Estaba acodada en una esquina de la barra absorta en la vacua contemplación de su bebida, un trago alto con un líquido rosado fosforescente. La mujer tenía algo tristón y un poco repulsivo. La detective agarró su copa y se acercó a ella.

—Hola.

La otra le lanzó una ojeada más bien hostil y no contestó.

—Me llamo Bruna.

La mujer continuó callada y se las arregló para que ese silencio resultara agresivo. El pelo era lacio porque estaba muy sucio: dos cortinas de pesados cabellos grasientos comiéndole la cara. En el hoyo del escote, un pequeño tatuaje verdinegro: una letra S muy entintada, curvada sobre sí misma, pesada y convulsa. Era grafía labárica, seguro. Y el color morado del informe hábito...

—Eso es una letra de poder... Y tú eres labárica. Nunca pensé que los *únicos* frecuentaran las discotecas terrícolas. Creí que teníais prohibidos estos excesos...

La mujer la miró con gesto iracundo y luego apuró su copa de un solo trago. La bebida pareció serenarla un poco.

—Yo no soy labárica. Ya no. Eh, tú, ponme otra igual.

—Déjame que te invite. Y yo también tomaré lo mismo. ¿Qué es?

—Vodka con grosella irisada y oxitocina. La dosis mayor que permite la ley —dijo el camarero.

—Vaya... no me vendrá mal.

La oxitocina en pequeñas cantidades fomentaba la empatía y el afecto. Por eso la llamaban la droga del amor. Al escuerzo de la melena grasienta también debía de estarle haciendo efecto, porque ahora se la veía más accesible. El barman trajo los dos luminosos vasos altos y la rep se apresuró a beber, con la esperanza de que la mujer la imitase y la droga la ablandara un poco más. Funcionó. Cuando la larguirucha dejó sobre la barra su vaso ya mediado, se giró hacia Bruna y retiró una de las cortinas de pelo que tapaban su cara. Se inclinó un poco hacia delante, mostrando a la rep el lado derecho de su rostro; en la sien había un tercer ojo, o más bien un proyecto de ojo, un globo ocular sin terminar de cubrir del todo por los rudimentarios y paralizados párpados, con el iris y la pupila cegados por una película blanquecino grisácea. Volvió a dejar caer el cabello y se echó para atrás.

—Eres una *mutante* —dijo Bruna.

—Por eso me expulsaron de Labari. Estuve haciendo saltos TP para ellos, estuve trabajando en la mina que el Reino tiene en Potosí, y cuando el desorden atómico me deformó, los *únicos* me echaron de la Tierra Flotante.

—¿Cuántos saltos hiciste?

—Ocho.

—¡Qué barbaridad! ¡Eso es ilegal! ¡Los Acuerdos de Casiopea prohíben teletransportarse más de seis veces!

—Pero el Reino de Labari no firmó los Acuerdos. Allí las personas se tepean indefinidamente. Se supone que el Principio Único Sagrado te defiende de todo mal. Si eres una persona lo suficientemente Pura, el Principio te protege. Los buenos *únicos* no padecen jamás el desorden atómico.

—Eso es una imbecilidad. No es una cuestión de fe, sino de estadística y de ciencia.

—Pues yo me lo creía... y a veces me parece que todavía lo creo... —comentó sombríamente la mujer—. En Labari se usa el desorden TP para los Juicios Sagrados. Si dos personas de las castas superiores, sacerdotes o amos, tienen alguna causa grave que dirimir, se ponen bajo la protección del Principio Único y comienzan a tepearse; y aquel que resulta atacado por el desorden TP es el culpable. Los Juicios Sagrados son públicos y yo he asistido a algunos, y puedo asegurarte que funcionan.

—¿Qué quieres decir con eso de que funcionan?

—Que uno de los contendientes queda indemne y el otro siempre resulta castigado con una deformidad.

—¡Por todas las malditas especies, qué tontería! Los contendientes de esos juicios seguro que saltan y vuelven a saltar hasta que uno de ellos muta, ¿no es así?

—Así es.

—Pues eso no tiene nada que ver con el principio sagrado. Las posibilidades de sufrir el desorden TP se van multiplicando con los saltos. Es pura suerte que le toque a uno antes que al otro, pura y simple suerte. Y en alguna ocasión supongo que los dos contendientes habrán vuelto deformes. A partir del salto número once, la incidencia del desorden es del cien por cien en todos los organismos vivos.

La mujer parecía impresionada. Y aliviada.

—¿De verdad? ¿Del cien por cien?

—¿De dónde sales que ignoras esto? Lo saben hasta los niños de cinco años...

Era una pregunta estúpida, se dio cuenta Bruna nada más formularla, porque conocía la respuesta: el Reino de Labari mantenía a sus súbditos dentro de la desinformación más absoluta.

—Sólo llevo dos meses en la Tierra... —dijo la mujer con aire avergonzado.

Y de pronto la rep experimentó una cálida, intensa corriente de simpatía hacia ella. Una consecuencia de la oxitocina, se recordó a sí misma con esfuerzo; no te equivoques, no pierdas la distancia. No es tu amiga.

—Oye, por cierto... ¿cómo te llamas?

—Sun.

—Sun, creo que conocías a esta mujer... Cata Caín...

La *mutante* miró la imagen del móvil de Bruna.

—Sí... Era una rep. Como tú.

—Erais amigas, ¿no?

Sun bajó la cabeza y concentró la mirada en el pálido fulgor de su bebida.

—Bueno... Tomamos alguna copa juntas. Me parecía curiosa. Sólo he visto reps al llegar aquí abajo. En Labari no hay.

—Ya lo sé.

—Y además me sentía más cómoda con ella. Y contigo. Todos somos monstruos, ¿no?

Un regusto agrio empañó el dulzor afectuoso de la droga. No es mi amiga, se repitió Bruna.

—¿Sabes si Cata tenía miedo de algo? ¿Te comentó alguna cosa extraña? ¿Recuerdas si se veía con alguien más? ¿Quizá con alguien nuevo?

La *mutante* negó con la cabeza, el pelo pegado y tieso balanceándose levemente a ambos lados de la cara como dos pesadas planchas de metal. Pero luego miró hacia el techo, como quien recuerda algo.

—Aunque sí, espera... Ése fue el último día que la vi, creo... No hablé con ella. Pero estaba en una mesa con dos personas.

—¿Humanos?

—No lo sé... Se encontraban lejos y esto está bastante oscuro... Pero estoy casi segura de que por lo menos uno era un androide.

De nuevo el inquietante rastro de los reps. Bruna apuró su copa, le dio las gracias a la mujer y le pagó otro trago antes de despedirse. Pero cuando ya se iba, se volvió hacia ella.

—Por cierto: esa letra que llevas tatuada...

—Es la S de sierva. Pertenezco a la casta servil.

—¿Y eso qué quiere decir exactamente?

—Por encima del esclavo. Por debajo del artesano.

—Es una grafía de poder...

La mujer bajó la cabeza.

—Por eso sigo siendo una sierva. No puedo liberarme.

Bruna gruñó, pulsó su móvil y envió a Sun el nombre y la dirección de Natvel, el esencialista del Mercado de Salud.

—Vete a ver a este... a esta persona de mi parte. Di que te manda Bruna Husky. Natvel te ayudará.

Sun la miró con escepticismo.

—Gracias —dijo.

Pero estaba claro que no iba a hacer nada. Allá ella, no es mi amiga, se dijo una vez más la detective.

—Sólo una cosa más... ¿Tú sabes quién podría informarme sobre la escritura de poder labárica?

—Es una sabiduría muy secreta. Sólo los sacerdotes la dominan. No sé, en la embajada, quizá. Todas las embajadas labáricas son duales. Están regidas por un amo y un sacerdote.

La rep volvió a darle las gracias y se alejó de la barra, aliviada de perder de vista a ese personaje mustio y atormentado.

Caminó, o más bien brincó con ligereza, hasta el borde de la pista de baile, pulida como un espejo e iluminada por una penumbra resplandeciente que le daba cierta apariencia submarina. Al pisar la pista te sumergías en la música; la discoteca utilizaba el novísimo sistema Soundtarget, una tecnología que permitía dirigir el sonido a la perfección: a sólo medio metro de la zona de baile apenas se escuchaba nada. Ahora, con un pie dentro de la pista, la androide se dejó envolver en una vorágine sonora. Cerró los ojos y se quedó allí quieta, de pie, mecida internamente por el ritmo, pero unos golpecitos que alguien le propinó en el hombro le hicieron salir de su pequeño éxtasis. Volvió la cara: era Nopal. Bruna tragó saliva y dio un paso atrás, regresando al silencio.

—Hola, Husky. Qué sorpresa encontrarte aquí —sonrió el memorista.

Y, sin más preámbulos, Pablo Nopal agarró a la androide y se lanzó a la pista a bailar con ella. La música llenó súbitamente los oídos de la rep como agua a presión, un torbellino embriagador de deslumbrantes notas. Bruna detestaba bailar y era incapaz de dejarse llevar, pero ahora no pudo resistirse: Nopal y la melodía la arrastraban, la deshacían en un tumulto de compases. Los primeros pasos fueron bastante desmañados, entorpecidos por el envaramiento de la androide y por el desconcierto de la baja gravedad. Pero poco a poco se fueron adaptando y relajando, poco a poco asumieron el control de sus cuerpos lo suficiente como para poder dejar de controlarse. Ahora ya volaban a través de la pista mecidos por la ingravidez, livianos, hermosos, imposibles en la exactitud de sus movimientos, Nopal y ella de la misma altura, del mismo peso, de esbeltez parecida, el memorista y la rep dando vueltas y vueltas en un vals restallante, *Vals de Masquerade* de Aram Khachaturian, leyó la androide en letras luminosas sobre sus cabezas, y danzaban ceñidos el uno a la otra sin pisarse, sin perderse, como si formaran parte de un solo organismo, libres del mortificante peso terrenal, eternos, milagrosos.

Gimió la rep mientras el vals estallaba en sus venas, los ojos ciegos de luz, la piel ardiendo, gimió de vida y de deseo, sostenida por las cálidas manos del hombre, debilitada por la oxitocina, y miró al memorista con esa mirada única, esa grave mirada que te vacía y te entrega. Pero chocó con el rostro de Nopal, con su expresión firme y transparente, y la androide supo sin ningún género de duda que el escritor y ella jamás tendrían ninguna relación. Entonces enterró su cara, avergonzada, en el hueco del cuello de su pareja, y llevada por la desilusión, por la fiebre y el fuego, clavó sus dientes en el hombro de Nopal hasta notar en su lengua el sabor de la sangre, mientras la música caía como un diluvio sobre ellos. El memorista dio un respingo y reprimió un quejido. Se detuvo un instante y contempló a la rep con entendimiento y sin sorpresa.

—Ay, Bruna, Bruna —musitó.

Y luego la abrazó más fuerte y siguieron bailando.

Volvió a repasar los datos de la falsa chapa civil de Annie Heart y comprobó que se los sabía bastante bien. Estaba lista. Era hora de ponerse en marcha. Bruna se levantó del sillón, dio un pescozón a Bartolo y le sacó de la boca un puñado de servilletas de papel que se estaba comiendo y luego llamó a Yiannis.

—Hola, me gustaría verte, ¿cómo andas de tiempo?

La cara del viejo archivero parecía tensa y excitada.

—Qué bien que has llamado, Bruna, tengo muchas cosas que contarte.

—¿Qué cosas?

—No aquí. En persona.

—¿En el bar de Oli dentro de dos horas?

—Perfecto. Hasta luego.

La rep cortó la transmisión, ordenó a la computadora que pusiera música (la lista de reproducción 037, unos temas hipoacústicos que eran a la vez relajantes y suavemente euforizantes) y luego desencajó el pequeño horno lumínico que tenía empotrado en la cocina. Metió la mano en el hueco y abrió la trampilla que había detrás y que ocultaba la caja secreta en la que guardaba todo aquello que no quería que nadie viese, como, por ejemplo, la pequeña pistola de plasma para la que carecía de permiso. O sus reservas de dermosilicona.

Hacía bastante tiempo que Bruna no se transformaba, pero era algo que siempre se le había dado bien. Lo primero que hizo fue desnudarse; luego calentó un pellizco de dermosilicona hasta que se licuó, y rápidamente extendió esa grasilla sutil y rosada por encima de la línea de tinta que recorría su cuerpo. Probablemente la parte de la espalda quedó peor aplicada, pero a fin de cuentas iba a estar oculta por la ropa. Se colocó con las piernas y los brazos abiertos, igual que el hombre de Vitrubio de Da Vinci, bajo la lámpara de luz ultravioleta, y a los dos minutos la fina película ya se había secado y fundido perfectamente con la piel, ocultando por completo su tatuaje. Ahora sólo podría quitarse la silicona con dermodisolvente. A continuación se colocó las lentillas: escogió unas de color verde oscuro que parecían muy naturales y que camuflaban sus características pupilas felinas. Después vino la peluca, rubia ceniza y autoadherente con el calor del cuerpo, y unas cejas postizas del mismo color y un poco más anchas que las naturales. Redondeó un poco sus mejillas metiéndose en la boca dos prótesis de goma anatómica, y acto seguido se puso una ropa interior con relleno que engrosó sus nalgas y aumentó dos tallas sus pequeños pechos de amazona. Luego vino el maquillaje: un poco exagerado, algo retro, con los labios muy rojos y los ojos resaltados con sombras doradas. Escogió un traje de falda pantalón, un aburrido atuendo convencional que sólo utilizaba en estos casos, y peinó con cuidado el sedoso cabello, que caía hasta los hombros. Se miró en el espejo: lo bueno de tener naturalmente un aspecto tan marcado como el suyo era lo rápido que podía cambiarlo. Sólo había tardado veinticinco minutos en transformarse y ni su madre hubiera podido reconocerla. Si su madre hubiera existido, por supuesto. Estaba tan rubia, tan aparatosamente femenina... ¿Le gustaría más a Nopal si fuera así? El recuerdo del escritor se deslizó por su memoria dejando un rastro de fuego... Pensar en él le resultaba demasiado turbador. Le asqueaban los memoristas y encontraba a Nopal intimidante y ambiguo. Pero la noche anterior, en la disco, en la tibieza de sus brazos, en la excitación de la música y la oxitocina, Bruna se hubiera entregado a él. Sin embargo, él la había rechazado. La rep volvió a sentir el sabor de la sangre de Nopal en sus labios. Sacudió la cabeza, desasosegada y confundida. En realidad preferiría no volver a verle nunca más.

Escogió unos zapatos discretos y cómodos, porque nunca se sabía cuándo había que salir corriendo, y se quitó su chapa civil de la cadena que llevaba al cuello y la sustituyó por la que le había proporcionado Mirari. Luego llenó un bolso de mano con cuanto necesitaba y se dispuso a salir. En ese momento entró una llamada. Miró el indicativo de identidad: era Lizard.

—Maldita sea...

Pasó a modo invisible y contestó. En la pantalla apareció el carnoso rostro del policía.

—¿Husky? ¿Estás ahí?

—Aquí estoy.

—¿Por qué no te dejas ver?

—¿Llamas para darme los resultados de la autopsia de Nabokov?

—¿Por qué no te dejas ver? Según la señal de GPS de tu móvil, estás en casa. ¿Tienes a alguien apuntándote a la cabeza con una pistola de plasma?

—¿Quieres hacer el maldito favor de dejar de rastrearme?

—Lo pregunto en serio, Husky...

Lo dijo con una pequeña sonrisa sardónica bailándole en los labios y, sin embargo, a Bruna le pareció que, al fondo de todo, había cierta preocupación real. Como si el inspector hubiera fingido esa sonrisa para ocultar que, cuando aseguraba hablar en serio, en realidad sí que hablaba en serio. La rep sacudió la cabeza: con Lizard todo parecía estúpidamente complicado.

—Puedes creerme. No pasa nada.

—¿Y entonces por qué no te dejas ver?

Era tan obcecado como un perro de presa. Ya lo había dicho Nopal.

—Porque no quiero que veas el aspecto que tengo.

—¿Por qué?

—Mmmm... digamos que porque hoy no me encuentro lo suficientemente atractiva para ti.

La detective había usado un tono burlón, pero de repente se le cruzó por la cabeza que tal vez se burlaba para ocultar que, cuando hablaba de atraerle, en realidad quería atraerle de verdad. Oh, por todas las malditas especies, masculló Bruna para sí misma, exasperada.

—Escucha, Lizard, no tengo tiempo para tonterías. Si no vas a decirme nada, me voy.

El policía se frotó la sólida mandíbula.

—En realidad sí que tengo cosas que contarte. Pero espera un momento...

Se inclinó hacia delante y la imagen desapareció.

—¿Lizard?

—Aquí sigo. Es que no me gusta estar en desigualdad de condiciones.

Había pasado él también al modo invisible. Maldito orgulloso cabezota, se dijo Bruna.

—Por mí, perfecto. Como si quieres enviarme un robot mensajero —rezongó, desdeñosa.

Pero lo cierto era que le fastidiaba un poco no verle la cara.

—El cuerpo de Nabokov quedó demasiado destrozado por el explosivo. Ni siquiera se puede establecer si llevaba una memoria artificial o no. Estaba en fase terminal del TTT y tenía metástasis cerebral masiva, de manera que su comportamiento bien pudo ser debido a la enfermedad.

—Esto ya lo sabíamos. ¿Es todo lo que tienes que contarme?

—Casi todo.

Hubo un silencio durante el cual la detective no pudo dejar de mirar la pantalla vacía, como si la borrosa bruma de píxeles fuera a revelarle un importante secreto.

—Hemos encontrado algo en el piso de Nabokov y de Chi.

Bruna volvió a ver en su imaginación el masivo corpachón de Lizard rebuscando entre las vaporosas gasas lilas del dormitorio. Una escena desagradable.

—Era una lenteja de datos disimulada debajo de la piedra de un anillo. Un escondite ingenioso. Tal vez no la hubiéramos encontrado nunca si el mecanismo de la piedra no hubiera estado mal cerrado. Al mover el anillo, la lenteja cayó al suelo.

—¿Y...?

—Es una especie de panfleto supremacista. No cita para nada al partido de Hericio, sino que dice hablar en nombre de un vago panhumanismo. Aseguran tener un plan para exterminar a los reps, y lo más importante es que hay imágenes de todas las víctimas, incluso de Chi, mostrando el tatuaje con la palabra venganza. De modo que la lenteja parece haber sido grabada por los asesinos.

Bruna frunció el ceño, intentando encajar este nuevo dato.

—¿Y tú por qué crees que Nabokov tenía eso, Lizard?

—No sé. Pero pienso que alguien se lo pudo hacer llegar para calentarle la cabeza.

Era una buena hipótesis. Si Nabokov vio esa basura estando tan enferma como estaba, su violenta reacción resultaba más comprensible, pensó la detective.

—Por eso me habló de venganza cuando nos vimos...

—Por cierto, el forense tampoco pudo determinar si Nabokov llevaba tatuada alguna palabra. En lo que queda de ella no hay nada.

—Están hechos con escritura de poder labárica. Los tatuajes, digo.

Bruna se quedó un poco sorprendida de sí misma. Asombrada de la facilidad con que le había dado el dato al inspector. Claro que el hecho de que alguien te salvara de una paliza solía crear cierta confianza. Dudó apenas un instante y luego le contó a Lizard todo cuanto sabía. Le habló de Natvel, y del segundo empleo que Caín tenía en *Hambre*, y de lo que le había dicho la *mutante* del tercer ojo. Le dijo todo, en fin, menos que se había disfrazado de humana y que se disponía a infiltrarse en el PSH. No le pareció prudente revelar que estaba transgrediendo un montón de leyes.

—Tú, que tienes un cargo oficial en la investigación, podrías exigirle al sacerdote de la embajada labárica que te informe sobre el tatuaje de las víctimas...

—No es mala idea, Husky.

—Por cierto, ¿pasaste el programa de reconocimiento a los dos reps muertos para ver si coincidían con el ojo del cuchillo?

—Sí, lo hice. Y no. No coincidían. No eran ellos. También pasé el programa anatómico por ti, a ver si eras tú.

Bruna contempló la pantalla vacía con indignación. Unos segundos después volvió a escucharse la voz tranquila y gruesa del hombre.

—Pero tú tampoco coincidías.

Gracias por la confianza, pensó la rep.

—Vaya, es una buena noticia —dijo gélidamente—. Te dejo, Lizard. Tengo trabajo.

No hubo respuesta. La pantalla zumbaba débilmente. ¿Habría colgado sin siquiera despedirse? Pero la luz verde de conexión seguía encendida.

—¿Lizard?

Entonces volvió a escucharse la voz del hombre. Lenta, enmarañada, densa.

—Ten cuidado, Husky.

Y colgó. La rep frunció el ceño: era como si el policía supiera algo. Como si intuyera algo. Resopló, desechando los pensamientos incómodos. La larga conversación la había retrasado; iba a llegar tarde a la cita con Yiannis. Se quitó el móvil de la muñeca y le sacó la pila. Luego se ajustó el móvil no rastreable y, al encenderlo, vio que la pantalla saludaba a Annie Heart: Mirari pensaba en todo. Metió el ordenador apagado en el bolso y salió corriendo de su casa. Mientras bajaba en el ascensor, se dijo con cierto regocijo que, por lo menos, en esa ocasión el *bicho* no se iba a enterar de que ella era ella. Pero cuando pasó delante de Maio, el alienígena la miró con sus ojos tristones y dijo:

—Ten mucho cuidado, Bruna.

La frase poseía una suavidad acuosa, pero restalló estridentemente en los oídos de la rep: por todas las malditas especies, ¿entonces su disfraz no servía para nada? ¿Y por qué le recomendaba cuidado ese anormal? ¿También sospechaba algo, como Lizard?

Furiosa, paró un taxi y dio la dirección del bar de Oli. Aquí y allá, en las esquinas, se veían parejas de soldados en actitud vigilante. Ningún androide de combate, sólo humanos. Lo cual era bastante poco usual.

—Desde que han sacado al Ejército, parece que las cosas están un poco más tranquilas. Menos mal —comentó el conductor.

La detective soltó un gruñido de aquiescencia poco alentador: detestaba las vagas conversaciones con los taxistas. El hombre se volvió hacia ella.

—Eso sí, por lo menos los disturbios han hecho que desaparezcan los malditos reps. ¡No hay ni uno por las calles! Da gusto, ¿no? —dijo, guiñando un ojo con complicidad.

Bruna pensó: qué ganas de cruzarle la cara. Pensó: esto quiere decir que mi disfraz funciona. Pensó: reprímete la furia, disimula. Pero algo debía de notársele, porque el conductor reculó un poco.

—Bueno, yo no es que les desee mal, entiéndeme, no quiero que los linchen ni cosas de ésas, pero ¿por qué no se van y nos dejan en paz? Que se construyan una tierra flotante. Por cierto, ahí tienes a los de Cosmos y Labari, que no dejan que vayan tecnos a sus mundos. Ellos sí que son listos. ¿Y por qué nosotros sí los admitimos? Porque somos unos calzonazos. Porque tenemos un gobierno de chuparreps y calzonazos.

El taxista tenía puesto el piloto automático y seguía asomado por encima del respaldo soltando su perorata xenófoba y especista. Bruna pensó: quiero estrangularlo. Pensó: concéntrate en recordar que tu disfraz funciona.

Pensó: cuatro años, tres meses y dieciséis días, dieciséis días, dieciséis días...

Entró en el bar frustrada y nerviosa. La gorda Oliar la miró valorativamente con los párpados entrecerrados, como siempre hacía con un nuevo cliente. La detective vio que la mulata anotaba mentalmente los llamativos cardenales que la cadena había dejado en su antebrazo y que la rep había optado por no cubrir. No se le escapaba nada a la gran Oli.

—Hola. ¿Qué te sirvo?

—Vodka con limón natural y dos piedras de hielo.

Dijo el primer trago que se le ocurrió, algo muy definido y a la vez totalmente ajeno a sus gustos habituales, para reforzar el camuflaje. Obviamente la mujer no la había reconocido. Se sintió optimista. Agarró el vaso y caminó hasta el fondo de la barra, donde ya la estaba esperando el archivero.

—Hola. Creo que te conozco de algo —dijo Bruna, sonriendo.

Yiannis la miró de arriba abajo con escaso interés.

—Pues no sé. Yo creo que no. No me suenas nada.

—Y yo te digo que sí. Tú eres Yiannis Liberopoulos.

El viejo se enderezó, extrañado.

—Sí lo soy, pero...

—Yiannis, Yiannis, ¿de verdad no sabes quién soy?

Hasta entonces, Bruna había estado forzando un poco la gravedad de su tono, pero esta última frase la dijo con su voz normal. El hombre abrió desmesuradamente boca y ojos en una perfecta caricatura de la sorpresa.

—¡Bruna! No puede ser. ¿Eres Bruna?

La rep rió.

—Chis, no hables tan alto... Veo que mi disfraz funciona... Yiannis, quiero que sepas adónde voy por si sucede algo... Pretendo infiltrarme en el PSH... Iré al Saturno, el bar que me dijo RoyRoy, e intentaré conseguir una cita con Hericio.

Oli se acercó con un trapo en la mano y, mientras aparentaba limpiar el mostrador, preguntó:

—¿Todo bien por aquí, Yiannis?

—Todo bien.

La mulata se alejó y Bruna miró con afecto su espalda monumental. La gran gallina clueca siempre al cuidado de sus polluelos.

—Me parece muy peligroso, Bruna. Muy peligroso. ¿Estás segura de lo que haces? —susurró el viejo con ansiedad.

—Totalmente segura. Y no añadas ni una palabra más, Yiannis, o no volveré a decirte nunca nada.

El archivero torció el gesto pero calló, porque la conocía demasiado. La rep suspiró. De hecho, ella misma no tenía tan claro lo que iba a hacer. Infiltrarse ahora entre los supremacistas parecía una temeridad y tal vez fuera un riesgo desproporcionado y sin sentido. Claro que a lo peor era justamente ese riesgo lo que estaba buscando, reflexionó Bruna; quizá al ponerse en peligro apaciguaba su culpabilidad de superviviente y su desesperación de condenada a muerte. Matarse antes, joven como Aquiles, y así ahorrarse el horror del TTT. La rep sacudió la cabeza para dejar escapar ese molesto pensamiento, para hacerlo ligero como un globo y desembarazarse de él, y su rubia melena biosintética le rozó los hombros. Fue una sensación imprevista y desagradable que le provocó un escalofrío.

—Yo también quería contarte algo, Bruna. Lo llevo

viendo desde hace algún tiempo, pero cada vez es peor. Y esta mañana ya ha sido algo verdaderamente escandaloso. He pedido una investigación oficial.

—¿De qué hablas, Yiannis?

—Del Archivo. Alguien está manipulando los documentos, alguien está falseando los datos para azuzar la revuelta contra los tecnohumanos.

Los archiveros centrales estaban sometidos a una rigurosa cláusula de confidencialidad que les impedía hablar de su trabajo, y el viejo Yiannis, que era un hombre meticuloso y algo maniático, siempre había cumplido este precepto a rajatabla. Pero ahora estaba tan preocupado por la deriva de los acontecimientos que, por una vez, se sintió liberado de sus obligaciones, o más bien deudor de una obligación todavía mayor. De modo que explicó a la rep las burdas alteraciones que estaba encontrando en los artículos.

—Y por eso he pedido una investigación urgente.

—¿Y qué te han contestado?

—No me han contestado nada todavía.

—Vaya.

Era preocupante, desde luego. Mercenarios, manifestaciones espontáneas que parecían cuidadosamente organizadas, connivencia de los medios informativos... Y ahora también el Archivo. Tantos flancos al mismo tiempo. Era como un baile, una danza siniestra bien ensayada. Viniendo hacia el bar de Oli, Bruna se había fijado en las pantallas públicas: nueve de cada diez mensajes eran diatribas contra los reps en diversos grados de furor e intransigencia. Algunas declaraciones eran tan violentas que tan sólo un mes antes hubieran sido censuradas por el Ministerio de Convivencia. Rememoró un par de venenosos alegatos y la boca le supo a hiel: tuvo que hacer un esfuerzo de reflexión y mirar a Yiannis y a Oli para no sentirse inundada por el odio a los humanos. Además la rep sabía bien que las pantallas públicas, pese a su nombre, no eran públicas en absoluto: los ciudadanos tenían que pagar una cuota mensual para poder subir sus imágenes y sus mensajes. Era una empresa privada, perfectamente controlable y manipulable. Una empresa que cualquiera podría contratar y utilizar para hacer una campaña de intoxicación. Bruna no podía, no quería creer que nueve de cada diez humanos desearan aniquilarla.

—Y otra cosa... A RoyRoy le han matado un hijo —añadió Yiannis.

—¿Los supremacistas? —preguntó la detective, espantada.

—¿Qué tienen que ver los supremacistas? —dijo el archivero, desconcertado.

Yiannis y Bruna se miraron unos instantes en silencio, confundidos. ¿Cómo se podía confiar en la comunicación entre especies, si ni siquiera los amigos podían entenderse?, pensó la androide con desazón.

—No, no, Bruna, perdona, no tiene ninguna relación con lo que hablábamos antes... Digo que RoyRoy también ha perdido un hijo.

También. Claro. El archivero estaba haciéndole una confidencia personal y ella no se había dado cuenta.

—Un chico de dieciséis años. Recibió un disparo por error en un operativo policial. Pasó por en medio casualmente y le reventaron la cabeza. Pobre RoyRoy. Ésa es su tristeza, sabes. Esa pena que siempre se le nota por debajo de todo. Fue hace mucho tiempo, pero eso nunca se acaba.

Le gusta, pensó la androide con sorpresa. La rep tuvo

la súbita intuición, no del todo agradable, de que al viejo Yiannis le gustaba la mujer-anuncio. Claro. Otra madre sufriente, otro hijo malogrado. En los meses posteriores al fallecimiento de Merlín, cuando Bruna estaba perdida y desolada, Yiannis la había recogido en su casa, la había cuidado, había conseguido ponerla de nuevo en pie. La androide le estaba enormemente agradecida por sus desvelos, pero siempre había tenido la inquietante sospecha de que su amistad estaba basada en el dolor del duelo; que Yiannis había hecho de su vida un templo en memoria de su hijo, y que lo que más le atraía de Bruna era su sufrimiento por la pérdida de Merlín. Como si pudieran compartir el agujero. Pero la androide no quería dedicar su corta vida al recuerdo. Que Yiannis se amigara con RoyRoy, que intercambiaran sus penas, que construyeran juntos una inmensa catedral en honor de los hijos que perdieron. A ella le daba igual.

—Ya ves, Bruna, cada cual va arrastrando su pequeño fardo. A veces me parece que los humanos... y los tecnos, desde luego... que somos como hormigas, todas caminando con el peso abrumador de nuestras vidas sobre la cabeza.

La rep detestó su tono de autoconmiseración.

—Pero tú un día me dijiste que la diferencia reside en lo que uno haga con eso —refunfuñó la rep.

No soportaba ver al archivero tan plañidero, tan obvio, tan adolescente. Enamorarse atonta, pensó con cierto rencor.

Yiannis suspiró.

—Sí... supongo que todo depende de lo que hagas.

Unos minutos más tarde, cuando Bruna salió del bar, todavía se encontraba un poco irritada: siempre había creído que su amigo estaba tan cerrado como ella a las veleidades sentimentales. Una vez más, volvió a sentirse extraña. Diferente a todos. Rara también incluso entre los reps. Un auténtico monstruo, como decían los supremacistas. Pero un momento, ¡un momento! Ahora era ella quien estaba cayendo en la autocompasión. Por el gran Morlay. Era un maldito vicio blando y contagioso.

Alta y cimbreante, con sus curvas neumáticas convencionalmente ceñidas por el traje y la melena rubia flotando sobre los hombros, la detective no pasó inadvertida cuando entró en el Saturno, que resultó ser un bar de estilo retro, con veladores de mármol y apliques seudomodernistas. Un ambiente adecuadamente arcaico para tipos retrógrados. Eran las ocho de la tarde y el local estaba medio lleno: todos humanos, más hombres que mujeres, la mayoría jóvenes. Bruna dio una lenta vuelta por el bar, como si estuviera dudando sobre el sitio en el que instalarse, mientras estudiaba disimuladamente al personal y se dejaba ver. Cuando estuvo segura de que absolutamente todos los presentes se habían dado cuenta de su llegada, se sentó en una mesa próxima a la puerta y pidió de nuevo un vodka con limón natural y dos piedras de hielo: le gustaba desarrollar la personalidad ficticia de sus camuflajes y ser fiel a los menores detalles hasta casi llegar a creérselos. Ahora, por ejemplo, empezaba a sentir que no había otro trago mejor que el vodka con limón. Dio un sorbo a la copa que le trajo el robot y atisbó alrededor a través de la veladura de sus pestañas. Un par de mujeres y media docena de hombres estaban contemplándola con ojos golosos, intentando atrapar su mirada e iniciar algún tipo de intercambio. Tras un breve análisis, decidió que ninguno parecía muy útil, aunque dos de los jóvenes formaban parte de un grupo bastante prometedor que estaba sentado en torno a un par de veladores. En ese momento, uno de los dos chicos se levantó y vino hacia ella, contoneante y retador como un tonto gallito. Se detuvo de pie junto a la mesa.

—Eres nueva por aquí —afirmó.

—Sí.

El tipo agarró una silla y se sentó confianzudo.

—Te diré lo que vamos a hacer: nos vamos a tomar otra copa, una ronda a la que invito yo, y mientras tanto me cuentas quién eres —dijo.

—Te diré lo que tú vas a hacer —contestó Bruna—. Vas a volver a tu mesa, y vas a decirle a ese hombre moreno del chaleco verde que me gustaría hablar con él.

El hombre del chaleco tenía unos cuantos años más y parecía ser el de mayor autoridad dentro del grupo. Era esa sensación de estricta jerarquización lo que le había hecho intuir a Bruna que podían ser supremacistas militantes.

—¿Y por qué demonios crees que voy a obedecerte? —dijo el chico, sulfurado.

—Porque, si no lo haces, es posible que el hombre del chaleco verde se cabree contigo.

El joven resopló, furioso, pero se levantó como un cordero y fue directo a su mesa a dar el recado. He aquí un chico que sabe obedecer, pensó la rep.

El tipo de verde escuchó el mensaje y se tomó su tiempo. Mejor, se dijo Bruna: cuanto más tiempo, más alto debe de estar en la escala de mando. Vio que el hombre pedía algo al robot, y ella encargó también otro vodka. Cinco minutos más tarde, tras haberle dado un par de sorbos a su nueva cerveza, el individuo del chaleco se levantó y se acercó a ella.

—Tú dirás...

Era bajito y malencarado, todo lleno de músculos, probablemente implantes de silicona. Bruna sonrió. Ella era rubia, ella era curvilínea, ella era una retrógrada. ¿Cómo sonríen las rubias ultrafemeninas y ultraconvencionales? Desde luego, no con llamas en los ojos, como Bruna, sino con una ofrenda, una húmeda blandura, evidenciando que la boca es otra oquedad. Una sumisión prometedora. Bruna-Annie sonrió coquetamente y dijo:

—Verás, me han dicho que en este bar se reúne la gente del PSH, y evidentemente tú eres la persona más importante que hay ahora mismo en el local. Por eso creo que puedes ayudarme. Quiero conseguir una cita con Hericio.

El hombre arrugó cómicamente la cara, atrapado entre dos emociones opuestas: el halago personal y el recelo ante la demanda. Dubitativo, se dejó caer en la misma silla que había usado el chico antes.

—Imaginemos por un momento que soy del PSH. ¿Por qué quieres ver a Hericio?

—Porque es el único que parece saber qué hacer en estos momentos de peligro y de insensatez. Porque estamos condenados al desastre en manos de un gobierno de inútiles chuparreps. Porque, como todas las personas de bien, veo el abismo al que nos estamos dirigiendo si no le ponemos remedio. Porque quiero colaborar en la defensa de la Humanidad, que es lo que está en juego, nada más y nada menos... —clamó enfáticamente.

Y luego, en un rapto de suprema inspiración, añadió:

—Porque no quiero dejarle a mi futuro hijo el legado de un mundo corrupto, pervertido y abyecto...

Y sonrió con su expresión más maternal y desvalida.

La soflama de Bruna-Annie pareció hacer cierta mella en el hombre, que se rascó dubitativo el mentón, es decir, los implantes del mentón, que le proporcionaban una mandíbula de aspecto más viril y poderoso. Los bíceps de silicona subían y bajaban como pelotas de tenis bajo el blando pellejo de sus brazos. Pero de todos modos no estaba convencido todavía.

—Ya. Y tú de repente apareces ahora de la nada, diciendo todas esas bellas palabras, y quieres que te creamos. ¿De dónde sales? ¿Quién demonios eres? No te he visto nunca por aquí ni por ninguna de nuestras actividades.

—Nací en la región británica, pero vivo en Nueva Barcelona. Toma, te paso mi número civil. Hace tres días acudí a una manifestación supremacista y me detuvieron acusada de agredir a un rep. Al final me dejaron ir por falta de pruebas. Pero soy profesora de universidad y no puedo permitirme ese tipo de cosas o me echarán de la docencia... ya sabes que son muy rígidos con eso. Por eso he venido a Madrid a ofrecer mi ayuda. Mejor actuar aquí y vivir en Nueva Barcelona. Que lo que haga tu mano derecha no lo sepa la izquierda.

El hombre asintió.

—Pero para colaborar en la causa no necesitas ver a Hericio. Yo soy Serra, uno de sus lugartenientes. ¿No te basta conmigo?

Bruna intentó poner cara de gatita, rebajar su habitual expresión de tigre a simple minino. Los rellenos de mofletes ayudaban porque redondeaban su boca en un gesto pavisoso.

—Me encanta no haberme equivocado... Sabía que eras alguien importante, eso se nota. Sin embargo, de todos modos necesito hablar con Hericio. Porque estoy pensando en hacer una donación al partido. Sé que estáis en un periodo de PeEfe. Pues bien, yo quiero dar algún dinero para la causa. Pero deseo estar segura de que Hericio es de verdad como parece ser. De que nos mueven las mismas ideas.

Serra cabeceó. Mencionar el dinero pareció resolver bastantes de sus dudas.

—Está bien. Veré lo que puedo hacer. ¿Dónde te puedo localizar?

—Estaré en el Majestic. Pero sólo tres días.

—Tendrás noticias —dijo.

Y se alejó, las pelotas de tenis retemblando como una gelatina a cada paso.

Al poco de salir a la calle, Bruna advirtió que la estaban siguiendo. Ya había supuesto que le pondrían una *sombra* y procuró facilitarle la tarea porque era una *sombra* muy mala, uno de los chicos jóvenes que estaban con el hombre del chaleco. Tan torpe, la pobre criatura, que casi le dieron ganas de decirle que llamara a Lizard, para que le diera unas cuantas clases sobre cómo perseguir a alguien sin ser visto.

Entró en el hotel Majestic y pidió una habitación a nombre de Annie Heart. El Majestic era un establecimiento de mediados del siglo XXI que había sido recientemente revocado y convertido en un cuatro estrellas de gama baja. Bruna había estado alojada en él cuando llegó a Madrid y, como siempre hacía, había tomado nota de sus posibilidades. Subió a su cuarto, que estaba en el último piso, y verificó que todo seguía siendo como recordaba: si estabas registrado en el hotel y tenías una llave, podías descender hasta la calle por las escaleras de emergencia, que se encontraban en el exterior del edificio, en la parte de atrás, dando a un parque-pulmón en el que casi nunca había nadie. Dejó la bolsa en la habitación y bajó al bar, que estaba medio lleno. Eran las once de la noche y tenía hambre. Pidió un sándwich gigante de auténtico pollo y un vodka con limón natural y dos piedras de hielo, aunque las dos copas que había tomado antes con el estómago vacío le habían dejado un zumbido desagradable en la cabeza. Pero la coherencia era la coherencia. Vio al fondo del local a su *sombra*, disimulando fatal detrás de una pantalla interactiva, y decidió dedicarle una buena actuación. En ese momento entraron en el bar dos apocalípticos repartiendo panfletos y haciendo campaña.

—Hermanos, escuchad la palabra. Estáis aquí perdiendo en el alcohol y el aturdimiento vuestro bien más precioso, que es la vida... El mundo se acaba dentro de una semana... ¡No cerréis vuestra mente a la Verdad!

Hubo un vago rumor de fastidio y la barman se apresuró a salir de detrás del mostrador para echarlos, cosa que logró con facilidad. Eran unos iluminados bastante mansos. Bruna tragó el pedazo de sándwich que tenía en la boca y habló en voz alta, lo suficientemente alta como para ser oída en todo el local, aprovechando la momentánea atención que había suscitado el asunto de los apocalípticos.

—Os parecerán unos chiflados, y desde luego lo son. Pero es verdad que el mundo se está acabando. Es decir, el mundo que conocemos. ¿Queréis dejar que esos engendros tecnológicos terminen con los seres humanos? ¡Los reps son nuestras criaturas! ¡Nuestros artefactos! ¡Los hemos hecho nosotros! ¿Y ahora vamos a dejarles que nos exterminen? ¡Son nuestra equivocación! ¡Pongamos fin a este peligroso error!

Al extremo de la barra sonaron unos pocos aplausos. Fue un éxito que hizo que Bruna sintiera subir a su boca un sabor a hiel. Se le había quitado el hambre por completo, así que pagó y, fingiéndose un poco más beoda de lo que estaba, subió a su habitación, aparentemente para dormir.

Pero todavía le quedaba algo que hacer. Se arrancó la peluca y las cejas; prescindió de los rellenos y se desnudó; abrió el bolso, sacó el disolvente y limpió la silicona dérmica que cubría su tatuaje. A continuación se quitó las lentillas y el maquillaje y tomó una rápida ducha de vapor. Suspiró de alivio al reencontrarse con Bruna en el espejo empañado. Tras vestirse con su ropa normal, un mono de látex de color violeta oscuro, guardó los útiles para disfrazarse y salió al pasillo extremando el sigilo. Cruzó el corredor desierto y, utilizando la llave del cuarto, abrió la puerta de servicio que comunicaba con la salida de emergencia. Eran las doce y media de la noche, estaba en un piso catorce y en la plataforma metálica exterior soplaba un desagradable viento frío que erizaba su piel aún humedecida por la ducha. Volvió a aplicar el chip de su llave al ojo inteligente que controlaba la escalera de emergencia, y los peldaños se fueron desplegando rápidamente a medida que ella iba bajando, produciendo un chirrido metálico inquietante que podría haberla delatado. Menos mal que los tintineos del cercano parque-pulmón servían de camuflaje. Bruna no había pensado en eso, ni en el ruido de la escalera ni en la inesperada ayuda de los árboles artificiales. Le irritó su imprevisión: estaba demasiado cansada para razonar bien. Menos mal que esta vez había tenido suerte.

Llegó abajo, saltó a la calle y la escala se replegó encima de ella: las llaves sólo servían para bajar, nunca para subir. Por eso la androide se veía obligada a hacer lo que ahora iba a hacer. Dio la vuelta a la manzana, entró en el Majestic, se dirigió a la recepción y pidió una habitación. El encargado, un hombre pálido de mejillas huesudas, se quedó mirándola con una expresión extraña. En un relámpago de intuición, Bruna pensó: me va a decir que el hotel está lleno. La androide se sintió temida, se sintió odiada, más temida y más odiada que nunca. Se sintió segregada, y una súbita y angustiosa premonición le hizo imaginar un mundo así, una Tierra en la que los reps no pudieran entrar en los hoteles ni viajar en los mismos trams ni mezclarse con los humanos. Una gota de sudor frío resbaló por su cráneo, en paralelo a la línea del tatuaje. Y en ese momento, justo cuando la inmovilidad del recepcionista empezaba a resultar anormal, el hombre rompió su quietud de piedra, carraspeó con incomodidad y le pidió a Bruna sus datos para poder inscribirla. No se había atrevido, se dijo la androide; probablemente le había pasado por la cabeza la idea que rechazarla, pero no se atrevió. Todavía seguía siendo ilegal la discriminación entre las especies.

La alojaron en el piso doce, dos por debajo de Annie Heart, y la rep subió hasta su nuevo cuarto, en el que se había registrado con su verdadero nombre, arrastrando los pies y un vago desconsuelo. Entró en la habitación y se dejó caer de espaldas sobre la cama, sintiendo de repente todo el agotamiento de ese día demasiado largo. El cansancio se acumulaba en sus músculos, en la parte inferior de sus piernas y sus brazos, como si la fatiga fuera agua y pesara en su cuerpo, aplastándola contra la colcha. Por un instante estuvo tentada de cerrar los ojos y dormir allí mismo, pero sabía que era mejor que volviera a casa. Con un esfuerzo de voluntad, giró en el lecho y engurruñó el cobertor y las sábanas para que los robots de la limpieza tuvieran algo que hacer a la mañana siguiente. Luego se levantó, agarró sus bártulos y volvió a dejar el edificio por la escalera de emergencia.

Caminó un par de manzanas para que no pudieran relacionarla con el hotel y para verificar que no estaba siendo seguida, y después tomó un taxi: estaba demasiado cansada para hacer economías. Bajó frente a su puerta y ahí se encontraba el alienígena, como siempre, en mitad de la noche, en la inmensa soledad de su corpachón. Y de su diferencia. La rep volvió a sentir que la congoja subía por su garganta y se la cerraba. Pobre Maio. Pobre Nabokov. Pobres víctimas de Nabokov. Pobres todos. Cruzó frente al *bicho* sin querer mirarlo y se apresuró a poner su huella en la cerradura para abrir el portal. Debía de tener los dedos manchados de silicona cosmética, porque tuvo que repetir el gesto varias veces. El malestar crecía en su interior y ya se estaba convirtiendo en un dolor de pecho. Cuatro años, tres meses y dieciséis días, pensó, como quien musita una jaculatoria. Un mantra privado para momentos de angustia. Cuatro años, tres meses y dieciséis días.

—Son quince días, Bruna. Son casi las dos de la madrugada. Ya es jueves —dijo la rumorosa, líquida voz de Maio.

La rep se quedó paralizada. En el silencio resonó el mecanismo de la cerradura al abrirse, pero la detective no empujó la puerta. Volvió lentamente la cabeza hacia el alienígena y se miraron unos segundos sin pronunciar palabra.

—Sí. Puedo leer tus pensamientos, Bruna. Lo siento. Quizá debería habértelo dicho —susurró Maio.

Y sus palabras sonaban como granos de arena rodando suavemente por el interior de una caña hueca.

Al demonio, se dijo Bruna. No me importa nada. El *bicho* ha ganado. Que duerma en casa. Ya le buscaremos un lugar para vivir. Pero que no se crea que va a volver a meterse en mi cama.

—No te preocupes, Bruna, puedo dormir en el sofá. Muchas gracias —dijo el alien.

La androide resopló, un poco exasperada: Cielos, pensó, ¿entonces...?

—¿... no hace falta que hable contigo, todo me lo adivinas sin que diga nada? —concluyó en voz alta.

—Oh, no, no, Bruna, es mucho mejor hablar normalmente, resulta más cómodo porque así estamos al mismo nivel. Y además muchas veces lo que los humanos pensáis no es lo que luego decís. Y lo que decís es lo que queréis que el mundo vea. Yo prefiero ver tus palabras y así saber quién quieres ser por fuera.

A Bruna le pareció un razonamiento demasiado lioso para lo tarde que era, para su cansancio.

—Bueno. Déjalo. Entremos de una vez. ¿Tienes hambre?

—No, gracias.

—Mejor. No sé lo que coméis los alienígenas. Y no me lo cuentes ahora. No quiero oírlo. Sólo quiero dormir.

Lo dijo con un tono áspero y gruñón, pero lo cierto era que, de algún modo, Bruna se sentía bien por haberle dicho al omaá que pasara. Los monstruos unidos eran un poco menos monstruosos. Cuatro años, tres meses y quince días. Quince días.

Bruna tuvo que reconocer que el omaá no molestaba nada, y eso que el *bicho* era muy grande y el apartamento más bien pequeño. Además Bartolo y él se llevaban de maravilla; el bubi casi se volvió loco de contento cuando vio a su compatriota, y desde la llegada del alienígena la mascota no se apartaba de su lado: durmió enroscada a su espalda y ahora estaba encaramada en su hombro. Fue Maio quien preparó el desayuno para todos, acertando al milímetro con los gustos de la rep: lo de la lectura del pensamiento tenía sus ventajas. El alienígena también desayunó con una especie de cereal en polvo que mojó en caldo caliente, haciendo hábiles bolitas entre los dedos con la pasta resultante. La rep le miró comer con fascinación y luego vio cómo guardaba el sobrante de los alimentos en su mochila.

—Comida omaá. La venden en la sección interespacial de algunos supermercados para gourmets, aunque bastante cara. También puedo comer harinas vuestras, pero son mucho menos energéticas. Tengo que devorar kilos de pan terrícola para que me alimente como estas bolitas. Además me gustan el queso y la fruta, y he aprendido a comer huevos. No están mal de sabor, aunque si pienso lo que son dan un poco de asco. Pero nada de cadáveres, por favor. Ni carne ni pescado. Ni siquiera pasta de proteína marina. Le ponen camarones y otros seres, además del concentrado de algas —explicó, como si estuviera respondiendo a una pregunta.

Y era verdad que la rep se lo estaba preguntando mentalmente.

—Y eso de no comer cadáveres, ¿es por principios o porque os sienta mal? Físicamente, digo.

—Sienta muy mal. Va endureciendo el kuammil. Con el tiempo puede llegar a matarte. El kuammil es como vuestra alma.

—No tenemos alma.

—Nosotros tampoco. Tenemos kuammil.

—Quiero decir que el alma no existe.

—Bueno, era por poner un símil fácil. El kuammil sí existe. Si quieres, te puedo hacer un resumen del funcionamiento de nuestro organismo.

Bruna miró la piel traslúcida de la criatura, rosada y azulosa, palpitante, mudable como un cielo al atardecer, y se estremeció. Llevaba un rato sin ser consciente de la diferencia del alienígena, de hecho se estaba empezando a acostumbrar a él, pero de pronto volvía a percibir con desasosiego la rareza extraordinaria de ese cuerpo. En ese momento entró una llamada en el móvil que le había proporcionado Mirari y Bruna agradeció la interrupción para no tener que contestar a Maio. E inmediatamente se dijo: qué tontería, si él ya ha percibido todo lo que he pensado.

Descolgó la llamada en modo invisible. En la pantalla apareció el rostro de Serra, el lugarteniente de Hericio.

—¿Por qué no te veo? —dijo el hombre, suspicaz, a modo de saludo.

—He manipulado mi ordenador móvil para impedir que puedan localizarme, no quiero que queden pruebas de este viaje a Madrid... Recuerda lo que te dije: que tu mano izquierda no sepa lo que hace la derecha... Pero el caso es que he debido de estropear algo porque no consigo enviar imágenes.

El tipo cabeceó, apaciguado por la respuesta.

—Sí... tampoco entendíamos por qué no eras rastreable.

—Rastrear un móvil es ilegal, como bien sabes...

Serra sonrió despectivamente.

—Como dice Hericio, nada más lícito que desobedecer las leyes de un sistema ilegítimo... Bien, Annie Heart... Quiero hablar contigo. Dentro de una hora en el Saturno.

Y colgó.

¡Una hora! La rep agarró al vuelo la bolsa de viaje y salió corriendo hacia el Majestic. Subió como Bruna Husky, se transformó a toda prisa en Annie Heart y bajó rogando a la memoria del gran Gabriel Morlay no haber olvidado ningún detalle de su camuflaje. Al llegar a la planta cero, respiró hondo y enfrió su agitación. Salió del ascensor con aire relajado y paso tranquilo, como si no tuviera ninguna prisa, aunque en esos momentos se estaba cumpliendo la hora que le había dado el lugarteniente del PSH. Pero sí: no se había equivocado en su suposición. Allí estaba de nuevo la *sombra*, el chico joven del día anterior o quizá otro, todos esos cachorros supremacistas se parecían demasiado, eso era justamente lo que tanto valoraban, la homogeneidad, la semejanza. Se dejó seguir mientras caminaba con estudiada parsimonia hacia el Saturno. Aunque estaba bastante cerca del hotel, su paso indolente hizo que tardara casi veinte minutos en avistar el bar. No llegó a entrar en el local: un automóvil se detuvo junto a ella y levantó su puerta con un soplido neumático. Dentro estaba Serra.

—Vienes con retraso —gruñó.

Bruna se instaló en el asiento y amontonó los labios en un gesto coqueto y despectivo. Una mueca de rubia desdeñosa que le salía muy bien.

—No estoy acostumbrada a que me traten con semejante grosería. No soy uno de tus soldaditos para que me mandes ir de acá para allá a toda prisa.

Serra rió entre dientes. Hoy no llevaba chaleco sino una camiseta sin mangas de una fina y brillante tela metálica que se pegaba a sus inflados músculos artificiales. Sin duda quiere impresionar a Annie, pensó Bruna. El coche iba en modo automático, sin conductor. No deseaba testigos.

—No te ofendas, guapa, es sólo trabajo. Y una medida de prudencia elemental.

—¿Por qué estamos aquí?

—¿Aquí?

—En el coche. ¿Vamos a algún lado?

—Hemos pensado que lo mejor es que nos vean juntos lo menos posible. Lo hacemos por ti. Es lo que quieres, ¿no? Todo ese trabajo que te has tomado para que tu móvil no sea rastreable...

Bruna asintió, cautelosa. No le gustaba el leve matiz sarcástico que creía percibir en las palabras del tipo.

—Así es...

—Por cierto, ¿cómo lo has hecho? ¿Me dejas ver tu ordenador?

Bruna sintió que la espalda se le tensaba. ¿Sospecharían algo? Peor aún, ¿sabrían algo?

—Claro —dijo con naturalidad.

E inmediatamente se quitó de la muñeca la flexible lámina semitransparente y se la pasó a Serra.

El lugarteniente cogió el aparato, le dio unas cuantas vueltas entre los dedos, lo apagó y lo volvió a encender. El móvil se reinició y la pantalla saludó a Annie Heart, mientras Bruna agradecía mentalmente el impecable trabajo de Mirari. Y justo en ese momento se dio cuenta con horror de que llevaba el móvil de Bruna en el bolsillo de sus pantalones de señora elegante. Con las prisas, había olvidado dejarlo en la habitación del hotel cuando se cambió. Además, ahora no recordaba si lo había desconectado o no. ¿Y si entraba una llamada? Una súbita oleada de angustia la inundó en sudor frío. Por fortuna, Serra estaba demasiado ocupado inspeccionando el ordenador, porque la rep estaba segura de que su rostro se había descompuesto. Oscuramente, por debajo de su zozobra, le pareció advertir que el hombre estaba diciendo algo que ella no había llegado a captar. Respiró hondo y sintió cómo entraba en funcionamiento el poderoso cóctel de hormonas antiestrés que reforzaba su organismo de rep de combate. Una línea invisible de lúcida calma descendió por su cuerpo como una cortina de agua que va apagando un fuego. Dibujó en su boca una sonrisa a modo de pantalla deflectora. Justo a tiempo: el lugarteniente giró el rostro y la miró.

—¿No me lo vas a contar? —dijo.

—¿Qué?

—Te preguntaba cómo lo has hecho. Si intentas anular el GPS y no dispones de una clave de autorización otorgada por el juez, el aparato se destruye.

Bruna reflexionó fríamente en una milésima de segundo. Reflexionó y decidió lo que decir.

—Pues verás, es bastante complicado. Sólo lo puedes

hacer en paralelo con un ordenador central. Conectas el móvil en modo periférico y entonces introduces un vínculo de puerto virtual en el IDD del móvil; manipulas los valores hasta conseguir el perfil residual del HTC y el cifrado de cúspide. Esto se consigue con un criptorrobot, pero es lento y difícil... Aunque utilicé unos algoritmos especiales, de todas formas necesité revisar millones de cifras hasta encontrar la clave... ¿Me sigues?

Serra cabeceó afirmativamente, aunque su expresión mostraba a las claras que se había perdido en el enmarañado palabrerío. Bruna no tenía ni idea de lo que estaba diciendo, pero había supuesto que el supremacista no sería capaz de darse cuenta.

—En fin, el caso es que engañas al móvil haciéndole creer que es una parte del ordenador central.

—Pareces saber mucho de todo esto...

Bruna-Annie se ahuecó la rubia melena con los dedos y sonrió con dulzura.

—Bueno, soy profesora de robótica aplicada...

El hombre frunció el ceño y le devolvió el ordenador. La rep lo ajustó a su muñeca mientras pensaba en el otro móvil que llevaba en el bolsillo: tenía que salir del coche cuanto antes.

—Veo que estamos dando vueltas a la manzana. ¿Esperamos a alguien? ¿Para qué me has hecho venir? —preguntó.

Para husmear mientras tanto en mi habitación del hotel, se respondió a sí misma. Lo cual no era un problema: previendo esa posibilidad, había diseminado por el cuarto el contenido razonable de un equipaje escueto. En realidad, que Serra la hubiera hecho venir para poder registrar sus pertenencias era una suposición tranquilizadora: significaba que el plan seguía adelante.

—Es un simple trámite de seguridad. Tienes que entender que seamos cautelosos. El partido se encuentra en una posición muy difícil por culpa de este Gobierno títere —dijo Serra.

—Por eso quiero ver a Hericio. Empiezo a pensar que habláis mucho pero en realidad no hacéis nada. Como todos los demás —dijo la androide.

El hombre se puso rígido.

—No sabes lo que dices. No sabes nada.

—¿Ah, no? ¿Qué es lo que no sé? ¿Para qué servís, aparte de para salir en las noticias diciendo grandes palabras?

Era un cebo tan grosero que Bruna no esperaba que el hombre picara, pero a veces la información se conseguía de la manera más absurda. Éste no fue el caso. Serra torció el gesto, irritado, y tocó el panel táctil que había frente a él. El vehículo se detuvo junto a la acera y abrió la puerta.

—Ya te llamaremos —gruñó el tipo.

—Que sea pronto. Mañana o pasado. El domingo me voy de la ciudad —contestó Bruna, imperativa: la cobertura proporcionada por Mirari no duraría mucho más.

Serra no contestó. El coche se cerró y arrancó de nuevo. La detective lo vio desaparecer y reprimió el impulso de sacar el móvil del bolsillo: era posible que la *sombra* todavía anduviera por ahí. Sobre su cabeza, la pantalla pública estaba pasando atroces imágenes de androides de combate masacrando humanos. Eran viejas grabaciones de la guerra rep. «¿Vas a permitir que vuelva a suceder?», repetía una cinta continua sobre la carnicería.

Ya en el hotel, la detective se quitó a Annie de encima con un suspiro de alivio. Este trabajo de *astilla* le corroía los nervios como un ácido. Comprobó que su verdadero móvil no sólo estaba apagado, sino también desarmado. Colocó en su lugar la fuente de energía y lo encendió, e inmediatamente entró una llamada de Lizard: sin duda el policía se había puesto en reconexión automática.

—¿En qué andas metida, Husky? Llevas horas apagada e ilocalizable —gruñó el hombre.

—¿Por qué estás tan irritado? ¿Porque me escapo de tu vigilancia de perro de presa, o porque te preocupa mi bienestar?

Bruna había recurrido a un truco viejísimo: cuando te pregunten algo que no quieras contestar, responde con otra pregunta, a ser posible molesta. Había actuado, pues, conforme al manual, pero sintió que se deslizaba inestablemente por encima de las palabras como quien resbala sobre hielo. Sintió que deseaba de verdad que Lizard contestara. Que asegurara: sí, me preocupa lo que pueda sucederte en este mundo cada vez más peligroso para ti. Pero no dijo nada de eso.

—Te buscaba porque conseguí la cita con el sacerdote canciller de la embajada de Labari. Por si quieres venir. Tú fuiste quien me sugirió que le llamara.

Sí, claro que quería. La legación estaba bastante lejos del Majestic y decidió tomar de nuevo un taxi pese a sus renovados propósitos de hacer economías. Pero después de perder diez minutos en la acera sin lograr que le parara nadie, tuvo que tomar el metro. Era evidente que los taxistas humanos no querían llevar a un tecno de combate, y en Madrid el sindicato de conductores había impedido que hubiera taxis automáticos como los que circulaban en otras ciudades. En cuanto a los taxistas androides, parecían haber desaparecido. En realidad, apenas se veían reps por ningún lado.

Llegó a la cita sin aliento: estaba siendo un maldito día de prisas y carreras. La sede de los representantes labáricos era un enorme y vetusto edificio situado en la avenida de los Estados Unidos de la Tierra, junto al Museo del Prado. Durante siglos había sido una iglesia católica, la iglesia de los Jerónimos, hasta que fue quemada y medio derruida en tiempos de las Guerras Robóticas. La empobrecida institución católica, hundida por sus crisis internas, por el laicismo progresivo del mundo y porque los individuos ansiosos de certezas preferían doctrinas más radicales, se vio obligada a vender las ruinas a un consorcio que en realidad era una tapadera de sus más acerbos contrincantes, los *únicos* del Reino de Labari, que reconstruyeron el templo en una versión amazacotada y sombría. Contemplando ahora esa mole pintada en un tono morado oscuro, el color ritual labárico, la detective sintió un escalofrío: ese edificio arcaizante, abrumador y riguroso era toda una declaración de principios, una definición pétrea de la intransigencia.

—Venga, Bruna, ¿qué haces? No te quedes atrás. Llegamos tarde —masculló Lizard.

Y la rep se obligó a caminar detrás del policía y entró renuente en la embajada de un mundo en donde su especie estaba prohibida.

El interior debía de haber sido en tiempos una nave diáfana, como solían serlo las iglesias católicas, pero ahora estaba compartimentado como cualquier edificio, con diversos pisos y habitáculos normales. O casi normales: a medida que pasaban de cuarto en cuarto, del vestíbulo al recinto de seguridad y después a la sala de espera, la detective fue sintiendo crecer en su pecho una vaga opresión: las dependencias eran todas mucho más altas que anchas. En realidad eran desagradablemente angostas y sus interminables muros estaban recubiertos de gruesas cortinas amoratadas que caían a plomo desde las alturas.

—Qué lugar más alegre —musitó Lizard.

En ese momento les vino a buscar un hombre con la cabeza afeitada y una cadena que se hincaba en los lóbulos de sus orejas y colgaba por encima del pecho como un collar. Quizá fuera un esclavo, se dijo la detective mientras le seguían. Hasta entonces no habían visto a una sola mujer. Antes de franquearles el paso al despacho, el supuesto esclavo se volvió hacia ellos.

—Llamadlo eminencia... Ése es su título. Y tenéis que usar el tratamiento de cortesía antiguo... Tenéis que hablarle de usted. Que no se os olvide.

El sacerdote canciller les recibió en una sala que se elevaba vertiginosamente hasta un techo abovedado lejano y oscuro. Debía de ser la altura original de la iglesia de los Jerónimos, pero el hecho de que la sala fuera una habitación relativamente pequeña y de planta hexagonal hacía que pareciera un asfixiante pozo. Las colgaduras moradas sólo llegaban hasta la mitad del muro, y más arriba las paredes de piedra desnuda se perdían en las sombras. El diplomático era un hombre maduro con el largo cabello gris recogido en una cola alta sobre la coronilla, el típico peinado de los jerarcas labáricos. Estaba sentado detrás de una gran mesa de madera maciza.

—El Principio Sagrado es el Principio —dijo pomposamente, utilizando el saludo ritual de los *únicos*.

—Gracias por recibirnos, eminencia —contestó Paul Lizard.

—Es mi trabajo —masculló el hombre con tiesa gelidez.

El tipo tenía algo raro en la cara. De primeras, los afilados pómulos, la barbilla puntiaguda y las cejas elevadas y circunflejas, como las de los antiguos dibujos del diablo, daban la impresión de una fisonomía huesuda, severa y alargada. Pero luego se advertían los trémulos mofletes, la blandura general de la carne, la redondez del aplastado rostro. Era como si un hombre rechoncho y cabezón estuviera transformándose en un tipo delgado y anguloso, y en el proceso se hubiera quedado por error a medio camino. Los pómulos, el mentón y esas cejas imposibles que parecían dos tejaditos picudos sobre los ojos debían de ser un producto del bisturí. Bruna había leído en algún sitio que la religión labárica no admitía la cirugía plástica cuando su función sólo era estética, pero sí cuando la operación tenía una finalidad moral. Tal vez dotar de un aspecto algo más imponente y espiritual a ese tipejo gordinflón y anodino había sido considerado un mandato sagrado.

Lizard sacó una bola holográfica del bolsillo y la activó. Sobre la mesa del *único* flotó la palabra «venganza». La imagen estaba sin duda tomada del cuerpo de alguno de los cadáveres, aunque en la holografía no se percibía bien el soporte y el tatuaje estaba agrandado cuatro o cinco veces.

—¿Conoce usted esto?

El tipo le echó una lánguida ojeada.

—No.

—¿No hay nada en ello que le suene familiar?

—No —repitió el embajador sin siquiera molestarse en volver a mirar.

El inspector manipuló la bola y la imagen se amplió hasta mostrar lo que era: un tatuaje en la espalda del cuerpo desnudo de una mujer muerta.

—¿Y ahora?

El legado contempló el cadáver un segundo con expresión vacía. Luego miró a Lizard.

—Ahora aún menos.

—Pero esa grafía... Esas letras son del Reino de Labari —saltó Bruna.

El canciller ni la miró. Siguió dirigiéndose a Lizard.

—De primeras podría parecer que ese tipo de escritura tiene semejanzas con cierto alfabeto usado en mi mundo en ocasiones ceremoniales.

—La escritura de poder labárica —remachó la rep.

El hombre ignoró su intervención y prosiguió:

—Pero estoy seguro de que se trata de una imitación.

—Yo he visto la escritura de poder y la grafía es idéntica —insistió Bruna.

—¿Por qué crees... perdón, por qué cree usted que se trata de una imitación, eminencia? —preguntó Paul.

—¿Por qué sabes cuando un replicante es un replicante y no una verdadera persona, a pesar de ser una imitación tan parecida? —respondió el *único*.

—Por los ojos.

Bruna se indignó con Lizard. Le indignó que contestara una observación evidentemente formulada para humillar.

—La escritura labárica también tiene ojos para quien sabe ver. Y esto es una falsificación, sin duda alguna. ¿Algo más?

—Sí. ¿Sabe usted de quién es ese cadáver?

El sacerdote suspiró con fastidio como si se tratara de una pregunta idiota, aunque su gesto de olímpico desdén quedó algo menoscabado por el retemblar de los mofletes.

—Supongo que es alguno de los replicantes recientemente ejecutados por otros replicantes.

—Y si de verdad la escritura fuera una falsificación, ¿quién podría estar interesado en implicar al Reino de Labari en un caso tan sucio como éste?

—La Única Verdad tiene más enemigos que granos de arena el fondo de los océanos. El Orden Primigenio siempre fue atacado por los esbirros del Desorden, que son multitud. Pero estamos acostumbrados: llevan milenios intentando desvirtuar nuestras palabras. No nos hacen mella.

—¿Milenios? El Culto Labárico empezó hace menos de un siglo —intervino la rep con aspereza.

El Canciller siguió sin mirarla.

—El Principio Único Sagrado fue el principio de todo. Luego el hombre débil olvidó quién era y lo que sabía. Nosotros sólo hemos retomado el viejo camino. Sólo hemos vuelto a pronunciar las palabras puras —declamó.

Luego se inclinó hacia delante y clavó unos ojos llameantes en Paul, mientras el rostro se le crispaba en un gesto de asco.

—Y además, ¿qué nos importa a nosotros que maten o no a esas cosas? No formaron parte del Principio y no cuentan. No existen. No tienen más entidad que la hebilla de tu zapato. Ya ves, nos parecen tan inapreciables e irrelevantes que incluso te hemos permitido introducir aquí, ¡aquí, en la embajada labárica!, a una de esas cosas. Y, por añadidura, hembra.

El hombre se puso bruscamente en pie, aunque en realidad no se notó mucho: era bastante más bajo de lo que su gruesa cabeza hacía prever.

—Que el Principio Sagrado sea tu Ley —masculló ritualmente.

Y salió del cuarto arrastrando por el suelo un informe ropón de color violeta que le venía demasiado largo.

Bruna abandonó el edificio a toda prisa: la ira había puesto alas en sus pies. Lizard la seguía varios pasos atrás, cauteloso y cachazudo, barruntando tormenta.

—Espera, Bruna... ¿dónde está el fuego?

La rep giró sobre sí misma como un látigo y apuntó hacia el policía un dedo tembloroso.

—Tú... Gracias por apoyarme delante de ese miserable especista —rugió.

—Profesionalidad, profesionalidad... Una detective como tú debe saber que gran parte de nuestro trabajo consiste en interrogar a gente mala, y los malos suelen ser desagradables. No hay que perder la calma digan lo que digan. Dicen todo eso para desconcentrarte. Y contigo ha funcionado.

En realidad, la androide en el fondo lo sabía, Lizard tenía razón. Pero estaba demasiado llena de furia como para poder enfriarse tan pronto.

—Todos los humanos sois iguales. Al final siempre os apoyáis los unos a los otros —dijo malignamente con los restos de amargura que le quedaban en la boca.

El rostro del inspector se ensombreció.

—Eso no es verdad —masculló con un dejo de fastidio.

Bruna había deseado herirle y sin duda lo había logrado. Ahora empezaba a arrepentirse, pero no podía pedirle perdón. No todavía. No con toda esa adrenalina y esa humillación dándole aún vueltas por dentro. De manera que caminaron durante unos minutos el uno junto a la otra sin decir palabra y sin saber hacia dónde iban, hasta que el hombre se detuvo.

—Es hora de comer. Tomemos algo rápido y así hablamos un poco sobre el caso.

Antes de poder contestar entró una llamada de Nopal. Bruna dio un respingo, hizo una seña con la mano al policía indicando que la aguardara y se retiró unos metros para hablar con el memorista.

—¿Qué haces con ese perro de presa? ¿Ya has conseguido que te detenga? —dijo el escritor con sorna.

¿Y a ti qué te importa?, pensó la detective. Pero por alguna razón no pudo decírselo. Se agarró la muñeca del móvil con la otra mano porque estaba temblando. Nopal la ponía nerviosa.

—Qué quieres.

—Tu cita de mañana. Me ha llamado el tipo. Quiere que vayas una hora antes.

Sí, claro. El encuentro con el pirata que rellenaba memorias ilegales.

—Entonces será a... las 12:15, ¿no? ¿Mismo lugar?

—Sí.

—De acuerdo, gracias.

Pablo arrugó la frente.

—Escucha... ese Lizard es peligroso. No confíes en él.

Bruna se irritó. De pronto sentía que tenía que defender al inspector. Sentía que Paul era su amigo. Paul. Era la primera vez que pensaba en él por su nombre de pila. Por lo menos, Bruna se sentía menos en riesgo con Paul que con Nopal.

—Te equivocas. El otro día me salvó de una paliza —dijo.

Y resumió al escritor el encuentro con los matones.

—Vaya, qué casualidad. Te atacan y precisamente Lizard está ahí. Y le basta con sacar la pistola para que todo el mundo salga corriendo. Porque resulta que, oh, fortuna, ninguno de los asaltantes lleva un arma de fuego. Y nadie es detenido, desde luego. Yo sé escribir escenas mucho más verosímiles.

—Qué tontería —dijo la rep.

Pero las palabras de Nopal empezaron a zumbar alrededor de su cabeza como amenazadores avispones.

—No me creerás, Bruna, pero soy tu amigo. Estoy y estaré siempre de tu lado. Y me preocupa lo que te pase. Es evidente que esta escalada de violencia antitecno está meticulosamente organizada. Lo veo, lo sé, ¡me he pasado años recreando la vida y puedo ver cuando la realidad es demasiado perfecta, más real que lo real! Todo lo que está sucediendo ha sido preparado, está dirigido, tiene un guión. Y tú no puedes montar algo así sin que intervenga también la policía...

La androide calló. No quería escuchar más. Pero escuchó.

—¿No hay nada de él que te haya sorprendido? ¿Ningún comportamiento extraño? ¿No se habrá esforzado por casualidad por hacerse amigo tuyo? ¿Por ganarse tu confianza?

Bruna echó una ojeada a Lizard y le pilló contemplándola desde lejos con los brazos cruzados. La androide desvió la vista a toda velocidad. En efecto, el policía le había parecido siempre demasiado amigable... Demasiado colaborador. Como hoy. ¿Por qué la había llevado a ver al sacerdote?

—Pero... ¿de qué le serviría hacerse amigo mío?

—Que yo sepa, eres el único detective independiente que está investigando el caso por cuenta de los tecnos. Si te tiene cerca, puede enterarse de lo que vas descubriendo. Y quizá quiera utilizarte para algo peor. Este guión guarda aún muchas sorpresas, y me parece que es una historia de terror. Cuídate, Bruna, y no confíes en él.

Y cortó la conversación, dejando a la rep con una sensación de orfandad y desconsuelo.

La androide regresó lentamente hacia donde la esperaba Lizard con el ánimo tan pesado como sus pies.

—¿Qué te ha dicho? —preguntó el policía con acritud.

—¿Qué?

—Nopal. ¿Qué te ha dicho?

—¿Por qué miras por encima del hombro para ver quién me llama? ¿Esa ausencia del más mínimo respeto forma parte de la brutalidad policial?

—Te he visto. He visto esa mirada de refilón que me has echado. No era una buena mirada.

—¡Oh, por todas las malditas especies...! ¡No me fastidies con tus paranoias!

—¿Por qué te has puesto tan nerviosa cuando te ha llamado? Nunca te había visto así. ¿Qué te pasa con ese hombre? No confíes en Nopal, Husky.

Vaya, antes la llamaba Bruna. Había regresado a la formalidad del apellido. Los ojos verdes del policía se veían muy oscuros, casi negros. Duras bolas brillantes de expresión temible atrapadas como insectos bajo sus gruesos párpados.

—Pablo Nopal es un asesino. Lo sé. Mató a su tío y probablemente al secretario. Todo le incrimina sin ninguna duda, pero se salvó porque no pudimos encontrar el arma. Usó una pistola antigua, un arma de pólvora con munición metálica de 9 mm. Probablemente una P35...

—Una Browning High Power... Esa pistola es de hace más de un siglo...

—Sí, un trasto viejo, pero con capacidad de matar.

Las armas de pólvora habían sido retiradas de circulación tras la Unificación con la famosa Ley de Manos Limpias, que limitó también de manera estricta el uso del plasma a las fuerzas de seguridad y al ejército. Las viejas pistolas y revólveres fueron rastreados con eficaces escáneres capaces de detectar sus aleaciones metálicas, y las pistolas de plasma necesitaban para su fabricación una lámina de celadium, el nuevo mineral de las remotas minas de Encelado, en donde cada una de las láminas era registrada, numerada y dotada de un chip localizador. Pese a todas estas precauciones, en la Tierra abundaban las armas ilegales de todo tipo, reliquias de la era de la pólvora y plasmas variopintos.

—Lo que quiero decir es que es un hombre sin escrúpulos y sin moral. Un tipo verdaderamente peligroso. Y ha sido memorista... Tal vez sea él quien esté haciendo los contenidos de las *memas* adulteradas. ¿Para qué te llama? ¿Se ha ofrecido quizá para ayudarte? ¿No te parece raro? No sé qué poder tiene sobre ti, no sé por qué te turba tanto, pero sé que te está engañando.

—Oh, déjame en paz —barbotó Bruna.

Lo que quería decir era: no sigas, cállate, no quiero escuchar más, estoy confundida. Pero la confusión le provocaba inseguridad, y la inseguridad la ponía furiosa.

—Estoy harta. Me voy.

Dio la espalda a Lizard y se alejó con nerviosas zancadas calle abajo. Iba ya a saltar a una cinta rodante cuando, de pronto, se le ocurrió una idea maravillosa. Una idea increíblemente sencilla, deslumbrante. Volvió la cabeza: le llevó unos segundos divisar los grandes hombros del inspector y su cuello recio sobresaliendo por encima de la gente. Corrió detrás de él y lo alcanzó justo cuando el hombre iniciaba la complicada maniobra de plegar su corpachón para meterse en el coche.

—Lizard... Paul... por favor, espera...

Tomó aire y dibujó una amplia sonrisa en sus labios. No le fue difícil: estaba tan encantada con la idea que había tenido que sentía ganas de reír.

—Te pido disculpas. Me estoy comportando como una estúpida. Estoy... nerviosa.

—Estás inaguantable —dijo él en un tono neutro y aplomado.

—Sí, sí, perdona. El labárico me sacó de quicio. La situación entera me saca de quicio. Pero dejemos eso. Hablabas antes de tomar algo. Me parece bien, pero vamos a mi casa. Prepararé cualquier cosa de comer y de paso quiero enseñarte algo.

—¿Qué?

—Ya lo verás.

En el coche oficial llegaron enseguida, pero a Bruna se le hizo eterno. Le costaba contener la excitación. Subieron en el ascensor sin decir palabra y al llegar a la planta la rep se abalanzó a su puerta y la abrió. Una extraña música llenó el descansillo. De pie en medio del salón-cocina, el *bicho* estaba soplando una especie de flauta. Se detuvo y bajó el instrumento.

—Hola, Bruna.

—Hola, Maio —dijo ella, por primera vez verdaderamente contenta de verlo.

La rep miró a Lizard. El hombre estaba pasmado. Al fin había logrado quebrar su estúpido aire de flemático sabelotodo. Volvió a contemplar al alienígena: enorme, tan alto como Lizard pero aún más ancho, con esa cara increíble de perro gigante y con el torso desnudo y una algarabía de palpitaciones y colores, de trémulas vísceras y jugos interiores atisbándose a través de su piel traslúcida. Guau. Bruna estaba empezando a acostumbrarse al *bicho*, pero desde luego era una visión impresionante.

—Perdón —rumoreó Maio con su voz de arroyo.

Cogió la vieja camiseta y se la puso.

—Me la quité porque es molesta, lo siento.

No era de extrañar que le molestase: entraba a reventar sobre su gran tórax y parecía apretarle como una faja.

—Tú debes de ser un refugiado omaá... —murmuró el policía, aún algo aturdido.

—Así es.

—Lizard, éste es Maio. Me lo encontré un día en... la calle. En fin, ayer le dije que se podía quedar a dormir en el sofá... hasta que busque algún lugar donde meterse. Y, Maio, éste es el inspector Paul Lizard, que me está ayudando con mi último caso. Por favor, Lizard, explícale lo que haces...

—¿Que le explique qué?

—Sí, vamos, cuéntale que estás investigando el asunto de las muertes de los reps... Y que hemos estado colaborando juntos...

Mientras hablaba, Bruna miraba intensamente al omaá a los ojos, como intentando pasarle una señal. Luego se dio cuenta de su estupidez, y empezó a decirle mentalmente al *bicho*: métete en su cabeza. Métete en la cabeza de este tipo y dime qué piensa. Dime si me oculta algo. Dime si quiere hacerme daño.

—No puedo... —dijo el omaá.

—¿No puedes qué? —preguntó Lizard.

—¿Cómo que no puedes? —gritó ella.

—¿Qué es lo que no puede? —insistió el policía.

El omaá bajó la cabeza y repitió:

—¡No puedo!

Sonó como quien lanza el contenido de un cubo lleno de agua contra un muro.

—Pero ¿por qué? —se desesperó Bruna.

El alienígena empezó a cambiar de color. Todo él se oscureció, adquiriendo una tonalidad pardo-rojiza.

—¿Qué te ocurre? —se preocupó la rep.

—Es el kuammil. Es una consecuencia de una emoción intensa. Como cuando quieres hablar pero no debes.

—¿Qué está pasando aquí? —masculló Lizard con irritación.

Algo le dijo a Bruna que no debía ahondar en el asunto. No por el momento.

—Entonces, ¿de verdad que no puedes?

Maio negó con la cabeza. La rep se volvió hacia el inspector.

—Mira, perdona, mejor lo dejamos y te vas. Además, no tengo nada de comer. Ya hablaremos otro día.

Lizard la miró con los ojos más abiertos que nunca. En ese momento el hombre advirtió que Bartolo le estaba royendo los bajos del pantalón y, sacudiendo el pie, lanzó a la criatura a medio metro de distancia. El bubi chilló.

—¡Qué haces, bruto! —gritó la rep, furiosa, agachándose a coger al tragón en sus brazos y sin darse cuenta de que ella había hecho lo mismo dos días antes.

La indignación parecía haber arrebatado a Lizard toda su somnolencia.

—Estás loca —barbotó.

Lo dijo con rabia. Con odio.

—Lo que pasa es que no confío en ti, Lizard.

—Yo tampoco en ti. Porque estás loca. Quédate con tu zoo sideral y déjame en paz —escupió él.

Y se marchó dando un portazo.

La androide se volvió hacia Maio, que estaba recuperando lentamente su color tornasolado habitual.

—Y tú, a ver, dime, ¿por qué demonios no puedes leer sus pensamientos?

El omaá se oscureció un poco.

—Sólo puedo meterme en la cabeza de aquellos seres con los que he estado cerca.

Bruna se inquietó.

—¿Cómo de cerca?

—Muy cerca. Totalmente cerca. Íntimamente cerca. Todo lo cerca que pueden estar dos seres. Cuando dos seres hacen guraam, se rozan los kuammiles y a partir de entonces se pueden leer mutuamente el pensamiento. Guraam significa conexión. Es lo que vosotros llamáis...

Bruna levantó una mano.

—No sigas.

—No sigo.

Estaba otra vez de color rojizo amarronado.

Cuatro años, tres meses y quince días, pensó Bruna para pensar en algo que no fuera el omaá. Se fue al cuarto de baño por si la náusea que sentía acababa en un vómito, pero no pasó nada. Se mojó la cara con su preciosa y precaria reserva de agua. Cuatro años, tres meses y quince días. Lo que se hubiera reído Merlín de todo esto.

Regresó a la sala y Maio estaba soplando de nuevo en su pequeño trozo de madera. O de algo parecido a la madera. Era como una flauta, sólo que en uno de los costados había unas estrías que recorrían el instrumento de punta a punta. Y se tocaba transversalmente, como las armónicas, pasando los labios sobre las ranuras. Producía un sonido embelesante, un siseo líquido delicado y hermoso. Bruna se sentó en el sillón y dejó que la música alienígena la relajara. Eran unas notas que parecían acariciar la piel. Que entraban por la epidermis, no por los oídos. Al rato, Maio se detuvo, tan opalino y multicolor como siempre.

—¿Todos los omaás tocan así de bien?

El *bicho* sonrió.

—No. Yo soy ambalo. Quiere decir virtuoso del amb, que es este instrumento. Soy músico.

Entonces Bruna tuvo otra idea luminosa. La segunda gran idea del día. Y rogó mentalmente a Gabriel Morlay que esta vez saliera bien.

Llegaron al circo entre la función de la tarde y la de la noche. En esta ocasión Bruna no desconectó su móvil, porque tenía una razón comprensible y legal para visitar a Mirari. El trayecto hasta allí fue bastante desagradable: no era el mejor momento de la historia para que un alien zarrapastroso y una replicante de combate cruzaran Madrid codo con codo. Por no mencionar a Bartolo, que iba montado a caballito en el poderoso cuello del omaá. Formaban un grupo llamativo, pero el miedo que provocaban era más fuerte que el rechazo, y los humanos iban desapareciendo a toda velocidad delante de ellos. Las calles, los trams y las cintas rodantes se vaciaban a su paso como si fueran radiactivos. Si no hubiera sido tan deprimente hasta habría resultado divertido.

Encontraron a la violinista en su camerino comiendo una pizza. Les miró impasible y Bruna envidió su temple, o quizá su experiencia. Probablemente Mirari había tratado antes con alienígenas.

—¿Qué pasa?

—Hola. Éste es Maio. Es músico. Me gustaría que lo escucharas tocar.

Mirari torció la cabeza para observar con atención al alienígena. La mujer parecía un pájaro con el rostro rematado por la brillante corona de su pelo, blanco y tieso como una cresta plumosa.

—Un flautista omaá... Dicen que son buenos. ¿Queréis una pizza?

Manipuló la pequeña cocina-dispensadora que tenía en el cuarto y enseguida aparecieron en el cajetín dos humeantes pizzas vegetales extragrandes y una de tamaño pequeño para Bartolo. Masticaron todos en silencio durante algunos minutos hasta terminar con la última miga. Luego se lavaron las manos en un chorro de vapor.

—A ver qué sabes hacer —dijo Mirari, arrellanándose en el asiento.

Maio se llevó el amb a los labios y comenzó a soplar. Líquidos sonidos nacieron de su boca, hilos rumorosos que parecían deslizarse por la habitación dejando un rastro de luz. Bruna aguantó la respiración, o más bien olvidó respirar durante unos segundos, sumergida en la música como quien se zambulle dentro del agua.

Algo semejante a un delicado, conmovedor lamento resonó a su lado. La rep volvió el rostro y vio que Mirari estaba de pie, tocando su violín. Las voces de ambos instrumentos se fueron trenzando en el aire, la flauta sinuosa y apaciguadora junto con el quejido en carne viva del violín, formando un todo tan profundo e inmenso que Bruna sintió que por sus venas fluían sonidos en vez de sangre. El tiempo se deshizo, el pasado se fundió con el presente y Merlín volvió a estar vivo porque en esa melodía primordial cabía absolutamente todo menos la muerte. Y entonces el arco de crines resbaló y el violín chirrió, rompiendo el hechizo.

—¡Mierda! —gritó Mirari, fuera de sí, arrojando el arco al suelo.

Dejó el violín sobre el asiento y empezó a darse puñetazos en su agarrotado brazo biónico con la otra mano. Debió de parecerle poco, porque luego se acercó a la pared y, balanceando el cuerpo con movimiento de látigo, estrelló repetidas veces el brazo contra el quicio de la puerta. Estaba furiosa y el estruendo de chatarra aporreada parecía avivar su frenesí. Al fin se detuvo, acezante y agotada, su blanquísimo rostro enrojecido con incendiados parches de rubor, el brazo artificial colgando laciamente del hombro, descuajeringado. Mirari resopló, apartó el violín con mano temblorosa y se dejó caer sobre el asiento. Maio y Bruna la observaban en silencio. La violinista fue recuperando el ritmo de la respiración. Luego miró con inquina el miembro ortopédico y se puso a revisarlo y a moverlo. Chirriaba.

—Ya me lo he vuelto a cargar... —musitó, taciturna.

Se estiró para recoger el arco del suelo.

—Por lo menos esto no se ha roto.

Levantó la cara y miró al alienígena.

—Eres muy bueno, omaá. Eres maravilloso. Lástima.

Hizo una mueca que tal vez pretendiera ser un gesto duro pero que en realidad resultaba desolador, y abriendo una caja roja que tenía en el suelo, sacó un destornillador electrónico y se puso a hurgar en las junturas del brazo.

—Espera, Mirari. Yo sé un poco de esto. Creo que puedo ayudarte —dijo Bruna.

Y era cierto: la dotación de serie de los tecnos de combate incluía una formación de grado medio como mecánicos electrónicos, para que, en una emergencia, pudieran reparar sobre el terreno armas, periféricos y vehículos.

La violinista le pasó el destornillador y se recostó en el respaldo. Se la veía agotada. Acuclillada junto a ella, la rep se puso a estudiar el funcionamiento de la ortopedia.

—Me contaste el otro día que tu violín era un Sten... un no sé qué, una pieza muy cara. ¿No podrías venderlo y comprarte un buen brazo? —comentó mientras apretaba unos remaches.

—Un Steiner... Todos decían que yo era una buena violinista. En realidad decían que era *muy* buena. No lo cuento por vanidad, sino para que comprendáis lo que sucede. El caso es que yo confiaba en mi música y quería crecer... Seguro que tú me entiendes, omaá. Quería crecer y para eso necesitaba un buen violín. Me enamoré de ese Steiner y ya no podía pensar en nada más, de manera que pedí dinero prestado y me lo compré. Pero hubo unas cuantas cosas que me salieron mal y de pronto no pude seguir pagando el préstamo, así que hice un par de saltos, me teleporté un par de veces a las minas exteriores para sacar dinero. Y lo que pasó es que a la vuelta del segundo viaje, en mi cuarto salto, el desorden celular hizo que este brazo llegara sin huesos. Sólo quedaba la última falange del dedo anular; el resto del tejido óseo se había volatilizado y la extremidad era una piltrafa de carne que hubo que amputar. Así que perdí el brazo para adquirir el violín, y ahora no estoy dispuesta de ninguna de las maneras a vender el violín para conseguir un brazo. Por eso me he metido en los otros negocios subterráneos: para reunir ges y hacerme con una buena pieza de ingeniería biónica. Aunque, con la suerte que tengo, seguro que antes acabaré en la cárcel.

Bruna nunca le había escuchado a Mirari una parrafada tan larga. Tensó con cuidado un cable del codo y luego miró a la violinista.

—Te ha gustado Maio, ¿no?

—Es espléndido. Podría dedicarse a eso. Se ganaría bien la vida. Los flautistas omaá son una rareza cotizada.

—Exacto... Es lo que pensé. Me dije, ¿no le interesaría a Mirari para su orquesta?

La violinista se enderezó en la silla y puso una expresión reconcentrada. Casi se podía oír el ruido de sus pensamientos.

—Un músico tan bueno y además alienígena... —dijo lentamente—. Sí... estaría bien. Nuestra pequeña orquesta mejoraría mucho. Podríamos renegociar nuestro contrato. Incluso pedir un porcentaje de las ganancias. ¿A ti te interesa?

Maio sacudió afirmativamente la cabeza.

—Entonces de acuerdo. Todos a partes iguales. Pero yo soy quien mando, ¿está claro? Todavía tengo que consultárselo a los demás, pero dirán que sí. Siempre dicen lo mismo que yo digo.

El alien volvió a cabecear enérgicamente. Su corpachón se estaba encendiendo de vibrantes colores. Tal vez fuera una manifestación de alegría.

—Una cosa más: Maio no tiene lugar donde vivir... Y, además, tampoco me gustaría separarlo del tragón, ¡se llevan tan bien! —dijo la rep, esperanzada: con un poco de suerte, podría librarse de los dos en una sola carambola.

Mirari se encogió de hombros.

—Pueden quedarse aquí, en el camerino. Hay una cama detrás de ese biombo.

Y, sin darse cuenta, señaló hacia el fondo del cuarto con el brazo biónico, que se desplegó dócilmente en el aire.

—¡Ah! Vaya, ya funciona... —dijo, tentando con un dedo las articulaciones de metal.

—Sí, funciona. Aunque procura no volver a machacarlo contra la pared hasta que no puedas comprarte un brazo nuevo.

Bruna estaba haciendo cola delante de la ventanilla de admisión. Llevaba tiempo de pie y empezaba a cansarse; hacía calor, la sala carecía de ventilación, el lugar era opresivo y deprimente. Cientos de personas se apretujaban en un espacio demasiado pequeño, de techos bajos y luces mortecinas. Había viejos sentados sobre bultos, adultos que paseaban nerviosos, niños que lloraban; fuera de esos llantos, reinaba un extraño silencio, como si la gente hubiera agotado las palabras con tan larga espera. Parecían refugiados de guerra, apátridas en busca de un asilo, y de alguna manera la rep sabía que era así. Miró alrededor y se dijo que todos los que llenaban la sala, tecnos y humanos, mutantes y *bichos*, eran seres desesperados, aunque se tratara de una desesperación fría, pasiva, resignada. De pronto, Bruna se encontró ante la ventanilla: al fin había llegado. Una mujer se hizo cargo de sus documentos y un hombre la condujo hasta una puerta.

—Es tu turno —dijo.

Ante ella, bastante más abajo, en una visión panorámica a sus pies, se abría el maravilloso espectáculo de una ciudad abigarrada y pletórica, un radiante charco multicolor por debajo de la oscura bóveda del firmamento. Excitación y vértigo. Dio un paso hacia delante pero alguien agarró su brazo y la detuvo.

—Él no puede pasar.

La androide se volvió, sorprendida, y descubrió que Merlín estaba a su lado. Se encontraban cogidos de la mano.

—Él, no —volvió a decir la voz, imperativa.

Merlín la miró y sonrió. Una sonrisa pequeña y melancólica. Bruna quiso hablar con él, quiso dar la vuelta y regresar a la sala. Pero ya se habían puesto en movimiento, ya todo era imparable y era muy rápido. Bruna descendía volando hacia la ciudad y Merlín se iba quedando rezagado, Merlín era un peso muerto tirando de ella. La rep apretó la mano de su amante, apretó y apretó para no soltarse de él, para no separarse. Pero el hombre flotaba como un globo de helio y se quedaba atrás, haciendo que su brazo se estirara dolorosamente.

—¡Nonononono! —gritó la androide, sintiendo que se le escapaba.

En su desesperación por no perderle le clavó las uñas en el dorso, pero las sudorosas manos fueron resbalando y, de pronto, ya no se tocaban. Merlín, con las extremidades extendidas en el aire como una estrella, ascendía hacia el cielo negro e inacabable y desaparecía al fin a la deriva entre las sombras del nunca jamás.

Bruna se sentó de golpe en la cama. Estaba empapada de sudor y jadeaba, porque el terror de la pesadilla todavía le aplastaba los pulmones. Miró la hora proyectada en el techo: 03:35. Del jueves. No, del viernes. Del 28 de enero de 2109. A una semana del final del mundo, según los apocalípticos. Cuatro años, tres meses y catorce días.

Gimió quedamente porque el dolor la estaba matando. El dolor de la ausencia de Merlín, el dolor del recuerdo de su dolor. Si la gente viera morir a los demás de modo habitual, si la gente fuera consciente de lo que cuesta morirse, perdería la fe en la vida. Bruna tensó las mandíbulas y rechinó los dientes. Basta, pensó. Se levantó de un salto, se puso el viejo equipo de deporte de la milicia y salió del apartamento a desfogarse. Madrid estaba desierto, más solitario aún porque en la esquina ya no se encontraba apostado Maio: su presencia había sido tan constante que ahora parecía haber dejado un hueco en el paisaje. Pero el *bicho* se había quedado en el circo, con Mirari.

Bruna empezó a trotar por la calle vacía pero enseguida se puso a correr, salió disparada a toda velocidad sin siquiera esperar a calentar, corría y corría por encima de su capacidad y los muslos empezaron a dolerle y el aire penetraba en sus pulmones como si fuera fuego. Zancada-zancada-zancada, sus pies resonando sobre el duro asfalto, el corazón retumbando en la garganta, el cielo sobre su cabeza, tan negro y amenazador como el de su pesadilla. Ah, Merlín, Merlín. El sonido empezó a salir a presión entre sus dientes apretados, primero fue un gruñido, luego un gemido, ahora Bruna había abierto la boca de par en par y gritaba, aullaba con todas sus fuerzas, con su carne y sus huesos, cada una de las células de su organismo exhalaba a la vez ese alarido, corría y gritaba como si se quisiera matar gritando y corriendo, como si quisiera volver su cuerpo del revés. Las gruesas botas militares caían una y otra vez sobre la acera y el pesado golpeteo resultaba vagamente satisfactorio, le parecía estar pisoteando el mundo y dándole patadas a la realidad. Bruna corría con saña.

De cuando en cuando sombras fugaces como cucarachas desaparecían a toda velocidad delante de ella. Se abrieron algunas ventanas a su paso, se iluminaron luces. Cuatro años, tres meses y catorce días, pensó la androide mientras chillaba a pleno pulmón. O también: 711 días. Ya casi dos años desde la muerte de Merlín. Entre los dos vectores, la suma ascendente de la memoria y la descendente de la propia vida, se abría el gran agujero de los terrores, el insoportable sinsentido. Imposible no desesperarse y no gritar.

Justo en ese momento vio que una pistola emergía frente a ella en la oscuridad.

—¡Alto! Policía. Identifícate.

Era un PAC, un Policía Autónomo Contratado, un servicio mercenario que utilizaba el gobierno regional, siempre en perpetua crisis económica e incapaz de mantener sus propias fuerzas de seguridad. Las empresas de PACS variaban mucho en precio y calidad; este agente jovencito de voz indecisa y arma temblorosa debía de pertenecer a una contrata muy mala y muy barata. Sin detenerse, Bruna aprovechó el impulso de su furor y su carrera para arrancarle la pistola al muchacho de un puntapié y luego arrojarse sobre él. El chico cayó de espaldas al suelo y la rep quedó encima y atenazó su cuello. El policía ni siquiera intentó defenderse: estaba lívido, paralizado de terror. En un chispazo de cordura, la androide se vio a sí misma desde fuera: con el rostro deformado por la ira y rugiendo. Porque ese ruido sordo que escuchaba era su propio rugido... un amenazador bramido de animal.

—Por-favor-por-favor-por-favor —farfulló el policía medio ahogado.

Era un niño.

—¿Por qué me has apuntado?

—Perdona... Perdona... Los vecinos nos han avisado... yo era el que estaba más cerca...

Eso quería decir que pronto vendrían más.

—¿Qué edad tienes?

—Veinte.

¡Veinte años! Bruna jamás había tenido veinte años, aunque los recordara. Experimentó una punzada de odio tan inesperado y tan agudo que se sobresaltó: un odio infinito hacia ese humano privilegiado que ni siquiera sabía lo mucho que tenía. Sus manos vibraron por un momento con el deseo de apretar los dedos. De cerrar las manos en torno al cuello del chico. Fue como un calambre, como el paso instantáneo y galvanizador de una corriente eléctrica. Pero después ese impulso se fue y no quedó ni rastro. Sólo quedó un chico, casi un niño, a punto de llorar bajo sus garras. Y un cielo muy negro sobre sus cabezas.

Entonces Bruna soltó al policía y se puso de pie.

—Perdona. Lo siento de verdad. Espero no haberte hecho daño.

El policía se sentó en el suelo y negó con un gesto.

—Ha sido un acto reflejo al verte venir hacia mí con la pistola de plasma. Estoy con los nervios de punta, eso puedes entenderlo. Nos estáis persiguiendo, nos estáis marginando, nos estáis odiando. Nos estáis matando. Pero fuisteis vosotros quienes nos construisteis.

Dos lágrimas densas y redondas como gotas de mercurio cayeron sorpresivamente por las mejillas de Bruna. ¿De dónde salía ese agua? ¿Cómo era posible haber vivido antes tanto dolor con los ojos siempre secos, y llorar ahora sin ningún motivo? Entonces, mientras intentaba controlarse y contenerse, la rep vio que el PAC también estaba llorando. Sentado sobre el suelo, como un niño chico, mojaba sus pestañas con un pequeño llanto. Tan distintos los dos, y de repente unidos por las lágrimas en esa noche oscura y solitaria. Fue un instante muy extraño. El momento más raro de la vida de Bruna.

Entre su absurda carrera de madrugada y lo mucho que le costó volver a conciliar el sueño, Bruna no había dormido nada. Se levantó más cansada de lo que se había acostado la noche anterior, torpe hasta la exasperación, lenta y atontada. Se equivocó al pulsar la cocina dispensadora y en vez de un café se sirvió una sopa que tuvo que tirar; decidió entonces coger uno de esos expresos desechables que bastaba con agitar para que adquirieran la temperatura perfecta, pero cuando despegó la cubierta del vaso se derramó todo el líquido encima. Ya estaba de suficiente malhumor, pero por añadidura la ducha de vapor dejó repentinamente de funcionar y la androide tuvo que aclararse con agua. Un costoso desperdicio, sobre todo teniendo en cuenta el calamitoso estado de sus finanzas.

Lo único que le apetecía a Bruna para entonces era volver a meterse en la cama, o tal vez incluso debajo de la cama, por miedo a lo que pudiera traer un día evidentemente tan nefasto. Pero hizo de tripas corazón y se puso a trabajar con aturdida desgana. Habló con Habib para informarle de los avances en la investigación, que en realidad no había avanzado nada; pero por lo menos le pudo mencionar su próxima cita con el memorista clandestino. Habló con Yiannis para decirle que todo iba bien porque suponía que estaría intranquilo por su infiltración en el PSH, y, para su sorpresa, descubrió que el viejo no sólo no parecía preocupado, sino que probablemente ni siquiera se acordaba de ello: estaba demasiado alterado con la manipulación del Archivo y con la falta de respuesta ante sus quejas. Cada vez más irritada, Bruna revisó su cuenta corriente en Bancanet y comprobó que su situación era peor de lo que se esperaba, porque le habían cobrado el tercer plazo del préstamo personal que había pedido meses atrás, cuando se encontraba sin trabajo y sin ánimos. A continuación llamó al encargado de mantenimiento del edificio para comunicarle la rotura de la ducha de vapor, y el hombre contestó que, según sus registros de autoanálisis, a la ducha no le pasaba nada, ocasión que la androide aprovechó para arrojarle encima una bronca descomunal de atronadores berridos. Después, vibrando aún de la descarga de adrenalina, fue a la cocina, extrajo de la pared el horno empotrado y se lo tiró sobre un pie. Es decir, no se lo tiró, sino que el aparato resbaló entre sus manos, y por fortuna no le aplastó el pie porque sus rapidísimos reflejos le permitieron hacer una cabriola en el aire y salvar los dedos por muy poco. Pero el horno se estrelló sonoramente contra el piso y la puerta se rajó y desencajó.

—Malditas sean todas las malditas especies... —barbotó con desesperación.

Tendría que comprar un horno nuevo y además muy pronto, pese al calamitoso estado de sus finanzas, porque el aparato ya no entraba en el agujero y no podía arriesgarse a que viniera alguien y descubriera su escondite secreto. Un escondite del que ahora sacó la pequeña pistola de plasma, que guardó en su mochila: tenía una vaga pero persistente intuición de peligro, y había decidido acudir armada a la cita con el pirata de las *memas* ilegales. Luego se acercó a la pantalla principal y verificó manualmente una vez más que no había recibido ninguna comunicación ni mensaje de Lizard.

—Ese maldito cabezota... —gruñó.

Bruna estaba lista y además tenía que salir ya si quería ir a la cita con el memorista en transporte público, pero en vez de hacer eso se dejó caer sobre la silla y pidió al ordenador que llamara al inspector. El rostro del hombre llenó la pantalla, más granítico e impenetrable que nunca.

—Qué quieres.

Evidentemente no estaba de humor. En realidad la androide no sabía qué quería, quizá disculparse de algún modo por su comportamiento del día anterior. Pero la antipática sequedad de Lizard le hizo adoptar, de manera refleja, una aspereza semejante.

—Una pregunta. ¿Piensas que es verdad eso que dijo el embajador de que los tatuajes eran una falsificación de la escritura labárica? —improvisó.

Paul entrecerró un poco más sus pesados párpados.

—¿Tú qué crees? —contestó con un tono vagamente irritado.

La rep reflexionó un momento.

—Me indigna darle la razón a ese miserable, pero creo que sí. Las mentiras suelen abundar en detalles innecesarios y él no se esforzó en absoluto en vestir lo que dijo.

—Puede ser. ¿Algo más? Estoy muy ocupado.

—Esta mañana voy a verme con un memorista pirata.

Bruna se escuchó a sí misma diciendo eso y se quedó pasmada. ¿Por qué le contaba al policía un dato tan importante? Porque no quiero que me cuelgue, se respondió. Porque quiero que volvamos a ser amigos. Pero en realidad había sido una confidencia estúpida: sin duda Lizard se metería de nuevo con Nopal y le desaconsejaría que acudiera a una entrevista concertada por él.

—Muy bien. Pues que te cunda —respondió Lizard.

Y cortó la comunicación. La rep se quedó mirando la pantalla estupefacta. Cómo: ¿ni siquiera iba a molestarse en discutir con ella? Cuatro años, tres meses y catorce días. Cuatro años, tres meses y catorce días, repitió mecánicamente. Pero siguió sintiéndose igual de desolada.

En ese instante entró una llamada del supremacista Serra en el móvil de Annie Heart. Por supuesto, se dijo Bruna con taciturno ánimo: seguro que ahora me coinciden las citas del supremacista y del pirata. Cuando las cosas iban mal, siempre solían ir peor. Respondió sin imagen.

—Qué hay.

—Tienes suerte: Hericio te va a ver. Dentro de media hora, frente al Saturno.

La detective cogió aire.

—No.

—¿No?

—No, hoy no. Mañana.

Sintió el silencio alelado del hombre.

—¿Cómo que hoy no? —dijo al fin.

—Mira, no soy yo la que tengo suerte, sino vosotros, porque puedo ser una buena contribuyente para vuestra causa. Si Hericio quiere verme, es que ya habéis comprobado mis buenas intenciones. Vale, pues ahora yo quiero comprobar las vuestras. Ya que voy a daros un buen pellizco de dinero, quiero que me tratéis bien, con educación e incluso con un poco de adulación. ¿Qué es eso de hacerme ir corriendo como quien silba a un perro? Será mañana o no será, porque me voy pasado. Y como soy generosa, os dejo escoger el momento. Mañana tengo todo el tiempo para Hericio.

Calló aguantando la respiración ante su propia audacia.

—Está bien. Veré lo que puedo hacer —gruñó Serra antes de desconectar.

Bruna dejó escapar lentamente el aire de los pulmones. Esperaba no haberlo estropeado todo. Echó la silla hacia atrás para levantarse y las ruedas se trabaron: se habían enganchado con unos trapos deshilachados. Intrigada, la detective tiró del tejido y empezaron a salir apretados ovillos de telas medio roídas. Acababa de descubrir uno de los depósitos secretos de comida de Bartolo: la pata hueca de su silla de trabajo estaba rellena hasta reventar con un alijo de harapos variados. Bruna vació el tubo primero con irritación, luego con cierta ternura y por último con algo parecido a la añoranza. Y cuando se dio cuenta de que casi echaba de menos a ese animal estúpido y de que incluso estaba pensando en guardarle los trapos en algún lado, fue cuando de verdad se puso de un humor de perros. Decididamente, éste no era su día, se dijo, mientras arrojaba los andrajos al incinerador.

Por lo menos salió con tiempo de casa y después de tomar el metro y dos trams llegó al lugar acordado, que estaba en las afueras de Madrid. Era una antigua zona industrial en la actualidad muy decaída: casi todos los locales se encontraban cerrados y buena parte de ellos estaban en ruinas. Las malas hierbas crecían en las grietas de los muros y pequeñas montañas de vetustas basuras se habían fosilizado en los callejones, creando un todo apelmazado que el tiempo y la lluvia descolorían. Apenas circulaban vehículos por las bacheadas calles dispuestas en cuadrícula, y en los diez minutos que anduvo dando vueltas hasta dar con el almacén no se cruzó con ningún viandante. Un sitio encantador.

La nave 17-B del sector cuatro parecía una ruina más, por eso a Bruna le costó localizarla. La zona entera carecía de marcas de GPS, lo que indicaba su nivel de arcaico deterioro. La detective tuvo que buscar el sitio visualmente, aunque casi todos los rótulos estaban arrancados o pintarrajeados hasta hacerlos ilegibles. De hecho, el cartel de latón del 17-B estaba en el suelo, junto a la puerta. Parecía que se había caído, pero cuando Bruna lo quiso levantar advirtió que estaba clavado al pavimento. El portón corredero de la nave, única entrada visible, estaba deformado, carcomido por el óxido y torcido, como si no hubiera sido abierto durante décadas y no pudiera volver a abrirse nunca jamás.

—¿Hola? ¿Hay alguien ahí?

Aporreó la corroída chapa unas cuantas veces sin mucho entusiasmo, preguntándose si no se habría equivocado de dirección. Iba ya a llamar a Nopal para confirmar la cita, cuando de repente el portón se alzó con facilidad y sin ruido; Bruna dio un paso adelante y la puerta volvió a descender silenciosamente a sus espaldas. Evidentemente se trataba de un cerramiento nuevo y en buenas condiciones; el aspecto roto y corroído que mostraba al exterior era un simple camuflaje. La detective miró alrededor: estaba en un pequeño vestíbulo blanco y vacío.

—Entra en el ascensor y pulsa el botón B —ordenó una voz sintetizada por ordenador.

Era un montacargas gris, una reliquia industrial del siglo XXI. Sólo tenía tres botones: A, B y C. Pulsó el que le habían dicho y la caja retembló y se puso en marcha muy lentamente. Cuando se detuvo y abrió sus puertas, Bruna se encontró en un gran salón opulentamente decorado en estilo neocósmico. Divanes flotantes y sofás abrazadores a la última moda se alternaban con selectas piezas de anticuario: un escritorio art decó, un armarito chino. Los muros mostraban imágenes animadas de una vista panorámica: una hermosa playa solitaria y, a lo lejos, un pueblo blanco al pie de una montaña. El paisajismo interiorista estaba muy bien hecho y verdaderamente parecía que todas las paredes de la sala eran grandes vidrieras al exterior; las imágenes incluso mantenían la continuidad, de modo que si un perro cruzaba corriendo uno de los muros, pasaba al muro siguiente guardando la adecuada perspectiva. Un trabajo carísimo.

—Entra. Ven aquí.

El sitio era tan grande y estaba tan lleno de muebles que al principio a Bruna le costó ver de dónde salía la voz. Al fin localizó al tipo en un grupo de divanes rojos. Se estudiaron mutuamente mientras se acercaba: era un chico joven y muy delgado. Pero cuando llegó junto a él, la rep advirtió que esa carita tersa y aniñada era producto de la cirugía: sin duda era mucho mayor de lo que aparentaba a primera vista. De cerca, tenía un aspecto plástico e inexpresivo. Desagradable.

—Parece que lo de ser un memorista pirata da bastante dinero... —dijo Bruna a modo de saludo.

El hombre hizo un gesto raro con la boca que probablemente fuera una sonrisa. Pero estaba tan estirado que las comisuras se resistían a curvarse.

—Sí, el negocio no va mal... Tomaré tu observación como un cumplido... porque te estoy haciendo el favor de recibirte... para darte cierta información que te interesa... Así que no voy a pensar que seas tan necia como para insultarme nada más llegar... No, lo que haré será pensar que te ha sorprendido esta bonita casa y que tu frase es un reconocimiento implícito de lo preciosa que es.

Bruna tragó saliva. El hombre tenía razón. Se maldijo a sí misma por bocazas y sobre todo maldijo la agresividad que le despertaban los memoristas. El recuerdo de Nopal y de los brazos de Nopal mientras bailaban pasó por su memoria como un viento caliente. Y aún era peor si no le despertaban agresividad.

—En efecto, es un cumplido. Es que a los replicantes de combate se nos dan mal las cortesías sociales. Me he quedado impresionada con tu casa, desde luego. ¿Puedo sentarme?

El tipo asintió con un gesto de cabeza y Bruna se dejó caer en el diván de enfrente. El mueble se meció levemente en el aire al recibir su peso.

—Y estoy aún más impresionada por el hecho de que hayas aceptado verme y hablar conmigo. ¿Por qué lo haces?

—Eso tienes que agradecérselo a Nopal —contestó el pirata agitando una mano esquelética frente a él.

—¿Sois amigos?

El hombre resopló sarcásticamente.

—¿Amigos? No diría yo eso... Mmmmmm... No. Exactamente amigos, no. Pero te veo porque él me lo pidió.

—Pues Nopal debe de ser muy convincente... porque además me has recibido en tu propia casa... Extraordinario. Muy... íntimo.

El tipo volvió a componer ese gesto raro con la boca que tal vez fuera una sonrisa. Su excesivo y zafio trabajo de cirugía plástica no casaba con la exquisitez del lugar, pensó la rep. También su ropa parecía vulgar, un terciopelo negro ostentoso y hortera, por no hablar de las cadenas de oro que estrangulaban su pescuezo pellejudo. Desde luego el hombre no tenía nada que ver con el refinamiento del ambiente.

—No tengo mucho tiempo. ¿Vas a perderlo hablando de Pablo Nopal? —gruñó el hombre.

—Prefiero que hablemos de las *memas*.

—¿De cuáles?

—De las adulteradas. De las que están volviendo locos a los replicantes y después los matan.

—Yo de ésas no sé nada. Nunca maté a nadie. Pirata sí, asesino no. Sólo trabajo con traficantes de confianza. Gente seria. Ellos tienen la clientela, consiguen el hardware... Yo me limito a escribir el contenido.

—Ya. Y supongo que tampoco sabes nada de quién puede estar detrás de los implantes mortales, claro...

—Bueno, algo se oye por ahí. Sé que es alguien que viene de fuera.

Labari, pensó Bruna de inmediato.

—¿De fuera de la Tierra, quieres decir?

—De fuera del oficio.

—¿Lo tuyo es un oficio? —gruñó decepcionada.

—Tanto como lo tuyo, con la diferencia de que yo soy mejor profesional que tú.

Bruna suspiró.

—No lo dudo. Disculpa. Pero si de verdad eres tan

bueno, te llamarían para que hicieras las *memas* asesinas...

—Te he dicho ya que no.

—¿Cuántos sois? ¿Cuántos memoristas ilegales como
tú hay en el mercado?

—Como yo no hay nadie. Soy el mejor. Pero luego
puede haber media docena.

—¿Y cuál de ellos podría haberlo hecho?

—De ésos, ninguno.

—¿Por qué?

—La mayoría de los memoristas piratas son muy
malos. Utilizan tramas aleatorias compradas en el mercado negro e imágenes sintetizadas por ordenador. Sus
memas son una basura. Pero esas memorias asesinas son
increíbles... Raras, muy raras. Nunca he visto nada igual.
Muy violentas y llenas de odio, pero también llenas de
veracidad. Ahí detrás hay un escritor. Alguien que ansía
expresarse. Son breves, apenas cuarenta escenas, pero
buenas. Los piratas que conozco nunca hubieran sido
capaces de hacerlas.

—Me dejas asombrada: ¿cómo es que conoces el
contenido de las *memas* asesinas?

—Bueno, todos tenemos contactos... Y es mi profesión. Más aún, se puede decir que me va la vida en
esto...

—Dices que son muy raras... ¿Por eso crees que han
llegado nuevos traficantes a la ciudad?

—No, no. Yo no he dicho eso. Ahí está lo extraño del
asunto. No hay nuevos traficantes. No hay nuevos memoristas. No es que haya una partida adulterada... Nadie
está metiendo *memas* asesinas en el mercado. Nadie las está
vendiendo. No es una operación comercial. No es un
asunto de drogas. ¿Entiendes lo que digo?

Bruna reflexionó un instante para procesar las palabras del hombre.

—Quieres decir que las víctimas no compraron los implantes voluntariamente... Que les introdujeron las memorias a la fuerza... Y que probablemente no fueron víctimas casuales, sino que las eligieron por alguna razón...

—Eso es.

De manera que no sólo Chi, sino todos los demás replicantes podrían haber sido cuidadosamente seleccionados siguiendo algún plan.

—¿Y por qué están asesinando también a los traficantes habituales?

El memorista se rascó la punta de una oreja con nerviosismo.

—Mmmm... Ésa es una buena pregunta. Una pregunta cuya respuesta me gustaría saber.

Tenía miedo. El hombre tenía miedo, comprendió la androide de repente. Eso explicaba algunas cosas.

—Temes que puedan matarte a ti también... Por eso has querido hablar conmigo...

—Ya te he dicho que lo de verte es cosa de Nopal... Pero, como es lógico, me inquietan esas muertes... Como dice el refrán, cuando el plasma brilla cerca, la sangre propia se pone a hervir.

—¿Y no tienes alguna hipótesis?

—¿Y tú? A fin de cuentas tú eres la detective.

Bruna frunció el ceño.

—Al principio pensé que era una guerra por el mercado... para desembarazarse de los competidores.

—No. Además, no parece que quieran acabar con todos... De mis socios habituales, sólo han matado a uno. Estaba en compañía de otro traficante cuando lo asesinaron, pero al otro no lo tocaron. Parece que también los seleccionan.

—¿Quizá por algo que saben?

El memorista palideció. Por eso se había operado de una manera tan salvaje, se dijo Bruna. Todo empezaba a encajar: no fue una cirugía estética, sino un cambio de aspecto y de identidad. Era un hombre que intentaba esconderse, un fugitivo.

—Por algo que saben... —repitió taciturno el pirata.

—Por ejemplo, lo de aquel proyecto clandestino de la antigua UE para implantar comportamientos inducidos. Aquellas memorias artificiales para humanos...

La idea se le había ocurrido de pronto, como salida de la nada. La androide siempre se dejaba llevar por esos súbitos relámpagos intuitivos: estaba convencida de que a veces se le metían esos pensamientos en la cabeza porque los captaba de alguna manera del entorno. La serie de replicantes de combate a la que pertenecía Bruna había sido provista de una enzima experimental, la nexina, que supuestamente fortalecía la percepción empática. Los experimentos no habían sido concluyentes y la enzima se consideraba oficialmente un fracaso, pero dijeran lo que dijesen los bioingenieros, a la detective le parecía que aquello funcionaba, al menos de cuando en cuando. El memorista se encogió sobre sí mismo.

—¿Cómo sabes eso? —dijo bajando la voz.

—Todos tenemos contactos, como dices...

El hombre parecía incómodo.

—Es un tema muy... Ejem... Yo participé. Sí. No me importa decírtelo. Participé en aquellos experimentos. Cuando eran clandestinos, sí, pero oficiales. Un asunto de Estado. Y luego, cuando cerraron el programa a toda prisa y de mala manera, me hicieron la vida imposible.

Me acusaron de cosas que no había hecho. Me expulsaron de la profesión. No me dejaron volver a trabajar de memorista. Y yo era el mejor. Soy el mejor. Por eso me habían contratado.

—No parece justo...

—¡Es un atropello!

—¿Y quiénes fueron los que te hicieron eso?

El hombre torció el gesto.

—No pienso decir más. Ya he hablado demasiado. Es peligroso.

—Pero esos miserables que te contrataron y que luego te destrozaron la vida... Merecerían que la gente supiera lo que han hecho...

El hombre resopló, furibundo.

—¡Si se supiera yo ya estaría muerto! ¿Te crees que soy imbécil? No intentes dorarme la píldora de esa manera tan burda. No te creas que así me vas a sacar más información.

Bruna levantó las manos en un gesto de apaciguamiento.

—Está bien, de acuerdo, perdona. Es verdad que estaba intentando congraciarme contigo... un poco. Pero también es verdad que me parece una historia terrible... Y puede ser la razón de los asesinatos. ¿Quién dirigía ese programa? ¿Quién te hizo eso?

El memorista achinó los ojos y se mordió el labio inferior. Pero estaba demasiado iracundo para poder contenerse.

—La culpa no fue de quien llevaba la dirección científica. De hecho, los científicos también fueron...

El hombre calló de pronto y se quedó mirando a Bruna con ojos muy redondos. Y con la deformada boca muy redonda. Todo sucedió en una milésima de segundo, la inmovilidad, el gesto de pasmo; hasta que de su boca salió un chorro sanguinolento. Para entonces, la rep ya se había lanzado de cabeza al suelo y rodaba debajo del diván flotante. El aire olía a caramelo quemado, que era el olor del plasma, y a la dulzura nauseabunda de la sangre. Los disparos de plasma no suenan, de manera que sólo sabes que te están disparando cuando la helada luz te abre un agujero. Bruna gateó por debajo de los sofás y se protegió tras el armario Ming. Sacó su propia pistola, que parecía tan pequeña en su larga mano, e intentó calibrar la situación. Desde su precario parapeto no se veía a nadie. El memorista había caído de bruces al suelo; el tiro le había entrado por el cuello y parecía haberle reventado la tráquea. Debían de haber utilizado un plasma negro, un tipo de armamento ilegal cuyo impulso lumínico se convertía en un ancho haz al entrar en el blanco. De ahí la cantidad de sangre que le había salido por la boca, el instantáneo destrozo. En cualquier caso, el tiro habría tenido que venir de la puerta. Era la única entrada que había en la nave, estaba justo al lado del ascensor y sin duda daba a la escalera. Aguantó la respiración y escuchó atentamente. No se oía nada, aparte del murmullo acuoso del muerto al desangrarse. Y no se veía a nadie.

Pero el agresor o los agresores tenían que estar ahí.

¿O tal vez sólo habían querido asesinar al memorista?

Esperó.

Y esperó.

Seguramente ya se había ido, pensó. Con un plasma negro, el armarito chino tras el que intentaba protegerse no era mayor defensa que una hoja de papel. Si el asesino hubiera querido matarla a ella también, ya lo habría hecho. Con cuidado, y siguiendo el recorrido que se había planificado previamente, Bruna se desplazó del armario al sillón grande. Del sillón a la mesa. De la mesa a la otra mesa de despacho. Ahí se detuvo, porque luego venía lo peor, un trecho despejado y bastante largo hasta la puerta. La nave no tenía ventanas, sino que estaba iluminada por unas placas cenitales de luz solar; de modo que tendría que salir por donde había entrado. Pero no por el ascensor, que podía convertirse en una estrecha trampa, sino por la escalera. Por el mismo lugar por donde sin duda había llegado el agresor.

Cogió aire y se lanzó en un sprint final hacia la puerta. La abrió de una patada. No había nadie. Pensó con regocijo: ya estoy casi fuera. Y en ese momento olió a sudor y adrenalina y percibió una leve vibración del aire a sus espaldas. Pensó en volverse pero no tuvo tiempo: algo duro le golpeó la cabeza y el hombro. La vista se le nubló y abrió las piernas en compás para no caer. Borrosos asaltantes salidos de no se sabía dónde se le echaron encima. No es posible, pensó en un exasperado instante. ¿Dónde estaban? ¿Dónde mierdas estaban metidos? Disparó al bulto su pistola de láser, pero un dolor lacerante en la muñeca le obligó a soltar el arma. Medio atontada, se defendió con furia animal de sus atacantes. Pegó, pateó, mordió. No le dolían los golpes que estaba recibiendo, pero era consciente de recibirlos. Demasiados golpes, calculó, no aguantaré mucho. Entonces se le doblaron las rodillas y se encontró en el suelo. Es el final, se dijo fríamente. Sin miedo, sin sorpresa. Y pensó en Merlín.

—Bruna... ¿cómo te sientes?

La rep no recordaba haberse desmayado, creía que había estado consciente todo el tiempo, quizá algo aturdida pero consciente; y, sin embargo, algo debía de haberse perdido, porque ahora no había nadie alrededor, es decir, no estaban sus agresores. Sólo estaba el enorme Lizard inclinado sobre ella. Daba una sombra agradable y era como una cueva protectora.

—¿Cómo estás?

—Perfectamente —contestó la rep.

O eso quiso decir. En realidad, sonó algo así como «pecccccfemmmen».

—Bruna, ¿sabes quién soy yo? ¿Cómo me llamo?

La irritación la espabiló bastante.

—Oh, porrrtdas sas especies, eres Paul. Paul. ¿Quécésaquí?

Iba recobrándose por momentos. Y con la lucidez vinieron los dolores. Le dolía el cuello. Le dolía la mano. Le dolían los riñones. Le dolía la cabeza. Le dolía hasta el aire que entraba y salía despacio de sus pulmones.

—Te rastreé. Menos mal. Tardabas mucho en salir, así que decidí echar una ojeada. La puerta estaba abierta y te encontré aquí tirada. Te han dado una buena paliza.

Por desgracia no pude ver a nadie. En el descansillo hay una puerta simulada que da a una escalera posterior. Debieron de huir por allí.

Bruna intentó incorporarse y soltó un gruñido.

—Espera...

Lizard la izó con la misma facilidad con que levantaría un muñeco y la dejó sentada con la espalda apoyada en la pared. También eso dolía. La espalda, o quizá la pared.

—¿Cómo te sientes?

—Mareada...

Se llevó una mano a la boca con cuidado.

—Creo que te han roto un diente —informó Paul.

—No fastidies...

Bruna escupió en el suelo un redondel de sangre. Cosa que le hizo recordar al memorista pirata.

—Ahí hay un hombre que está...

—Muerto. Sí. Le reventaron el cuello de un disparo —contestó Lizard.

Por la puerta aparecieron una pareja de PACS jovencitos y con cara de susto.

—Ya era hora de que llegarais. Ahí tenéis un regalo... —dijo el inspector señalando con la cabeza hacia el cadáver—. Ya he avisado al juez. Que nadie toque nada hasta que él venga.

—Sí, señor.

Mientras tanto Paul estaba revisando con hábiles manos el cuerpo de la rep, moviendo sus piernas, sus brazos, palpando sus costillas.

—Estás llena de sangre, pero me parece que la mayor parte es de él.

—Estoy bien —dijo Bruna.

—Seguro. Venga, te llevo al hospital.

—No. Al hospital no. A mi casa.

—Bueno. A tu casa, pero pasando por el hospital.

Lizard recogió del suelo un zapato de la androide, que se le había salido en medio de la vorágine, y, levantándole el pie, la calzó con primorosa delicadeza. Y entonces Bruna sintió que algo se le rompía dentro, que algo le empezaba a doler mucho más que todos los demás dolores de su magullado cuerpo.

—Estoy bien —repitió, aguantando a duras penas unas absurdas ganas de llorar.

Ah, ¿qué iba a ser de ella? Hacer el amor con alguien era fácil. Acostarse con el inspector, por ejemplo, hubiera sido algo sencillísimo y banal. Una trivialidad gimnástica rápidamente olvidable. Pero que alguien le colocara el zapato que había extraviado, que alguien la calzara con ese mimo áspero, con esa torpe ternura, eso era imposible de superar. El pequeño gesto de Lizard la había dejado indefensa. Estaba perdida.

En el hospital le hicieron un TCG fluorado de cuerpo entero y asombrosamente no existían lesiones de importancia: los órganos estaban bien, no había hemorragia interna de ningún tipo y el golpe en la cabeza no parecía haber producido un trauma perdurable. Tenía un par de costillas fisuradas y una herida superficial de disparo de plasma en la muñeca: por fortuna no era plasma negro y no había afectado a los huesos. En fin, nada que no pudiera mejorar una dosis subcutánea de paramorfina. En cuanto al diente roto, en el mismo box de urgencias le extrajeron el raigón, le pusieron un implante y atornillaron un nuevo diente perfectamente indistinguible de los suyos. Ventajas de ir con Paul Lizard, sin duda: Bruna estaba pagando con su mediocre seguro de salud, pero el inspector conocía a medio hospital y consiguió que le dieran un trato de seguro de primera clase.

—Es el centro médico al que venimos los de la Brigada de Homicidios... Por eso te traje aquí.

Te traje, se repitió Bruna blandamente mientras el hombre la ayudaba a entrar en su coche. La rep tenía la sensación de que Lizard estaba decidiendo demasiadas cosas por ella y en otras circunstancias esa situación le hubiera resultado crispante. Pero estaba agotada y la paramorfina acolchaba sus nervios, de manera que se arrellanó confortablemente en el asiento y se dejó llevar sin decir nada. Al salir del parking del hospital, una racha de viento huracanado meció el vehículo.

—Viento siberiano. Estamos en emergencia, no sé si te has enterado... Está llegando una crisis polar.

Ni siquiera la placidez de la droga impidió que la noticia provocara en la androide un profundo fastidio. Aunque el cambio climático había hecho subir varios grados la media de temperatura anual y desertizado zonas antes boscosas y templadas, una inversión de la llamada *oscilación ártica*, fenómeno que Bruna nunca había conseguido entender, causaba de cuando en cuando unas inusitadas y breves olas de intensísimo frío, un día o dos de nieves copiosas, furiosos vendavales y una caída en picado de los termómetros, que en Madrid podían fácilmente llegar hasta los veinte grados bajo cero. Aunque el fenómeno no había hecho más que empezar y todavía tendría que descender bastante la temperatura, los viandantes caminaban penosamente contra el ventarrón con cara de frío y hacían cola delante de los supermercados para comprar provisiones o, aún peor, calentadores y ropa térmica. A la rep siempre le asombraba la imprevisión de las personas; todos los años había al menos un par de crisis polares, pero la gente vivía como si eso fuera una excepción, algo anormal que nunca volvería a producirse. Y así, cada vez que venía una ola de frío se agotaban los implementos térmicos.

—Mira, ya está nevando —dijo Lizard.

Y era cierto: copos medio desleídos se estrellaban contra el parabrisas. Una nieve mortal, pensó la detective: los hielos dejaban siempre un reguero de víctimas, los más viejos, los más enfermos, los más pobres. La androide respiró hondo, sintiéndose extraordinariamente bien en el cálido y mullido interior del vehículo, en la pastosa serenidad del mórfico, en la protectora compañía de Lizard.

—Te has equivocado de camino. Era de frente.

—No vamos a tu casa, Bruna. Creo que será mejor que, por lo menos hoy, descanses en un lugar seguro, y no sé si tu apartamento lo es. Se diría que últimamente hay demasiada gente empeñada en agredirte...

Cierto, pensó la androide. Antes de los asesinos del memorista estuvo el grupo de matones que la interceptó camino de casa, y antes aún el asalto de su vecina. De esa Cata Caín que llevaba escrita en su *mema* mortal la escena de su asesinato. La imagen de la rep sacándose el ojo se encendió un instante en la cabeza de Bruna como un relámpago de sangre. Se estremeció.

—Y entonces ¿adónde vamos? —preguntó.

Aunque sabía la respuesta.

—A mi casa.

La androide frunció levemente el ceño. No era bueno, no era nada bueno entregarse de ese modo a la voluntad del inspector, asumir esa pasividad de criatura herida, la confortable debilidad de la víctima. No era nada bueno permitir que Paul tomara decisiones por ella, que ni siquiera hiciera la pantomima de consultarle, que la dominara con guante de seda. En cualquier otro momento, la rep se hubiera negado, hubiera discutido y protestado. Pero ahora se dejó llevar, sintiendo un extraño placer en la docilidad. Un placer perverso. Qué más daba, se dijo.

—Qué más da —gruñó a media voz.

De pronto recordó que unos días atrás había dejado su tanga sobre el capó de este mismo coche y una pequeña sonrisa le subió a los labios. ¿Qué habría pensado el inspector al encontrar el regalo? ¿Habría adivinado que era de ella? Fue la noche que conoció a Lizard. Una noche muy loca: el cuerpo le hervía con el *caramelo*. Con sólo pensar en el cóctel de oxitocina, a Bruna le pareció que su piel se electrizaba un poco. Candentes y borrosas memorias del éxtasis carnal empezaron a encenderse en su cabeza. Pero entonces también recordó que acabó en la cama con el omaá, y la suave excitación erótica que estaba experimentando abortó de repente. Todo eso había sucedido... ocho, no, siete días antes. El viernes 21 de enero. Cuántas cosas habían pasado en tan poco tiempo. Si fuera capaz de vivir todos los días de su vida con esa intensidad, su pequeña existencia tecnohumana parecería larguísima.

Echó hacia atrás el asiento y cerró los ojos. Cuatro años, tres meses y catorce días. Hoy era viernes, 28 de enero de 2109. Merlín había muerto un 3 de marzo: faltaba poco más de un mes para el segundo aniversario. Bruna se preguntó cuál sería la fecha exacta de su propia muerte. Su obsesiva cuenta atrás sólo indicaba el tiempo que le quedaba hasta llegar a la fatídica frontera de los diez años; pero, a partir de ahí, el TTT podía tardar dos o tres meses en acabar con ella. Calculaba que sería en abril, o en mayo, o quizá en junio. Del año 2113. En abril, en mayo, quizá en junio...

Debía de haberse quedado dormida, porque de pronto abrió los ojos con cierto sobresalto y vio que el coche estaba parado y que Paul decía algo.

—Venga. Hemos llegado.

La nieve empezaba a cuajar y al salir del vehículo el frío intenso atravesó su liviana ropa con un millar de agujas. Lizard echó un brazo por encima de los hombros de la rep y pegó su corpachón al de ella. Lo hizo con tanta naturalidad que Bruna no sintió ninguna extrañeza, antes al contrario, su propio cuerpo se adaptó automáticamente al del inspector como si hubiera sido un movimiento ensayado mil veces; y así, abrazados, inclinados contra el filo del viento, protegiéndose el uno al otro, cubrieron la distancia hasta el edificio.

Al entrar en el portal, sin embargo, la detective se desasió enseguida con cierto embarazo. El movimiento le provocó un pinchazo en las costillas laceradas.

—Así que vives aquí... —dijo bobamente por decir algo, mientras se tentaba el costado con dedos cautelosos.

Era una de esas casas viejas del antiguo centro de Madrid, rehabilitada interiormente algunas décadas atrás y no demasiado bien mantenida. El estrecho hueco de la desgastada escalera de madera albergaba un solo ascensor de apariencia vetusta. Lizard abrió su buzón de correo y salieron chillando unos cuantos anuncios holográficos que el inspector aplastó de un manotazo y tiró al cesto hermético. Luego le abrió el ascensor a Bruna.

—Sube tú. Cuarto piso. Yo voy por las escaleras.

No era de extrañar que fuera andando, porque la caja era tan pequeña que no hubieran cabido los dos salvo estrechamente abrazados. Una pena, se dijo Bruna con una pequeña sonrisa mientras el ascensor ascendía zarandeado por sospechosos tembleques. Cuando paró en el cuarto, Lizard ya estaba allí, sólo un poco asfixiado. No estaba mal de forma, sobre todo teniendo en cuenta su volumen.

—Pasa. Ponte cómoda.

¿Cómo demonios iba a hacerlo? Le dolía todo el cuerpo. Entró titubeante; el piso sólo tenía un espacio, pero era muy grande. Grande y desoladoramente austero. Una cama enorme, una mesa de trabajo, un sofá, estanterías. Todo tan desnudo e impersonal como la casa de un tecnohumano. O de la mayoría de los tecnos, rectificó Bruna mentalmente, recordando el recargado y primoroso dormitorio de Chi. E incluso su propio piso, sus cuadros, su rompecabezas. Aquí había tan pocos objetos decorativos que los tres antiguos balcones de barandilla de hierro constituían el mayor adorno del lugar. Pero la calle era muy estrecha y el edificio de enfrente, un bloque feo y barato de estilo Unificación, parecía meterse a través de las ventanas.

—Puedes dormir ahí —dijo Paul señalando el amplio sofa—. Es cómodo incluso para mi tamaño, lo he probado alguna vez, ya lo verás.

Bruna se sentó con cuidado. Y pensó, no por primera vez en esa tarde, en su pequeña y valiosa pistola de plasma. No sabía si se la habían arrebatado los agresores o si la tendría Lizard y prefirió no preguntar. Haber perdido su pistola era un auténtico fastidio, y conseguir otra sería bastante caro y problemático; pero decidió dejar las preocupaciones para el día siguiente. El piso mantenía una temperatura muy agradable y al otro lado de los cristales, en la mortecina luz del atardecer, la nevada arreciaba. Absurdamente, la androide se sintió casi feliz.

Lizard regresó a su lado provisto de una almohada, una manta térmica y una botella de Guitian fermentado en barrica.

—¿No era a ti a quien le gustaba el vino blanco?

—No, era a la otra rep —contestó Bruna jocosamente señalando la foto de una tecno que ocupaba la pantalla principal de la casa.

Paul lanzó un breve vistazo a la imagen por encima de su hombro y luego continuó colocando la manta en silencio. La detective temió haber dicho algo inconveniente.

—Mmmm... Sí, creo que me vendría bien esa copa.

—Voy a preparar algo de comer —dijo el inspector.

Y cuando se levantó, camino de la zona de la cocina, susurró algo al ordenador y la pantalla principal cambió la imagen por la de un paisaje de Titán.

Mientras el hombre trasteaba en el horno dispensador, la android se quedó mirando al exterior. La nieve apelmazaba el aire y cegaba las ventanas con un velo grisáceo; la tarde moría con antelación bajo el peso de la tormenta y la luz eléctrica se encendió automáticamente. Bruna sabía que no debía preguntar, pero no pudo evitarlo.

—Esa rep de la pantalla, ¿es alguna de las víctimas?

El hombre no respondió, cosa que no sorprendió a Bruna. Le sorprendió más oírse insistir groseramente:

—¿O quizá es una sospechosa?

Y, al cabo de un minuto de silencio, aún añadió para su propia consternación:

—¿Por qué no contestas? ¿Me ocultas detalles de la investigación?

Lizard regresó llevando una bandeja con unos enormes cuencos llenos hasta arriba de una sopa de miso.

—Iba a preparar unos bocadillos de atún reconstituido, pero luego me acordé de tu diente recién implantado. Déjame sitio.

Se sentó en el borde del sofá y puso un anillo térmico en la botella de vino para mantenerla fría. Luego descorchó el Guitian con parsimonia y sirvió dos copas. Bebió un par de tragos de la suya y miró hacia la calle. Afuera ya era de noche y la luz del piso se reflejaba en la cortina de nieve como en un lienzo.

—Si de verdad quieres saber quién es, ¿por qué no lo preguntas directamente?

—¿Cómo?

—Atrévete a preguntar y te contestaré.

Bruna calló un momento, avergonzada.

—De acuerdo. Supongo que no tiene nada que ver con el caso. Y también supongo que no debería meterme en lo que no me importa. Pero me gustaría saber por qué tienes la foto de una androide.

Paul revolvió su sopa cachazudo, llenó la cuchara, sopló el líquido, probó un poco con gesto apreciativo y después tragó el resto, mientras la rep esperaba con impaciencia a que acabara con la pantomima y siguiera hablando.

—Es Maitena.

Y se metió otra cucharada de sopa en la boca.

—¿Y quién es Maitena?

Nuevo revolver y soplar y deglutir. ¿Se estaba riendo de ella o le costaba hablar del asunto?

—En realidad es una historia muy sencilla. Cuando yo era pequeño, mis padres desaparecieron. Entonces me adoptó la vecina. Maitena. Una rep de exploración.

—¿Qué fue lo que pasó?

—Que se murió. ¿Qué querías que pasara? Le llegó su TTT.

—Digo con tus padres.

Paul alzó el cuenco y se puso a beber de él. Hacía ruido al sorber y de cuando en cuando se paraba a masticar el miso. Tardó muchísimo en tomárselo todo.

—Los metieron en la cárcel. Habían secuestrado a un tipo. Eran unos delincuentes. O lo son, porque creo que siguen vivos.

—¿Tus padres son unos delincuentes?

—¿Te extraña? Hay muchos en el mundo. Deberías saberlo. Forma parte de tu trabajo —comentó el hombre con sarcasmo.

Se limpió parsimoniosamente los labios con la servilleta y luego alzó por primera vez la cabeza desde que se había sentado en el sofá y la miró a los ojos.

—Yo tenía ocho años cuando me quedé solo. Maitena me crió. Murió cuando cumplí quince. Se puede decir que fue una infancia feliz. Gracias a ella. Ya te dije que no tengo nada contra los reps.

El hombre se levantó y tiró el cuenco desechable en el reciclador. Bruna le siguió con la vista sin atreverse a decir nada. Paul volvió y se sentó de nuevo. Su muslo rozaba la cadera de la rep.

—¿Sabes de quién era el loft al que has ido esta mañana?

La pregunta la desconcertó. Estaba demasiado sumergida en el olor del hombre, en su calor cercano, en el vértigo del momento de intimidad, y le costó salir de ahí.

—Del memorista asesinado, supongo.

Lizard negó con la cabeza. Tenía una curiosa expresión, entre burlona y belicosa.

—No. Es de Nopal. Es una de las propiedades de tu amigo Pablo Nopal.

Bruna dio un respingo.

—¿Estás seguro?

—Él no te había dicho nada, ¿verdad? Ya te lo he advertido... no es de fiar.

Era absurdo, pero la noticia no le gustó nada a la detective. El uso de los asaltantes de la puerta simulada y la segunda escalera, ¿no indicaba un conocimiento profundo del lugar? Un intenso cansancio pareció abatirse sobre ella y con él la renovación de todos los dolores.

—Estoy molida —gruñó.

—No me extraña. Toma, ponte una subcutánea. Creo que te toca.

Lizard le tendió el tubito inyector y la rep se disparó el mórfico en el brazo. Lentas y frescas oleadas de bienestar empezaron a recorrer su cuerpo.

—¿Mejor? —preguntó el hombre, inclinándose hacia la androide y poniendo la mano sobre su espalda.

Fue de nuevo un movimiento muy natural, un medio abrazo embriagadoramente afectuoso.

—Muuuucho mejor —susurró Bruna.

Deseó a Lizard con todo su cuerpo, con la cabeza y el corazón y con las manos, con un sexo devorador y una boca capaz de decir tiernas dulzuras; y se hubiera abalanzado sobre él de no ser porque un repentino sopor estaba cerrándole los ojos de forma irresistible. Pero un momento. Un momento. Quizá fuera demasiado repentino. Hizo un esfuerzo por espabilarse.

—¿Por qué tengo tanto sueño? —inquirió con voz pastosa.

—Te he metido un somnífero junto con la paramorfina. Te vendrá bien descansar.

En el caldeado piso, debajo de la manta térmica, envuelta en el abrazo del inspector, Bruna sintió frío. Pensó: no quiero dormirme. Pero los párpados pesaban como piedras. Lizard el Lagarto había aparecido justamente junto a ella después de la paliza. Qué casualidad, como diría Nopal. Y ahora la había traído a su casa. Y había puesto la foto de una rep en la pantalla para que la viera, y le había contado una absurda historia sobre una niñez melodramática. Respiró hondo intentando permanecer despierta, pero la somnolencia era como un ataúd que se cerraba sobre ella. La pequeña muerte del dormir. O la muerte eterna. Sintió una punzada de terror. Lizard el Caimán, el atractivo Lizard, la había drogado. La negrura del sueño la engulló sin poder discernir si Paul podría ser su amante o su asesino.

**Archivo Central de los Estados Unidos de la Tierra
Versión Modificable**

Madrid, 29 enero 2109, 15:27
Buenas tardes, Yiannis

Guerras Robóticas
Etiquetas: Paz Humana, X Convención de Ginebra, minas de coltán, Crisis del Congo, ~~Conjura Replicante,~~ ~~Lumbre Ras~~
#6B-138
Artículo en edición

Las Guerras Robóticas, que comenzaron en 2079 y terminaron en 2090 con la Paz Humana, son, junto con las Plagas, el conflicto bélico más grave que ha sufrido la Tierra. La escalada de violencia que asoló el planeta en la segunda mitad del siglo pasado propició la firma en 2079 de la X Convención de Ginebra, que, suscrita por la casi totalidad de los Estados independientes (153 de los 159 que existían por entonces), acordó sustituir los enfrentamientos bélicos tradicionales por combates de robots. Los ejércitos serían reemplazados por armas móviles y totalmente automatizadas que pelearían entre sí, a modo de gigantesco juego electrónico pero en versión real. Los artífices del tratado pensaron que de este modo se acabarían o minimizarían las carnicerías, y que las guerras podrían ser reconvertidas en una especie de pasatiempo estratégico, del mismo modo que los antiguos torneos medievales eran una versión dulcificada de los auténticos combates.

Sin embargo, las consecuencias de esta medida no pudieron ser más negativas. En primer lugar, a las pocas horas de firmarse el acuerdo estalló una guerra generalizada en casi todo el mundo, como si algunas naciones hubieran estado esperando con sus robots listos para entrar en combate (algunos politólogos, como la célebre Carmen Carlavilla en su libro *Palabras mojadas*, sostienen que la X Convención de Ginebra fue una simple maniobra comercial de los fabricantes de autómatas bélicos). Como los países más ricos poseían un número incomparablemente mayor de robots, los países pobres, aun habiendo firmado el tratado, jamás pensaron en respetarlo, y atacaron a los autómatas con tropas convencionales que les causaron un inmenso destrozo, dado que, siguiendo las especificaciones de Ginebra, los robots estaban *castrados* por un chip que les impedía dañar a los humanos. Chip que, claro está, fue removido subrepticia e ilegalmente a las pocas semanas, de modo que los vastos campos de humeante chatarra se volvieron a empapar enseguida de sangre.

El contraataque de los autómatas resultó tan descontrolado y devastador que se registraron más muertes en medio año que en todas las guerras habidas anteriormente en el mundo. A este periodo pertenece la Crisis del Congo. Como se sabe, en lo que era la antigua República Democrática del Congo se encuentra el 80 % de las reservas de coltán, un mineral esencial en la fabricación de todo tipo de componentes electrónicos. La explotación de las minas de coltán llevaba un siglo siendo el origen de diversos conflictos bélicos convencionales, pero las Guerras Robóticas superaron los límites de violencia conocidos: toda la población del Congo fue exterminada, a excepción del presidente Ngé Bgé y las doscientas personas de su familia, que no se encontraban en el país cuando la masacre y que hoy en día siguen siendo copropietarios de las minas de coltán, ~~junto con una empresa fantasma que en realidad está secretamente controlada por tecnohumanos~~.

****(¡*Atención a las totalmente injustificadas y erróneas alteraciones del texto! Insisto en la urgente necesidad de una investigación interna. Archivero central FT711*)****

La llamada Crisis del Congo no fue el único exterminio poblacional de las Guerras Robóticas, pero sí el más importante y conocido. Las grandes potencias mundiales radicalizaron rápidamente sus posiciones en torno a esta crisis y las cláusulas de Ginebra parecieron cumplirse al fin al pie de la letra: en la soledad del devastado territorio congoleño, entre metales oxidados y amarillentos huesos, los robots se estuvieron destrozando mutuamente durante más de un año. Hasta que un día los países enterraron tácitamente la X Convención de Ginebra y volvieron a mandar tropas al frente. A partir de entonces y hasta su fin, las Guerras Robóticas se dirimieron a la vez con autómatas y con soldados, combinación fatal que provocó una espantosa mortandad. ~~Una carnicería de la que, curiosamente, se libraron los replicantes, ya que, practicando como siempre la desobediencia civil (todos los derechos pero ningún deber), se negaron a participar en los combates. Eminentes autores como el profesor Lumbre Ras, premio Nobel de Física, han denunciado un complot androide para diezmar a los humanos. Sostienen, con abundantes pruebas documentales, que detrás del exterminio de los congoleños y de la vuelta a la guerra tradicional están los manejos subterráneos de estas criaturas artificiales, que, estrechamente unidas en una logia secreta, constituyen un verdadero poder en la sombra cuyo único fin es sojuzgar a los humanos.~~

*****Memorándum de crisis*****
A la atención de la supervisora general de Zona PPK

Ante las gravísimas irregularidades que vengo observando en los archivos en los últimos días, y dado que mis anteriores y repetidas denuncias no han obtenido ninguna respuesta por parte de mis inmediatos superiores, he decidido recurrir al protocolo de emergencia CC/1 de la Ley General de Archivos y presentar un memorándum de crisis al responsable de zona.
— Vengo registrando en la última semana numero-

sas y crecientes alteraciones erróneas en los textos de diversos archivos (véanse documentos adjuntos). Las alteraciones carecen de IDE (identificación electrónica; es decir, no se sabe quién las hizo, algo ya en sí mismo muy irregular), son totalmente falsas y todas constituyen una burda difamación de los tecnohumanos.

— Dichas alteraciones están aumentando rápidamente tanto en volumen como en la brutalidad del tono y de la mentira. El presente artículo es un buen ejemplo de lo que digo. En realidad, y contra lo que sostiene la mano anónima, en las Guerras Robóticas, como en todas las guerras, murieron sobre todo tecnohumanos de combate, pues para eso se les ha fabricado, desgraciadamente. Ningún tecno se negó a luchar, al menos que se sepa; y desde luego las minas de coltán no pertenecen a ningún androide, sino a la familia Ngé y a un consorcio armamentístico muy humano que produce robots bélicos. Por añadidura, ese supuesto y eminente profesor Lumbre Ras no existe; por más que se wikee su nombre o los anales de los premios Nobel, no se obtiene ningún resultado. Así de grosera es la falsificación de los artículos.

— Dado lo expuesto, resulta razonable sospechar que las alteraciones siguen un plan y tienen una finalidad concreta. Cuál es esa finalidad y hasta qué punto se puede tratar de una conspiración, dado el crítico momento de violencia interespecies que estamos viviendo en la Región (y no sólo en la Región: al parecer está habiendo disturbios similares en Kiev, en Nuevo Nápoles, en Ciudad del Cabo...), es algo que no me atañe analizar a mí, pero que sin duda debería ser investigado por quien corresponda con la mayor urgencia. Estoy tan seguro de la extrema gravedad de la si-

*tuación que, ante el temor de una posible tardanza\
reaccionar, voy a hacer algo que jamás he hecho en
los cuarenta años que llevo de archivero: voy a retener
el artículo en mi casillero, en vez de devolverlo a edición, y además voy a enviarme una copia del mismo, y
de este memorándum, a mi ordenador personal.*

*Se despide atentamente a la espera de una rápida
respuesta,*

Yiannis Liberopoulos, archivero central FT711

La despertó un sabroso olor a café y tostadas. Abrió los ojos y tuvo que cerrarlos inmediatamente, cegada por el hiriente resplandor de la nieve. Pero esa brevísima ojeada le bastó para colocar el mundo en su lugar. Estaba en casa de Lizard. Había pasado la noche allí. El inspector la había sedado. Pero no parecía que la hubiera matado. Bruna sonrió ante la tontería que acababa de pensar y volvió a levantar los párpados cautelosamente.

—Llevas durmiendo doce horas. Ya empezaba a estar preocupado.

Lizard se afanaba de acá para allá haciendo gala de una energía agotadora.

—Tengo que irme a la Brigada. Quédate todo el tiempo que quieras. Te he autorizado en el ordenador. Puedes entrar y salir de casa y pedirle a la pantalla lo que necesites.

—Bueno, supongo que sólo podré pedir *algunas* cosas... —murmuró ella con la boca pastosa.

—Evidentemente... Darte una ducha, comer algo... Te he dado una autorización básica doméstica. No querrás que te abra mi vida por completo de la noche a la mañana...

Paul hablaba con un tono risueño, pero Bruna enrojeció.

—Yo no quiero nada —gruñó.

Al otro lado de las ventanas el mundo estaba envuelto en un quieto y rechinante manto blanco.

—Anoche me drogaste.

—¿Cómo?

—Me diste un somnífero sin yo saberlo.

—Me parece que te vino muy bien.

—No vuelvas a hacerlo.

Lizard se encogió de hombros con cierto fastidio.

—Descuida, no lo haré... Y de nada, ¿eh? De nada. No hace falta que me abrumes con tu gratitud —añadió sarcástico.

Se embutió dentro de un enorme abrigo polar con capucha y abrió la puerta para irse.

—¡Lizard!

El inspector se detuvo un instante en el umbral.

—Esa... esa historia de Maitena y de tu infancia, ¿es verdad?

—¿Por qué iba a mentirte? —respondió Paul sin volverse.

Luego le lanzó una ojeada sobre el hombro derecho.

—Por cierto, hablando de mentiras... Anoche y esta mañana te han estado llamando insistentemente al otro móvil... Ya sabes cuál te digo... el ilegal.

Dicho lo cual, se marchó.

El Caimán siempre conseguía sobresaltarla.

Cuando llegó al hospital, Bruna había conseguido quitarse subrepticiamente el móvil de Mirari, que solía llevar pegado al estómago, y, tras enrollar la fina lámina traslúcida, la había escondido dentro de un bolsillo interior de su mochila. Sin embargo ahora el ordenador móvil estaba extendido sobre la mesa, junto a ella. Lo agarró de un manotazo: en efecto había seis llamadas perdidas de Serra, el lugarteniente de Hericio. Hizo un esfuerzo de concentración para introducirse en el personaje de Annie Heart y pulsó el número del supremacista. La desagradable cara del hombre llenó la pantalla. Parecía suspicaz e irritado.

—¿Dónde te has metido? —ladró.

—No es asunto tuyo.

—Claro que lo es. Eres demasiado misteriosa, guapa. De repente apareces de la nada, de repente desapareces... Y además estoy harto de no verte. Todo ese asunto del móvil no rastreable, de la falta de imagen cuando hablamos... Empiezo a pensar que ocultas algo... Y si lo haces, te aseguro que te vas a arrepentir.

Bruna tomó aire.

—Dejemos claras unas cuantas cosas: primero, ésos no son modos de tratar a un posible donante. Segundo: todavía no estoy segura de que quiera daros el dinero. Tercero: no se te ocurra volver a amenazarme o no sabrás más de mí. Llámame cuando sepas cuándo y dónde me veré con Hericio —dijo en tono gélido.

Y cortó la comunicación. Aguardó durante dos larguísimos minutos con los ojos fijos en la pantalla. Al fin la letras azulosas se encendieron: «A las 16:00 en el bar de tu hotel.» ¡Bien! Seguro que el Permiso de Financiación no les había dado el resultado previsto, se dijo la rep: parecían seguir ansiosos por llenar las arcas. Sin duda la recogerían en el bar del hotel para llevarla a algún lado. Perfectamente. No eran más que las 10:00. Había tiempo de sobra.

Bruna se tanteó las costillas: seguían doliendo, pero menos. El regenerador óseo que le habían infiltrado en el hospital parecía estar funcionando. Apartó la manta y se puso en pie con mucho cuidado. En realidad, y teniendo en cuenta la reciente paliza, se encontraba bastante bien. En el gran espejo de la pared comprobó que seguía llevando la ropa del día anterior, desgarrada, manchada de sangre y demasiado liviana para el frío que debía de estar haciendo fuera. Abrió los cierres y la dejó caer: tenía el cuerpo cruzado por las marcas de los golpes. Un mapa a todo color de la paliza. Los moretones subían como una enredadera hasta su rostro, y además llevaba una venda medicada cubriendo la herida de la muñeca. Si iba a ver a Hericio, tal vez tuviera que maquillar y disimular todo eso.

Todavía desnuda caminó hacia la zona de la cocina. Tenía un hambre de ogro y el olor a café y tostadas que Lizard había dejado en el ambiente le llenaba la boca de saliva anticipatoria.

—Pantalla, soy Bruna —ordenó.

—Dispongo de autorización para dos Brunas. Por favor, dime tu segundo nombre —contestó la suave voz femenina del ordenador.

La rep se picó: ¿Cómo que dos Brunas? ¿O sea que el lagarto Lizard se pasaba la vida trayendo mujeres a dormir a su casa?

—Soy Bruna Husky —gruñó.

—Bienvenida, Bruna Husky. ¿En qué puedo ayudarte?

La rep pidió un desayuno gigantesco y lo devoró mientras seguía rumiando su malhumor. Luego tomó una ducha de vapor y saqueó el armario de Lizard para vestirse con ropa de abrigo, disfrutando vagamente con la sensación de que por fin algo le quedara enorme: estaba acostumbrada a tener que llevar siempre los pantalones demasiado cortos y las espinillas al aire. Había abierto la puerta y salía ya del piso cuando, en un súbito arranque, volvió a entrar.

—Pantalla, soy Ingrid —dijo, forzando la voz para que sonara más aguda.

Era un nombre que se había puesto de moda unas cuantas décadas atrás y había una ridícula cantidad de Ingrids pululando por ahí: tal vez Lizard tuviera autorizada a alguna. En fin, sólo era por comprobar la facilidad con que el hombre concedía sus privilegios domésticos.

—No eres Ingrid. Eres Bruna Husky. ¿En qué puedo ayudarte? —contestó la voz electrónica con impertérrita amabilidad.

Los ordenadores de última generación eran bichos peliagudos de engañar.

Salió a un Madrid escarchado que parecía estar envuelto en encaje blanco. Apenas circulaban coches y la mitad de las cintas rodantes no funcionaban, a pesar de las cuadrillas de operarios que intentaban descongelarlas con pistolas de vapor. El suelo estaba crujiente y resbaladizo incluso para ella, que tenía reforzados genéticamente el sentido del equilibrio y la coordinación motora. Aquí y allá, los humanos carentes de esas mejoras se pegaban unas culadas estrepitosas: ése también podía ser otro de sus motivos para odiar a los reps, se dijo la androide ácidamente. La abultada ropa térmica y las grandes capuchas tenían la ventaja de unificar a las personas, y aún más si llevaban, como ella, gafas oscuras para mitigar el resplandor. Era prácticamente imposible reconocer qué tipo de sintiente era cada cual, lo que suponía un alivio porque las pantallas públicas seguían hirviendo de odio pese al frío reinante y por todas partes se hablaba de una inminente crisis dentro del Gobierno

Regional. El metro circulaba normalmente pero debía de estar atiborrado, y a Bruna no le apeteció confinarse en un pequeño espacio con una horda de humanos furibundos, de manera que decidió ir andando hasta el hotel Majestic. Los termómetros marcaban menos veintitrés grados. No era de extrañar que hubiera tan poca gente caminando y que los operarios de las cintas rodantes parecieran moverse con irreal lentitud de astronautas en gravedad cero, abultados y entorpecidos como iban por capas y más capas de baratos tejidos térmicos. Pero el cielo era una laca china de color azul intenso y contrastaba maravillosamente con el blanco todavía impoluto de la nieve recién caída. No había nada de viento y el frío era una presencia quieta y colosal. Bruna empezó a disfrutar del paseo.

¿Por qué no la habían matado los asesinos del memorista pirata? Habían tenido la posibilidad de hacerlo, desde luego. Y, si no la querían matar, ¿por qué la habían agredido? Hubieran podido irse sin dificultad y sin haber sido vistos, ¿para qué arriesgarse en atacarla? ¿Querían darle un susto? ¿Pretendían herirla con la suficiente gravedad como para quitarla de en medio? ¿O lo hicieron tal vez para robarle el arma? Esta posibilidad resultaba inquietante: tendría que atreverse a preguntar a Lizard si había encontrado su pistola de plasma.

Por otra parte, ¿quién sabía que ella iba a ver al memorista asesinado? Por supuesto, Pablo Nopal. Pero le parecía absurdo e innecesariamente alambicado montar todo ese escenario, arreglarle una cita con el memorista pirata, prestarle su propia casa, asesinar al tipo mientras ella estaba presente y después darle también a ella una paliza. No le parecía lógico que Nopal hubiera ideado ese guión complicadísimo, cuando seguramente podría haber llevado a cabo su plan en otras ocasiones y de manera mucho más sencilla... O quizá no. ¿Y si el pirata no se fiaba de él? ¿Y si Nopal le hizo venir a su casa usándola a ella como cebo? ¿Y si el ataque posterior que había sufrido ella no era más que una cortina de humo para emborronar el asesinato? Y, a fin de cuentas, ¿no era Nopal un especialista en escribir guiones complicados? Además de ser también un experto asesino, según Lizard.

Pero tampoco Paul estaba fuera de sospecha, ese Paul inquietante que aparecía y desaparecía siempre en los momentos más oportunos. Ese gigante impenetrable que ya le había salvado dos veces de unos enigmáticos atacantes. Dos veces en menos de una semana. Demasiada coincidencia, diría el memorista. Por no mencionar su rara amabilidad, las propuestas de colaboración, la amistad no pedida que parecía ofrecerle. ¿Y por qué la drogó la noche anterior? ¿Qué hizo durante las horas que ella estuvo durmiendo? Sin duda, revisar sus pertenencias: así debía de haber encontrado el móvil de Mirari. ¿Habría ido a registrar también su casa? ¿Y quizá incluso los cuartos del hotel? ¿Sabría el hurón Lizard de la existencia de Annie Heart, de su trabajo de *astilla*, de las habitaciones que había alquilado en el Majestic? La policía también estaba infiltrada, había dicho Myriam Chi. Y tenía que estarlo, desde luego. Ésta era una operación de gigantesco calado.

Cuatro años, tres meses y trece días. Pensar en la posible o incluso probable traición del inspector la ponía enferma. La volvía a dejar sola consigo misma, tan a solas con su tiempo limitado y su condena a muerte, tan a solas como los osos salvajes antes de que se extinguieran, como le había explicado Virginio Nissen en la última sesión. Se había acordado Bruna ahora del psicoguía porque estaba pasando cerca del Mercado de Salud en donde Nissen tenía la consulta. Movida por un impulso repentino, la rep cambió de dirección y se encaminó al mercado. Pocos metros antes de la puerta se cruzó con una humana joven que iba llorando y que la rozó al pasar con el viento caliente de su pena. Cada cual arrastrando su pequeño equipaje, como decía Yiannis.

En las galerías del mercado no había mucha gente y por lo menos un tercio de las tiendas estaban cerradas: probablemente los encargados no habían podido llegar a causa de la nieve. Sin embargo, la rep advirtió al menos dos novedades desde su última visita. La primera era que habían abierto un local de *Memofree*, la popular franquicia de borradores de memoria. Aunque la manipulación de la memoria era una tecnología con casi cien años de antigüedad, *Memofree* utilizaba la moderna y revolucionaria máquina que había inventado el turco Gay Ximen. El gran hallazgo de Ximen había consistido en abaratar los costes de tal modo que había puesto el procedimiento al alcance del gran público. «Borrado de memoria selectivo desde 300 gaias», pregonaban las letras luminosas del escaparate, aunque Bruna sabía que deshacerse de los recuerdos largos y complejos que afectaban a diversas zonas del cerebro podía llegar a costar 6.000 o 7.000 ges. «Rápido, permanente, seguro e indoloro: olvídate de los sufrimientos sin sufrir. Compatibilidad total con los tecnohumanos.» La Ximen33 llevaba ya una decena de años barriendo las cabezas de la gente y había personas adictas a la máquina que, patológicamente incapaces de soportar el menor malestar, acudían una vez al mes a extirparse pequeñas espinas de la memoria: una discusión desagradable, un amante pasajero que preferirían no haber tenido, una fiesta en la que no brillaron como esperaban. Pero también había individuos que, aunque arrastraran una piedra en el corazón, se negaban a utilizar la máquina. Como Yiannis. O como ella misma. Ella quería seguir recordando a Merlín, aunque doliera. La humana que salía llorando del mercado quizá fuera alguien que se había echado para atrás en el último instante y que había preferido continuar abrazada a su sufrimiento. Nuestra pena también es lo que somos, se dijo Bruna. «¡Funciona! 100 % garantizado.»

La otra novedad era una exposición de arte que habían montado en la planta baja del mercado. Era arte alienígena, concretamente gnés, quizá auspiciado por el médico de esa especie que tenía su consultorio en el primer piso. Los cuadros, magníficas holografías suprarrealistas, flotaban a media altura del vestíbulo central. Se trataba de unas obras enormes, de cuatro por cuatro metros o más grandes, perfecta y absolutamente negras. Rectángulos de pesada y continua oscuridad que de primeras parecían todos iguales, pero que luego, cuando te detenías a observarlos de cerca, se revelaban como sutilmente distintos, vertiginosos y arremolinados en su negrura. Eran unas tinieblas llenas de movimiento y luz, unos lienzos inquietantemente extraños. El pintor se llamaba Sulagnés y, si te fijabas bien, los negros destellos que parecían moverse dentro de los cuadros formaban y repetían incesantemente la misma frase:

Agg'ié nagné 'eggins anyg g nein'yié.

Bruna dirigió el ojo del móvil hacia las letras y la curva pantalla que se abrazaba a su muñeca tradujo instantáneamente la sentencia:

Lo que hago es lo que me enseña lo que estoy buscando.

Hermoso, pensó la rep, impresionada por la reflexión del alienígena. Era así, era justamente así. Así era su trabajo como detective y así era la vida. Resultaba vertiginoso descubrir que la cabeza de un *bicho* pudiera resultar tan próxima. Vastos abismos interestelares pulverizados por el mágico poder de un pequeño pensamiento compartido.

Se arrancó de la contemplación de los cuadros con cierta pena y fue hasta la tienda de tatuajes esenciales: en realidad había decidido acercarse al mercado porque deseaba hablar con Natvel. Por fortuna, el local estaba abierto; al entrar reconoció el aroma a naranjas, la penumbra dorada, el ambiente calmo y silencioso. Todo estaba tan exactamente igual a su primera visita que parecía haber dado un salto en el tiempo. De nuevo la cortina de cuentas sonó con rumor cristalino al dejar pasar el diminuto pero recio cuerpo de la tatuadora. O del tatuador.

—Sabía que volverías —tronó Natvel con vozarrón de barítono.

Y en su bello rostro de ídolo oriental se dibujó una sonrisa muy femenina.

—¿Ah, sí?

A Bruna le caía bien el esencialista, pero sus ínfulas chamánicas la ponían nerviosa. Ahora mismo había detectado en el tono de Natvel cierta solemnidad triunfal que no auguraba nada bueno.

—Sabía que al final querrías conocer tu dibujo interior.

—Ah. Estupendo, pero...

—Sé quién eres, sé lo que eres.

—Me alegro, pero yo no quiero saberlo. No he venido por eso.

Natvel suspiró y cruzó las manos por encima de su panza. Era la imagen misma de la paciencia. Un pequeño Buda imperturbable.

—Sólo quería preguntarte algo: los tatuajes de poder labáricos, ¿están hechos con láser?

La cuestión aguijoneó a la esencialista lo suficiente como para sacarla de su impavidez.

—¡Por el aliento universal, por supuesto que no! Ningún tatuaje de energía puede usar ese instrumento chapucero.

—¿Tatuaje de energía?

—Es aquel capaz de transformar o perturbar a quien lo lleva... Signos vivos que te alteran la vida. Hay energías positivas, como el tatuaje esencial, y negativas, como la escritura de poder labárica; pero en cualquier caso está demostrado que el láser interrumpe el flujo de energía.

—Ya veo. Entonces, si alguien hace un tatuaje con láser utilizando la grafía de poder labárica...

—... sería una clara y burda imitación. Un fraude. Y el tatuaje no tendría ningún efecto.

—¿Y quién podría hacer algo así?

Natvel frunció el ceño mientras se escarbaba distraída y briosamente el oído con el índice. Luego escudriñó la punta del dedo bizqueando un poco y se limpió el cerumen en la túnica.

—Pues no mucha gente. En primer lugar, la escritura de poder labárica no se conoce. Es un secreto bien guardado. En toda mi vida yo sólo he visto dos palabras escritas con esa grafía. Una hace ya años, y no pude copiarla. Y la otra fue el nombre de Jonathan que el otro día te enseñé. De manera que, aunque todo el mundo ha oído hablar de esa escritura maligna, casi nadie sabe realmente cómo es. Pero tú reconociste los signos, ¿no?

Bruna reflexionó un segundo: desde luego. La A de venganza era exactamente igual que la A de Jonathan.

—Sí.

—Entonces es alguien que conoce ese alfabeto, y te aseguro que ése es un conocimiento muy poco común. Por otra parte, nadie en su sano juicio se dedicaría a falsificar la grafía labárica... Es una escritura feroz y poderosa y puede sucederte algo bastante malo si te metes ahí...

—Bueno, supongo que eso indica que quien lo hizo no es una persona creyente en estas... —Bruna iba a decir paparruchas, pero se contuvo sobre la marcha— en estas cosas esotéricas...

—Oh, no, da igual que creas o que no creas. Ya te he dicho que la grafía de poder es un secreto bien guardado. Si haces algo inadecuado con ella, te arriesgas a recibir una visita desagradable de los labáricos... que ya son de por sí bastante desagradables hasta en el mejor de sus momentos. ¿Por qué crees que no he metido el tatuaje de Jonathan en las pantallas públicas, por qué crees que no lo he enviado al Archivo? Como has visto, no hago de ello un misterio, no me importó mostrarte la palabra. Pero de ahí a publicarla, a revelarla oficialmente... Digamos que me cuido.

Parecía una observación sensata. De manera que tenía que tratarse de alguien o bien muy inconsciente de los riesgos, cosa improbable dado el volumen de la operación, o bien lo suficientemente poderoso como para no temer las represalias de esa especie de secta mafiosa que eran los *únicos*. ¿Y quién podría sentirse a salvo de ellos en la Tierra? El planeta entero estaba infestado de un pulular de esbirros y de espías procedentes de Cosmos y del Reino de Labari. Agentes dobles y triples que se aprovechaban de las debilidades del Estado terrícola, demasiado desestructurado todavía después de la Unificación y lleno de agujeros en la seguridad como todos los sistemas democráticos.

—¿De verdad no quieres saberlo? —dijo Natvel.

—¿Qué?

—¿No quieres saber quién eres?

—Sé perfectamente quién soy.

—Lo dudo.

Y Bruna, mortificada, tuvo que reconocer para su coleto que, en efecto, estaba lejos de tener las cosas claras. Pero jamás lo admitiría.

—Natvel, gracias por tu colaboración, nuevamente has sido muy amable y muy útil, pero prefiero que no me cuentes eso que dices que ves en mí.

—Tu dibujo esencial. Tu forma. Lo que eres.

—Pues eso. Me da igual. No quiero saberlo.

—Si te diera de verdad igual, no te importaría que te lo dijera. Hay una parte en ti que cree. Por eso te da miedo.

No fastidies, pensó Bruna irritada. No fastidies.

—Me tengo que ir. Muchas gracias de nuevo.

Sonrió, apenas una pequeña mueca dura, y salió de la tienda a toda prisa. A su espalda todavía escuchó las palabras de la esencialista:

—¡Esa línea que te atraviesa el cuerpo! No sólo te parte: también es una cuerda que te ata...

La puerta del local, de bisagras antiguas, golpeó con demasiada fuerza el marco al cerrarse tras Bruna. Natvel era un buen tipo, pero a la detective le ponían de los nervios los visionarios.

Salió del Mercado de Salud y se dirigió al Majestic a paso de marcha, aunque las costillas lesionadas le pinchaban un poco. El aire era tan denso y frío que parecía tener cierta consistencia material, era un aire en el que su cuerpo se abría paso como un barco a través de un mar de hielo. Iba mirando al suelo, concentrada en su camino, cuando sus oídos captaron una frase chocante:

—...y ya era hora de que cayera este gobierno que nos estaba llevando a la catástrofe...

Levantó la cabeza: era un mensaje de una pantalla pública. Todas las pantallas estaban vomitando furibundos alegatos personales contra Inmaculada Cruz, la eterna presidenta regional. Bruna activó en su móvil las últimas noticias y se enteró de que la crisis de gobierno que venía gestándose en los últimos días había estallado en mitad de la ola polar. La presidenta Cruz había dimitido y un oscuro político llamado Chem Conés había asumido provisionalmente el cargo. La detective wikeó el nombre de Conés y vio su biografía: extremista, especista, un discípulo de Hericio... Su primera disposición como presidente en funciones había sido apartar de sus cargos a todos los reps que había en el Gobierno. «Es una medida temporal, para protegerles a ellos y para protegernos nosotros; estamos investigando la existencia de una posible conspiración tecnohumana y aún no sabemos si entre nuestros compañeros de Gobierno puede haber algún implicado. Si no han hecho nada malo, no tienen por qué inquietarse; pero para aquellos que pretendan engañarnos, debo decir que llegaremos hasta las últimas consecuencias», tronaba el tipo delante de una nube de periodistas. En otras pantallas se veía a Hericio saludar triunfalmente a una multitud. «El líder del PSH es el único que puede salvarnos en estos momentos de peligro», declaraba María Lucrecia Wang, la famosa autora de novelas interactivas. «Solamente confío en Hericio», decía el futbolista Lolo Baño. La androide se estremeció: por todos los mártires reps, pero ¿qué demonios estaba pasando? De pronto el líder supremacista había pasado de ser un personaje estrafalario y marginal a convertirse en la gran esperanza blanca. Aspiró con ansiedad una honda bocanada de aire helado porque se sentía asfixiada. Tenía la angustiosa y casi física sensación de que la realidad se iba cerrando poco a poco en torno a ella como una jaula.

Entró en el hotel, pasó a la habitación de Annie y, antes de maquillarse, habló con Lizard y le explicó lo que le había dicho Natvel sobre la grafía labárica. El inspector estaba serio y taciturno; cuando terminó de narrarle su visita a la esencialista se abatió sobre ellos un largo e incómodo silencio.

—¿Y nada más? —dijo Paul al fin.

—Eso es todo lo que me contó Natvel.

—Pero tú, ¿no quieres decirme nada más?

—¿Qué quieres que te diga?

—No sé, eso lo sabrás tú... sobre el móvil ilegal, sobre lo que estás haciendo... Por ejemplo, ¿qué haces ahora en el hotel Majestic?

Bruna se sulfuró.

—Estoy harta de que me rastrees.

Paul la miró con severidad.

—Bruna, las cosas están muy mal, no sé si te das cuenta. Están muy mal en general, y están mal para ti... Hemos encontrado a Dani muerta...

—¿Dani? ¿Y quién es Dani? ¿Otra víctima rep?

El rostro de una humana apareció en la pantalla.

—¿No sabes quién es, Bruna?

362

Sí, lo sabía... O debería de saberlo. Esa cara le sonaba. La androide se cubrió los ojos con las manos e hizo un esfuerzo de memoria. Reconstruyó los rasgos de la mujer en la oscuridad de su cabeza y los imaginó móviles y vivos. Y entonces la reconoció. Se destapó la cara y miró a Paul.

—Es una de las personas que me atacaron la otra noche, cuando volvía a casa... Es la mujer que parecía liderar el grupo.

Paul asintió con la cabeza lentamente.

—Dani Kohn. Una activista especista. Y una niña bien. La hija de Phi Kohn Reyes, la directora general de Aguas Limpias. Una empresaria multimillonaria. Un pez gordo. Nos están breando con su muerte.

Volvieron a callarse durante un rato.

—¿Cuándo fue la última vez que la viste, Bruna?

La rep se puso en guardia. Un hervor de miedo y de ira le subió a la garganta.

—Cuando quiso partirme la cabeza aquella noche. Ésa fue la última y la única vez que he visto a esa individua. ¿Qué pregunta es ésa? ¿Qué quieres insinuar? ¿Qué es lo que estás buscando, Lizard?

—La han matado con una pequeña pistola de plasma... Con tu pistola, Bruna. Está llena de tus huellas y de tu ADN.

Bruna dejó escapar el aire que sin darse cuenta había estado conteniendo. Un sudor frío se extendió como una mancha por su espalda.

—Ah. La pistola. Es verdad. Yo tenía una pistola de plasma. Un arma ilegal, cierto. Lo confieso. Pero me la quitaron. Anoche, cuando me atacaron los asesinos del memorista. Y ahora pienso que probablemente me atacaron por eso. Para coger mi arma y poder inculparme.

Paul cabeceó apretando los labios. Una intensa emoción le endurecía los rasgos. Cólera contenida, quizá. ¿O tal vez tristeza?

—No debería haberte contado todo esto. Sospechan de ti. Sé que no disparaste a Dani porque murió esta madrugada, y a esa hora tú estabas en mi casa, dormida, sedada, conmigo...

Ese *conmigo* le produjo a la rep una extraña sensación en el estómago.

—Pero me ocultas cosas, Bruna. No debería fiarme de ti. Tal vez sea cierto que hay en marcha una conspiración tecno, ¿quién sabe? Desconfío por igual de humanos y de reps. Todos podemos ser igual de hijos de puta. Así que a lo mejor quieres matarme...

—O a lo mejor lo que sucede es que alguien me está tendiendo una trampa.

—Sí. Ésa sería la hipótesis más satisfactoria. Lo malo es que desconfío de las hipótesis satisfactorias. Tendemos a creérnoslas por encima de lo que nos dice la razón.

—Tal vez... tal vez sea más sencillo. Cuando me asaltaron, recuerdo haber disparado el plasma. Quizá Dani formaba parte del grupo atacante, quizá la herí en ese momento y murió horas después...

—Fue ejecutada, Bruna. Un tiro a quemarropa por detrás de la cabeza, junto a la oreja. Muerte instantánea. Y sucedió alrededor de las cinco de la mañana.

—Entonces...

—Entonces deja de mentirme y cuéntamelo todo.

¿Cómo explicarle que no se fiaba de él, cómo explicarle que en cierto sentido le tenía miedo? Y, sin embargo... Bruna tomó aire y le dijo todo lo que Lizard aún no sabía. Le habló de Annie Heart y de su cita con Hericio como quien se deja caer por una pendiente helada, aguantando el vértigo y el temor a estrellarse al llegar abajo.

—¿Quién conocía tu cita con el memorista pirata?

—Ya he pensado sobre eso... Nopal, naturalmente... Y Habib... pero no sabía ni el día ni la hora ni la dirección. Y mi amigo Yiannis, pero él está fuera de toda sospecha.

«Y tú —pensó—. Y tú también lo sabías, Lizard.»

—No hay nadie fuera de toda sospecha —gruñó el hombre.

Fue lo último que dijo antes de cortar la comunicación, y la frase dejó un poso de inquietud en la androide. De pronto se acordó de Maio. El alienígena era capaz de leerle la mente y, por consiguiente, podría haber captado lo de su cita con el memorista. Además procedía de una civilización extragaláctica... un mundo remoto al que podría retirarse sin miedo a las represalias de los esbirros labáricos. Sí, desde luego, supuestamente Maio era un exiliado político y correría peligro si regresara a su planeta, pero... ¿hasta qué punto podía creerle? Más aún, en realidad, ¿qué sabían los terrícolas sobre los *bichos*? ¿Y si los alienígenas estuvieran intentando atizar la violencia entre especies para desestabilizar la Tierra y así poder colonizarla, como sostenían los grupos xenófobos? Bruna se avergonzó de sus pensamientos y empujó ese miedo irracional hasta sepultarlo en el fondo de su conciencia: no parecía que la inmensa distancia que separaba los mundos fomentara una aventura colonialista. Pero seguía siendo posible que Maio estuviera implicado en alguna conjura. Por dinero, por ejemplo. Ahora que lo pensaba, ¿no resultaba sorprendente que el omaá hubiera aparecido de repente en su cama? ¿Y qué decir de su insistencia en quedarse de guardia en el portal? Por el gran Morlay, qué mundo tan paranoico, se dijo Bruna con repentino hastío: no sólo recelaba consecutivamente de todos, sino que además bastaba con que alguien la hubiera tratado con afecto para que le resultara aún más sospechoso.

Echó de menos su gran rompecabezas a medio montar: necesitaba relajarse y el puzle era la mejor manera de desconectar con rapidez. De todas formas no le sobraba mucho tiempo, así es que se maquilló con cuidado y se colocó la peluca de Annie Heart. Envuelta en el albornoz del hotel, entró a través del móvil en una tienda Express y compró un vestuario térmico para su personaje. Mientras esperaba la llegada del robot, habló con Yiannis y le mandó un mensaje a Habib: los dos estaban muy preocupados con la situación política. La ropa apenas tardó veinte minutos: las tiendas Express eran caras pero eficientes. Se vistió con un mono rosa a juego con una chaqueta acolchada que le pareció abominable, pero que seguramente la rubia Annie adoraría, y luego sacó de la caja fuerte de la habitación sus dos collares, un detalle perfeccionista que se había traído para la ocasión: nada como una joya para coronar su disfraz de chica convencional e intensa. Descartó enseguida el ligero pectoral de oro, que no casaba con la ropa térmica, y cogió la otra pieza, su preferida: un antiguo *netsuke* de marfil, un hombrecito sonriente con un saco sobre el hombro, que colgaba de un hilo de rubíes y pequeñas cuentas de oro. El collar formaba parte de su paquete de falsos recuerdos: supuestamente se lo había regalado su madre antes de morir. Era un objeto extraño, porque la dotación de souvenires de los tecnohumanos siempre estaba formada por objetos sencillos y comunes: juguetes infantiles, holografías, anillos baratos. Sin embargo, Bruna había llevado el *netsuke* a un especialista, que había certificado que era chino auténtico y de la época Ming. Una joya demasiado lujosa. Pero no era el valor económico lo que Bruna apreciaba, sino su graciosa rareza e incluso la emoción que despertaba en ella. Aun sabiendo que su madre jamás existió, no podía evitar querer al *netsuke* con un cariño que parecía venir de lo más hondo de su imposible infancia. De lo más hondo de sí misma. Cuando llevaba puesto al hombrecito del saco, la replicante se sentía protegida. Y necesitaba protegerse para enfrentar a ese Hericio últimamente tan agigantado. Se colocó el collar, comprobando que el broche quedaba bien cerrado, y, tras una última y satisfactoria ojeada en el espejo, bajó al bar del hotel cimbreándose en los altos tacones antideslizantes de sus coquetas botas para nieve. También rosas y horribles.

Cuando se sentó en el taburete de la barra eran las 15:40. El bar estaba vacío y el camarero revoloteó solícito hasta ella. Bruna pidió vodka con limón y una pila de sándwiches fríos que empezó a devorar a toda prisa: no quería que la entrevista con Hericio la pillara desmayada de hambre. Cuando llegó Serra, todavía le quedaba uno en el plato.

—Annie Heart la enigmática —dijo el supremacista a modo de saludo.

No se le veía muy contento.

—No me la estarás jugando, ¿verdad, Annie? No me gustaría nada que me la jugaras...

—¿Y por qué crees que te la voy a jugar? ¿Quieres un sándwich?

Serra negó con la cabeza. No le quitaba ojo.

—Mejor —dijo la rep, zampándose con deleite el

emparedado. Era de queso y nueces. Lo que le hubiera gustado a Bartolo, pensó absurdamente.

—¿Qué te ha pasado?

—¿Cuándo? —farfulló con la boca llena.

—Eso. Y eso. Estás llena de cardenales.

La detective se tomó su tiempo en masticar y deglutir. Luego contestó con sequedad:

—Un accidente.

—¿Qué tipo de accidente?

—De circulación.

—¿Te atropelló un coche?

—Me atropellaron los puños de dos tecnos.

Serra la miró con atención, dubitativo pero impresionado.

—¿En serio?

—Bueno... La verdad es que yo les había dicho que se apartaran de mi paso... Que se bajaran de la cinta rodante.

—¿Y?

—No se apartaron.

—Por eso no contestabas las llamadas...

—Estaba en el hospital.

—¿Los has denunciado?

—No. ¿Para qué? Estos jueces chuparreps nunca les hacen nada. Así están las cosas, tú lo sabes. Total impunidad para los monstruos.

—¿Sabes quiénes son? Señálamelos y vas a ver adónde va a parar su impunidad —fanfarroneó Serra sacando pecho.

—No, puedes hacer por mí algo mejor que eso... Puedes proporcionarme una pistola de plasma.

—¿Una pistola? Ésas son palabras mayores.

—Pero estoy segura de que si alguien puede conseguir un arma, ése eres tú —aduló Bruna con zalamería.

El hombre apreció visiblemente el elogio y se puso gallito.

—Bueno, no sé. No es fácil.

—La necesito. Necesito esa pistola, ¿no lo ves? Un plasma pequeño, no me hace falta más. Y, naturalmente, estoy dispuesta a pagar lo que valga. ¿Vas a permitir que me vuelvan a pegar impunemente, cuando tú podrías evitarlo? La vida se está poniendo demasiado violenta y el futuro próximo promete ser peor... Todos los humanos de bien deberíamos ir armados.

Serra cabeceó afirmativamente.

—Sí. Eso es cierto. Está en nuestro programa. Reclamamos nuestro derecho a defendernos. Bueno, veré qué puedo hacer. Y ahora vámonos. Hericio te espera.

Bruna se puso en pie. Le sacaba una cabeza al lugarteniente. Colocó su mano sobre el pecho inflado del hombre.

—Pero me la tienes que conseguir ya... Me marcho mañana a Nueva Barcelona...

Y, para reforzar su petición, Bruna-Annie recostó un instante su cabeza en el cuello del tipo, aunque para ello tuvo que agacharse.

—Me vas a ayudar, ¿verdad que sí? —dijo con voz mimosa.

Serra lanzó al mundo una fatua sonrisa de superioridad.

—Sí, mujer. Quédate tranquila que tendrás tu pistolita.

Y, agarrando a Bruna del codo con aire de feliz propietario, la sacó del bar.

Lo que había que hacer para agenciarse un arma.

Bruna pensaba que la cita sería en algún sitio apartado y tranquilo, pero se dirigieron a la sede del PSH. Que en esos momentos no era el lugar más discreto de la ciudad, precisamente. Una muchedumbre se arremolinaba delante del portal pese al frío reinante: periodistas, policías y simpatizantes de todo tipo y condición. De repente los partidarios del supremacismo parecían haberse multiplicado a velocidad geométrica. En la acera de enfrente, una veintena de apocalípticos tocaban los tambores y anunciaban con inusitada alegría el fin del mundo. Serra se abrió paso entre la multitud con expeditivos empujones y la androide fue siguiendo su estela. Salvaron sin problemas el cordón policial y luego la línea de seguridad del partido, compuesta por muchachos muy jóvenes y muy nerviosos. Al pasar, el lugarteniente les dijo con arrogancia que se mantuvieran bien atentos; era una orden innecesaria, pero el hombre estaba disfrutando de la facilidad con que se le abrían las puertas vedadas para otros, del tumulto de espectadores que le contemplaban, de formar parte de los mandos de un partido que de la noche a la mañana se había convertido en un producto estrella. Parecía haber crecido un palmo de lo estirado que caminaba, los hombros hacia atrás, el pescuezo altivo. Por encima de sus cabezas, una de las pantallas públicas les reflejó mientras entraban: alguno de los presentes estaba mandando las imágenes. Serra se esponjó y engurruñó el ceño un poco más, interpretando ampulosamente su papel de Importante Político Muy Preocupado Por La Situación.

—Esto está que arde —comentó ya dentro del vestíbulo.

Y no pudo evitar que se le escapara una sonrisilla de conejo feliz.

Era un sórdido edificio de oficinas y el PSH estaba en la cuarta planta, en un piso grande y destartalado, con retorcidos pasillos y estrechos cubículos por todas partes. La puerta al descansillo permanecía abierta y montones de personas entraban y salían. Imperaba un ambiente de actividad caótica y frenética.

—Sígueme.

Atravesaron un dédalo de baratas mamparas correderas y espacios interiores sin ventanas iluminados por mortecinas lámparas de luz residual.

—Esto es un laberinto. Hasta ahora nos ha servido y el alquiler es barato. Pero con la dimensión que por fin está tomando esto nos tendremos que mudar a un sitio más adecuado...

Llegaron a un despacho mejor amueblado y se detuvieron ante la mesa de un chico con el pecho cruzado de correajes y dos pistolas de plasma en los sobacos. Qué descaro, pensó Bruna: qué poderosos se sienten.

—Nos está esperando —le gruñó Serra.

El chico asintió sin decir nada y pulsó la pantalla de su móvil. Una puerta blindada se abrió con un chasquido a sus espaldas.

—Ve tú sola. Cuando salgas pregunta por mí —dijo el lugarteniente.

Al otro lado de la puerta había un corto pasillo y al final una segunda hoja blindada que se desbloqueó cuando llegó junto a ella. La abrió. El despacho de Hericio era grande, rectangular, con otras dos puertas a la derecha y un gran ventanal. El hombre estaba junto a él, de pie, mirando pensativo al exterior, y la androide tuvo la sensación de que era una escena preparada para ella, de que Hericio también se estaba representando a sí mismo, como Serra, en el papel de Líder Contemplando Serenamente Su Responsabilidad Histórica. Bruna cruzó la habitación meneando ostentosamente las caderas, muy en su personalidad de Annie Destructora: puestos a actuar, se dijo, actuarían todos.

—Annie, Annie Heart... Por fin te conozco... —dijo el tipo, dándole la mano—. Ven, sentémonos ahí, estaremos más cómodos.

Se instalaron en los sillones de cuero sintético. El ventanal, observó Bruna, era fingido. No era más que una proyección en bucle continuo de una calle, semejante a las imágenes de la casa del memorista pirata... es decir, de la casa de Pablo Nopal. En realidad el despacho era como una cámara acorazada, con todas las puertas blindadas y sin aberturas al exterior. La ventana simulada, el cuero artificial y el líder falso.

—Tengo entendido que quieres hacer una donación al partido... Discúlpame que entre tan rápido en materia, pero, como verás, estoy muy ocupado. Las cosas van muy deprisa y no tengo tiempo para perder... —dijo pomposamente.

Luego se escuchó a sí mismo y quizá pensó que había sido demasiado grosero.

—Es decir, no para perder, en tu caso, sino para disfrutar, para relajarme, para departir. No tengo mucho tiempo para hablar contigo, cosa que lamento...

—Está bien, Hericio, lo entiendo. Y te agradezco que me hayas recibido en estos momentos tan complicados. Pero también tienes que entender que yo quiera asegurarme de que mi dinero va a parar al lugar adecuado.

—Puedes estar tranquila. Con el PeEfe sabrás en qué se ha gastado hasta el último de tus ges. Todo irá a parar al partido, naturalmente. Por cierto que nuestro permiso está a punto de acabarse... Tendríamos que tramitar tu contribución dentro de los próximos diez días...

—Eso no es problema y no es eso lo que me preocupa. Incluso estoy dispuesta a aportar dinero fuera de la ley... Lo que quiero saber es si el PSH se lo merece... Si tú te lo mereces...

Hericio alzó nerviosamente la barbilla con un tic colérico.

—¿Has visto a toda esa gente que hay ahí abajo? ¿En la calle? ¿Toda esa gente que nos pide que intervengamos y salvemos la situación? Mira, Annie Heart, años atrás, cuando estábamos haciendo la travesía del desierto, quizá hubiéramos necesitado desesperadamente tu apoyo... Pero hoy... Eres tú quien ha pedido verme. Si quieres participar en este proyecto trascendental, si quieres colaborar en este renacimiento de la humanidad, hazlo. Y si no, puedes marcharte tan tranquilamente por esa puerta.

El tono de voz del hombre se había ido poniendo campanudo y terminó su perorata como si fuera un mitin. Por eso la había recibido hoy y aquí, en la sede. Para impresionarla con su éxito. Era un vendedor y estaba vendiendo su partido en alza. La rep se ahuecó la melena con la mano y sonrió imperturbable.

—Pues a mí me parece que te conviene convencerme.

El aplomo de Bruna desconcertó al político. El hombre se recostó en el respaldo del sillón, juntó las yemas de los dedos como un predicador y la escrutó receloso.

—¿Se puede saber de cuánto dinero estamos hablando?

—Diez millones de ges.

Hericio dio un respingo.

—No dispones de esa cantidad, Annie.

—No es sólo mío. No se lo dije a Serra porque es una información que no debe circular y no le incumbe, pero detrás de mí hay una serie de altos profesionales y empresarios de Nueva Barcelona... Gente bastante conocida... Hemos formado un grupo supremacista de presión, un grupo clandestino porque somos partidarios de la acción directa. Estamos asqueados de los partidos tradicionales, que nos han conducido a esta situación de indignidad. Pero hemos pensado que el PSH tal vez sea distinto... Te hemos seguido, hemos escuchado lo que dices y nos ha gustado... Y al ver que pedías un PeEfe hemos pensado que era una buena oportunidad, y que eso podía indicar que planeabas algo... Aunque te diré que todavía no estamos convencidos de que seas de verdad nuestro hombre.

El rostro de Hericio era un catálogo de emociones contrapuestas: vanidad, avidez, desconfianza, excitación, temor, indecisión. Ganó la avidez.

—¿Y qué tendría que hacer para convenceros?

—Di más bien qué tendrías que haber hecho. No creemos en las palabras, sino en los actos. Así que cuéntame a qué os dedicáis de verdad en el PSH.

El hombre parecía estupefacto.

—No te entiendo.

Bruna le clavó la mirada.

—Entonces hablemos claro. En Nueva Barcelona algunos hemos pensado que el PSH ha tenido algo que ver con las muertes últimas de los replicantes... De Chi y los demás.

Ahora ganó la desconfianza. Hericio se puso tan nervioso que su voz sonó medio tono más aguda.

—¿Nos estás acusando de asesinato?

—Sólo hemos pensado que era una campaña maravillosamente hecha para azuzar el resentimiento y despertar la adormilada conciencia de la gente. Una obra de arte de la agitación social, en realidad.

—¿Tú quién eres para salir de pronto de la nada y acusarnos de algo así?

—No salgo de la nada. Me consta que me habéis investigado a conciencia. Sabéis toda mi vida. Incluso sabes el dinero que tengo en el banco, por lo que veo. Soy una profesora competente y conocida. Ahora soy yo quien te digo lo que tú dijiste antes. Si quieres, confías en mí y me demuestras que nosotros podemos confiar en ti, y entonces los diez millones serán tuyos. Pero si no quieres, me voy por esa puerta tan tranquilamente.

Hericio tragó saliva.

—No veo claro el negocio. Ni siquiera sé si dispones de verdad de todo ese dinero.

—Y yo no veo claro si estamos de verdad en la misma onda y si queremos lo mismo.

Hubo un pequeño y pesado silencio.

—Estás llena de cardenales —dijo el tipo, señalándola con el dedo.

—Son marcas de nacimiento —respondió la rep con corrosivo sarcasmo.

El hombre la miró con incredulidad y luego retomó el tema.

—¿Y qué quieres que te diga, Annie? He celebrado cada uno de los asesinatos de los reps... y sobre todo el vergonzoso final de ese engendro de Chi. Incluso me alegré, y esto lo negaré si lo repites en público, pero me alegré de la matanza de humanos que provocó esa tecno que se hizo reventar... esa Nabokov. Toda muerte es una tragedia, y más si hay niños, como en ese caso; pero esa carnicería ha sido fundamental en la concienciación de la gente, y ya se sabe que no hay revolución sin víctimas... A decir verdad, me parece un precio bastante barato si con ello nos salvamos de la degeneración social. Pero ni mi partido ni yo hemos tenido nada que ver con todo eso.

—Ya veo. Y de ahora en adelante, ¿qué pensáis hacer?

—Liderar el cambio, naturalmente. Estamos en contacto con otros grupos supremacistas en distintos puntos del planeta... Ha habido bastantes movimientos reivindicativos por el mundo en la última semana... Nada comparable con lo nuestro, pero es evidente que se está gestando una reacción global contra tanta ignominia.

—Todo eso está muy bien, pero estoy hablando de aquí y ahora... De hechos, no de palabras. Concretamente, ¿cuál va a ser vuestro siguiente paso? Porque ahora se necesita un buen golpe de efecto... El aguijón final. Por ejemplo, ahora sería perfecto que un rep asesinara a... a Chem Conés, pongamos. Chem es uno de tus discípulos, es un supremacista conocido y ahora está en primera línea de actualidad al haber asumido la presidencia en funciones de la Región. Imagínate qué magnífico acicate para la causa sería su muerte...

Un chispazo de emoción atravesó el rostro de Hericio como una línea de luz. Bruna se inclinó hacia delante y susurró:

—Nosotros te podríamos ayudar con eso. Una ayuda profesional, eficiente y segura...

Pero la luz ya se había apagado. El hombre se levantó y empezó a caminar en círculos.

—No te diré que no tengas razón. Una muerte así sería muy provechosa. Un mártir. Sí, eso es, nuestro movimiento necesita un mártir... —barbotó.

Se detuvo en medio del despacho y la miró.

—Pero no puede ser. No puede ser. Nunca participaré en algo así ni permitiré que el PSH participe. ¿Y sabes por qué, Annie Heart? ¿Sabes por qué? No por falta de temple o decisión. No por gazmoñería moralista, porque sé bien que un pequeño mal queda de sobra corregido por un bien mayor. Pero cuando haces algo así corres el peligro de que se acabe sabiendo. Seguramente no sucederá en tu época, seguramente mientras vivas te las arreglarás para que todo quede oculto. Pero ¿y después de muerto? Después llegan los historiadores y los archiveros como buitres y lo remueven todo. Y yo tengo que cuidar mi prestigio, ¿comprendes, Annie Heart? Yo estoy destinado a ser una de las grandes figuras de la Historia. Soy el regenerador de la raza humana. El salvador de la especie. Las futuras generaciones hablarán de mí con agradecimiento y veneración. ¡Y yo tengo que cuidar ese legado! No debo dar argumentos al enemigo ya que no podré estar ahí para defenderme, para explicarme... Hasta ahora no me he tenido que manchar las manos, y no voy a empezar a hacerlo en este momento, cuando ya he alcanzado las puertas de la posteridad.

Está hablando en serio, se dijo Bruna, atónita. Tan atónita, de hecho, que advirtió que tenía la boca abierta y la cerró. Por supuesto que nunca había esperado que el líder especista le confesara abiertamente su participación en la conjura: sólo quería sacar el tema para ver cómo se lo tomaba. Echar el sedal en las aguas revueltas, como decía Merlín. Pero no se esperaba una reacción así. El tipo se lo creía. Era un imbécil. Tuvo la intuición, casi la certidumbre, de que Hericio no había tenido nada que ver con las muertes de Chi y de los otros reps. O eso, o era un actor descomunal. De pronto sintió que un aro de fuego le apretaba las sienes. Era el precio a pagar por la tensión de fingirse quien no era y de seguirle la corriente a ese supremacista repugnante. De aparentar que odiaba a los reps, e incluso creérselo un poco para resultar convincente. Toda esa disociación le había partido la cabeza. Cuatro años, tres meses y trece días. Cuatro años, tres meses y trece días.

—Está bien. Creo que ya tengo clara tu posición —dijo la androide levantándose del asiento.

—¿Y qué... qué pasa con el dinero?

—Lo hablaré con los demás —contestó de manera ambigua.

Hericio arrugó la cara, contrito, despidiéndose mentalmente de los diez millones.

—Podríamos hacer muchas cosas juntos... —apuntó ya en la puerta, contemporizador.

—Podríamos. Si cambias de opinión sobre lo que te dije, deja un mensaje a mi nombre en el hotel Majestic... Llamaré todos los días durante un mes a ver si hay algo.

La puerta se cerró a su espalda y Bruna dio un pequeño suspiro de alivio. Atravesó el breve pasillo y salió al antedespacho. El chico de los correajes y las pistolas seguía ahí, pero lo peor era que también estaba Serra. Por el gran Morlay... la jaqueca le taladraba el cráneo. El lugarteniente se acercó a ella, achulado y meloso.

—Un robot te llevará lo que querías dentro de dos horas a tu hotel. Tendrás que pagar con billetes. Cinco lienzos. Precio de amigo.

Quinientos ges por una pistola de plasma. No estaba nada mal. Si funcionaba.

—Así que he pensado que podríamos ir a tu cuarto a esperar el robot... —musitó Serra, arrimándose a ella.

Bruna le puso una mano en el hombro y le apartó. Quiso hacerlo con suavidad, pero estaba cansada y debió de resultar demasiado brusca, porque el lugarteniente se encrespó.

—Pero ¡qué pasa! ¿Ya has sacado todo lo que querías de mí y ahora pretendes dejarme tirado? ¿Tú te crees que yo soy una persona de la que puede reírse una rubia como tú?

Oh, oh, oh... Los fuegos artificiales habituales. Golpes de pecho de chimpancé para asustar. Bruna tomó aire e intentó contenerse y concentrarse entre los latigazos de dolor que cruzaban su frente.

—No se me ocurriría reírme de ti, Serra. Lo que pasa es que no me siento bien. Me duele mucho la cabeza. Ahora tú tienes dos opciones; o bien te lo crees y me dejas descansar y si quieres nos vemos mañana por la tarde, o bien piensas que es la típica excusa y me montas un número y nos arruinamos la diversión. Tú escoges.

—Mañana te ibas.

—Por la noche.

Serra reflexionó un instante, malhumorado.

—Es verdad que tienes mala cara.

—Es verdad que me encuentro mal.

El tipo se echó para atrás y la dejó pasar.

—¿Mañana a qué hora?

—A las dieciséis.

—Anularé el envío del robot. Diré que vaya mañana por la tarde —refunfuñó mientras la apuntaba con el índice.

—Haz lo que quieras —gruñó Bruna mientras se iba.

Nadie la acompañó y se perdió por los intrincados pasillos. Tardó una eternidad en encontrar la puerta de salida y otra eternidad en cruzar la apretada y cada vez más nutrida muchedumbre que se agolpaba en la calle. Cuando consiguió llegar a la acera de enfrente, se apoyó en la pared y vomitó.

—Arrepiéntete, hermana: el mundo se acaba dentro de cuatro días —trinó un apocalíptico junto a ella.

Volvió a vomitar. Ese maldito dolor de cabeza la estaba matando.

Hericio se quedó mirando la puerta por donde había desaparecido la explosiva Annie Heart con cierto desconsuelo. Era duro renunciar a diez millones de ges, sobre todo ahora que debían mudarse a una sede mejor y adquirir el nivel de representatividad que su nuevo liderazgo social exigía. Pero los principios eran los principios, se dijo enfáticamente; y el hecho de haber sido capaz de escoger la gloria por encima del vil dinero le hizo sentir sublime. Un golpe de humedad le subió a los ojos, un emocionado lagrimeo ante su propia grandeza.

Entonces escuchó un levísimo ruido a sus espaldas, un rumor de ropas o de pies, y supo que Ainhó estaba ahí y que había vuelto a entrar a su despacho por la puerta trasera. Le irritó su inoportunidad y se maldijo por haberle dado la clave de acceso. ¿En qué estaba pensando cuando lo hizo? Pestañeó varias veces para intentar secar rápidamente sus ojos, reprimió su malhumor y se volvió. Ainhó le miraba sonriente con los brazos cruzados sobre el pecho.

—Esa manía tuya de entrar y salir como un fantasma empieza a fastidiarme —dijo el político, sin poder evitar un punto de acritud.

—Antes agradecías que viniera a verte —contestó Ainhó sin mudar la sonrisa.

—¿Sí? Puede ser. Pero ahora estoy demasiado ocupado. No sé si te has dado cuenta, pero la situación ha cambiado. Ahora soy la solución, el renacimiento, el futuro. La gente espera grandes cosas de mí y yo se las daré.

Y al decir «la gente» había movido el brazo en el aire con un gesto amplio y mayestático que parecía señalar la ventana falsa, la ciudad virtual que se veía a través de la ventana y acaso el mundo todo. Ainhó rió.

—¿Que si me he dado cuenta? Mi querido Hericio, ¡pero si he sido YO quien te ha puesto ahí!

—¿Tú? ¡Llevo treinta años en la política! —se indignó el hombre.

—Treinta años en el ostracismo extraparlamentario.

—¡Eso es una...!

—Está bien, está bien, lo retiro. Y te pido disculpas. No quiero discutir contigo. Tengamos la fiesta en paz. ¿Amigos?

Ainhó le tendió la mano, pero Hericio estaba todavía demasiado irritado.

—¿Amigos? —tuvo que repetir.

Hay pocas cosas tan violentas como dejar a alguien con la mano en el aire, así que el político transigió y se la estrechó, aunque de mala gana y con el gesto torcido. Luego se fue a sentar ante su mesa de despacho. La mesa era imponente y el sillón muy alto; le hacían sentirse poderoso y deseaba apabullar a su visitante.

—Bueno. Ya te digo que estoy muy ocupado. ¿A qué has venido? ¿Qué quieres? —gruñó.

Ainhó se tomó su tiempo hasta instalarse en una silla frente al político. Luego cruzó campechanamente las piernas y volvió a sonreír.

—Digamos que es una visita de cortesía. He venido

a darte la enhorabuena por lo bien que te va y a ver qué tal estabas. ¿Qué tal estás, Hericio? —preguntó con lo que parecía genuino interés.

—Estupendamente... Ejem... Aunque... me parece que... me estoy quedando... afónico.

Y ahora esto, pensó el supremacista llevándose la mano a la garganta. Cada vez estaba más cabreado.

—Ajá... Afonía... Ya veo. Pues volviendo a lo de antes: ¿No recuerdas que te dije que te haría célebre? ¿Que te llevaría a lo más alto de la escena política? ¿Que te convertiría en el hombre de moda?

—Yo... No...

—Tú sí, Hericio, tú sí. Entonces bien que te interesaba cuanto te decía. Acordamos que montaría un operativo... Una campaña para potenciar tu imagen y la presencia social de tu partido. No quisiste saber en qué consistiría la campaña e hiciste bien. De todas maneras yo tampoco te lo hubiera contado.

—Me...

—Espera, perdona que te interrumpa. Si no te importa, me voy a quitar esto.

Ainhó levantó un poco la manga derecha de su casaca y, agarrando un pellizco de la piel de la muñeca, tiró hacia fuera y se peló la mano. Parecía que se estaba despellejando, pero en realidad se trataba de un finísimo guante transparente de dermosilicona. Metió con cuidado la piltrafa en una bolsa hermética y la selló.

—Uf, qué alivio. Al final estas cosas terminan dando alergia, por mucho que digan... Volviendo a lo nuestro, quiero que sepas que formas parte de un vasto operativo. Tú pensabas que me habías contratado, creías estar pagando una campaña de imagen con esa ridícula cantidad de dinero que me diste... Pobre infeliz. Yo no he estado trabajando para ti, sino tú para mí. Eres mi obra, yo te he creado. Y no eres más que un peón dentro de un plan grandioso. Tan grandioso que jamás podría caberte dentro de esa cabeza de chorlito. ¿No dices nada?

—...

—Ya veo. Me gustaría creer que callas abochornado por tu propia estupidez, pero me temo que es cosa del bloqueante neuromuscular que te he pasado al darte la mano con el guante. Los venenos de contacto son increíblemente antiguos... Se empleaban en la Roma imperial, en la Edad Media, en el Renacimiento... En estos tiempos hipertecnológicos de pistolas de plasma y taladradores chorros de nitrógeno, me ha parecido elegante recurrir a algo clásico... Con algún toque de modernidad, desde luego: es tetrapancuronio, un curare sintético y reforzado. Una toxina fulminante. En segundos, como has podido comprobar, quedas paralizado. No puedes moverte. No puedes hablar. Pero sí puedes ver, oír... Y sentir. A los veinte minutos la toxina acaba deteniendo los músculos respiratorios y el sujeto muere de asfixia. Pero no te preocupes, porque no llegaremos a eso. ¿Todo claro hasta ahora? ¿Alguna pregunta?

—...

—Jaja, perdona la broma de mal gusto. Y perdóname también porque te estuve espiando... antes... cuando hablabas con Bruna. Bueno, tú crees que es Annie Heart, pero en realidad se llama Bruna Husky y es... ¡una replicante! Seguro que si no estuvieras paralizado te daría un escalofrío... ¿No te repugna haberla recibido aquí, en tu propio despacho? ¿Haber departido amablemente con ella? ¿Haberla deseado? Porque seguro que la has deseado... tan rubia, tan caliente, tan voluptuosa... Pues esa rep y tú habéis dicho algo muy interesante: que la causa necesita un mártir. Y es verdad. Tenéis razón.

Ainhó se puso en pie con calma y sacó una voluminosa funda de polipiel del bolsillo interior de la casaca. Dentro había un enorme cuchillo de carnicero. Rodeó la mesa de despacho con la hoja en la mano y se acercó al paralizado Hericio.

—No es nada personal. Y tampoco soy de esas personas que disfrutan haciendo estas cosas. No. Pero es lo que hay que hacer y yo lo hago. Porque tengo muy claro adónde hay que llegar. Y tengo claro el camino. Ya ves, ahora voy a utilizar este cuchillo. De nuevo un arma tradicional. Mucho menos elegante que el veneno, eso desde luego. Pero aún más antigua. Elemental. Mira, has tenido la mala suerte de caer en medio de la estampida de la Historia y por eso vas a ser pisoteado. Lo siento, pero eres el mártir más idóneo. Y además tu martirio tiene que ser indignante. Espectacular. Por eso te estoy haciendo esto... y esto... Mmmm... Intento darme prisa, pero no es tan fácil, no te creas... Y, para colmo, la herida apesta... Puag. Ya queda menos. Creo que voy a cortar otro poco por aquí... Ajá. Y ahora con la punta del cuchillo saco las tripas... Esto es. Bueno... Ha quedado estupendo. Se parece bastante al holograma amenazador que recibió Myriam Chi... ¿Recuerdas lo que decías hace un rato? ¿Eso de que un pequeño mal queda corregido de sobra por un bien mayor? Pues tú has sido mi pequeño mal de hoy, mi pobre Hericio. Pero espera, no puede ser, ¿estás moviendo un ojo? Ah, no. No hay que preocuparse. No es más que una lágrima.

Debería estar contento, porque era la respuesta que estaba buscando cuando mandó su memorándum; pero en realidad se sentía amedrentado y nervioso. Yiannis siempre había sido una persona de orden, un tipo meticuloso y legalista, y el haber cometido no una, sino dos faltas administrativas garrafales, era algo que le desasosegaba profundamente, por más que hubiera quebrantado las normas a propósito. Además la reacción había sido mucho más fulminante de lo que se esperaba y eso también avivaba su inquietud. No había pasado ni una hora del envío de su escrito cuando el secretario de la supervisora ya le había convocado a una cita de urgencia para esa misma tarde. Y no se trataba de un encuentro holográfico, sino de una cita presencial, cosa verdaderamente inconcebible. ¡Y, además, en sábado! Aquí estaba ahora Yiannis, en la antesala del despacho de la supervisora, sentado en un modernísimo sofá flotante y esperando a ser recibido. Llevaba casi una hora de plantón, a pesar de las prisas que le había metido el secretario. Claro que podía ser algo premeditado... Una táctica de desgaste para ponerlo todavía más nervioso. Si era eso lo que trataban de hacer con la larga espera, había que reconocer que lo estaban logrando. Yiannis se removió en el asiento y el sofá se meció suavemente en el aire como una cuna. Estos malditos muebles de diseño.

—¿Yiannis Liberopoulos? La señora Yuliá te está esperando.

Al fin. El archivero siguió a la muchacha que había venido a buscarle. Llevaba una línea de implantes capilares bajando como un cepillo por su largo cuello, al estilo de los balabíes. El peinado alienígena se había puesto de moda entre los jóvenes terrícolas y ahora todos parecían caballos con las crines recortadas.

—Pasa, pasa, amigo Yiannis. Siéntate, por favor.

¿Amigo Yiannis? Era la primera vez que veía a esa mujer en su vida. Titubeó unos instantes sin saber muy bien dónde instalarse, porque la habitación estaba decorada a la última moda minimalista, con muebles etéreos y apenas visibles. Al fin se decidió por una línea de luz azulada y se sentó en ella con cuidadosa aprensión. La línea se adaptó a su cuerpo y formó un respaldo. La supervisora ocupaba otro sillón parecido ante una mesa semitransparente que se fundía con la enorme pantalla circular. La decoración debía de haber costado una millonada. El Archivo, una de las instituciones más poderosas de los EUT, era propiedad de la gigantesca empresa privada PPK, aunque el Estado Central Planetario tenía voz y voto en el consejo de gestión. Y sin duda era un negocio fabuloso, puesto que todos los ciudadanos de la Tierra tenían que pagar un canon cada vez que accedían a la información.

—He leído tu memorándum, y en primer lugar quiero agradecerte tu interés y tu celo profesional. Porque estoy segura de que lo has hecho movido por las mejores intenciones. Pero verás... En todo el tiempo que llevo en el cargo, nadie había recurrido al protocolo de emergencia CC/1. No sé si sabes que al activarse el protocolo se manda automáticamente una copia de tu mensaje a la administración central del Estado. Y eso, te voy a ser sincera, nos resulta a todos muy fastidioso... Ahora vendrán los funcionarios, nos harán una investigación...

—Pero eso está bien, eso es perfecto. Necesitamos que los servicios de seguridad de los EUT investiguen urgentemente las irregularidades.

La supervisora torció la cabeza hacia un lado, como un pájaro, y clavó la mirada en el hombre. Era una mujer flaca y fibrosa, con unos ojillos duros que casi no parpadeaban.

—Ay, Yiannis, Yiannis... No me estoy explicando o no me estás entendiendo. Tu memorándum es una equivocación. Un error. Un exceso de celo, precisamente —lo decía con dulzura, como si el archivero le diera pena, pero en su voz vibraba un filo cortante.

—¿Un exceso de celo? Pero ¿cómo...? ¿De verdad has leído mi escrito? ¿Y los otros documentos? Es innegable que alguien está manipulando las entradas...

—He leído todo, he estudiado todo, y también lo han estudiado mis expertos. No hay nada. Estás viendo fantasmas. No hay más que algunos pequeños errores sin importancia aquí y allá. Las erratas habituales.

—Pero...

—¡Las erratas habituales! Mucho más grave que esos errores nimios es tu comportamiento. Has sacado un artículo de la cadena de edición, interrumpiendo el flujo de información, y lo que es aún peor, has hecho una copia privada e ilegal de un texto aún no autorizado. Es una conducta inadmisible.

Yiannis advirtió que se ruborizaba. No pudo evitar

sentirse un malhechor: a él también le parecía inadmisible. En su boca empezaron a agolparse frases automáticas de remordimiento y de disculpa.

—Según la Ley General de Archivos, sacar una copia ilegal puede ser considerada un acto de espionaje. Podrías ir a la cárcel por ello —siguió diciendo la mujer.

La amenaza era tan excesiva y tan obvia que Yiannis se tragó de un golpe las excusas que estaba a punto de ofrecer. Resopló indignado.

—Dudo que alguien considere que soy un espía. Te informé inmediatamente de lo que había hecho. Sólo quería llamar tu atención cuanto antes dada la gravedad del problema...

—Pero ¿de qué problema hablas? Estás viejo, Yiannis. Estás cansado. Estás viendo fantasmas. ¿No decías que el profesor Ras no existe? Mira...

La mujer tocó el ordenador y una cascada de imágenes inundó la gran pantalla. Lumbre Ras en su casa de Nueva Delhi, Lumbre Ras en una conferencia holográfica interplanetaria, Lumbre Ras recogiendo el Nobel... Si es que ese hombrecillo aceitunado era de verdad el profesor Ras, tal y como sostenían los registros documentales que estaba viendo. Yiannis se quedó estupefacto: esa misma mañana, apenas unas cuantas horas atrás, no había nadie de ese nombre en la Red. Nada. No existía. Y ahora la información se sucedía de modo torrencial. Tuvo un instante de vértigo: entonces, ¿sería verdad que se había equivocado?

—¿Ves? No hay ningún problema, Yiannis. El problema eres tú.

No. No era un error. Era una conspiración. Alguien había falsificado todas esas imágenes y las había introducido en el sistema en tan sólo unas horas. Sintió que su vértigo aumentaba. Le parecía estar flotando sobre un abismo.

—Si no tomas en serio mi denuncia, hablaré con el comité de gestión... —dijo débilmente.

—Tú no hablarás con nadie, Yiannis Liberopoulos. Estás despedido. Y, por cierto, nos hemos incautado de tu pantalla central.

—¿Qué? ¿Mi ordenador? ¿Habéis entrado en mi casa? Pero ¿cómo os habéis atrevido? —balbució el hombre.

—Por el artículo 7C/7 de la Ley de Archivos... Recuperación de material robado. Hemos ido con la policía. Todo perfectamente legal. Y no mires hacia tu móvil, porque tampoco tienes ahí la copia que hiciste esta mañana. La hemos borrado por control remoto desde tu consola. Así que no tienes nada. Y tampoco trabajo. Y aún puedes dar gracias, porque no vamos a denunciarte. Y ahora, si no te importa...

Yiannis se levantó como un cordero y salió del despacho y luego del edificio de manera automática, sin darse apenas cuenta de por dónde iba. Le habían despedido. El Archivo era su vida y le habían despedido. Y encima habían entrado en su casa y le habían quitado el ordenador. Y además estaba sucediendo algo terrible... un golpe de Estado en la Región, o quizá en el planeta. La cabeza le daba vueltas y estaba empapado en sudor frío. Iba tan aturdido que no se fijó en el coche que se acercaba lentamente por la calle todavía nevada. Un vehículo oscuro de cristales teñidos. De hecho, no lo vio hasta que no lo tuvo encima. Hasta que el auto rugió y se abalanzó sobre él como una nube negra. Yiannis gritó, dio un salto hacia atrás, se torció un tobillo; el coche derrapó, patinó en el hielo y pasó rozándolo: se había salvado por un par de centímetros. El archivero se quedó sin aliento, fulminado por una sospecha aterradora. Me ha intentado matar, pensó. Quieren asesinarme.

En ese momento el vehículo consiguió enderezar su dirección. La ventanilla entintada del conductor bajó y asomó una cabeza de hombre que le miró indignado.

—¡Imbéeeeciiiiiil! —gritó el tipo mientras se alejaba.

Yiannis se quedó desconcertado. Y luego echó una ojeada a su alrededor. Estaba en medio de la calzada. Hizo un esfuerzo y reconstruyó mentalmente sus últimos movimientos; iba tan fuera de sí que había debido de bajar de la acera sin fijarse en el tráfico. No le habían intentado atropellar: él se había arrojado sin mirar bajo las ruedas. El viejo corazón redoblaba con esfuerzo en su pecho y el tobillo que acababa de torcerse le dolía. Sí, verdaderamente era un imbécil.

En caso de necesitarlo, Nopal podía desaparecer en menos de una hora. Disponía de media docena de pisos secretos diseminados por el mundo y de un puñado de identidades falsas. Es decir, Pablo Nopal no siempre se llamaba Pablo Nopal. De hecho, la mitad de la existencia del memorista permanecía sumergida en las oscuras aguas de lo no visible, como los icebergs artificiales del Pabellón del Oso. Año tras año, con perseverancia y un notable ingenio para lo clandestino, el escritor se había ido construyendo una vida paralela. Empresas fantasmas, testaferros que desconocían para quién estaban trabajando, chapas civiles tan perfectamente falsificadas que eran imposibles de detectar (de hecho, eran cédulas auténticas confeccionadas por funcionarios corruptos). Y una red clandestina de informantes, porque no hay poder sin conocimiento. Tal vez fuera cierto que el dinero no daba la felicidad, pensaba el memorista, pero compraba seguridad, que era algo mejor y menos volátil que la dicha. ¿A qué más podía aspirar un hombre sensato sino a estar razonablemente protegido del dolor? Aunque para ello hubiera que recurrir a métodos socialmente reprobados, a comportamientos prohibidos.

Nopal no había escogido ser así. No había elegido voluntariamente el camino de la ilegalidad, de la misma manera que el marginado social no escoge la marginalidad, sino que se encuentra desterrado al otro lado de la línea de lo normal. El destino había sido injusto con el memorista, el destino se había ensañado con él, y él había tenido que aprender a defenderse y a responder a la violencia con violencia. El verdadero superviviente es aquel que no duda en hacer lo que sea necesario para sobrevivir, y Nopal no dudaba. A menudo se admiraba de sí mismo, se contemplaba con una curiosidad no exenta de sorpresa, porque no conseguía entender cómo era posible que, gustándole tan poco la vida, fuera capaz de aferrarse a ella con tanta tenacidad, con tanta fiereza. Tal vez lo hiciera por orgullo, por la firme decisión de no dejarse humillar nunca más. O quizá se tratara de un automatismo de las células, del empeño de la carne en seguir siendo, de esas febriles ansias de vivir que hacían que algunos enfermos terminales, pese al dolor y el deterioro, pelearan hasta su último aliento por alargar tan penosa existencia. Sí, la metáfora del enfermo no era mala, pensó el memorista: de alguna manera, Nopal siempre había sentido que había algo patológico en él, algo doliente. La vida era una maldita enfermedad que te acababa matando.

Bruna entró en el cuarto del hotel casi a ciegas: las alteraciones visuales eran una demoledora consecuencia de la migraña. Se abalanzó sobre su mochila y sacó una subcutánea de paramorfina. Todavía le quedaban tres dosis de las ocho que le habían dado en el hospital. La aplicó en el brazo con manos temblorosas y se dejó caer agotada sobre la cama para esperar su efecto. Enseguida sintió cómo la droga empezaba a recorrer su cuerpo con pasitos de fieltro, apagando los latidos de dolor, subiendo con su frescor de nieve hasta la amígdala, barriendo el torbellino de corpúsculos brillantes que la impedían ver. Ah. Qué indescriptible alivio.

Abrió los ojos con un pequeño sobresalto. Vaya, se había quedado dormida. Miró el reloj: había perdido una hora, pero se sentía extraordinariamente bien. Descansada y como nueva. Estaba en la habitación que había alquilado como Bruna, aunque todavía llevaba puesto su disfraz de humana. Cuando llegó se sentía tan mal que sólo podía pensar en echar mano a la paramorfina y no respetó sus propias normas de trabajo. Esperaba que nadie la hubiera visto entrar en el cuarto, y que nadie se fijara en las grabaciones de seguridad. Había sido un error, pero de todas maneras iba a dejar el hotel enseguida. Se levantó de un brinco y comenzó a despojarse a toda prisa de Annie Heart. Cuando Husky volvió a aparecer en el espejo con la línea tatuada surcando su cuerpo (partiéndola, atándola, como decía el esencialista) se sintió extrañamente feliz. Fue como recuperar a una vieja amiga.

Hizo su equipaje y pasó a la habitación de Annie para recoger también allí sus pertenencias. Ya estaba a punto de acabar cuando llamaron a la puerta.

—Mierda...

Miró en la pantalla y vio la imagen de un robot. Sonrió, súbitamente animada: acababa de recordar la pistola de plasma. Puede que el cretino de Serra no hubiera anulado el trato. Cuando abrió la puerta comprobó que se trataba de un mensajero viejo y abollado. No debía de tener reconocimiento visual, lo cual le convenía. Al detectar la presencia de Bruna, el artefacto empezó a escribir frases en su cinta luminosa.

Paquete para Annie Heart
Sólo entrega personal verificada
Identificación por favor

La detective sacó la chapa civil falsa que le había proporcionado Mirari y la acercó al ojo del robot. El trasto soltó un pitido de confirmación.

Identificación aceptada
Entrega requiere pago previo
500 papelgaias

Bruna salió al pasillo, se acercó a la caja automática que había en todos los pisos junto a los ascensores, pagó las dos habitaciones, la de Annie y la suya, y a continuación sacó cinco lienzos contra su crédito. Volvió junto al robot y metió el dinero por la ranura. La tapa de la caja blindada se abrió y apareció un bonito kit completo de masaje electrónico tailandés.

—Pero ¿qué demonios...?

El robot se alejaba ya pasillo adelante dando chirridos. Bruna estuvo a punto de hacerlo regresar y exigir la devolución de sus gaias, pero luego lo pensó mejor. Entró en el cuarto, despejó la superficie de la pequeña mesa y abrió el paquete. Dentro había un extraño objeto ovoide de silicona con ruedas y ventosas, presumiblemente el kit de masaje tailandés capaz de recorrer tu cuerpo de manera automática sobando y chupando y untando de aceites esenciales. El objeto se abría por la mitad para poder meter los diversos ungüentos; cuando Bruna lo abrió, encontró allí dentro la pistola de plasma. Un escondite ingenioso: la forma del arma se adaptaba a la del aparato de masaje. La pistola tenía un aspecto casero y horrible: parecía confeccionada con piezas recicladas y desparejas. Por eso era tan barata. Colocó el arma en carga mínima y en microimpacto, apuntó a un lateral de la cama y disparó. Hubo una levísima y silenciosa vibración de luz; luego Bruna se agachó y comprobó que en la parte baja del colchón se veía un ínfimo agujero, algo así como el hueco dejado por una polilla. Parecía que ese feo trasto funcionaba. Mejor eso que nada. Las cosas estaban poniéndose demasiado peligrosas para no ir armada.

Cuando salió del Majestic ya era noche cerrada, pero se percibía cierto entibiamiento del aire: la crisis polar debía de estar empezando a remitir. Aunque llevaba el peso de los equipajes, ni siquiera intentó coger un taxi: seguro que a esas horas y con el miedo reinante nadie pararía a una rep como ella. Las cintas rodantes volvían a funcionar y Bruna apretó el paso para combatir el frío y para huir del bombardeo de las pantallas públicas, que seguían pasando imágenes violentas de los tecnohumanos, declaraciones supremacistas, entrevistas con Chem Conés y Hericio, noticias sobre otros disturbios semejantes sucedidos en diversos rincones de los EUT. Ardían las pantallas de odio especista. Bruna se preguntó si los inicios de la Guerra Rep fueron así. ¿Se habrían sentido los androides igual de perseguidos, igual de apestados en el fatídico año 2060? ¿Y aquellos judíos del siglo xx? ¿Aquellos que terminaron siendo exterminados en hornos crematorios? ¿Habrían advertido el comienzo de su fin de la misma manera que ella advertía ahora la escalada política y legal contra los tecnohumanos? Cuatro años, tres meses y trece días. Tal como estaban las cosas, ¿qué tragedias podrían suceder en esos cuatro años que le quedaban? Ni siquiera sabía si alcanzaría a vivir hasta su TTT. El futuro era una aplastante piedra negra, un fragor de avalancha.

Archivo Central de los Estados Unidos de la Tierra
Versión Modificable

ACCESO ESTRICTAMENTE RESTRINGIDO
SÓLO EDITORES AUTORIZADOS

Madrid, 30 enero 2109, 10:30

ACCESO DENEGADO
YIANNIS LIBEROPOULOS NO ES UN EDITOR
AUTORIZADO
SI NO POSEES UN CÓDIGO VÁLIDO
ABANDONA INMEDIATAMENTE ESTAS PÁGINAS

ACCESO ESTRICTAMENTE RESTRINGIDO
SÓLO EDITORES AUTORIZADOS

LA INTRUSIÓN NO AUTORIZADA ES UN DELITO
PENAL QUE PUEDE SER CASTIGADO HASTA
CON VEINTE AÑOS DE CÁRCEL

**YIANNIS LIBEROPOULOS, SE TE CONMINA A
ABANDONAR INMEDIATAMENTE ESTAS PÁGINAS.**

LA PERSISTENCIA EN EL INTENTO DE FORZAR EL SISTEMA PROVOCARÁ UN AVISO A LA POLICÍA EN TREINTA SEGUNDOS.

CONTANDO HASTA EL AVISO POLICIAL

29
28
27
26
25
24
23
22
21

Abrió los ojos y se encontró con la cara de Yiannis a dos centímetros de la suya, gritando y gesticulando con ansiedad.

—¡Cielos! —exclamó Bruna, sentándose de golpe.

Una ola de inestabilidad agitó el mundo. La habitación tembló, la cabeza dolió, el estómago se retorció. El cuerpo le recordó, antes que su memoria, que una vez más había tomado demasiado alcohol la noche anterior. La figura del archivero aleteaba frenéticamente por el cuarto como un gorrión atrapado. Era una maldita holollamada.

—Yiannis, se acabó. Ahora mismo anulo tu autorización holográfica —gruñó la rep, sujetándose la cabeza con la mano.

—¡Me han despedido! ¡Es una conspiración! ¡Y no puedo entrar en el Archivo! Te lo intenté decir anoche pero no contestabas.

Cierto. Tuvo una clara imagen de sí misma rechazando las llamadas. Había llegado a casa cansada y deprimida y se había puesto a beber. Otras veces bebía porque estaba contenta y relajada. Y otras porque estaba angustiada. Siempre encontraba alguna razón para embriagarse. Mirando hacia atrás, su corta vida estaba compuesta por una sucesión de noches de las que apenas se acordaba y por un sinfín de mañanas de cuyos desabridos despertares se acordaba demasiado bien.

—A ver... tranquilízate y vuélvemelo a explicar. Despacio. Como si yo fuera un *bicho* y no entendiera bien el idioma...

Yiannis empezó a contar atropelladamente su conversación con la supervisora.

—Está bien, está bien, ya veo. Mira, mejor voy para tu casa. En menos de una hora estaré allí —dijo Bruna.

Y cortó, dejando al viejo con la palabra en la boca.

Cuatro años, tres meses y doce días.

Tomó aire y se puso en pie.

Náuseas y mareo.

Decidió meterse otra subcutánea de paramorfina. Desde luego no era la mejor manera de acabar con una resaca, era como matar moscas con una pistola de plasma o como cortarse una mano porque te duele un dedo. Pero sabía que con eso se iba a sentir enseguida muy bien, y los tiempos estaban tan revueltos que le parecía más prudente salir a la calle en plena forma. Además, todavía le dolían un poco las costillas, pensó exculpatoriamente mientras se ponía la dosis. Era la penúltima que le quedaba. Una pena.

Se miró en el espejo. Había vuelto a dormir con la ropa puesta y estaba toda arrugada y retorcida. En el cuello llevaba todavía el *netsuke* verdadero de su falsa madre. Decidió dejárselo: le pareció que necesitaba su compañía. O su protección.

El termómetro exterior marcaba catorce grados: se había acabado la crisis polar. Se dio una breve ducha de agua, eligió un conjunto verde metalizado del armario y se vistió sintiéndose muy bien, descansada, alerta. Y también hambrienta. Fue hacia la zona de la cocina a prepararse algo y entonces lo vio: ¡el puzle estaba hecho! Terminado. Resuelto. Lo miró estupefacta y, entre los jirones de niebla que emborronaban la noche anterior, le pareció verse a sí misma colocando piezas. Debía de haber estado trabajando en el rompecabezas hasta muy tarde... Y con especial suerte o sobrehumano ahínco. La imagen del Cosmos estaba completa; y en el centro, en la zona crítica que antes le faltaba y que tanto se le había resistido durante meses, ahora se veía la nebulosa planetaria Hélix, ese espectacular objeto gaseoso de la constelación Acuario que los astrónomos conocían como «el Ojo de Dios». Hélix, por supuesto, se dijo Bruna casi desilusionada por la obviedad; ¿cómo no lo había adivinado? Era el accidente cósmico más famoso e incluso había un par de sectas de chiflados que lo creían sagrado. La última pieza del puzle activaba un pequeño efecto tridimensional y la imagen parecía vibrar y latir en la vastedad del espacio. Un ojo bellísimo ribeteado de vaporosas pestañas rojizas y con el iris intensamente azul, un ojo gigantesco que la contemplaba. *Lo que hago es lo que me enseña lo que estoy buscando.* Estaba buscando la nebulosa Hélix, estaba buscando algo evidente y no se había dado cuenta. Y había tenido que emborracharse y perder la conciencia, había tenido que dejarse guiar por la pura intuición para completar el rompecabezas. El Ojo de Dios. El hermoso, helado e indiferente ojo que nos mira.

Tras desayunar a toda prisa unas hamburguesas de proteínas con sabor a pavo, metió la desastrada pistola de plasma en la mochila, convencida de que el mundo exterior iba a estar un poco más desagradable que el día anterior, y salió a la calle. Y, en efecto, el buen tiempo parecía haber añadido combustible al fuego del odio. Grupos de manifestantes rodeados por cordones policiales chillaban consignas que Bruna no alcanzó a entender, mientras las pantallas públicas derramaban sobre su cabeza torrentes de violencia. Había coches volcados, escaparates rotos, recicladores ardiendo. Al pasar por el parque-pulmón vio que varios de los delicados árboles artificiales habían sido desgarrados y arrancados. Las bocacalles estaban tomadas por el Ejército y Bruna tuvo que enseñar su chapa civil en dos controles. Temió ser cacheada y que le encontraran el plasma, pero por fortuna no sucedió. Llegó a casa de Yiannis con los nervios de punta.

El piso del archivero era tan a la antigua usanza como él. Estaba en un hermoso edificio de unos tres siglos de antigüedad que había sobrevivido a las diversas guerras sin daños excesivos, pero se encontraba sin reformar. La casa tenía pasillos oscuros, habitaciones inútiles y un incomprensible montón de cuartos de baño. Yiannis hacía toda su vida en las dos estancias principales, una convertida en salón y otra en dormitorio, pero utilizaba el resto de la casa de almacén para la infinidad de trastos que guardaba, entre ellos una asombrosa cantidad de antiguos y valiosos libros de papel. En una de esas habitaciones forradas de libros había vivido Bruna durante algunos meses después de la muerte de Merlín. El humano Yiannis había cuidado de ella, de la misma manera que la tecno Maitena había cuidado de Lizard. Pero ahora las relaciones entre las especies se estaban pudriendo.

Nada más franquear la puerta, Bruna advirtió algo nuevo: la mesita de la entrada, que normalmente era un revoltijo, había sido despejada y mostraba como único objeto un jarrón azul con tres tulipanes amarillos. ¡Flores naturales! La rep se quedó pasmada.

—Vaya, has arreglado la mesa...

—Psí... —contestó el viejo ambiguamente, haciendo un vago movimiento con la mano.

Recorrieron el pasillo y entraron en la sala, y ahí estaba ella sonriendo modosamente. De primeras le costó reconocerla sin estar empaquetada dentro de los paneles de mujer-anuncio.

—Hola, Bruna. Me alegro mucho de verte —dijo RoyRoy con entusiasmo.

—Yo también... —contestó la rep de manera automática—. Aunque sobre todo me has dado una sorpresa. ¿Has dejado el empleo de Texaco-Repsol?

La mujer miró a Yiannis con gesto un poco turbado.

—Bueno, yo la he... La he ayudado a liberarse de ese trabajo de esclavos. ¡Digamos que la he manumitido! —contestó por ella el archivero.

Y luego rió su propio chiste nerviosamente.

—Ejem, quiero decir que le he prestado dinero hasta que encuentre algo mejor y además está... está viviendo en casa.

—Ah. Bien. Vale. Genial —dijo Bruna.

—Yiannis es muy generoso. Bueno, tú ya lo sabes —añadió RoyRoy.

Sí, la androide lo sabía. El archivero no estaba haciendo por la mujer-anuncio más de lo que había hecho por ella misma. Y además a Yiannis se le veía... entusiasmado con RoyRoy. Y a ella también se la veía cambiada. Más joven. Más segura. Era como para estar contenta por su amigo. La rep se dejó caer en el viejo sillón verde y Yiannis se sentó en el sofá junto a la mujer. Hacían una estupenda parejita.

—No, no, la que es generosa es RoyRoy. No sabes cuánto me ha apoyado en todo esto. Menos mal que anoche estaba ella aquí. Como puedes comprender, volví deshecho de la entrevista con la supervisora.

—Sí, claro.

La mujer no podía llevar más de dos o tres días en casa de Yiannis, pero ya se veía su huella por todas partes. Los muebles estaban colocados de manera distinta y las estanterías bien ordenadas. La pantalla emitía imágenes sucesivas del niño de Yiannis y de un adolescente que la rep supuso que era el hijo de RoyRoy. Oh, sí, una pareja perfecta y entrañablemente unida por el culto a sus muertos. Se mordió los labios y le pareció que le sabían a veneno.

—Bueno, entonces, cuéntame exactamente qué te dijo ayer esa mujer —barbotó.

¿Por qué estaba tan irritada? ¿Por qué no se alegraba de que el pobre hombre se hubiera enamorado? ¿No había sentido ella que Yiannis la empujaba a aferrarse demasiado al dolor de la pérdida de Merlín? ¿Y no era mejor que hubiera encontrado otro duelo más cercano con el que identificarse? El archivero estaba contando su historia, pero Bruna no podía concentrarse en lo que decía. Los veía ahí, sentados juntos, humanos, parecidos, mucho más viejos que ella y aun así probablemente más longevos. Los veía unidos mientras ella estaba sola, perdidamente rara incluso entre los raros.

La pantalla se encendió de forma automática con un avance informativo. Apareció en imagen Helen Six, la periodista de moda, con un gesto tan aparatosamente trágico que Yiannis se calló y los tres se pusieron a mirar las noticias. Y entonces se enteraron: Hericio estaba muerto. Lo habían asesinado la tarde anterior. No sólo lo habían asesinado, sino también torturado. Alguien le había rajado el vientre de arriba abajo y sacado los intestinos mientras aún vivía. Había sido un crimen espantoso.

Como el holograma de Chi, pensó inmediatamente

Bruna a pesar de haber quedado sumida en una especie de estupor. Yiannis la miró.

—Pero... ¿tú no me dijiste que ayer ibas a verle?

RoyRoy dio un respingo, abrió mucho los ojos y se tapó las mejillas con las manos.

—¡Bruna! ¿Qué has hecho? —gimió.

—¡¿Yoooo?! —saltó la rep indignada.

Entonces sucedió algo muy extraño: el archivero levantó la mano en el aire como si fuera a decir algo, luego se la llevó a la garganta y se desplomó de lado muy despacio.

—¡Yiannis! —jadeó la mujer, inclinándose hacia el hombre y derrumbándose también sobre él.

Bruna saltó del sillón y se acercó a los dos cuerpos inanimados. Pequeñas burbujas amarillas salían de la boca de RoyRoy. Entonces notó el olor, un sutil aroma a peligro. Había algo en el aire, una amenaza química. Contuvo la respiración, pero ya era tarde. Notó que las piernas le pesaban, que el cuerpo dejaba de sostenerla. Cayó al suelo, aunque no se rindió. Con un ímprobo esfuerzo de la voluntad, y protegida por su extraordinario vigor físico, se arrastró penosamente a gatas hacia la ventana. Tenía que llegar, tenía que abrirla. Concentró toda su mente en la distancia que debía cubrir. Un centímetro adelante y otro más y todavía otro más. Pero iba muy despacio y no podría seguir aguantando el aliento durante mucho tiempo. Aún le quedaba la mitad del camino cuando un movimiento reflejo le hizo tragar una bocanada de aire. Lo notó inundar deliciosamente sus pulmones, liberarla de la angustiosa asfixia; y notó también cómo la envenenaba. Fue como un rápido borrón sobre los ojos. Y después la oscuridad y la nada.

Alzó los párpados. La casa zumbaba y trepidaba. Por el techo corrían sombras líquidas que parecían perseguirse las unas a las otras. Le costó unos instantes comprender que el estruendo se debía al tranvía aéreo que pasaba justo por delante de la ventana. De su ventana. Ahí venía otro. Nuevamente el ruido y el revuelo de sombras. Bruna respiró hondo mientras la angustia se abatía sobre ella. Sabía lo que tenía que hacer y era terrible.

Miró el reloj: lunes 31 de enero de 2109, 09:30 horas. Tenía que apresurarse. Cuatro años, tres meses y once días. ¿Cuatro años, tres meses y once días? ¿Qué significaba eso? ¿Por qué había aparecido de repente ese cómputo temporal en su cabeza? Se levantó de la cama profundamente desasosegada. Estaba vestida. Mejor: menos pérdida de tiempo. Se sentía mareada, confusa. Una pátina de irrealidad parecía cubrirlo todo, como si la vida resbalara por encima de la superficie de las cosas. No reconocía su casa, por ejemplo. Sabía que era su casa, pero no conseguía recordarla. Sin embargo, todo eso no importaba. Lo importante, lo urgente, lo espantoso era la misión que tenía que desempeñar para poder salvar al pequeño Gummy de un destino atroz. Bruna se estremeció. Eso sí estaba claro. Su misión y la situación en la que estaba el niño destacaban con total precisión por encima de la irrealidad general, como la imagen fija y detallada de un caballo corriendo sobre un fondo borroso. Eso era todo lo que necesitaba hacer. Eso era todo lo que necesitaba saber.

Sobre la mesa estaba el cinturón, primorosamente extendido y colocado como si fuera una joya. Y, junto al cinto, un pequeño holograma de Gummy. El niño riendo a carcajadas, los ojitos achinados y chispeantes, los mofletes tan tersos. Tenía dos años y medio. Bruna se recordó besando esa piel nueva, esa carne dulce y deliciosa, y lágrimas ardientes de terror y dolor empezaron a caer por sus mejillas. Las aplastó de un manotazo contra su cara, como quien mata a un bicho, y, haciendo un esfuerzo de autocontrol, se ciñó el cinturón. Conocía bien cómo funcionaba: primero tenía que quitar el seguro y luego pulsar la membrana táctil durante por lo menos veinte segundos; cuando volviera a levantar el dedo, las diminutas ampollas se abrirían, dejando salir el gas letal. Por lo menos sería una muerte rápida: menos de un minuto hasta la asfixia. No como lo que habían prometido hacerle a Gummy si ella no cumplía lo pactado. Una interminable, sádica agonía. Bruna reprimió una arcada. Calma, se imploró a sí misma. Tenía que concentrarse. El fragor ensordecedor de un nuevo tram la impulsó a la acción; debía abrir las ampollas en el intercambiador central de tranvías para aprovechar la afluencia de gente y el hecho de que fuera un espacio cerrado, y el lugar estaba a cuatro manzanas de distancia. Apagó la bola holográfica y se la metió en el bolsillo, y ya se iba a marchar cuando se dio cuenta de que no llevaba el móvil puesto. Qué raro. Echó una ojeada alrededor y no lo vio. Buscó con más cuidado, entre las sábanas arrugadas, en el baño, por el suelo. No estaba.

—Pantalla, localízame el móvil.

No obtuvo respuesta. Miró la pantalla: era un modelo muy viejo. Intentó pasar a manual y teclear un número. El ordenador no admitió la llamada. Qué extraño. La sensación de irrealidad se acentuó, la irrealidad zumbaba en torno a ella como un moscardón. Entonces el rostro de Gummy volvió a encenderse dentro de su cabeza con nitidez helada. Qué importaba que tuviera el móvil o no. De todas maneras iba a morir en pocos minutos.

Y, sin embargo...

Cuatro años, tres meses y once días. De nuevo esa absurda letanía cruzándole la mente. El ascensor tenía puesto el cartel de estropeado, de modo que Bruna bajó a pie las sórdidas escaleras sintiendo que llevaba una piedra en el corazón, un peso cada vez más grande que entorpecía sus pasos. El número que había intentado marcar en el ordenador era el de Paul Lizard. ¿Y quién era Paul Lizard? Un conocido, quizá un amigo. El nombre de Lizard emergía de la confusión como un puerto seguro en un mar tormentoso. Un rincón de luz entre sombras glaciales. ¿Una posible ayuda? Con cada escalón que descendía, Bruna se sentía más desgarrada entre la obligación de cumplir su misión y el horror que la matanza le producía. Pero no lo podía evitar. Tenía que hacerlo.

Y, sin embargo...

Llegó a la planta baja y advirtió que el edificio parecía ser una especie de apartotel. Qué raro no acordarse. En el mugriento y oscuro vestíbulo había un exiguo mostrador de recepción y un panel electrónico que mostraba los precios. La luz estaba encendida, pero no había nadie. De pronto, los pies de Bruna la llevaron hasta el chiscón. Miró la pequeña pantalla: estaba abierta. Tecleó el número de Lizard antes de darse cuenta de que lo estaba haciendo, y al instante apareció el rostro del policía. Porque era un policía. Bruna se sobresaltó al recordarlo, y al mismo tiempo con sólo ver los rasgos del hombre le dieron ganas de llorar de alivio.

—¡Bruna! ¿Dónde diablos estás? —chilló Lizard.

—Yo... en mi casa —balbució.

—¡No estás en tu casa, porque *yo* estoy en tu casa! Bruna, ¿qué ocurre? Estás desconectada, ¿qué pasa con tu móvil? Sé lo de Yiannis y RoyRoy...

Yiannis y RoyRoy. Los nombres originaron ondas concéntricas en su nublada mente, como piedras cayendo en agua cenagosa. Empezó a escuchar un sordo zumbido dentro de los oídos.

—Me tengo que ir. Debo hacer algo horrible —gimió.

—¡Espera! Bruna, ¿qué dices? ¿Qué te ocurre?

—Tengo que matar. Tengo que matar a mucha gente.

—¿¡Cómo!? Pero ¿por qué?

—Si no lo hago torturarán a Gummy —lloró.

—¿Gummy? ¿Quién es Gummy?

—¡Mi hijo! ¡Mi hijo! —gritó ella.

Lizard la miró anonadado. Parecía alguien a quien acabaran de golpear en la cabeza.

—Tú no tienes hijos, Bruna... —susurró.

El zumbido era ya atronador.

—Me tengo que ir.

—¡No! Espera, ¿dónde estás? Escucha lo que digo: no puedes tener hijos, ¡eres una rep!

Cuatro años, tres meses y once días.

—¿Qué significa «cuatro años, tres meses y once días», Lizard? Tú lo tienes que saber.

El inspector la miró desconcertado.

—No tengo ni idea... Por favor, dime dónde estás, Bruna. Iré a buscarte...

Ella negó con la cabeza.

—Lo siento. Si no lo hago torturarán a Gummy.

—¡Aguarda, por favor! ¿Y cómo sabes... cómo sabes que no le harán nada? Tal vez mates a esa gente que tienes que matar y luego de todas formas le hagan daño...

Bruna se quedó pensando unos instantes. No. No le harían nada. Lo sabía con total claridad y certidumbre. Si ella cumplía su parte, el niño se salvaría.

—¡Estás en la calle Montera! Te he localizado. ¡No te muevas, tardo cinco minutos! —gritó el hombre.

—No puedo. Me voy.

—¡¿Adónde?! —preguntó Lizard agónicamente.

—Al intercambiador de trams —dijo Bruna.

Y, dando media vuelta, salió al exterior, mareada, con náuseas, ensordecida.

Caminó deprisa, encerrada en la burbuja de su pesadilla, ajena a las prédicas de los apocalípticos, al alboroto de las pantallas públicas, a las miradas de miedo o de repulsa que iba suscitando a su paso. Caminó como una autómata, concentrada en su deber. Pero cuando llegó a la altura del gigantesco intercambiador con forma de estrella, sus pies se detuvieron. De nuevo arreció el zumbido dentro de su cráneo, un ruido que empezaba a resultar doloroso. Visualizó la hoja redonda de una sierra dentada cortando su cerebro por la mitad y se estremeció. Entonces le vino a la memoria, salida de no sabía dónde, la figura de una mujer con una línea negra dibujada alrededor de su cuerpo, una mujer partida por su tatuaje. Cuatro años, tres meses y once días. Durante unos instantes no pudo moverse y apenas si pudo respirar. Luego el rostro de Gummy estalló en su cabeza y todo volvió a ponerse en movimiento. Comprobó que el cinturón estaba preparado y decidió cruzar por la pasarela elevada para entrar por la puerta lateral del edificio. En ese momento, un coche paró chirriando en la acera junto a ella y de él salió un hombre. Era Lizard. Bruna retrocedió unos pasos y se puso en guardia, dispuesta a luchar si intentaba detenerla. Pero el tipo se quedó a unos metros de distancia.

—Bruna... Tranquila...

—No te acerques.

—No me voy a acercar. Sólo quiero hablar. Cuéntame, ¿a quién tienes que matar? ¿Cómo vas a hacerlo?

—Déjame pasar. No puedes impedirlo.

—Escucha, Bruna... tu cerebro ha sido manipulado. Creo que te han metido un implante de comportamiento inducido. Te han hecho creer que tienes un hijo, pero no es verdad. Tenemos que quitarte ese implante antes de que acabe contigo.

El zumbido arreció. Tal vez Lizard tuviera razón. Tal vez fuera verdad lo del implante. Pero su hijo seguía estando en manos de esos monstruos. Pequeño, aterrado e inerme. El pavor que imaginó que debía de estar pasando el niño casi la hizo gritar. Quitó el seguro al cinturón y acercó la mano a la membrana táctil.

—Me han dicho las cosas que le harán a Gummy si no obedezco —la voz se le rompió—. No puedo resistirlo. Tengo que soltar el gas antes de las doce. Si no puedo hacerlo en el intercambiador lo haré aquí mismo.

—¡Espera, espera, por todas las malditas especies, por favor! No lo hagas... Si es un gas no tendrá el mismo efecto aquí al aire libre que en el intercambiador, ¿no? No querrán que lo desperdicies aquí...

—Quizá. Pero es un neurotóxico muy efectivo. Sé que mata en un minuto y que es muy potente. También aquí valdrá.

Paul miró alrededor. A pocos metros pasaba una cinta rodante cargada de gente. Y luego estaba la transitada pasarela, los coches, los edificios.

—Mierda, Bruna, te ruego que esperes un momento... Por favor, ¡por favor!... He llamado a un amigo tuyo... Y debe de estar al llegar. Por favor, espera.

La rep entró en pánico. Tocó la membrana con dos dedos. Los dejó ahí, apretados contra el cinturón.

—Si has pedido refuerzos... si estás pensando en dispararme... He pulsado ya el interruptor. Si quito los dedos de esta membrana se abrirán las ampollas y saldrá el gas.

Lizard palideció.

—No, por favor... Sólo he avisado a un amigo tuyo, de verdad... Dame diez minutos... No, veinte. Sólo te pido eso. Aún no son las 12:00. Sólo te pido veinte minutos. Si a las 11:30 sigues queriendo entrar en el intercambiador, te dejaré ir. Te lo ruego. Veinte minutos y a cambio de eso me haré cargo del niño. Después de que tú mueras. Alguien lo tendrá que cuidar.

Bruna sintió que se abría un vertiginoso abismo dentro de ella: era verdad, no había pensado en eso. Alguien tendría que cuidar a Gummy. Cuatro años, tres meses y once días. Jadeó, angustiada, y apretó un poco más los dedos contra la membrana.

—Está bien. Hasta las 11:30. Y te harás cargo del niño. Pero no llames a nadie y no te muevas.

—No haré nada, tranquila...

Fueron los doce minutos más largos de la vida de Paul Lizard. En cuanto a la rep, pasaron como una pesadilla, como un delirio febril. Como una bruma lenta punteada por repentinas imágenes atroces que atravesaban su cabeza como cuchilladas.

Y en el minuto trece llegó Pablo Nopal.

—Hola, Bruna.

La androide le miró con inquietud. Lo conocía. Y de alguna manera la desasosegaba, aunque no sabía por qué.

—Qué bello es tu collar. Qué hermoso es ese *netsuke*. Era de tu madre, ¿te acuerdas? Cuando eras pequeña y tus padres salían a cenar, tu madre entraba a tu cuarto antes de irse. Tú te hacías la dormida pero la veías inclinarse sobre ti, esbelta y crujiente en su ropa de fiesta, perfumada, nimbada por la luz del corredor... Y de su cuello colgaba este hombrecito. Entonces tu madre ponía una mano sobre el *netsuke* y así, mientras lo sujetaba, rozaba con sus labios tu mejilla o tu frente. Sin duda cogía el collar para que no te golpeara al agacharse, pero la escena cristalizó en ti con esos ingredientes para siempre: la noche promisoria, el resplandor del pasillo, el beso de tu madre mientras agarraba el hombrecito como si fuera un talismán, como si fuera la llave secreta que le permitiría teleportarse a esa vida misteriosa y feliz que aguardaba a tus padres en algún lado...

Eso dijo Nopal con su voz grave y tranquila, y súbitamente Bruna se vio allí, dentro de ese cuerpo somnoliento y de esa cama, dentro del tibio capullo de las sábanas y de la fragancia de su madre, que la envolvía como un anillo protector. El recuerdo la atravesó nítido y ardiente, dejándola sin aliento; y sólo fue el primero de muchos otros. Nopal fue devanando memorias del enmarañado ovillo de su cabeza y poco a poco el borroso contorno de las cosas comenzó a recuperar su precisión. Media hora más tarde, Bruna había vuelto a pasar por su baile de fantasmas, había llorado una vez más la revelación de la impostura, había comprendido que era una androide. Y que no podía tener hijos. Pero Gummy seguía gritando ensordecedoramente dentro de ella. Su niño la seguía llamando y necesitando. La rep gimió. Las lágrimas quemaban en sus ojos. Con la mano izquierda volvió a echar el seguro al cinturón y luego retiró sus entumecidos dedos de la membrana. Lizard hizo ademán de acercarse ella, pero Bruna le paró con un grito feroz.

—¡Quieto!

El inspector se detuvo en seco.

—Ahora soy yo quien te pide cinco minutos...

Nadie habló.

La rep inclinó la cabeza y cerró los ojos. Y se dispuso a matar a Gummy. Rememoró el peso del niño en sus brazos, su olor caliente a animalillo, su manita pringosa rozándole la cara, y luego se dijo: no es verdad, no existe. ¡No existe!, repitió con un grito silencioso hasta conseguir que la imagen se fuera borrando poco a poco, como píxeles de una grabación defectuosa. Entonces pasó al siguiente recuerdo del pequeño; y después al siguiente. Sus primeros pasos tambaleantes. Aquella tarde azul y quieta de verano cuando Gummy se comió una hormiga. La manera en que decía «caramelo» en su media lengua: *mamelo*, y las burbujitas que la saliva le hacía en las comisuras. Y cómo metía su mano dentro de la de ella cuando algo lo asustaba. ¡Todo eso no existía! ¡No existía! Iban desapareciendo las memorias, estallaban como pompas de jabón, y el dolor era cada vez más insoportable, más lacerante: era como abrasarse y luego raspar la quemadura. Pero Bruna siguió adelante, agónica, suicida, escarbando una y otra vez en la carne viva, hasta llegar al recuerdo final y reventarlo. Y allí abajo, en lo hondo, tras completar la muerte imaginaria de Gummy, la estaba esperando agazapada la muerte verdadera de Merlín. Bruna Husky estaba de regreso, toda entera.

Abrió lentamente los ojos, exhausta y dolorida. Miró a los expectantes Lizard y Nopal.

—Entonces, ¿el implante me va a matar, como a los demás? ¿Reventará mi cerebro? ¿Me sacaré los ojos? —susurró roncamente.

Y en ese momento alzó la cabeza y se vio. De pronto su imagen inundaba las pantallas públicas: ella al natural y como Annie Heart; ella entrando en el Majestic; Annie entrando en la sede del PSH. Y los grandes flashes rojos tridimensionales de la noticias de última hora: «Tecno Bruna Husky Culpable Tortura y Asesinato Hericio.» Acababan de dar las doce.

La idea fue de Bruna. Necesitaba que le quitaran el implante pero si iba a un hospital la detendrían. Entonces pensó en Gándara.

—¿El forense? —se extrañó Lizard.

—Sabe extraer *memas* artificiales... aunque sea de cadáveres.

—Sí, pero... ¿estás segura de él? Parece un tipo raro. ¿No te denunciará?

Bruna negó con un movimiento de cabeza y eso bastó para que el mundo se pusiera a oscilar. Se encontraba cada vez más mareada.

—No, se portará bien, es un amigo... Y si le damos algo de dinero, será todavía más amistoso... —murmuró débilmente.

Estaba segura de que iba a morir y tan sólo esperaba que Lizard le impidiera arrancarse los ojos. El inspector llamó a Gándara; el forense trabajaba por las noches y no estaba en el instituto, pero Paul le dio una vaga excusa y consiguió sonar lo suficientemente urgente y oficial como para hacerle prometer que iría corriendo.

—Yo me encargo de que no se vaya de la lengua —gruñó Nopal.

—¿Qué quieres decir con eso? —preguntó el inspector con cierta inquietud.

—Hablo del dinero... le daré algunos ges.

Iban los tres en el coche del policía. Habían ordenado al vehículo que oscureciera los cristales para ocultar a la rep; las pantallas públicas repetían imágenes de Bruna de manera incesante, y por desgracia su aspecto era demasiado fácil de recordar. Lizard y el memorista parecían haber firmado una tregua, una alianza pasajera que la androide hubiera encontrado muy extraña de haber sido capaz de pensar en ella. Pero se sentía tan mal que las ideas no parecían circular por su cabeza. De hecho, tampoco había reparado en algo aún más raro: en vez de detenerla, el inspector la estaba ayudando a escapar.

Al llegar al Anatómico Forense Bruna tenía taquicardia y sudores fríos. Lizard estacionó en un discreto rincón del aparcamiento, la dejó en el coche con Nopal y fue a ver si estaba el médico. Regresó con él al cabo de un tiempo que se les hizo exasperantemente largo.

—Qué mal aspecto tienes, Bruna. Pareces de los míos —dijo el forense a modo de saludo.

Traían con ellos un carro-robot con una cápsula.

—Hay que desnudarla —dijo Gándara.

Le ayudaron a quitarse la ropa y el collar del *netsuke*, la tumbaron dentro de la cápsula y bajaron la tapa transparente. Las visibles magulladuras hacían más creíble su papel de cadáver. Entraron en el edificio y pasaron a toda prisa y casi sin trámites por el control de seguridad, sin lugar a dudas gracias a la presencia corrosiva y un poco imponente del forense. Luego rodaron pasillo adelante hasta llegar a una de las salas de disección.

—He dicho que era un asunto secreto y oficial y he ordenado que no entre nadie —informó Gándara.

Hizo que el carro-robot se colocara en el centro del cuarto, bajo el módulo de los instrumentos, y que abriera la tapa. La sala estaba helada. Lizard miró el cuerpo desnudo de la rep, tan pálido e indefenso dentro de la siniestra cápsula, y sintió frío por ella. Y también desolación, y miedo, y una especie de angustiosa debilidad que quizá se pareciera a la ternura.

Gándara se colocó la bata y los guantes y encendió encima de ellos la potente luz antibacteriana.

—Bueno... ¿Cómo te sientes, Bruna?

—Mal.

Gándara la miró, preocupado.

—¿Sabes qué día es hoy?

—Lunes... 31 de enero...

La voz sonaba pastosa.

El forense tomó sus constantes con un medidor corporal.

—Taquicardia, ligera hipotermia... Bueno. No podemos perder tiempo. Si tienes esa *mema*, hay que sacarla ya.

Con movimientos rápidos y precisos, el médico tiró hacia abajo de un aparato de aspecto espeluznante que pendía sobre su cabeza y lo puso en marcha. Empezó a emitir un amenazador zumbido.

—Tienes que estarte muy quieta. ¿Has entendido? Piensa que eres un fiambre.

La rep abrió mucho los ojos en muda aquiescencia. El forense encajó la punta metálica del aparato en la nariz de la androide y pulsó un botón.

—Ahí va la sonda...

Bruna gimió y sus manos se crisparon agónicamente.

—¡Por todas las malditas especies, Gándara! ¿No hay manera de hacérselo más llevadero? —gruñó el inspector.

—Qué quieres, Lizard, aquí no tenemos anestésicos... No los necesitamos, no sé si te das cuenta... ¡Muy quieta,

Bruna!... Pero va a ser rápido. Y además, tampoco es para tanto, ¿eh? Nunca se me ha quejado nadie, jaja...

En la pantalla se veía el avance por el cerebro de la nanosonda, tan extremadamente fina que emitía un destello fluorescente para poder ser vista. El gusano de luz daba vueltas y vueltas por la materia gris como un cometa loco en un universo cerrado. Gándara frunció el ceño.

—No puede ser...

Bruna jadeaba roncamente. Apretaba los puños y tenía el cuerpo tan tenso que los dedos de sus pies estaban encogidos como garfios. Ese cuerpo hermoso y doliente, esa carne maltratada que la luz bactericida teñía con un irreal tono violáceo.

—¡Joder! ¿Qué pasa? ¿No iba a ser rápido? —explotó el inspector.

El gusano luminoso recorrió una vez más la pantalla y luego se apagó. La sonda siseó mientras se replegaba. Gándara extrajo el aparato de la nariz y se volvió hacia Nopal y Lizard.

—No hay nada.

—¿Cómo?

—No hay ningún implante. Ninguna *mema* artificial, aparte de la memoria tecnohumana de serie, que sigue estando intacta y sellada.

—Eso no puede ser. Soy memorista, hablé con Bruna y sé que estaba siendo víctima de una implantación de recuerdos falsos. Lo sé con total seguridad —dijo Nopal.

—Pues no hay nada, ya te digo. ¡Nada! Y yo también estoy completamente seguro —dijo el forense con cierta irritación.

Pero luego miró a la rep y se pellizcó el lóbulo de la oreja derecha, como solía hacer cuando estaba nervioso.

—Aunque, quizá...

Levantó las manos de la rep, que seguían crispadas.

—Mmmm... Bruna, ¿notas si tienes más saliva de lo normal?

La detective cabeceó afirmativamente.

—Ya veo... Rigidez, salivación excesiva... Lo siento, pero tengo que volver a meter la sonda. Esta vez sí que será muy breve...

Bisbiseó de nuevo el aparato con un zumbido de broca taladradora, se encendió la lombriz fluorescente en la pantalla, gimió la androide. Pero Gándara había dicho la verdad: en unos segundos había terminado y estaba fuera. Apagó la máquina y la empujó hacia el techo. Se le veía entusiasmado.

—Creo que ya sé lo que sucede... ¡Es fantástico! Había oído hablar de ello pero no lo había visto jamás...

—¿Qué, qué? —preguntaron al unísono Pablo y Paul.

—Son unos cristales de cloruro sódico... Pueden ser grabados como un chip, pero se disuelven en el organismo a las pocas horas sin dejar ningún rastro. O sea, le han implantado una *mema* artificial de sal, lo que pasa es que ya se ha deshecho. Pero todavía he podido encontrar rastros de una salinidad un poco por encima de lo normal. Nada importante.

—Entonces, ¿no se va a morir?

—No, no. En absoluto. La sal ha provocado un pequeño desequilibrio electrolítico en el cerebro y es responsable de los mareos, la rigidez y demás. Por fortuna tengo unos reservorios de ultrahidratación que uso con los cuerpos que me llegan demasiado momificados. Le meteré una de esas cápsulas subcutáneas a Bruna y, con un poco de reposo, en veinticuatro horas estará como nueva.

—Querían que no quedara rastro de la manipulación de la memoria... Por eso el método de muerte elegido era el gas... De ese modo el cadáver de Bruna habría llegado intacto a las manos del forense y, al hacerle la autopsia, no hubieran encontrado nada... Así parecería que Husky había cometido todos esos horrores consciente y libremente. Una tecno perversa y vengativa contra la especie humana... —reflexionó Lizard.

—La enemiga perfecta... —murmuró la rep débilmente.

—Bueno, este pequeño pinchazo es para colocarte la cápsula hídrica... Listo. Dentro de unas semanas, cuando quieras, pásate por aquí y te saco el reservorio... Como es un producto pensado para fiambres, no se reabsorbe. Aunque es totalmente inocuo: lo puedes llevar puesto toda tu vida, si no te molesta. Ahora debéis iros... Cuanto antes. Teneros aquí es un compromiso.

—Un compromiso que valoramos y que queremos agradecer —dijo Nopal.

Y estrechó la mano del forense, colocándole en la palma unos cuantos lienzos. Gándara sonrió y se guardó el dinero con naturalidad.

—Lo hubiera hecho igual, pero con esto me siento mucho más querido y más contento... Podéis salir por la puerta de atrás, que es por donde los robots sacan los cuerpos... Será mejor que se vista...

Lizard tomó en brazos a Bruna y la sacó de la cápsula. La ropa áspera del hombre rozaba su piel desnuda. La rep se hubiera quedado enroscada contra el pecho del inspector eternamente, se hubiera echado a dormir en ese refugio de carne hasta la llegada de su TTT; pero se sentía un poco mejor y sabía que no tenía más remedio que moverse. Así que se vistió, e incluso caminó por su propio pie, inestable y ayudada por Nopal, hasta el exterior. La puerta trasera daba a un muelle de carga atendido por robots; unas cuantas cápsulas vacías se apilaban junto al muro. Lizard, que había ido a buscar el coche, apareció enseguida y les recogió.

—Tenemos que encontrar un lugar seguro para esconderte... Hasta que te recuperes y hasta que consigamos aclarar todo esto.

—Puede quedarse en mi casa —dijo Nopal.

—No. En tu casa, no —respondió Lizard tajante.

El memorista le miró con una sonrisa burlona.

—¿Y por qué no, si puede saberse?

El inspector calló.

—¿Temes que yo esté implicado en la trama? ¿O temes que ella prefiera estar conmigo?

Están peleándose por mí, pensó Bruna; qué cosa tan arcaica.

—Te tengo puesto bajo vigilancia desde hace más de un año. Si va a tu casa, mis hombres la descubrirían enseguida —dijo Lizard, ceñudo.

Ah. Después de todo Paul no peleaba por ella. No era más que una simple cuestión de estrategia. Bruna sintió en su boca algo salobre. Demasiada saliva y toda amarga.

Nopal se puso blanco de ira. Una furia calmada y reluciente.

—Ah, bien. Me alegra que hayas reconocido que me vigilas. Eso es acoso policial. Te voy a poner una querella.

—Haz lo que te dé la gana.

—Para aquí —ordenó el memorista.

Lizard detuvo el vehículo y el hombre se bajó.

—Nopal... —dijo la rep.

El memorista levantó un dedo.

—Tú calla. En cuanto a ti, voy a acabar contigo. Créeme.

Lizard le miró cachazudo, entornando los pesados párpados.

—Te creo. Es decir, creo que vas a intentarlo. Por eso te tengo vigilado. Porque creo que eres capaz de hacer cosas así.

Nopal soltó una carcajada breve y sardónica.

—Voy a acabar contigo pero en los tribunales. Te denunciaré y será el fin de tu carrera. Disfruta de tu pequeño poder mientras puedas.

Y, dando media vuelta, se marchó calle arriba.

Lo miraron alejarse en silencio.

—Tú lo llamaste —dijo al fin Bruna.

—Mmmmm.

—Pero le odias.

—Cuando me hablaste de tu hijo, supe que sería muy difícil sacarte del delirio que te habían implantado. Entonces me acordé de él y pensé que podría ayudarte.

—¿Cómo... ejem... cómo sabías que Nopal había sido mi memorista?

—No lo sabía.

—¿Y cómo sabes que no he matado a Hericio?

—No sé si lo has hecho.

—Entonces, ¿por qué me ayudas?

—Tampoco lo sé.

Bruna calló unos instantes mientras intentaba digerir la información y al cabo decidió dejarlo para más adelante. Estaba agotada y muy confundida. Aunque se encontraba algo mejor, necesitaba dormir urgentemente. Necesitaba un lugar seguro en el que poder descansar.

—¿Sabes qué ha pasado con mi móvil? —preguntó.

—Lo encontré en tu casa. Toma. He alterado tus datos en el ordenador central de la Brigada para que no puedan rastrearte. Supongo que tardarán un par de días en descubrirlo.

La rep se ciñó la flexible hoja transparente a la muñeca y llamó a Yiannis. Lizard le había dicho que tanto el archivero como la mujer-anuncio estaban vivos, que el gas no era más que una sustancia narcótica y que ambos se habían recuperado sin problemas. Ellos fueron quienes avisaron a la policía de la desaparición de la detective. El agitado rostro de Yiannis llenó la pantalla.

—¡Ah, Bruna, por todos los sintientes, qué gusto verte! ¿Dónde estás, cómo estás, qué ha sucedido? No hacen más que sacarte en todas partes diciendo de ti cosas espantosas... Y luego están esas imágenes que te han tomado entrando en el PSH disfrazada... Por desgracia todo resulta muy creíble.

Husky le hizo un breve y fatigado resumen de la situación y luego planteó la necesidad de encontrar un lugar donde esconderse. Evidentemente la casa de Yiannis tampoco era una opción: ya había sido atacada una vez allí. Y no se le ocurría ningún otro sitio. Sobre todo teniendo en cuenta que todo el mundo creía que ella era la asesina.

El rostro del viejo se iluminó.

—Espera... Tal vez... El *bicho* ese que te había tomado tanto cariño, el omaá... ¿no me contaste que lo llevaste al circo con la violinista? ¿No podrías quedarte allí un par de días?

—Pero apenas conozco a Maio y a Mirari... ¿Por qué se iban a fiar de mí? Pensarán que maté a...

Y entonces se dio cuenta. No, no lo pensarían, porque Maio sabría que ella era inocente. Merecía la pena probar.

—Buena idea, Yiannis. Voy a intentarlo.

Y mientras Lizard conducía hacia el circo, Bruna se relajó y se dejó caer dentro de un sueño atormentado.

Estaba boca arriba en la cama y la oscuridad se apretaba en torno a ella, pesada como una manta húmeda. Bruna acababa de despertarse y tenía miedo. Pero lo que la amedrentaba no era que quisieran matarla, ni que le hubieran metido una *mema* de sal en el cerebro o que alguien la hubiera escogido para ser el chivo expiatorio de una trama siniestra. A fin de cuentas ésos eran peligros auténticos, amenazas concretas ante las que podía intentar defenderse. En casos así, el corazón bombeaba y el cerebro se inundaba de adrenalina. Había algo enormemente excitante en el peligro real. Una exuberante reafirmación de vida.

No. El miedo que Bruna experimentaba ahora era distinto. Era un terror oscuro e infantil. Una desolación de muerte. Era el mismo miedo que padecía por las noches, siendo pequeña, cuando el horror de las cosas se arrastraba como un monstruo viscoso a los pies de su cama, entre las tinieblas. Por todas las malditas especies, se desesperó la rep: ¡pero si nunca había sido pequeña, si nunca había existido nada de eso! No era más que un recuerdo falso, la memoria de otro. De pronto una idea cegadora y desnuda se encendió en su cabeza: probablemente Pablo Nopal había vivido todo eso de verdad. Por eso ese *netsuke* tan extravagantemente caro: era el collar de su madre. Por eso la emoción y la autenticidad con que Nopal describió las escenas cuando sacó a la androide del delirio. En un vertiginoso instante, Bruna percibió que el memorista estaba dentro de ella convertido en un niño asustado; y sintió asco, y al mismo tiempo una indecible ternura. No quería volver a ver a Pablo Nopal nunca más. Mentira, sí que quería, más aún, necesitaba verle, necesitaba preguntarle sobre la madre, sobre el padre, sobre la infancia, quería saber más cosas, más detalles, tenía hambre de más vida. Qué fascinación y qué pesadilla.

Cuatro años, tres meses y once días. En realidad, ya diez, porque eran las 12:41. La madrugada del 1 de febrero.

La vida era una historia que siempre acababa mal.

Respiró pausadamente durante algunos minutos, intentando aliviar el estrujón de angustia. Pensó en Merlín y se cobijó en su recuerdo, éste sí verdadero, éste sí precioso y único, el recuerdo vivido y compartido de su sabiduría y de su coraje. «Hay un momento para cada cosa bajo el sol: un tiempo para nacer y un tiempo para morir, un tiempo para llorar y un tiempo para reír, un tiempo para abrazarse y un tiempo para separarse», dijo su amante pocos días antes de fallecer, muy débil ya pero con la voz clara y tranquila. A Merlín siempre le gustó ese fragmento del Eclesiastés. Palabras bellas para ordenar las sombras y para serenar siquiera por un instante la furiosa tempestad del dolor. Ahora, al revivir esa escena, Bruna también experimentaba un pequeño consuelo, como si la pena se colocara obedientemente en su sitio.

La detective se encontraba en el camerino de Mirari, en el camastro situado detrás del biombo. Maio dormía ahí junto a Bartolo, pero le habían cedido el lugar. La puerta estaba cerrada con llave y el cuarto carecía de ventanas: la rep se sentía como en el interior de una caja fuerte. Tanto el omaá como la violinista habían reaccionado extraordinariamente bien, ofreciendo su apoyo sin preguntas. Claro que Maio no necesitaba preguntarle nada. Volvió a mirar la hora: 12:48. La última función tardaría unos veinte minutos en terminar y luego Maio y Mirari vendrían al camerino. Bruna se encontraba mejor y tenía hambre. Pero no quería encender la luz y accionar el dispensador de comida. No quería armar tanto barullo y delatarse. Esperaría a que ellos regresaran.

El bip de su móvil sonó atronador en mitad del silencio de la noche y la rep se apresuró a callarlo. Era Habib.

—Por el gran Morlay, Husky... —suspiró el rep—. Menos mal que te encuentro...

—Habib, no he hecho nada de eso que dicen.

—Claro, siempre he estado seguro de que no eras culpable... pero pensé que podrían haberte metido una de esas *memas* asesinas, como hicieron con Chi... ¿Te implantaron una, Husky? ¿Estás bien?

Bruna le explicó brevemente la situación.

—Pero ya me encuentro mucho mejor.

—Pues no tienes buen aspecto. Aunque apenas puedo verte... Estás en un sitio muy oscuro.

—Estoy en...

Habib puso cara de susto y la interrumpió.

—¡No me lo digas! ¡No me lo digas! ¡No quiero saber dónde te escondes! Es más seguro para todos. ¡Imagínate que me cogen y me hacen lo que le hicieron a Hericio! ¡Lo contaría todo!

La rep le miró un poco desconcertada. Habib parecía descompuesto.

—Vale. Está bien. Tienes razón.

El androide hizo un esfuerzo por serenarse.

—Perdona. Todo es tan terrible que... Tengo los nervios destrozados. Mañana estoy citado con Chem Conés, y tres horas después con la delegada del Gobierno Terrestre. Voy a explicarles nuestra visión de las cosas. Les diré por qué pensamos que se trata de una conspiración contra los reps, y les pediré que pongan fin a esta locura. También hablaré de lo tuyo. ¿Puedo contar todo lo que me has dicho?

—Todo menos la participación de Lizard, Nopal y Gándara.

—Claro. Por supuesto. Bueno, deséame suerte. Te llamaré después.

Cortó y el pequeño resplandor azuloso de la pantalla desapareció como un fuego fatuo entre las sombras. Inmediatamente después, Bruna escuchó algo. Un roce casi inapreciable. Una levísima vibración del aire. Alarmada, se sentó en la cama. Y de pronto todo pareció detenerse: el tiempo, el rotar de la Tierra, su corazón. Saltó como un resorte y se arrojó de cabeza al suelo antes de saber por qué lo hacía, y mientras rodaba sobre la tarima vio cómo un silencioso y deslumbrante hilo de luz reventaba el camastro. Plasma negro. Gateó, llevada por su intuición, de una esquina a otra del cuarto, perseguida por los disparos de esa muerte callada, que iba abriendo boquetes detrás de ella. Sus ojos mejorados de rep pudieron distinguir la silueta del atacante pese a la oscuridad: estaba junto a la puerta, cuya cerradura sin duda había forzado con extraordinario sigilo; era de estatura mediana y llevaba un casco de localización térmica, que permitía ver al objetivo en medio de la noche y a través de obstáculos materiales como el biombo. Todo esto lo percibió Bruna en un instante mientras se arrastraba y corría como una cucaracha entre las sombras, totalmente segura de que el agresor conseguiría matarla en el próximo tiro o en el siguiente. No había manera de acercarse a él sin exponerse y no había otro lugar por donde salir salvo la puerta que el atacante bloqueaba.

De pronto lo vio aparecer detrás de él, enorme, rozando el dintel con la cabeza. Era Maio. El *bicho* levantó su brazo colosal y descargó el puño sobre el cráneo del agresor, que cayó al suelo. Pero el casco debió de protegerle, porque se revolvió como una alimaña sobre su espalda, apuntando con la pistola al alien. Bruna imaginó el ancho pecho traslúcido y las vísceras tornasoladas explotando a consecuencia del impacto: un tiro de plasma negro lo mataría. Entonces se lanzó hacia el atacante como un felino, toda intuición, codificación genética y entrenamiento. Saltó feroz y furiosa, eficiente y cruel, y agarrando por detrás la cabeza del tipo, la torció de un tirón. Fue un movimiento seco que ejecutó sin pensar y sin sentir, un perfecto golpe de verdugo. El cuello crujió y el hombre se desmadejó entre sus manos. Estaba muerto.

—Bruna...

Maio encendió la luz y habló con su voz rumorosa.

—Bruna... Te sentí, supe que estabas en peligro y por eso vine...

La rep seguía arrodillada en el suelo. Entre sus piernas, el cuerpo desbaratado del asaltante. Le quitó el casco: era un hombre joven, desconocido. La cabeza había quedado inclinada hacia un lado de un modo grotesco y el rostro tenía una expresión relajada y triste. Hacía menos de un minuto estaba vivo y ahora era un cadáver. Un torrente de imágenes terribles inundó la cabeza de la androide. Cuchillos de sangre atravesaban su memoria, y esta vez se trataba de su memoria verdadera, de su pasado auténtico: nada que ver con el miedo imaginario de la falsa niñez. No era el primer muerto de Husky: los años de milicia fueron duros. Pero no era algo a lo que uno pudiera acostumbrarse.

—Bruna, Bruna... Te sentí antes y también te siento ahora —susurró Maio.

Se acercó a ella y colocó suavemente una de sus grandes manos con demasiados dedos sobre la rapada cabeza de la androide. Tibieza, suavidad, cobijo. El remolino de punzantes cuchillos amainó un poco. El pasillo se había llenado de gente: Mirari con el bubi en brazos, otros artistas del circo, gente del público que estiraba el cuello para ver mejor. La salida del omaá de escena a todo correr en mitad del espectáculo debió de llamar bastante la atención. Por no hablar del alboroto provocado por la pelea: el camerino estaba destrozado. Ahora todos esos humanos la contemplaban con ojos redondos y aterrados. Bruna se vio a sí misma arrodillada con el cuerpo exangüe de su víctima apoyado en el regazo. Era como una imagen de *La Piedad*. Era la Piedad de los impíos. No lo sentía por el hombre, que era un asesino; lo sentía por ella, por su automatismo letal. No hubiera sido necesario matarlo, pero ni siquiera tuvo tiempo para pensar antes de hacerlo. Una mujer se abrió paso entre el gentío y la apuntó con un plasma reglamentario.

—Policía. Quedas detenida, Bruna Husky.

La mujer policía que la había detenido estaba tan excitada y tan contenta como si le hubiera tocado la Loto Planetaria, pero enseguida llegó su inmediato superior y se hizo cargo de Bruna, también exultante y felicísimo; y éste tampoco duró mucho en la alegría, porque la custodia de la rep le fue rápidamente arrebatada por su siguiente jefe. Y así, en cosa de un par de horas, la androide fue pasando de mano en mano y ascendiendo de manera imparable por la jerarquía policial, como un rico botín disputado por piratas. Después de las fuerzas del orden le llegó la vez a los políticos, que, con hambriento frenesí de tiburones, también intentaron quedarse con un buen bocado de la captura, hasta que a las cuatro de la madrugada decidieron meterla en un calabozo de alta seguridad que había en el Palacio de Justicia, a la espera de que llegara una hora más razonable y pudiera hacerse una grandiosa presentación mediática del evento. Querían sacarle todo el jugo posible a la detención. Bruna habló dos minutos con un abogado de oficio, un apático humano a quien por supuesto dijo que era inocente, además de pedirle que avisara a los letrados del Movimiento Radical Replicante. Después de eso se quedó sola en el modernísimo calabozo, un lugar constantemente iluminado y monitorizado, e intentó controlar la angustia y descansar un poco. Todavía se sentía bastante mal físicamente.

Pero, para su sorpresa, a las cinco y media de la mañana vino en su busca la policía primera junto con otro compañero. Ahora la mujer estaba malhumorada y taciturna, tal vez por la amargura de haber comprobado lo poco que rinden los éxitos personales cuando se tienen demasiados jefes por encima. Ordenó con sequedad a Husky que se levantara y cambió el programa de sus grilletes electrónicos para que la tecno pudiera caminar. Habían trabado a Bruna con toda clase de aparatos de contención: grillos en los pies, pulseras paralizantes e incluso un collar noqueador, capaz de provocar un paro cardiaco por control remoto. Era evidente que los humanos le tenían miedo. Muchísimo miedo. Y haberla encontrado con un tipo al que acababa de romper el cuello entre los brazos no mejoró precisamente la situación.

La policía taciturna echó una enorme capa gris oscura por encima de los hombros de la rep para cubrir toda la quincallería presidiaria y le metió un gorro de malla negra hasta las cejas. Con lo alta que era, la capa arrastrando y el gorro calado, debía de tener un aspecto rarísimo, pensó Bruna; si con eso pretendían que pasara desapercibida, el intento era sin duda un completo fracaso.

Así ataviada, la androide fue conducida por la pareja de policías a través de los silenciosos y vacíos corredores del Palacio de Justicia. Cuando tomaron la escalera de servicio y bajaron a las plantas de almacén y equipamiento, Bruna comenzó a inquietarse; atada, electrónicamente bloqueada e inerme como estaba, cualquier imbécil podría hacer con ella lo que quisiera. Preguntó adónde iban, pero ninguno de los dos policías se dignó contestar. Todavía no había amanecido y esa zona del edificio sólo estaba iluminada por las luces de emergencia. Era una atmósfera irreal y angustiosa.

Atravesaron un inesperado gimnasio en el segundo sótano, salieron a un parking subterráneo y subieron a un coche del mismo modelo y color que el de Lizard: sin duda un vehículo policial, aunque no llevara los distintivos oficiales. La mujer oscureció los cristales y metió manualmente la dirección, de manera que Bruna siguió sin conocer su destino. Veinte minutos más tarde se detuvieron ante otra puerta trasera de un enorme edificio. Pero ahora la rep ya sabía dónde estaban: en el Hospital Universitario Reina Sofía. Llamaron, se identificaron y la puerta se abrió. Un guardia de seguridad les condujo por un nudo de pasillos hasta llegar a una zona que pertenecía al servicio de psiquiatría. O eso ponía en la pared con grandes letras. Entonces el hombre abrió con llave la puerta de un cuarto y le indicó con la cabeza a la rep que entrara. Eso hizo Bruna y la puerta se cerró a sus espaldas. Miró alrededor: estaba sola. Era una habitación muy grande, más bien una sala, iluminada por la desangelada y mortecina luz de unos cuantos tubos electroecológicos. En un lateral había una mesa de despacho con dos o tres asientos delante; en el otro lado de la estancia había una veintena de sillas dispuestas en un doble semicírculo. Lo mejor del lugar eran las grandes ventanas que daban al patio interior del Reina Sofía, que era enorme y parecía un claustro medieval. Se trataba de un edificio muy antiguo; Bruna sabía que originalmente había sido un hospital y que luego fue un importante museo de arte durante más de un siglo. Las Guerras Robóticas lo destrozaron y en la reconstrucción se volvió a recuperar su uso sanitario. La rep se acercó a las ventanas a echar un vistazo al oscuro exterior y advirtió que los cristales estaban recorridos por una cuadrícula de líneas electromagnéticas. Rejas. Seguía estando en una celda, aunque más grande.

—Hola, Husky.

Bruna se volvió. En la puerta estaba Paul Lizard. Hizo una mueca rara que podría ser cualquier cosa, desde una sonrisa a un gesto de desprecio, y entró en la habitación y se acercó a ella. Traía dos cafés en las manos.

—¿Quieres?

—No.

—Bueno.

El hombre se bebió calmosamente uno de los cafés y a continuación se bebió el otro. Luego se quedó mirándola con gesto preocupado.

—Me ha costado mucho conseguir que te trajeran aquí. Por fin he logrado convencer a la delegada del Gobierno Terrestre. Le he dicho que, tal como están las cosas, no podíamos garantizar tu integridad si la gente sabía dónde estabas. Y es verdad.

Bruna calló.

—Me autorizó el traslado porque dije que te encerraría aquí: está obsesionada con que no te escapes. Este hospital tiene un ala de psiquiatría de alta seguridad. Están buscando una habitación en la que meterte. Se supone que sólo media docena de personas sabemos dónde estás. Ya veremos. Estoy convencido de que la policía está infiltrada.

—Ya... —resopló la rep con desaliento.

—¿Qué tal te sientes?

—Muy cansada.

—Pues intenta dormir un poco. Tenemos días muy duros por delante.

La rep apreció esa primera persona del plural: «tenemos»... Hizo que se sintiera un poco menos sola. Miró a Lizard: él también tenía un aspecto lívido y exhausto.

—Gracias por todo, Paul.

—No me las des. Es frustrante no haber conseguido resolver este caso. Estamos intentando identificar al tipo que te atacó ayer... ¿Cómo supo que estabas en el circo? Incluso llegué a pensar que te podían haber implantado un chip intramuscular de localización, pero en el rastreo que te hicieron anoche antes de entrar en el calabozo no había nada...

Lizard calló unos instantes y luego miró de refilón a la rep.

—Fue una pena que mataras a ese hombre. Habría sido muy útil poder interrogarlo.

La detective se puso rígida.

—Iba a disparar a Maio.

—No te estoy acusando, Bruna.

—No me estoy defendiendo, Lizard.

Algo amargo y punzante se había instalado de repente entre ellos. El inspector gruñó y se frotó la cara con la mano.

—Bien. Voy a ver si hay algo nuevo. Volveré más tarde.

Fue hasta la puerta, golpeó con los nudillos y le abrieron. Iba ya a salir cuando Bruna le gritó desde el otro lado de la habitación:

—¡Eh! Vosotros me habéis hecho como soy.

—¿Qué?

—Soy una tecno de combate. Vosotros me habéis hecho tan rápida y tan letal.

El hombre la miró con el ceño fruncido.

—Yo no he sido quien te ha hecho así... Además, a mí me gustas como eres.

Siguiendo el consejo de Lizard, Bruna se había instalado en un par de sillas junto a la ventana y llevaba una hora intentando dar una cabezada. Pero cada vez que el sueño le soltaba los músculos y comenzaba a nublarse su conciencia, experimentaba una brusca y aterradora sensación de caída que la volvía a espabilar de golpe. Las pulseras y el collar de retención resultaban pesados e incómodos, y las rejas electromagnéticas zumbaban tenuemente en el silencio como mosquitos tenaces. Miró hacia el patio-claustro. Amanecía. El aire tenía un denso color azulón que se iba aclarando por momentos, como si destiñera. Se levantó y, tras caminar torpemente con sus piernas trabadas hasta el interruptor de luz, apagó los tubos ecoeléctricos. Inmediatamente el nuevo día entró por las ventanas con empuje arrollador. Cuatro años, tres meses y diez días. Y esta nueva jornada también prometía ser calamitosa.

Regresó anadeando al mismo lugar junto a la ventana. Podría haber elegido entre una veintena de asientos, pero humanos y tecnos eran criaturas de costumbres: enseguida intentaban hacer un nido de una maldita silla de hospital. Eran las 07:10. ¿Le darían algo de comer si lo pidiera? Cuatro años, tres meses y diez días.

La puerta se abrió tímidamente y apareció la cabeza

de Habib. El dirigente rep entró, cerró la hoja a sus espaldas y sonrió azorado.

—¡Habib! —exclamó Bruna con alivio.

Nunca pensó que ver a otro androide iba a alegrarle tanto.

—¿Te ha avisado el abogado de oficio? No sabía si lo haría, era un imbécil...

El hombre llegó junto a ella y le dio unas desmañadas y amistosas palmaditas en el hombro.

—Ya lo siento —dijo con simpatía.

A continuación, todavía sonriendo, sacó con rápida habilidad una pistola de plasma y pegó el cañón a la sien de la detective. Bruna le miró atónita.

—Lo siento, Husky. No me caes mal. Pero si supieras todo lo que hay en juego... Fue una proposición imposible de rechazar.

La mano del hombre tembló ligeramente, un movimiento ínfimo e involuntario que, la detective lo sabía bien, antecedía en una décima de segundo al disparo, y supo que era el fin. Los héroes mueren jóvenes, pensó absurdamente en su último instante. Pero de pronto se hundió el mundo. Un tremendo estallido, una lluvia de cristales rotos, Habib desplomándose: todo esto sucedió al mismo tiempo. Bruna se puso en pie y un montón de fragmentos de vidrio se desprendieron de ella y cayeron tintineando sobre el suelo. Se inclinó sobre el cuerpo yacente. Estaba muerto. Tenía un agujero negro y redondo en mitad de la frente, y un boquete en la parte posterior del cráneo. Se fijó en el arma: esa pistola despareja y mal hecha que llevaba Habib era la que le había vendido el lugarteniente de Hericio.

—¡Por el gran Morlay!

Sangre y sesos manchaban las brillantes esquirlas de

cristal que había por todas partes. La rep miró hacia el ventanal: alguien había disparado desde fuera y el vidrio se había roto, aunque la cuadrícula electromagnética seguía en funcionamiento y bisbiseando.

La puerta batió contra la pared al abrirse violentamente y Lizard entró como un ariete con el arma en la mano.

—¡Es Habib! ¡Está muerto! —barbotó la androide.

El inspector le echó una ojeada al cadáver.

—¿Quién ha disparado?

—No lo sé. Desde fuera...

Lizard se acercó a los ventanales. El patio estaba empezando a llenarse de gente atraída por el ruido.

—Paul... Habib venía a matarme.

El inspector se volvió y la miró.

—Esa pistola... ¿Ves el plasma que lleva en la mano? Esa pistola era mía. Me la quitaron anteayer cuando me secuestraron.

—Por todos los sintientes, Bruna, ¿cuántas más armas tienes escondidas por ahí para que te las roben? En fin... Supongo que también manipularon el cerebro de Habib para que hiciera esto.

Bruna negó lentamente con la cabeza. Estaba segura de que el tecno se encontraba en plenas facultades.

—¿Qué aspecto tenía yo bajo los efectos del cristal de sal? ¿Cómo me comportaba?

—Como si hubieras enloquecido.

Igual que Cata Caín, la vecina rep que se vació un ojo. Esa apariencia tensa, febril y delirante.

—Habib actuaba con toda normalidad. Me dijo que lo sentía, pero que le habían hecho una oferta irresistible. Estoy segura de que estaba implicado en la trama. Pero ¿por qué? ¿Y quién lo ha matado?

Lizard pulsó su móvil.

—Estoy pidiendo refuerzos. No me atrevo a dejarte sola.

En ese momento asomaron por la puerta la mujer policía y su compañero.

—¿Dónde os habíais metido? Teníais la obligación de vigilar esta sala en todo momento —tronó el inspector.

Los policías abrieron y cerraron las bocas con aire confuso.

—Yo... Me mareé y... Nos fuimos a... —balbució la mujer.

Lizard les apuntó con su reluciente plasma de reglamento.

—Entregadme ahora mismo las armas. Estáis arrestados.

La pareja obedeció con consternada docilidad y manos temblorosas, y después Lizard les obligó a que se esposaran mutuamente a los viejos tubos de la calefacción del pasillo. El inspector volvió a entrar en la sala y cerró la puerta a sus espaldas, desalentado.

—Tú qué crees, Bruna, ¿son unos ineptos o unos corruptos? No hay manera de poder fiarse de nadie en este maldito caso...

El hombre se acercó a Habib intentando no pisar los sesos desparramados por todas partes y escudriñó el cadáver.

—¿Y dices que es tu pistola?

—Sí. Me la puso en la sien. Creo que quería que pareciera un suicidio. Seguramente lleva un guante de dermosilicona para no dejar huellas.

Lizard asintió.

—Es probable. ¿Y cómo pudo saber dónde estabas?

—Yo... yo le dije al abogado de oficio que le avisara.

El inspector resopló con malhumor.

—Ya. Bueno, he llamado a unos compañeros de confianza para que vengan a protegerte... Llegarán enseguida. Claro que también vendrá el juez, y la policía científica, y los encargados de llevarse a la pareja de imbéciles que he dejado esposados, y seguro que también aparecerá algún mando de la policía o algún político a protestar. Eso seguro. De manera que este lugar se va a poner de lo más concurrido. Voy a ver si encuentro otro sitio donde meterte.

Bruna le miró con la expresión transfigurada.

—Paul...

—¿Qué ocurre?

—Estoy pensando que... ¿Por qué ese empeño en matarme? Ya han conseguido lo que querían de mí... Bueno, no solté el gas, pero han hecho que parezca culpable del asesinato de Hericio. ¿De qué les sirve quitarme ahora de en medio?

—Para que no puedas demostrar tu inocencia.

—Sí, pero... ¿por qué esa urgencia en acabar conmigo? Ahora mismo puedo dar mucho juego en los medios y serles muy útil. Saldré en todas partes como la rep asesina. Pero parece que están desesperados por liquidarme. Ayer mandaron a ese tipo y hoy ha venido el mismo Habib, que no creo que fuera una pieza menor en la conjura... Cuánto se están arriesgando para matarme. ¿Por qué?

Lizard apelotonó la carnosa frente.

—¿Por qué crees tú?

—Mi hijo... El recuerdo de mi hijo. ¡Era tan real! Y todo ese cariño y ese dolor...

Bruna se estremeció.

—Aún escuecen por ahí dentro... Escucha: ¿y si han usado de modelo memorias reales? Algunos memoristas lo hacen... Sé que el mío lo hizo. Seguramente eso les era más fácil que inventar algo lo suficientemente intenso y creíble. ¿Y si ese niño existió de verdad? ¿Y si temen que todavía pueda recordar algo? Es decir, ¿y si temen que pueda recordarlos?

—¿Y podrías? —preguntó Lizard con interés—. El cristal de sal ya se ha deshecho...

—Pero quedan restos... pizcas de sentido. Aunque se van borrando rápidamente. Como se borra el recuerdo de un sueño a medida que el día avanza.

—Pues entonces ponte a ello ahora mismo... Inténtalo... ¿Qué necesitas?

—Un poco de silencio... Concentrarme... Tal vez ayudaría la oscuridad...

Por fortuna los ventanales tenían estores venecianos y Lizard los bajó. La habitación quedó sumida en una penumbra fría. Se instalaron en la mesa de despacho, lo más lejos posible del cadáver. Sentada de espaldas a Habib, Bruna apoyó los codos en la mesa, enterró la cara entre sus manos e intentó recordar.

Era como bajar a un sótano entre tinieblas.

Una mano regordeta. Es lo primero que vio. Una mano acolchada de bebé con pequeños hoyos en los nudillos.

Una súbita pena le apretó la garganta. Ah, esa conmovedora, inigualablemente hermosa mano de su hijo. Ese niño por el que ella estaba dispuesta a morir y a matar.

Los recuerdos iban llegando rotos, fragmentados, como briznas de un naufragio que las olas depositan sobre la orilla. Un golpe de mar y apareció la imagen del niño corriendo detrás de una pelota, sudoroso y feliz; un burbujeo de espuma y ahora veía a Gummy en el hoyo de su camita, despertándose con los labios todavía hinchados por el sueño.

Ese niño por el que ella estaba dispuesta a morir y matar.

Un dolor daba vueltas por el fondo de su cerebro como un escualo.

Gummy cantando. Gummy lloriqueando sin ganas de llorar. Casas y escaleras, alamedas moteadas por la luz del sol, el ruido del viento. El niño sonreía desde los brazos de alguien. Ese niño sonriente estaba muy quieto. Y también permanecía quieta la persona que le tenía en el regazo. Se trataba de una foto. Y quien sostenía al niño era una mujer. Matar y morir. Bruna conocía a esa mujer. Estaba más joven y se vestía de otro modo, pero sin lugar a dudas la conocía. La rep abrió los ojos.

—Es RoyRoy.

Tras la muerte de Habib las revelaciones se habían ido sucediendo a un ritmo endiablado. Era como en esos tramos finales de la resolución de un puzle, pensó Bruna, cuando las pocas piezas restantes empezaban a encajar unas con otras vertiginosamente, como si se atrajeran, hasta cerrar el hueco que quedaba, la última tierra incógnita del rompecabezas, mostrando por fin el diseño completo.

En el despacho de Habib se había encontrado un segundo ordenador que, aunque blindado por un sofisticado sistema de seguridad, fue fácilmente reventado por los expertos, y que proporcionó una mina de datos esenciales, desde los materiales con que había sido confeccionada la holografía amenazadora recibida por Chi hasta una lista cifrada de contactos que estaba siendo analizada meticulosamente. El programa de reconocimiento anatómico demostró que el ojo reflejado en el cuchillo de carnicero era el del propio Habib. Ese ojo tan evidente como el de la nebulosa Hélix, una presencia obvia en la que, sin embargo, Bruna jamás pensó. Sin duda fue Habib quien proporcionó a Chi los datos de los primeros replicantes muertos, y quien dejó la bola amenazante en su despacho; fue Habib quien sugirió que se infiltraran en el PSH, y quien mandó la lenteja a Nabokov para que enloqueciera. Esa lenteja de datos era lo que debía de estar buscando tan furiosamente cuando registraron la casa de Chi. Siempre estuvo ahí, el maldito Habib, pero la detective no lo vio.

Uno de los primeros nombres que pudieron ser descifrados de la lista de contactos resultó ser el de un bravucón especista de medio pelo que ya había tenido algunos problemas con la justicia por agresión y escándalo público. El hombre fue detenido en su casa como un conejo en su madriguera y una hora más tarde estaba confesando todo lo que sabía, que era bastante poco, aparte de que la República Democrática del Cosmos parecía estar relacionada de algún modo con el asunto. Cosa que, por otro lado, la policía ya suponía, porque si los expertos habían podido reventar tan fácilmente el ordenador de Habib era porque ese sofisticado sistema de seguridad era usado en Cosmos y ya había sido descodificado con anterioridad por los espías terrícolas.

En cuanto a RoyRoy, Lizard mismo dirigió el operativo que había ido a buscarla a casa de Yiannis, pero cuando llegaron la mujer no estaba. Había desaparecido dejando todas sus pertenencias atrás, entre ellas el aturdido y desolado archivero. Puede que la mujer-anuncio hubiera acordado una llamada de seguridad con Habib tras cumplir éste su misión, y al no recibirla decidiera escapar. El programa central de identificación estuvo analizando durante horas algunas imágenes que Yiannis había tomado de RoyRoy y al cabo descubrió que su verdadero nombre era Olga Ainhó, una famosa química y bióloga desaparecida quince años atrás. Con la chapa civil de Ainhó había sido alquilado un apartamento en el barrio de Salamanca, y en el piso se encontró un pequeño laboratorio capaz de sintetizar sustancias neurotóxicas y un archivo documental con imágenes diversas, la mayoría grabaciones de experimentos científicos. Pero también estaba la evisceración de Hericio tomada en primer plano, con un escalofriante audio de la voz de Ainhó explicando a su paralizada víctima por qué le hacía eso.

La rep había pasado todo el día anterior y la noche del martes en el calabozo, pero la avalancha de datos terminó por exonerarla. La juez de guardia la había dejado en libertad a las 10:00 horas del miércoles. Ahora eran las 10:38 y estaba desayunando con Lizard en un café junto a los juzgados. El inspector la estaba esperando en la puerta cuando salió.

—Cuando me acuerdo de los aspavientos que me hizo Habib pidiéndome que yo no le contara dónde estaba... Ja... Para entonces él ya sabía que yo estaba en el circo. Fue Yiannis quien me sugirió ir allí, y Yiannis estaba con RoyRoy. Qué miserable comediante... —farfulló Bruna con la boca llena de panecillos de miel.

—Últimamente todas las comunicaciones del Movimiento Radical Replicante estaban siendo grabadas. Una medida de seguridad. Supongo que al hablar contigo Habib se fabricaba una coartada... —apuntó Paul.

—¡No sólo eso! También llamó para que su esbirro pudiera localizarme dentro del circo. El sonido y la luz de mi móvil condujeron al tipo hasta mí... Lo que no consigo comprender es por qué Habib se prestó a todo esto.

—Dinero o poder. Que viene a ser lo mismo. Ésas son siempre las razones de fondo.

—¿Tú crees? En este caso no lo tengo tan claro. ¿Un activista rep colaborando en una conjura supremacista contra los reps? ¿Y trabajando para Cosmos, una potencia en cuyo territorio están prohibidos los tecnos? No entiendo que participara en un plan que suponía su propio exterminio.

Desde que había empezado a desenredarse el ovillo, Bruna llevaba una tormenta dentro de su cabeza. Un enjambre de datos dando vueltas y entrechocando y acoplándose los unos a los otros en busca de sentido. La rep necesitaba reinterpretar y desentrañar lo sucedido. Ahora se daba cuenta, por ejemplo, de que si el enemigo siempre parecía conocer sus movimientos era porque el archivero se lo contaba todo a RoyRoy. Es decir, a Ainhó. Sintió una punzada de resquemor contra su lenguaraz amigo, pero enseguida quedó diluida por la compasión. Pobre Yiannis. Debía de estar destrozado. Descubrir que la mujer de la que se había enamorado era un monstruo capaz de destripar fríamente a alguien tenía que ser algo aterrador. Además, de todos era sabido que las efusiones sentimentales alteraban fatalmente las neuronas. Por eso ella no quería volver a enamorarse. Echó una discreta ojeada a Lizard y le pareció más robusto que nunca. Un muro de huesos y de carne. Un hombre tan grande que le tapaba la luz. El inspector había cortado pulcramente en pequeños trozos uniformes todo su plato, la loncha entera de jamón de soja y los huevos fritos; y ahora se estaba comiendo los cuadraditos a ritmo regular y dejando las yemas de los huevos para el final. Era como un niño, un niño gigante. Una tibieza húmeda inundó el pecho de Bruna. La pegajosa blandura del afecto.

—Muchas gracias por haber venido a buscarme esta mañana. Es un detalle.

—En realidad he venido a proponerte algo medio oficial —gruñó Paul.

A Bruna se le atragantó el panecillo. Se echó hacia

atrás en el asiento, sintiéndose en ridículo. Siempre que dejaba escapar las emociones acababa escocida. Cuatro años, tres meses y nueve días. Se apresuró a componer un gesto serio, profesional y un poco displicente.

—Ah, una propuesta. Muy bien. Dime.

—Acabamos de descubrir que Olga Ainhó pertenece al cuerpo diplomático de la Embajada del Cosmos. Increíble, ¿no? Nunca ha aparecido públicamente en nada relacionado con la delegación, pero está acreditada. Y pensamos que es ahí donde se ha refugiado. He levantado al embajador de la cama y se lo ha tomado bastante mal. Niega que la mujer haya cometido ningún delito, habla de pruebas falsas y campaña orquestada y dice que Ainhó tiene completa inmunidad diplomática.

—O sea que ha reconocido que está ahí...

—En realidad, no. Oficialmente, los cósmicos se niegan por completo a colaborar y el asunto se está convirtiendo en una especie de incidente internacional. En fin, el embajador es un capullo, pero parece que, por debajo, están intentando distender el ambiente... Nos han llamado para decirnos que el ministro consejero consiente en recibirnos. Una cita informal, han recalcado. En su casa. A las 12:00.

—¿Recibirnos?

—Pensé que te gustaría venir —dijo Lizard.

Las carnosas mejillas se le apelotonaron en una sonrisa irresistible, un gesto que le llenaba la cara de luz. Nada que ver con su habitual rictus sarcástico de labios desdeñosos y apretados. El calor de ese gesto radiante ablandó de nuevo a la rep.

—Deberías sonreír más a menudo —dijo, y se le escapó un tono de voz inesperadamente ronco e íntimo.

Lizard se cerró como una planta carnívora. Tragó el último pedazo de su huevo, apuró el café y se puso en pie.

—¿Nos vamos?

Y Bruna volvió a sentirse una completa estúpida.

Los integrantes de la delegación diplomática de Cosmos vivían en las plantas superiores de la embajada. El edificio era una gran pirámide truncada puesta del revés, de manera que la parte más ancha quedaba arriba. Además, los diez primeros pisos eran de cristal y totalmente transparentes, mientras que las cuatro plantas superiores tenían un revestimiento de grandes bloques de piedra sin ventanas. El resultado era turbador: parecía que la pesada mole pétrea iba a pulverizar en cualquier momento su base de vidrio. Si la sede de los labáricos era neogótica y arcaizante, ésta era neofuturista y subvertía los valores tradicionales, tal vez como símbolo de la subversión social que pretendían los cósmicos. En cualquier caso, ambos edificios resultaban inhumanos y opresivos. La zona revestida de piedra era la destinada a albergar las viviendas de la legación; cuanto más poderoso, más alto en la pirámide. Como el ministro consejero era el segundo en mando, tenía su domicilio en el penúltimo piso, cuya superficie compartía con otros dos altos cargos. La vasta planta superior, la más grande, la que estaba aplastantemente encaramada sobre los hombros de las demás, era la residencia del embajador. También esa implacable arquitectura jerárquica debía de tener mucho que ver con la vida en Cosmos, pensó Bruna.

Por dentro, la embajada parecía un cuartel. Hipermoderno y tecnológico, desde luego, pero un cuartel. Austero, monocromo y lleno de soldados diligentes que caminaban como si tuvieran una barra de hierro en lugar de espinazo. Una oficial de uniforme impecable les acompañó hasta la puerta de la casa del ministro. Abrió un robot que les condujo a la sala, una amplia habitación sin ventanas pero con dos muros totalmente cubiertos por imágenes tridimensionales de la Tierra Flotante. Realmente parecía que estaban en el espacio.

—Bonito, ¿no? —dijo el ministro entrando en el cuarto—. Soy Copa Square. ¿Un café, un refresco, una bebida energizante?

—No, gracias.

Square pidió al robot un concentrado de ginseng y se sentó en un sillón. Era un hombre alto, de facciones perfectas. Tan perfectas que sólo podían ser un producto del bisturí, aunque desde luego de un buen cirujano. Ni un solo rasgo de catálogo.

—Queda entendido que esto es totalmente extraoficial... Y, aun así, una muestra de nuestra buena voluntad. Pese a la campaña terrícola de calumnias e insidias.

Sonreía mientras decía esto, pero resultaba gélido. Era una de esas personas que utilizaban la amabilidad como si fuera una velada forma de amenaza. Algo bastante común entre diplomáticos.

—Creí que lo del encuentro extraoficial significaba que íbamos a poder prescindir de los tópicos habituales. Sabes que Ainhó lo hizo —dijo Lizard con tranquilidad.

Copa Square acentuó su sonrisa. Su frialdad.

—Ainhó ha salido ya de la Tierra, protegida por su condición de diplomática. Un vehículo de nuestra embajada la llevó hasta el Ascensor Orbital, y a estas horas debe de estar llegando a Cosmos. Da igual si lo hizo o no. Vosotros nunca vais a poder juzgarla y en la RDC nunca van a saber lo que ha sucedido aquí. De alguna manera, es como si todo lo que ha pasado fuera algo... inexistente.

—Sí, ya sé que en Cosmos mantenéis una censura férrea... Pero nunca pensé que alardearías de ello.

—Y, sin embargo, es algo de lo que sentirse orgulloso... En primer lugar, tecnológicamente. Conseguir una tecnología capaz de filtrar y controlar el vigoroso y múltiple flujo informativo es una hazaña científica. Pero además, y sobre todo, ética y políticamente. El pueblo no necesita saber aquello que puede ser manipulado y malentendido. Nuestro pueblo no cree en dioses. Y no cree en la riqueza: en la RDC, como sabéis, no existen ni la propiedad privada ni el dinero... El Estado provee y los individuos reciben según sus necesidades. Pero el ser humano tiene que creer en algo para vivir... Y nuestros ciudadanos creen en la verdad última... En la felicidad y la justicia social. Estamos construyendo el paraíso en nuestra Tierra Flotante. Sé que la realidad es compleja y contradictoria y que hay que gestionarla también desde las sombras. Pero esa verdad última tiene que permanecer limpia y pura, para que la gente no se desilusione. Para proteger a todas esas personas sencillas que no entienden que las sombras existen.

—Ya veo... Es un curioso paraíso de creyentes dirigido por cínicos —intervino Bruna con sarcasmo.

—Si lo dices por mí, te confundes. No sabes hasta qué punto creo en esa verdad que arde en el fondo de todo lo que hago...

Square calló unos segundos y miró inquisitivamente a Bruna.

—Tú eres la tecnohumana que Ainhó manipuló. Comprendo que estés irritada. Pero en realidad todo lo que te ha sucedido es una consecuencia de tu naturaleza. Los androides sois tan terriblemente artificiales...

—¿Por eso están prohibidos en Cosmos? —preguntó ella intentando contener la ira.

—Por eso y porque fuisteis concebidos como esclavos. Sois unas criaturas demasiado distintas. No encajáis en nuestra sociedad igualitaria.

—Dices que lo sucedido es cosa de la artificialidad de los reps, y supongo que te refieres a los implantes de *memas* y demás... —intervino Lizard a toda prisa antes de que Bruna contestara—. Pero sabemos que Ainhó estuvo trabajando antes de la Unificación en un plan secreto de la UE para desarrollar implantes de comportamiento inducido para humanos... Así que nuestro cerebro es igual de manipulable que el de ellos.

Había sido un tiro un poco a ciegas, pero acertó.

—Ese plan de la UE al que te refieres es típico de la hipocresía terrícola... Grandes condenas públicas a la censura, pero luego estáis llenos de secretos podridos. Aquel proyecto fue desmantelado de la noche a la mañana y todo el trabajo de Ainhó confiscado. Casi veinte años de investigaciones. Y, como no quiso aceptar la situación, su carrera fue destruida. Una gran hazaña del mundo libre.

—En Cosmos, claro, no hay carreras profesionales individuales. Sólo una única y gran carrera, la de la jerarquía política —masculló Bruna.

—Y enseguida le ofrecisteis vosotros cobijo... —dijo Lizard pasando por encima del comentario de la rep.

—Olga Ainhó es una gran científica y en la RDC necesitamos todo tipo de ayudas para llevar adelante nuestro proyecto.

—Pero ella no comparte vuestra pasión ideológica, ¿no es así? No me pareció una entusiasta del paraíso —dijo Bruna.

—Ainhó tiene una mente privilegiada, pero es una mujer herida. Su hijo de dieciséis años tuvo la idea de entrar subrepticiamente en el laboratorio clausurado para rescatar los archivos de su madre y fue abatido por los guardias de seguridad. Que, por cierto, eran tecnos. Androides de combate, como tú.

De ahí ese sadismo, ese perverso detalle de arrancarse o arrancar los ojos, pensó Bruna con un escalofrío: qué mujer tan enferma.

—Ainhó nunca lo superó —siguió diciendo el cósmico—. Está patológicamente obsesionada por la muerte del hijo. Sólo vive para la venganza y eso a veces te lleva a cometer graves errores. De hecho, ésta podría ser una buena explicación de lo que ha sucedido. Una explicación hipotética y totalmente extraoficial, naturalmente.

—Ajá. Quieres decir que la desequilibrada Ainhó concibió un plan megalomaníaco de venganza contra la Tierra en general y los tecnos en particular... —dijo Lizard.

—Hipotéticamente, podría ser así.

—Y que Cosmos ahora la ha repatriado y amparado por pura generosidad... —añadió la rep.

—Tenemos muchos enemigos y necesitamos todos los apoyos posibles, ya lo he dicho. Aunque desequilibrada, es un genio. No nos gustaría tener que prescindir de una científica de su talla. Hipotéticamente.

—¿Para qué te molestas en recibirnos y en darnos esta absurda explicación? Nosotros no somos más que una pequeña brigada de investigación regional, pero sin duda todos los servicios secretos de la Tierra saben que estáis atizando los conflictos sociales para desestabilizar a los EUT... —dijo Lizard con placidez.

Square les miró con fulminante y aristocrático desprecio.

—La República Democrática del Cosmos es un Estado neutral y totalmente respetuoso con la legalidad vigente.

—Venga, Square... Sabes que estamos en una guerra subterránea. En la Segunda Guerra Fría. Y a veces las guerras frías se ponen demasiado calientes. Entre vosotros y los *únicos* tenéis a sueldo a todos los grupos terroristas que hay en el planeta... Todo con tal de debilitar a los Estados Unidos de la Tierra y aumentar vuestro poder y vuestra influencia. Por cierto que el detalle de los tatuajes falsos me ha parecido refinadamente maquiavélico... Así de paso perjudicabais también al Reino de Labari.

El diplomático frunció levemente sus hermosas cejas.

—No tengo ningún interés en seguir escuchando vuestros viejos tópicos y vuestras viejas ofensas, así que creo que es el momento de acabar esta conversación.

—Sólo una pregunta... ¿Cómo convencisteis a Habib? —dijo la rep.

El hombre la observó con una extraña expresión de malévolo deleite, igual que una serpiente contemplando a su paralizada presa antes de devorarla.

—Yo no convencí a nadie... Sigues equivocándote conmigo. Pero te voy a decir algo de Habib... Tenía diecisiete años. ¿Qué te parece? Tú crees que todos los tecnos tenéis que morir a los diez años, pero no es verdad. Nosotros disponemos de los conocimientos científicos que hacen posible que viváis mucho más... Dos décadas o incluso tres... Y, en realidad, esos conocimientos también estarían al alcance de los terrícolas, si de verdad estuvieran interesados en desarrollarlos. ¿Cómo te sientes ahora, Bruna Husky, al saber que hay otros androides que no mueren tan pronto? ¿No te espanta todavía más tu prematuro fin? ¿No te parece aún más insoportable y más horrible? ¿No te asquea este famoso mundo libre que no se molesta en investigar contra el TTT porque no le es rentable? ¿No estarías dispuesta a ofrecer tus servicios a Cosmos a cambio de vivir siquiera un año más? ¿No serías capaz de hacer cualquier cosa?

Lizard la sacó de la embajada casi a rastras. La llevaba firmemente agarrada por el antebrazo y gracias a eso la rep fue capaz de cruzar corredores, bajar escaleras y llegar a la calle, porque de otro modo se hubiera quedado paralizada por el peso de sus pensamientos y por el pánico. Por el miedo a la muerte y a su propia furia y al deseo desesperado de vivir.

De manera que cogieron el coche y Lizard llevó a Bruna a su casa y subió con ella, porque aún la veía demasiado fuera de sí. Una vez en el apartamento, el inspector, que parecía tener siempre un hambre insaciable, sugirió que se hicieran algo de comer.

—Además, comer anima mucho. Por eso antes había esa tradición de los banquetes en los funerales.

De modo que, ante la atonía de Bruna, el hombre preparó un arroz al que echó todo cuanto había en el dispensador: guisantes, camarones, cebolletas, huevos, queso. Y luego se sentaron a comer y beber en silencio. Cuando estaban descorchando la segunda botella de vino blanco, la detective se atrevió a poner un puente de palabras sobre el abismo que se le había abierto en la cabeza.

—No se mueren, Paul. Hay reps que no se mueren.

—Sí que se mueren, como todos. Sólo que un poco más tarde. Y esos años de más no les serán suficientes, te lo aseguro. Nunca bastan. Por mucho que vivas, nunca es suficiente.

—Es injusto.

Lizard asintió.

—La vida es injusta, Bruna.

Era lo que decía Nopal: la vida duele. La rep se acordó del memorista con una sorprendente punzada de nostalgia. Con la intuición de que él podría entenderla.

En ese momento llamaron a la puerta. Era un robot mensajero; lo mandaba Mirari y dejó en medio de la sala una caja más bien grande profusamente etiquetada con el aviso de frágil. Bruna, intrigada, abrió el paquete. Una bola peluda salió disparada del contenedor y se abrazó al cuello de la rep con un chillido.

—¡Bartolo!

—Bartolo bueno, Bartolo bonito —gimoteó el bubi.

Por el gran Morlay, se dijo Bruna, espantada ante la idea de tenerlo otra vez en casa. Pero el animal estaba tan asustado que no pudo por menos que acariciarle el lomo a ver si se calmaba. Sentía latir contra su hombro el agitado corazón del tragón, o lo que hiciera las veces de corazón en esos bichos.

Fue con Bartolo aún en brazos hasta la pantalla y llamó al circo. Apareció la cara de Maio, más perruno que nunca y con expresión de circunstancias.

—A ver, ¿qué pasa con el bubi? —preguntó la rep con impaciencia.

—Hola, Bruna. Ya sabes que a mí Bartolo me gusta, nos llevamos bien, pero se ha comido el traje de lentejuelas de la trapecista. Y ella nos ha dicho: o se va él, o me marcho yo.

—Bartolo bueno... —susurró el tragón al oído de Bruna con una voz todavía llena de hipos.

Vale, ¡vale!, se resignó la androide. Se quedaría con el bubi, por el momento. Ya buscaría otro lugar que le acogiera.

—Está bien, Maio. No importa. Y, por cierto, gracias por salvarme la vida. Y por todo.

El alien destelló un poco.

—No es nada. Tú también salvaste la mía.

—¿Está Mirari por ahí?

Maio se giró y mostró a la violinista tumbada sobre un sofá en el fondo del cuarto, a sus espaldas.

—Duerme. La despertaré dentro de un rato para la función.

—Quería saber cuánto puede costar el arreglo del camerino... El plasma negro lo dejó destrozado.

—No importa. El circo está asegurado y el seguro paga.

De pronto el omaá estiró el cuello y se puso en tensión, levantando una mano en el aire como para pedir una pausa. Unos segundos después se relajó y volvió a dirigirse a la detective.

—Mirari estaba soñando que le cortaban el brazo. Tiene muchas pesadillas con ese brazo. A veces la despierto. Pero ya pasó.

Maio y Bruna se quedaron mirando el uno a la otra en silencio durante unos instantes; y en ese tiempo, la rep pudo ver cómo el bicho iba oscureciendo hasta adquirir un intenso color pardo rojizo.

—Bueno. Adiós —dijo el alien en plena apoteosis cromática.

—Adiós, Maio. Y gracias.

La imagen desapareció. Bruna advirtió que tenía una sonrisa en los labios. Y cierta ligereza en el ánimo. Se sentía un poco mejor.

—¿De qué te ríes? —preguntó Lizard.

—De nada.

Desde luego de nada que pudiera contarle.

Dieron de comer al bubi y luego el animal, obviamente agotado, se enroscó sobre el sofá y empezó a roncar. Entonces Paul se puso en pie y se estiró. Sus puños llegaban al techo.

—Me alegra verte más tranquila, Bruna. Supongo que tengo que marcharme.

La rep calló, sobresaltada. El anuncio del inspector la había pillado por sorpresa. De pronto se había visto preparando la comida de Bartolo con él, trajinando en la casa, como si estuvieran instalados en una continuidad muy natural. Pero ahora decía que se marchaba. No lo esperaba. Era absurdo, pero no había previsto que Lizard se fuera. Tampoco había previsto que se quedara. Simplemente quería seguir así, junto a él, en esa pequeña paz, en un tiempo sin tiempo y sin conflictos. Sólo deseaba que esa sobremesa durara eternamente. Cuatro años, tres meses y nueve días. Pero no, esa vieja cuenta ya no valía. Había reps que vivían veinte años. Nuevamente el vértigo, el abismo.

El hombre carraspeó.

—Ha estado bien trabajar contigo. Tal vez coincidamos en algún otro caso.

—Sí, claro.

No te vayas, pensó Bruna. No te vayas.

Pero ¿qué le estaba pasando? La androide nunca había tenido problemas para pedirle a una pareja potencial que se quedara. Nunca había tenido muchas dudas sobre dónde poner las palabras, las manos y la lengua para conseguir que la otra persona reaccionara como ella quería. Pero ahora se encontraba paralizada. Ahora sentía demasiadas cosas. Quería demasiadas cosas y no sabía pedirlas.

—Gracias por la comida.

—De nada. Quiero decir, gracias a ti. La has hecho tú.

Lizard abrió la puerta y el estómago de la androide se contrajo dolorosamente hasta alcanzar el tamaño de una canica.

—¿No quieres tomar un whisky? —dijo con desesperación.

Paul la miró extrañado.

—Me estoy yendo...

—¡Para brindar por el final feliz! Es sólo un minuto.

—Bueno...

El inspector entró otra vez pero se quedó junto a la puerta. La androide llenó dos vasos de hielo y fue a buscar la botella. Se la había regalado un cliente y estaba sin abrir. Tras servir los tragos, dio un vaso a Lizard y el otro se lo quedó ella en la mano. Detestaba el whisky y no lo probó.

—Por cierto... —dijo el inspector.

—¿Sí?

Se escuchó a sí misma demasiado ansiosa.

—Lo que mató a Habib fue una bala metálica de 9 mm procedente de una antigua pistola de pólvora... Probablemente de una Browning High Power...

No era lo que Bruna esperaba oír. No era lo que quería escuchar, aunque fuera una información interesante. Se obligó a responder sensatamente.

—Ah... El mismo tipo de proyectil que usaron para asesinar al tío de Nopal, ¿no?

—Más que eso. Ambas balas fueron disparadas exactamente por la misma arma... Ya te dije que Pablo Nopal no era de fiar.

—Pues si de verdad fue él, esta vez me salvó la vida —contestó con demasiada sequedad.

Lizard se quedó mirándola pensativo con la cabeza un poco ladeada. Luego depositó el vaso en la estantería que había junto a la entrada. Ese gesto final, definitivo.

—Muy cierto. Bien, adiós.

¡Vale! Entonces que se marche, pensó Bruna con ira contenida. Que se marche cuanto antes.

—Adiós.

El hombre volvió a abrir la puerta. Y la volvió a cerrar. Apoyó la espalda en la hoja, agarró de nuevo la copa y, tras apurarla, masticó pensativo uno de los hielos.

—Una cosa, Bruna... Esta historia se acaba...

—¿Esta historia?

—Sí, la investigación, nuestra colaboración, la justificación por la que podemos seguir llamándonos... Quiero decir que es ahora o nunca... El cuento se termina. O me quedo esta noche contigo o no volveremos a vernos.

Tal vez no fuera una propuesta muy romántica, pero resultó suficiente. La rep caminó despacio hacia él, notando que una sonrisa boba le bailaba en los labios y sintiendo esa especie de incredulidad maravillada de los primeros momentos de un encuentro sexual largamente esperado. Está pasando, se decía la androide. Aún mejor: va a pasar. Y así, Bruna llegó junto a Lizard y apoyó las palmas en su pecho, sintiendo el calor de esa carne dura y al mismo tiempo muelle; y, reclinándose sobre él, entró en su boca. Su lengua estaba fría y sabía a whisky. Y a la androide, a quien sólo le gustaba el vino blanco, de repente le supo deliciosa esa saliva perfumada. Esa lengua aromatizada y vigorosa.

El deseo se disparó dentro de la rep como un súbito

ataque de locura. Bruna quería devorar a Lizard, quería sentirse devorada, quería fundirse con él y estallar como una supernova. Se arrancó su propia ropa a tirones, rompiendo los cierres, e intentó hacer lo mismo con la del inspector, que se resistió. Rodaron por el suelo, jadeantes, mordiéndose las bocas, apretando y gruñendo, en una confusión de brazos y de piernas que más parecía una pelea cuerpo a cuerpo que un encuentro sexual, hasta que el hombre consiguió sentarse a horcajadas encima de ella, sujetar sus muñecas e inmovilizarla.

—Espera... ¡Espera! Mi preciosa fiera... Un poco más despacio... —susurró roncamente.

Y así, teniéndola atrapada bajo su peso, Lizard terminó de quitarse la ropa con toda calma, mientras la rep temblaba entre sus piernas y le veía desvestido por vez primera, disfrutando de ese delicioso momento de gloria en el que se descubre el cuerpo del amante. Entonces, desnudos ya los dos, con lentitud, mientras los cuerpos se acoplaban y las pieles se entendían por sí solas, Paul se inclinó sobre ella y le abrió los labios con sus labios.

El sexo era una cosa rara e incomprensible. Cuando se trataba de un amante ocasional, cuando la pareja sólo le calentaba el cuerpo, el sexo era para Bruna fácil y agudo y estridente. Pero cuando el otro también le calentaba el corazón, como sucedía con Lizard, entonces el sexo se convertía en algo cavernoso y complicado, y el simple hecho de besarse era como empezar a caer dentro del otro. Empezar a perderse para siempre.

Se separaron un momento para tomar aire, se apartaron un poco para mirarse, para confirmar el prodigio de estar juntos. El cuerpo de Lizard era recio, no grueso, con la piel un poco fatigada por la edad. Cómo adoró Bruna esa piel cansada, ella, que jamás llegaría a envejecer. En el centro del pecho, y subiendo desde el pubis hacia el bajo vientre, dos puñados de sorprendente vello en una época en la que todos los hombres se depilaban. La rep hundió la cara en los apretados rizos del sexo del hombre, disfrutando del roce de esa suave maleza, del olor a madera de su carne. Necesitaba poseer a Paul entero, conocer cada centímetro de su piel, besar sus pequeñas marcas y sus cicatrices, recorrer con su lengua los pliegues secretos. Eso estaba haciendo la rep, oliendo y lamiendo y explorando ese tibio territorio de maravillas, cuando el hombre la agarró por los brazos y, poniéndosela encima, la penetró despacio. Estamos mezclando nuestro kuammil, pensó Bruna sin pensar, sintiéndose redonda, enorme y plena, totalmente llena de Lizard. Y se apretó contra él hasta conseguir rozarle el corazón y hasta matar a la muerte.

Cuando Bruna llegó al Pabellón del Oso, Nopal ya estaba allí. Contemplaba melancólico la pared de cristal del enorme tanque. Toneladas de agua azul resplandeciente se apretaban contra el vidrio, quietas y vacías. Melba no aparecía por ninguna parte.

—No tengo suerte con esa maldita osa. Jamás consigo verla. ¿Estás segura de que existe? —dijo Pablo a modo de saludo.

—Segura.

Se sentó en el banco junto al hombre sin saber muy bien cómo comportarse. Nopal la había llamado esa mañana, por fortuna después de que Lizard se hubiera ido. Supuestamente quería devolverle el *netsuke*, que el memorista había guardado cuando tuvieron que desnudarla en el Anatómico Forense. Bruna se encontraba todavía en la cama, protegida por el olor de Paul, por la huella de los dedos de Paul y por el recuerdo de la tibieza de su cuerpo, y cuando Nopal le propuso que se vieran, a la rep no le pareció una mala idea. De hecho, se mostró tan receptiva que incluso fue ella quien eligió esta vez el pabellón como punto de encuentro.

Sin embargo, ahora que veía al memorista cara a cara la rep se sentía aturdida e incómoda. ¿Qué hago aquí?, se preguntó. Y luego, con angustia, pensó que había cometido un grave error viniendo. Entre ellos había demasiadas cosas no dichas y todas esas palabras se apretaban ahora en la boca de la androide y la dejaban muda.

—Toma. Tu collar.

Bruna lo cogió. El pequeño hombrecito con su saco. Inmediatamente se encendió en su cabeza la imagen de la madre, el olor de su perfume, el traje crujiente, el beso fugaz de despedida en las noches de fiesta. Sintió un pequeño malestar.

—Era de tu madre, claro. Todo eso del beso por la noche... Era tu madre.

—Sí.

El malestar empeoró. No sólo su recuerdo era todo mentira, sino que ahora además tenía la certeza de que se trataba de la verdad de otro. De Nopal. Y saber que esa memoria falsa era la realidad de alguien convertía su impostura en algo mucho más dañino y más grotesco, de la misma manera que saber que algunos reps podían vivir más años redoblaba la angustia de morir.

—Quédate con tu maldito collar. Yo no lo quiero —dijo Bruna, arrojando el *netsuke* sobre el banco.

Nopal no lo tocó.

—Te di lo mejor que tenía, Bruna —dijo con tranquilidad.

—Y también lo peor. Todo ese dolor, ¿para qué? La muerte de mi padre, ¿por qué? El mal y el sufrimiento. No tiene sentido nada de eso.

—Posees tres veces más escenas que los demás tecnos. Eres mucho más compleja. Conoces la melancolía y la nostalgia. Y la emoción de una música hermosa, de una palabra o un cuadro. Quiero decir que también te he dado la belleza, Bruna. Y la belleza es la única eternidad posible.

Durante unos minutos contemplaron en silencio el tanque de agua. Ese muro azul hipnotizante. Entonces era verdad que era distinta, pensó la rep. Lo que siempre presintió se confirmaba. Y, de alguna manera, esa certidumbre la tranquilizó. Cuatro años, tres meses y ocho días. Se mordió los labios, irritada por su automatismo numérico. Ahora, cada vez que se le disparaba en la cabeza la obsesiva cuenta atrás, Bruna recordaba con un súbito escozor las palabras de Copa Square: «¿No serías capaz de hacer cualquier cosa a cambio de vivir siquiera un año más?» No, se dijo la rep. Cualquier cosa, no. O eso esperaba.

Todo había cambiado demasiado en los últimos días, todo era tan confuso. Empezando por el hecho insólito de estar sentada junto a su memorista. Lo miró a hurtadillas, asombrada de no experimentar un espanto mayor. Bruna siempre creyó que le horrorizaría conocer a su escritor, que le odiaría por haberle proporcionado una existencia tan dolorosa. Y, sin embargo... La androide no sabía definir qué era lo que sentía por Nopal. Había rencor, pero tambien fascinación. Y algo parecido al amor. Y gratitud. Pero, gratitud, ¿por qué? ¿Por haberle creado una identidad? ¿Por hacerla distinta y orgullosa? ¿Por diseñarla parecida a él? Pero, por otro lado, si Pablo Nopal la había hecho a su imagen y semejanza, entonces ¿habría heredado también sus instintos asesinos? Todas las veces que ella había matado, ¿no fueron sólo una consecuencia de su condicionamiento genético? Pensar en todo esto le puso los pelos de punta.

—Mataste a Habib... Pero me salvaste la vida. Supongo que debo darte las gracias.

—Tu vida es muy importante para mí... porque yo te la he dado. Pero no maté a nadie.

—Mientes.

—¿Cómo iba yo a saber que estabas en el hospital Reina Sofía? ¿O que Habib te iba a atacar?

—En efecto, son muy buenas preguntas. ¿Cómo lo supiste?

Nopal sonrió.

—Déjame que te diga algo, Bruna: soy inocente. Inocente. Y tú también lo eres.

Cogió el collar del banco y, poniéndose en pie, se acercó a ella y lo colocó en torno a su cuello. Fue un movimiento tan natural que Bruna no se opuso. Simplemente se quedó allí sentada, como una tonta, mirándolo. El memorista se inclinó y besó su mejilla.

—Pórtate bien —dijo.

Y se marchó.

Dos segundos después apareció la osa, buceando majestuosamente en el intenso azul, las esponjosas lanas ondeando en torno a su cuerpo como anémonas. Última de su especie, esa Melba tan sola. Entonces Bruna hizo lo que llevaba varios días pensando en hacer y marcó un número en su móvil. El rostro lunar de Natvel llenó la pantalla. El tatuador miró a la androide impertérrito y sólo dijo:

—¿Ahora sí?

—Ahora sí. Por favor.

—Un oso. Eres un oso, Bruna.

Las palabras de la esencialista no le sorprendieron en absoluto; si la rep había venido hoy al pabellón era porque intuía la respuesta del tatuador. No había nada mágico en todo eso, se dijo Bruna con un gruñido escéptico; no era más que una consecuencia de la nexina, la enzima experimental que fomentaba la empatía. Seguro que ella había captado los pensamientos de Natvel en el transcurso de su último encuentro, se repitió. Pero pese a lo mucho que detestaba lo esotérico, lo cierto es que la rep se sintió extrañamente conmovida. Se levantó del banco y se acercó al vidrio. Al otro lado, Melba la miraba con sus ojos negros como botones. Bruna apoyó la palma de las manos en el cristal, intuyendo el peso y el empuje del agua, la turbia potencia de esa otra vida. Y por un instante se vio junto a la osa, flotando las dos en el azul del tiempo, de la misma manera que Bruna había flotado en la noche y la lluvia, casi dos años atrás, junto al moribundo Merlín, subidos a esa cama que era un pecio en mitad del naufragio. Todo lo cual era muy doloroso pero también muy bello. Y la belleza era la eternidad.

—¡Tú eres Husky! ¿Noooo? ¡Tú eres Bruna Husky!

Alguien tironeaba de su brazo, sacándola del azul interminable. Se volvió. Tres adolescentes humanos, dos chicos y una chica, parecían excitadísimos de verla.

—¡Eres Husky! ¡Qué suerte! ¿Podemos hacernos un videorrep contigo?

Los chavales dirigían sus móviles hacia ella, grabándola desde todas partes.

—Pero ¡qué hacéis! ¡Quietos! ¡Dejadme en paz! —gruñó.

Bruna estaba acostumbrada a producir temor en los humanos incluso si sonreía, y a despertar pavor si se enfadaba. Pero ahora, pese a sus bufidos, los chicos seguían saltando en torno a ella tan campantes. Tuvo que salir literalmente huyendo para poder librarse de su entusiasmo; y cuando cruzó las puertas exteriores del Pabellón del Oso y alcanzó la avenida, ya vio en una pantalla pública la grabación que los adolescentes le acababan de hacer.

—¡Por todas las malditas especies!

Echó a andar calle arriba, fijándose en las pantallas, y en muchas de ellas se encontró a sí misma. Algunas de las imágenes ya se habían emitido días atrás, cuando la buscaban como asesina: ella como Annie Heart, ella como Bruna, entrando en el Majestic o en el PSH. Pero había muchas más. Incluso vio el fondo documental de su chapa civil. Y ahora no la acusaban de nada, antes al contrario; ahora las pantallas públicas desgranaban una delirante historia de heroísmo. Con grave riesgo de su vida, la tecnohumana Bruna Husky había conseguido desmontar ella sola una peligrosísima conjura. Los tecnohumanos eran muy buenos. Los supremacistas eran muy malos. Y también eran malísimos los cósmicos y los labáricos, siempre conspirando en las alturas para tomar el poder en la Tierra. Atónita, conectó su móvil con las noticias, por lo general un poco más fiables, sólo un poco, que las pantallas públicas. El complot estaba desmoronándose como un castillo de naipes. Habían sido detenidos diversos cargos policiales, una horda de matones extremistas, varios abogados, un juez, dos responsables del Archivo Central. El presidente provisional de la Región, Chem Conés, declaraba enfáticamente que, con la ayuda inestimable de los tecnohumanos, leales compañeros de Gobierno y de planeta, iría hasta el final en la investigación de esa repugnante trama supremacista. Asqueaba escuchar toda esa palabrería falsa, ese cuento mentiroso de un mundo feliz, trompeteado con tanto descaro por uno de los más feroces especistas. Conés iba a salvar el cuello y el cargo, como tantos otros fanáticos. Desde luego el descabezamiento del complot no acababa con el supremacismo, con la tensión entre especies, con los tortuosos movimientos subterráneos de Cosmos y Labari, siempre ansiosos de desestabilizar los Estados Unidos de la Tierra y de aumentar su poder e influencia sobre el planeta. Pero por lo menos, suspiró Bruna, era una batalla que se había ganado. Un alivio. Un respiro.

Las noticias eran tan excitantes que la rep sintió el impulso de llamar a Lizard para comentar con él lo que estaba pasando, pero se contuvo: él tampoco se había puesto en contacto con ella. Al pensar en el inspector, una pequeña nuez de desazón se instaló en su pecho. Lizard se había despertado muy tarde, tuvo que irse corriendo, no habían quedado en nada, ni siquiera sabía con seguridad si volverían a verse. Y además, ¿no era ella una osa? El animal solitario, como dijo el psicoguía; el que no vivía en manada ni en pareja.

—Mejor así —dijo en voz alta—. Menos posibilidad de confundirse y de hacer el ridículo.

Cuatro años, tres meses y ocho días.

O tal vez ocho años, tres meses y cuatro días.

Bruna sabía que iba a morir, pero quizá no conociera ya la fecha exacta.

Volvió a llamar a Yiannis. Seguía sin contestar. Había intentado ponerse en contacto con él varias veces desde que salió del calabozo. Nunca respondía. Al principio no insistió demasiado: le suponía escondido, avergonzado, y ella misma estaba un poco encrespada con él por haber sido tan bocazas. Pero ahora la falta de noticias del archivero comenzaba a ser preocupante. Decidió pasarse por su casa.

Atravesó Madrid con incomodidad creciente, porque todo el mundo la miraba y la señalaba. Intentó coger un taxi, pero había una nueva huelga de trams y todos los vehículos iban ocupados. El mundo volvía a estar lleno de reps, parecían haber salido todos a la vez de debajo de las piedras donde se hubieran escondido, y muchos de ellos la saludaban al pasar como si fueran íntimos. Empezó a sentirse de verdad irritada.

En el edificio de Yiannis se trasladaba alguien. Un atareado equipo de robots de mudanzas acarreaba cajas y muebles a un camión. Subió en el ascensor con uno de los robots. Y se pararon en el mismo piso. Bruna tuvo una intuición fatal. Salió al descansillo con la chirriante caja metálica rodando detrás de ella y, en efecto, se encontró con la puerta de Yiannis abierta y la casa medio desmantelada. En la entrada había una humana rubia vestida con mono de trabajo que iba cargando a los robots a medida que llegaban. El que había subido con la rep recibió una pequeña torre de sillas apiladas.

—¿Qué... qué pasa aquí?

La rubia la miró como si fuera imbécil.

—¿Tú qué crees? Una empresa de mudanzas, robots de transporte... Y la respuesta a la adivinanza de hoy es... —dijo sardónicamente la mujer, utilizando la frase de un concurso de moda.

—Quiero decir que conozco al inquilino. Yiannis Liberopoulos. No sabía que se estuviera cambiando de casa... ¿Dónde está él?

—Ni idea.

—¿Adónde tenéis que llevar los muebles?

—A ningún lado. En realidad no es una mudanza. Es una venta. Ha vendido todo el contenido del piso. Lo estamos vaciando.

—¿Cómo? Pero... no puede ser.

Su consternación debía de ser tan evidente que la rubia se ablandó y se puso a consultar los datos de la operación en su móvil. Cuatro robots se habían ido amontonando delante de ella y esperaban la carga al ralentí con un leve rumor tintineante.

—Aquí está... Sí, Yiannis Liberopoulos. Lo que te he dicho. Venta total del contenido. Qué raro... No viene ninguna dirección, ningún dato suyo... Hay una persona de referencia... Una tal Bruna Husky. Es a la que hay que pagar el dinero de los muebles.

—¡¿Qué?!

La rep agarró la mano de la mujer y, dando un tirón, miró ella misma la pantalla del móvil.

—¡Oye! —protestó la rubia.

En efecto, ahí estaba su nombre. La única beneficiaria de la venta. Bruna dio media vuelta y salió disparada. Creía saber dónde estaba Yiannis.

—¡De nada, tía, de nada! —oyó refunfuñar a la rubia a sus espaldas.

Por el gran Morlay, que llegue a tiempo, por favor, que llegue a tiempo, iba musitando la rep mientras corría. Decidió no subir a las cintas rodantes porque estaban tan llenas que le cortaban el paso y cubrió lo más deprisa que pudo todo el trayecto. Fue una carrera extenuante de cuarenta minutos; cuando entró en el edificio de Finis estaba sin aliento. Enfiló hacia la mesa de recepción situada en medio del vestíbulo, pero antes de llegar localizó a Yiannis. Se encontraba sentado, mustio y pensativo, en uno de los sillones de la zona de espera. Se acercó a él y se dejó caer en el sillón de al lado.

—¿Qué estás haciendo aquí? —jadeó.

El archivero dio un respingo y la miró sobresaltado.

—Ah, Bruna... Bueno... Lo siento... En fin... Ya ves.

Y señaló vagamente a su alrededor. El amplio y bonito vestíbulo en suaves tonos verdes, la luz íntima e indirecta, la sosegada música. Desperdigadas por la zona de espera había una docena más de personas, algunas solas, otras en parejas, pero fuera de la música de fondo reinaba el silencio y un ambiente de recogimiento, como en una iglesia. Finis era la empresa de eutanasia más grande de los EUT y la única que operaba en Madrid.

—Sí, ya veo. Pero la cosa es, ¿qué mierda haces aquí?

—Bueno, es evidente. No sirvo para nada. No me gusta la vida. Y ya soy muy mayor.

—Déjate de tonterías. Me sirves a mí. Yo te necesito. Vámonos, anda. Lo hablaremos con calma, pero fuera. Me espanta este sitio.

—No es verdad. No te sirvo para nada. Casi te matan por mi culpa. Soy un viejo imbécil. Debería haber tomado esta decisión hace ya mucho.

—¡¿Sabes lo que hubiera dado Merlín por poder seguir viviendo, maldita sea?! —aulló furibunda.

Su grito reverberó en el vestíbulo y todo el mundo se quedó mirándola. Dos guardias de seguridad se acercaron rápidamente a ellos.

—Tienes que marcharte ahora mismo. Estás turbando la paz de este lugar.

Eran dos sólidos reps de combate. Bruna se puso calmosamente en pie, sintiendo un bárbaro júbilo autodestructivo.

—Esto va a ser divertido —murmuró feroz.

—¡No, no, quieta, tranquila, espera! —rogó Yiannis, agarrándose a su brazo.

Y luego, volviéndose hacia los guardias.

—Ya nos vamos, ya nos vamos.

Y, en efecto, se fueron. Salieron de Finis y caminaron como zombis el uno al lado de la otra, demasiado agitados para poder hablar. Unos cientos de metros más adelante había un diminuto jardín urbano, apenas una rotonda. Se dirigieron automáticamente hacia allí y se sentaron en un banco bajo un joven abedul. El árbol estaba lleno de brotes. Hacía una mañana preciosa. Febrero era uno de los mejores meses del año; luego empezaba a apretar demasiado calor.

—Mira qué día tan hermoso. Qué mal gusto querer matarse en un día tan hermoso —refunfuñó Bruna.

—No tengo nada. He dejado mi piso. He vendido los muebles.

—Ya lo sé.

—Te he transferido todo el dinero que tenía.

—Te lo devolveré, no te preocupes.

Callaron unos instantes.

—Todo ha sido tan rápido... La adolescencia, la juventud... la muerte de mi hijo... el resto de mi vida. Un día te despiertas y eres un viejo. Y no puedes entender lo que ha pasado. Cómo se fue todo tan deprisa.

—Si no haces tonterías como la de hoy, todavía vivirás más tiempo que yo. No me irrites.

—*Non ignoravi me mortalem genuisse.* Siempre he sabido que soy mortal. Lo decía Cicerón.

—*Neque turpis mors forti viro potest accedere.* Para las almas fuertes no hay muerte ignominiosa. También de Cicerón.

El archivero la miró encantado.

—¡Te acuerdas!

—Claro, Yiannis. Me has enseñado muchas cosas. Ya te digo que me sirves de mucho.

Volvieron a quedarse en silencio, pero era un silencio lleno de compañía. De pronto Bruna visualizó el banco en el que estaban ellos sentados, el jardín circular, el barrio, la ciudad de Madrid, la península Ibérica, la bola verdiazul de la Tierra, el pequeño sistema solar, la desflecada galaxia, la vasta negrura cósmica punteada por sus constelaciones y sus enanas rojas y sus gigantes blancas... El Universo entero. Y en medio de esa inmensidad indescriptible, ella quiso creer por un instante en el consolador espejismo de no estar sola. Pensó en Yiannis. En Maio y Mirari. En Oli. Incluso en Nopal. Y, sobre todo, recordó a Lizard, a quien dedicó un pensamiento leve, como de puntillas, conteniendo el aliento. Había un tiempo para reír, un tiempo para abrazarse. Aunque los osos sólo se juntaran para aparearse, tal vez ella fuera diferente también en esto.

—Bueno... —supiró el hombre—. Entonces tendré que ver si puedo volver a alquilar mi piso... Y me acercaré al Archivo a ver si ahora que ha pasado todo me readmiten... Aunque, ¿sabes?... No estoy diciendo que quiera matarme, ya no... Pero hay algo maravilloso en desprenderse de uno mismo... Esa suprema libertad de dejar de ser quien eres. Volver a meterme otra vez en mi vieja piel me resulta bastante deprimente.

—Pues no lo hagas. Búscate otro apartamento. Y trabaja conmigo. Te propongo que seas mi socio.

—¿Lo dices en serio?

—Totalmente. Sabes mucho de todo y eres muy bueno documentándote, contrastando información y analizando lógicamente las cosas. Haremos un equipo formidable.

Yiannis sonrió.

—Sería divertido.

—Lo será.

La pantalla pública más cercana empezó a emitir un avance informativo de urgencia: «El Constitucional declara ilegal el cobro del aire.» Yiannis dio un pequeño grito de júbilo.

—¿Lo ves? Te lo dije. ¡No hay que perder las esperanzas! ¡No hay que dejar de empujar para que las cosas mejoren!

Incluso Bruna estaba impresionada. La rep no lo tenía tan claro como el archivero, seguro que los propietarios del aire se buscarían alguna triquiñuela, y probablemente las Zonas Cero seguirían siendo guetos miserables y contaminados de los que los pobres tendrían muchas dificultades para salir. Pero, aun así, la resolución del Constitucional era muy importante. Después de todo, Bruna había podido ver en su corta vida de rep un cambio social fundamental. Con un poco de suerte, quizá aquella niña deportada por la policia fiscal también pudiera verlo.

—Enhorabuena, Yiannis... ¿Ves como lo sabes todo? Me vas a ser muy útil... A ver, probemos tus habilidades deductivas... ¿Por qué yo?

—¿Por qué tú?

—Sí... ¿por qué me escogió RoyRoy a mí?

—Pues no sé, veamos... Eres una rep de combate, tienes un aspecto bastante amedrentante con esa raya que te parte, quedas muy bien mediáticamente para lo que ella quería conseguir, trabajas como detective y por lo tanto era probable que tuvieras armas... y además así Habib tenía una excusa para contratarte... En realidad dabas muy bien el perfil. Puede que hayan usado un programa de afinidad y haya salido tu ficha.

Ah, sí, los ubicuos programas de afinidad electrónicos... La gente recurría todo el tiempo a los ordenadores para buscar empleados, carpinteros, amantes, amigos. Sí, quizá Yiannis tuviera razón, quizá se había visto metida en esta pesadilla por culpa de una maldita y ciega máquina. Siempre había una cuota de banalidad en toda tragedia.

—Es una buena hipótesis. ¿Ves? Lo haces muy bien. ¿Nos vamos al bar de Oli a celebrarlo?

Al levantarse, Bruna advirtió que había algo en el suelo, junto al banco. Lo movió con la punta del pie: se trataba de un letrero tridimensional sucio y desgarrado. «¡Arrepiéntete!-3 de febrero-Fin del Mundo», parpadeaban las letras, casi sin energía. Era una pancarta de los apocalípticos.

—Hoy es 3, ¿no?

—Sí.

Bruna miró alrededor. La espléndida mañana, el jardín tranquilo.

—Pues parece que tampoco hoy se acaba el mundo —dijo la rep.

—Se diría que no.

—Bueno. Es un alivio.

UNA PEQUEÑA NOTA

Como sin duda más de un lector ya habrá adivinado, la preciosa cita del comienzo de este libro, «Lo que hago es lo que me enseña lo que estoy buscando», no pertenece a Sulagnés, artista plástico del planeta Gnío, sino al pintor abstracto francés Pierre Soulages, autor, entre otras cosas, de una fascinante serie de cuadros enormes y completamente negros.

no estás solo
www.lectoresfurtivos.com